HEYNE
BÜCHER

SUSAN JOHNSON

FLEHENDE LEIDENSCHAFT

Roman

Deutsche Erstausgabe

WILHELM HEYNE VERLAG
MÜNCHEN

HEYNE ROMANE FÜR »SIE«
Nr. 04/186

Titel der Originalausgabe
OUTLAW

Aus dem Amerikanischen
von Eva Malsch

Printed in France 1997
Umschlagillustration: Donald Case / Agentur Schlück
Umschlaggestaltung: Atelier Ingrid Schütz, München
Satz: Fotosatz Prechtl, Passau
Druck und Bindung: Brodard & Taupin

ISBN 3-453-11867-7

1

Goldiehouse, Ravensby, Schottland, März 1704

»Schläfst du?«

»Mmmm ...« Träge öffnete Johnnie Carre seine blauen Augen, als eine heiße Zunge über seine Brust glitt, und seine Sinne erwachten allmählich. »Schläfst du denn nie?« Sein Finger strich durch seidige, blonde Locken.

Vor zwei Tagen hatte er Mary Holm kennengelernt, in dem Dorfgasthaus, wo ihre Akrobatengruppe wohnte. Er schaute seinen Männern beim Würfeln zu, und sie fing zielstrebig seinen Blick auf. Dann kam sie zu ihm. »Ich bin Mary.« Herausfordernd lächelte sie den hochgewachsenen, dunkelhaarigen Grenzlord an.

Animiert von Wat Hardens Cognac betrachtete er ihr reizvolles Dekolleté. »Gerade bin ich auf dem Heimweg. Haben Sie Hunger?«

Seit Dienstag waren sie kaum aus dem Bett gekommen.

»Wenn wir am Freitag nicht nach Berwick fahren müßten, würde ich gern weiterschlafen, Johnnie«, seufzte sie. »Aber wer weiß, wann ich wieder einen fantastischen, starken Mann umarmen kann?«

»Dann werde ich versuchen, bis Freitag durchzuhalten«, erwiderte er grinsend und küßte sie.

Auf der schlammigen Waldstraße südlich von Goldiehouse hob ein Reiter die Peitsche, um sein schweißbedecktes Pferd anzuspornen. Jeder Augenblick war kostbar. Wie alle schottischen Grenzbewohner kannte er das Land auch in dunklen Nächten, wenn der Mond hinter bedrohlichen Regenwolken verschwand. Hoffentlich brach der Hengst nicht zusammen ... Er fluchte, als der Rappe strauchelte. Dann hatte er Mitleid mit dem besten Vollblut seines Lairds und drosselte das Tempo. Aber er überlegte, ob sein Herr den Tod des Pferdes in Kauf nehmen würde. Die Botschaft eilte.

»Setz dich auf mich«, bat Johnnie. »Ich spüre dich so gern.«

»Es scheint zu stimmen, was die Leute von dir behaupten. Wie schön ...« Aufreizend streichelte sie den harten Beweis seiner Erregung und kniete sich über seine Schenkel.

»Du kostest mich meine letzten Kräfte, Schätzchen«, stöhnte er. Natürlich kannte er die Geschichten über den besten Liebhaber in den Middle Marches. Aber den Ruf, den er genoß, wollte er jetzt nicht erörtern. »Nicht, daß ich mich beklage.« Er schloß die Augen, als sie langsam auf ihn herabglitt. »Wie eng du bist!«

»Und du so groß und stark ...« Mary senkte die Lider und warf ihren Kopf in den Nacken.

Nur das knisternde Kaminfeuer durchbrach die Stille im Schlafzimmer, als Johnnie ihr die Hüften entgegenhob, und beide hielten ihren Atem an, um den Augenblick der Verschmelzung auszukosten. In sanftem Rhythmus bewegten sie sich. Nach zwei Tagen voll zügelloser Wollust waren sie nicht mehr ungeduldig. Exquisite, intensive Gefühle verdrängten die wilde Begierde. Und dann drang Johnnie zu tief in ihren Körper ein. Gequält schrie sie auf.

»Verzeih«, flüsterte er zerknirscht und berührte ihre rosige Wange.

»Schon gut«, erwiderte sie zweideutig, und er verstand, was sie meinte. Er war ein erfahrener Mann. Von jetzt an wollte er sich besser beherrschen. Sie war so klein und zart. Wie leicht könnte er sie verletzen ...

Der müde Reiter jagte den Rappen zum Goldiehouse hinauf. Jetzt ignorierte er die schwindenden Kräfte des Tiers. Nur mehr fünfhundert Meter, dann würde er den halsbrecherischen Galopp beenden. Um den Haushalt aufzuscheuchen, sprengte er schreiend durch das Tor, in den menschenleeren, von Laternen erhellten Hof. Er ließ sich aus dem Sattel fallen, brach in einer Regenpfütze zusammen. Knarrend schwang die massive, mit Nägeln beschlagene Haustür der alten Burg auf. Drei Clansmänner stürmten heraus, die Schwerter gezückt, laut hallten ihre Stiefel auf dem Kopfsteinpflaster.

Als der Bote keuchend zu sprechen begann, erstarrten sie.

Johnnie hörte nichts von dem Tumult, denn sein Privatquartier lag weit vom Hof entfernt. Außerdem war er sehr beschäftigt. Allmählich strebte er dem Höhepunkt entgegen. Marys Arme umschlangen seinen Nacken, warm und weich schmiegte sich ihr Busen an seine Brust, während sie den Rhythmus beschleunigte. Die Glut seiner Erregung erschien ihm wie eine tropische Sonne, die ins Zimmer drang, durch dicke Steinmauern und die dunkle Balkendecke.

An seinem Hals spürte er Marys heißen Atem. Besitzergreifend umfing er ihre schmale Taille, übte einen leichten Druck aus, um die Bewegung zu unterbrechen, so daß sie Luft holen konnten. »Oh, ich sterbe«, hauchte sie, grub die Finger in sein zerzaustes, schwarzes Haar und küßte ihn leidenschaftlich. Er spürte, wie sie zu zittern begann, und erreichte den Gipfel seiner Lust.

Zwei Carre-Clansmänner rannten durch den Korridor im Erdgeschoß und die Treppe hinauf, nahmen immer drei niedrige Stufen auf einmal. Wie rasend schlugen ihre Herzen, als sie den Hintergrund des Westflügels erreichten und die Wendeltreppe des ältesten Turms[1] erklommen. Johnnie hatte zwar erklärt, er dürfe nicht gestört werden. Aber keiner der beiden zögerte, das Gebot zu mißachten.

Im mittelalterlichen Goldiehouse waren die Decken niedrig, die Gänge schmal, vor Jahrhunderten zu Verteidigungszwecken erbaut. Nur ein Mann konnte durch die Korridore eilen. Und so stürmte einer hinter dem anderen her.

Für einen kurzen Augenblick konzentrierte sich die ganze Welt auf diese kleine Frau in Johnnies Armen, die so unfaßbare Gefühle entfachte. Wie erstaunlich sie ist, dachte er. Und Mary fand ihn ebenso wundervoll, als sie erschöpft und zufrieden neben ihm lag.

Plötzlich hörte er Schritte, obwohl er betont hatte, niemand dürfe in seinen Privatbereich eindringen. Ehe die Tür aufflog, fand er gerade noch Zeit, die bestickte Decke über Marys nackten Körper zu werfen.

»Sie haben Robbie entführt!«

Wer *sie* waren, bedurfte keiner näheren Erklärung. Seit

tausend Jahren wurden die Roxburgh-Carres vom selben Feind bekämpft. Johnnie sprang aus dem Bett und ergriff seine Waffen, die an einem der vier Pfosten hingen. Während er sich hastig ankleidete und die Frau vergaß, berichteten die beiden Eindringlinge, wie sein Bruder entführt worden war. Die Lederhose, die Stiefel, das Hemd, die lederne Jacke. Dann reichte er seinen Schwertgurt einem Clansmann und lief aus dem Zimmer.

Erst im Korridor erinnerte er sich an das Mädchen. »Laßt Mary Holm nach Kelso zurückbringen«, befahl er, schloß die Schnallen seiner Jacke und riß seinem Gefolgsmann den Waffengurt aus der Hand. »Gebt ihr einen Geldbeutel und richtet ihr meinen Dank aus. Sind die Pferde gesattelt?«

»Ja.«

Rasch schnallte er den Gurt um seine Taille, rückte den Dolch zurecht, zog das Schwert ein wenig aus der Scheide, um zu prüfen, wie fest es darin steckte. »Dieser verdammte Godfrey! Zum Teufel mit den Engländern!« Als sie die Stufen hinabsprangen, fragte er: »Wie lange ist es her?«

Der unerfreulichen Antwort folgte ein neuer Fluch.

2

Fünf Stunden später schüttelte er den regennassen Kopf, damit das Wasser nicht in seine Augen rann, und ging in seine Waffenkammer. Müde und niedergeschlagen hängte er den Schwertgurt an einen Wandhaken und begann umherzuwandern.

Seine durchnäßten Clansmänner folgten ihm, legten ebenfalls die Waffen ab, sanken entkräftet auf Holzbänke und Stühle. Fünf Stunden im Sattel, ein mühsamer Ritt bei elendem Wetter — und sie hatten die englischen Entführer nicht eingeholt. Der Vorsprung war um zwei Stunden zu groß gewesen. Nun wurde Robbie Carre, der jüngere Bruder des Lairds von Ravensby, vermutlich im Harbottle Castle gefangengehalten.

»Wenn Godfrey ihm auch nur ein Haar krümmt, schicke

ich ihn geradewegs in die Hölle«, murmelte Johnnie. Leise klirrten seine Sporen und untermalten die Drohung. Die flackernden Kerzen in den schweren Silberkandelabern warfen ihr Licht auf Johnnies Gesicht und betonten seine markanten Züge. »Oh, diese gottverdammten Engländer! Die nutzen jede Gelegenheit, um einen Schotten in ihre Gewalt zu bringen.«

Im letzten Jahr hatte sich das schottische Parlament entschieden gegen die Engländer ausgesprochen. Wegen des Krieges auf dem Kontinent und der strittigen Thronfolge durften die Schotten zum erstenmal seit einem Jahrhundert auf ihre Unabhängigkeit hoffen.[2] Zu beiden Seiten der Grenze schlugen die Wellen der Erregung immer höher.

»Können wir Robbie befreien?« Die schwache Stimme eines jungen Clansmanns faßte die Sorge aller anderen in Worte, denn die englische Verteidigungsbastion in den Middle Marches wurde gut bewacht.

»Nein, falls man ihn tatsächlich in Harbottle Castle festhält«, erwiderte Johnnie tonlos und blieb vor einem der neoklassischen Fenster stehen, die sein Vater hatte einbauen lassen, nachdem er 1679 mit den Douglas aus Ferrara zurückgekehrt war.

Drückendes Schweigen erfüllte den Raum. Die Waffen in den Wandgestellen, die Tartschen — mittelalterliche Schilde —, die Säbel mit den Korbgriffen, die Musketen und Pistolen schimmerten herausfordernd, als wollten sie den Laird verhöhnen.

Wie Walkürengeschrei klang das Heulen des Windes, der Regentropfen gegen die Fensterscheiben peitschte. In der pechschwarzen Nebelnacht konnte man unmöglich Spuren suchen, geschweige denn, verfolgen.

So unmöglich, wie man in Harbottle Castle eindringen kann, sagte sich Johnnie. Da das angestrebte Sicherheitsgesetz die Gefahr eines Krieges zwischen England und Schottland heraufbeschwor, hatten die Engländer eine zusätzliche Dragonerkompanie in ihrer Festung stationiert. Deshalb würden die Schotten einen Frontalangriff wagen müssen, um Robbie zu befreien. Doch es war wohl ratsamer, eine List zu ersinnen.

Langsam wandte sich John Carre, Laird von Ravensby, Oberhaupt der Roxburgh-Carres und elfter Earl von Graden, zu seinen Freunden und Clansmännern. »Wie viele Pferde haben wir verloren?«

»Acht.«

»Dann brauchen wir noch welche — und irgend etwas, um Robbie freizukaufen.«

»Und womit willst du Lord Godfrey an den Verhandlungstisch locken, Johnnie?« fragte ein junger Soldat.

»Vielleicht kommt es nicht dazu. Wir schicken dem illustren Diener der Königin erst einmal einen Brief, mit der höflichen Bitte um Robbies Freilassung.«

»Und wenn das nichts nützt?« fragte einer der Männer sarkastisch.

»Dann bieten wir Godfrey etwas an, das er sicher zu schätzen weiß.«

»Was denn?« Alle Blicke richteten sich auf den großen, schlanken Adam Carre, der wie ein Freibeuter gekleidet war. Über seiner Lederjacke trug er einen glänzenden Schulterpanzer. Im breiten Gurt steckten immer noch zwei Pistolen, und an der Hüfte hing ein Dolch mit Elfenbeingriff. Sein Jagd-Plaid zeigte die Tarnfarben Grün und Braun. Auch die ledernen Breeches und die gespornten Reitstiefel waren braun wie das Erdreich.

Ein dünnes Lächeln umspielte Johnnies Lippen. »Wie ich höre, hütet der Engländer seine Tochter wie seinen Augapfel. Seit dem Tod des alten Hotchane Graham ist sie eine steinreiche Witwe, und Godfrey will sie wieder verheiraten — möglichst profitabel.«

»Aber sie wird streng bewacht«, wandte ein Clansmann ein.

Jeder wußte, wie gut Harold Godfrey, der Earl von Brusisson, seine kostbare Tochter Elizabeth beschützte. Mit ihren vierundzwanzig Jahren nicht mehr blutjung, würde sie ihrem zweiten Gemahl eine beträchtliche Mitgift bieten. Selbst wenn sie unfruchtbar war — und diese Möglichkeit bestand, da sie in ihrer achtjährigen Ehe keine Kinder geboren hatte —, würde ihr Vermögen diesen Makel wettmachen.

»Gewiß, sie wird bewacht«, stimmte der junge Laird zu und zog seine feuchten grünen Lederhandschuhe aus.

Nachdem der wußte, wie er seinen Bruder befreien konnte, hatte sich seine Laune erheblich gebessert. »Aber sie sitzt nicht in einem Verlies von Harbottle Castle, wo zwei Dragonerkompanien stationiert sind. Also sollten wir schon mal überlegen, wie wir Robbies Heimkehr feiern wollen.«

»Schick zuerst den Brief ab«, schlug sein praktisch veranlagter Vetter Kinmont vor. »Für Spiel und Spaß werden wir immer noch genug Zeit finden.«

»Natürlich. Wir schreiben dem Schurken einen netten, höflichen Brief, ohne zu erwähnen, daß Robbie widerrechtlich festgenommen wurde.«

Im Lauf der Jahrzehnte, seit England und Schottland 1603 vereinigt worden waren, hatten die überlegenen englischen Streitkräfte massenweise schottische Renegatenclans verschleppt oder niedergemetzelt und dadurch den Frieden im Grenzland halbwegs gesichert. Später wandte man zivilisiertere Methoden an und verlieh einigen willfährigen Schotten englische Adelstitel und Regierungspensionen. Falls dieser Anreiz seinen Zweck verfehlte, schmachteten die Rebellen hin und wieder im Londoner Tower oder im Tolbooth von Edinburgh. Die widerspenstigsten wurden verbannt oder enthauptet. Aber für Robbies Entführung bestand trotz der kriegerischen Stimmung kein legitimer Grund.

»Wenn uns Elizabeth Godfrey Graham einen kurzen Besuch abstattet«, fuhr Johnnie grinsend fort, »wäre das eine faire Vergeltung für Robbies Gefangennahme — und auch in finanzieller Hinsicht interessant.«

»Wann brechen wir auf?« fragte ein junger Heißsporn.

»Zunächst wird Kinmont einen freundlichen Brief absenden, mit der Bitte um Robbies Freilassung. Den müßte Godfrey morgen nachmittag erhalten. Wir warten drei Tage, danach erforschen wir Lady Grahams tägliche Gewohnheiten.« Johnnie warf die bestickten Lederhandschuhe auf ein Tischchen, zog seine Pistolen aus dem Gurt und wog sie nachdenklich in den Händen, als wollte er den richtigen Zeitpunkt für die Entführung der reichen Witwe abwägen. Dann legte er die Waffen beiseite. »Und inzwischen lasse ich das Zimmer im Ostturm für die schöne Elizabeth herrichten.«

Alle lächelten, sogar Kinmont, die Stimme der Vernunft. »Ja, damit würden wir dem arroganten Lord Godfrey einen Denkzettel verpassen.« Im Grunde seines Herzens war er ein Geschäftsmann, wie so viele Grenzbewohner. Ihre Plünderungen befriedigten nicht nur die Lust am Risiko, sondern dienten vor allem dem Profit.

»Bist du bereit, den Brief zu schreiben?« fragte Johnnie.

»Mit Vergnügen.«

»Dann wollen wir anderen den Rheinwein kosten, der gestern aus Berwick geliefert wurde.«

Obwohl der Earl von Graden eine fröhliche Miene zur Schau trug, sorgte er sich um seinen Bruder. In den Verliesen von Harbottle Castle waren schon viele Schotten gestorben. Länger als eine Woche durfte Robbie nicht in diesem Höllenloch leiden.

Nachdem er mit seinen Männern dem Rheinwein zugesprochen hatte, fühlte er sich erstaunlich nüchtern, als er sein Schlafzimmer aufsuchte. Der Anblick Janet Lindsays, die in seinem Bett lag, ernüchterte ihn vollends.

»Ist Jamie wieder nach Süden geritten?« fragte er leichthin und schloß die Tür hinter sich. Die Gemahlin seines Nachbarn zählte zu den zahlreichen Frauen, die ihn zu erfreuen pflegten, und er hieß sie stets willkommen. Aber während sein Bruder in Godfreys Verlies festsaß, stand ihm nicht der Sinn nach solchen Amüsements.

»Er kommt erst in vierzehn Tagen zurück, Liebling«, erklärte Janet, eine geborene Gräfin und mit einem Grafen verheiratet — eine Frau, die immer tat, was ihr gefiel.

»Heute wurde Robbie entführt, ohne daß wir unsere Gegner provoziert hätten.«

Sie nickte. Im Kerzenlicht schimmerte ihr schwarzes Haar wie Ebenholz. »Deshalb will ich dich trösten.«

»Vielen Dank, das ist nicht nötig.«

Aber sie war nicht vier Meilen durch Wind und Regen geritten, um sich abweisen zu lassen. Und so schob sie die grüne Decke von ihrem schönen, nackten Körper und ging langsam zu Johnnie.

»Robbie würde mich niemals wegschicken«, gurrte sie,

küßte sein unrasiertes Kinn und schmiegte ihre vollen Brüste an seine Lederjacke.

Dieser Behauptung konnte er nicht widersprechen. Großzügig verteilte der hübsche achtzehnjährige Bursche seine Gunst diesseits und jenseits der Grenze.

»Aber ich bin müde«, entgegnete der Laird wahrheitsgemäß. Zwei fast schlaflose Nächte und fünf Stunden im Sattel zehrten an seinen Kräften.

»Liebling, du mußt dich nicht bewegen. Leg dich einfach hin, unbd ich reite auf dir ...« Er versuchte sich zu beherrschen. Doch sein Körper reagierte automatisch auf den verführerischen Vorschlag. Aufreizend glitt Janets kleine Hand zu seiner Lederhose hinab und spürte seine wachsende Erregung. »Siehst du?« flüsterte sie, stellte sich auf die Zehenspitzen und knabberte an seiner Unterlippe. »Du bist keineswegs zu müde.«

Exotischer Jasminduft stieg ihm in die Nase und erinnerte ihn an andere Nächte mit der schönen Nachbarin. »O Gott, Janet ...«, stöhnte er und versuchte sich loszureißen.

Lächelnd schlang sie die Arme um seinen Hals. »Du kannst nicht nein sagen. Das verbiete ich dir.« Ihre Zungenspitze liebkoste sein Kinn. »Küß mich, und du wirst es nicht bereuen.«

Sie zog seinen Kopf herab, preßte ihre Lippen auf seine. Und er bereute es tatsächlich nicht, denn sie beglückte ihn mit all ihren bemerkenswerten Liebeskünsten.

Aber später, als sie eingeschlafen war, verließ er das Bett. Nur kurzfristig hatte er über der wilden Leidenschaft die schreckliche Lage vergessen, in der sich sein Bruder befand. Nun schlüpfte er in den gesteppten Schlafrock, den er aus Makao mitgebracht hatte. Die japanische Seide war wärmer als ein Pelz. Auf Zehenspitzen schlich er in den schwach beleuchteten Korridor hinaus und ging zu seinem Arbeitszimmer.

Dort verbrachte er die nächsten Stunden, studierte seine Landkarten und suchte die günstigste Route zwischen Ravensby und Harbottle Castle — eine Strecke, die auf englischer Seite durch dünn besiedeltes Gebiet und allmählich bergauf führte, zum breitesten Paß über die Cheviots.

Auf dem Rückweg mußte er ein Gebiet durchqueren, wo es ihm gelingen würde, die Verfolger abzuschütteln.

3

Am nächsten Morgen ritt ein Bote mit einer Friedensflagge zu Lord Godfrey und überbrachte ihm den Brief. In überaus höflichen Worten hatte Kinmont die Bitte um Robbies sofortige Freilassung formuliert.

Godfrey antwortete, er würde die Angelegenheit Lord Scroope übertragen, dem stellvertretenden Kanzler der Königin, der sich derzeit auf seinem Landsitz aufhalte und nicht belästigt werden dürfe.

Und so schrieb Kinmont an Lord Scroope und erklärte, Robbie müsse bedingungslos aus der Haft entlassen werden, da man ihn widerrechtlich gefangengenommen habe.

Lord Scroope erwiderte, ohne die Zustimmung Königin Annes und ihrer Ratsherren könne er nichts unternehmen.

Natürlich erkannte Johnnie die Verzögerungstaktik und hatte längst begonnen, seinen Plan durchzuführen.

Am Tag, wo Lord Godfrey den Brief erhalten hatte, waren sieben Ravensby-Männer in Harbottle eingedrungen, um die Lage zu sondieren. Einen Tag später bekam Robbie eine rätselhafte Nachricht, mit Hilfe eines Schankwirts und eines Gefängniswärters, die beide um fünfzig Pfund reicher wurden. »Bald findet ein Austausch statt.« Mehr stand nicht auf dem Pergament, aber der jünger Bruder des Lairds lächelte. Nun fiel es ihm leichter, die Gefangenschaft zu ertragen.

Vier Tage verstrichen, während Johnnies Boten nach Durham ritten, wo Lord Scroope auf seinem Landsitz Bishopgate die Narzissen pflegte. Inzwischen sammelten die Ravensby-Späher die nötigen Informationen über Elizabeth Grahams Tagesablauf. Sorgfältig wurde die Entführung der Geisel vorbereitet.

An einem ungewöhnlich warmen Freitag im März ritt Johnnie Carre nach Harbottle, als Wanderprediger verkleidet.

Zwei Geistliche begleiteten ihn, und alle drei verbargen ihre Waffen unter langen, schwarzen Kutten. Langsam durchquerten sie das Dorf und näherten sich dem Schloß.

Im Peartrea's Inn stiegen sie ab, stellten ihre Pferde im Stall unter und nahmen sich ein Zimmer. Sie aßen im Privatsalon zu Mittag und tranken zwei Flaschen von Mr. Peartreas bestem Rheinwein. Dann beschrieb ihnen der Wirt den Weg zu Dame Rosberys Haus, wo vornehme junge Ladies unterrichtet wurden.

Dame Rosbery, Lady Grahams einstige Gouvernante, war von ihrem Schützling großzügig abgefunden worden und hatte eine Schule in Harbottle gegründet. Wie Johnnies Späher herausgefunden hatten, besuchte Elizabeth die Lehrerin jeden Nachmittag um zwei Uhr.

»Ich *gehe,* Vater, mit oder ohne Wachtposten«, beharrte Elizabeth Graham ärgerlich. »Und wenn du keine Eskorte auftreiben kannst, verzichte ich eben darauf. Es ist mir ohnehin rätselhaft, warum ich in diesem kleinen Dorf, wo zwei Kompanien stationiert sind, einen Beschützer brauche. Wurde ich jemals angegriffen? Großer Gott, Vater, jeder kennt mich, und jeder weiß, daß du hier der Königliche Statthalter bist.«

Nach achtjähriger Ehe mit einem Mann, der ihr trotz seiner zahlreichen Fehler gewisse Freiheiten gestattet hatte, sah sie keinen Grund, wieder die unterwürfige Tochter zu spielen.

»Wieso mußt du Tag für Tag zur Dame Rosbery laufen?« fragte er erbost. Seit Elizabeth nach Harbottle zurückgekehrt war, zerrte ihre Arroganz an seinen Nerven.

»Und wieso nicht? Warum willst du mich in dieser feuchtkalten, düsteren, langweiligen Burg festhalten? Wirst du mir beim Dinner wieder einmal einen Bewerber präsentieren?«

»Du solltest wieder heiraten.«

»Da bin ich anderer Meinung. Und solange du an deiner Tafel Männer versammmelst, die nicht mehr zu bieten haben als Ländereien in Northumbria, kannst du mich nicht umstimmen.«

»Vielleicht müßte ich dich zwingen, meine Wünsche zu erfüllen.«

»Das wird dir niemals gelingen, Vater. Habe ich mich deutlich genug ausgedrückt?« Ihre grünen Augen schienen Funken zu sprühen. »Über mein Vermögen kann ich frei verfügen. Es wird vom Graham-Kuraten verwaltet, und mehrere Redesdale-Männer schützen ihn. Deshalb ist mein Geld sogar vor dir sicher. Und ich glaube, das lag in Hotchanes Absicht. Jedenfalls werde ich Rosie auch weiterhin besuchen und ihr in der Schule helfen. Sei bitte so freundlich und misch dich da nicht ein.«

Hilflos beobachtete der mächtige Lord Godfrey, wie seine Tochter das Arbeitszimmer verließ.

»Wharton!« schrie er. »Besorgen Sie mir einen Wachtposten!«

Wenig später eilte Elizabeth Graham aus dem Burghof und ignorierte ihren Bewacher. Vorsichtig stieg sie die steile, mit Kopfsteinen gepflasterte Straße zum Dorf hinab. Alle Leute, die ihr begegneten, begrüßten sie freundlich. Da sie in Harbottle aufgewachsen war, kannte sie sämtliche Bewohner.

Vor der Kirche blieb sie kurz stehen und bewunderte das bunte Fenster, das den Heiligen Georg und den Drachen darstellte. Das kleine, mittelalterliche Gebäude stand am Nordrand der Straße, im romanischen Stil, schmucklos bis auf das Kreuz über der Tür und die farbigen Fenster. In der Kindheit war Georg, der romantische blonde Ritter, Elizabeths Lieblingsheld gewesen.

Nach der Ehe mit Hotchane glaubte sie nicht mehr an Helden. Aber das schöne Bild gefiel ihr immer noch, und sie lächelte dem Mädchen zu, das er vor dem Drachen gerettet hatte.

Auf dem Weg zu Rosies Haus schüttelte sie die bedrückenden Erinnerungen an ihre Ehe ab. Obwohl der Vater sie ständig zu einer zweiten Heirat drängte, fühlte sie sich frei und unabhängig. Jetzt konnte sie die Vergangenheit begraben, die frische Frühlingsluft genießen, den Duft des jungen Grases.

Wie immer freute sie sich auf den Besuch bei Rosie und deren Schützlingen. Jeden Nachmittag half sie den jungen Damen, lesen und schreiben zu lernen und spielte auf dem

Cembalo, während sie sangen. Danach unterhielt sie sich mit ihrer geliebten Gouvernante bei einer Tasse Tee.

Rosie umarmte und küßte Elizabeth, während der Wachtposten vor der Haustür Stellung bezog.

»Möchtest du zuerst Tee trinken?« fragte die alte Gouvernante, der die innere Unruhe ihrer einstigen Schülerin sofort auffiel.

»Wie hast du das erraten, Rosie?«

»Nun, ich sehe dir an, daß du wieder einmal mit deinem Vater gestritten hast. Und er wird seine Bemühungen, dich ein zweites Mal zu verheiraten, nicht aufgeben.« Entsetzt hatte Agnes Rosbery mit angesehen, wie die sechzehnjährige Elizabeth mit dem siebzigjährigen Hotchane Graham vor den Traualtar getreten war.

»Aber es wird ihm wohl nichts anderes übrigbleiben.«

»Er könnte einen Richter finden, der ihm einen Gefallen schuldet«, meinte Dame Rosbery und führte Elizabeth in den Salon.

»Glücklicherweise ist mein Geld gut versteckt.«

»Und hoffentlich ebensogut bewacht.«

»Oh, ich denke schon«, erwiderte Elizabeth, obwohl sie bezweifelte, daß die Redesdale-Männer zwei Dragonerkompanien standhalten würden.

»Setz dich, ich gehe nur rasch zu Tattie und bestelle den Tee.« Rosie nahm ein Buch von einem Tischchen neben der Tür und reichte es ihrer Besucherin. »Mal sehen, was du von Daniel Defoes neuem Werk hältst.«

Aber Elizabeth konnte sich nicht auf die Lektüre konzentrieren, in Gedanken immer noch bei der unerfreulichen Diskussion mit ihrem Vater. Sie fühlte sich auch zu rastlos, um Platz zu nehmen.

Und so stand sie immer noch in der Mitte des Zimmers, als ein Mann durch die offene Tür eintrat, die in den Garten führte. Er trug eine schwarze Kutte und lächelte freundlich.

»Guten Tag, Lady Graham«, grüßte Johnnie und verneigte sich ehrerbietig. Sein glattes schwarzes Haar glänzte im Sonnenlicht.

»Kenne ich Sie?« Vielleicht sollte sie ihn fürchten, doch sie fand ihn sehr charmant und fragte sich, wie ein Geistlicher so verführerisch wirken konnte.

»Leider sind wir uns noch nie begegnet.« Obwohl seine blauen Augen an die kalte Nordsee erinnerten, strahlten sie eine seltsame Glut aus. »Schon oft hörte ich Ihre Schönheit rühmen. Doch die Wirklichkeit übertrifft alle Lobeshymnen.«

Seine samtweiche Stimme jagte einen sonderbaren Schauer über ihren Rücken, und sie holte tief Atem, um sich zu fassen. »Sind Sie ein Presbyterianer?«

»Eigentlich bin ich …«, begann er, und sie glaubte beinahe, er würde sich als Erzengel vorstellen, weil er so überirdisch schön war, ». . . der Laird von Ravensby.«

Krampfhaft schluckte sie. Also kein Erzengel, sondern der Teufel persönlich, der berühmteste Wüstling im Grenzland.

»Jetzt müssen wir gehen. Kommen Sie.« Höflich reichte er ihr die Hand, als wollte er sie um einen Tanz bitten.

All die schrecklichen Gerüchte, die sie über den Laird gehört hatte, gingen ihr durch den Sinn. »Nein«, wisperte sie und wich zurück.

»Tut mir leid«, entschuldigte er sich.

Sie wollte schreien, aber er hielt ihr blitzschnell den Mund zu. Mit gedämpfter Stimme erteilte er einen Befehl, und zwei Männer tauchten auf, die Elizabeth fesselten und knebelten. Dann warf er sie über seine Schulter, trug sie in den Garten und durch das Gatter in der Ziegelmauer. Auf der Straße wurde sie in einen Heuwagen verfrachtet. Alle drei Männer legten ihre schwarzen Kutten ab und verwandelten sich in zerlumpte Schafhirten.

Als Johnnie sich neben seine Gefangene ins weiche Stroh setzte, versprach er: »Ich werde Ihnen nicht weh tun.«

Trotz dieser tröstlichen Worte versuchte sie, von ihm wegzurücken.

»Nur wegen des Heus«, erklärte er und legte einen Seidenschal über ihr Gesicht.

Jetzt konnte sie nichts mehr sehen, aber sie spürte seinen kraftvollen Körper, der ihren berührte. Und sie roch süßen Klee, Thymian und Roggenhalme.

Adam und Kinmont lenkten den Pferdewagen durch das

Dorf, so schnell sie es wagen konnten, ohne Aufsehen zu erregen. In sicherer Entfernung ließen sie den Karren stehen, zwischen hohen Erlen am Ufer eines Bachs, wo mehrere Männer mit Pferden warteten.

Immer noch gefesselt und geknebelt, saß Elizabeth vor dem Laird im Sattel, während sie nordwärts galoppierten. Nach ein paar Meilen stießen zweihundert Carre-Männer zu der kleinen Gruppe. Beim Anblick der Geisel grinsten sie erfreut.

»Mein Bruder wird in einem Verlies von Harbottle Castle festgehalten«, erklärte Johnnie auf dem Paß, der über die Cheviot Hills führte. Noch war kein Verfolger zu sehen. Auf der anderen Seite der Berge lag Schottland, wo keine Gefahr mehr drohte. »Wenn Sie mir nicht die Ohren vollschreien, befreie ich Sie von Ihrem Knebel.«

Als sie nickte. löste er den Knoten des weißen Leinentaschentuchs. »Also, Johnnie Carre«, begann sie in kühlem, geschäftsmäßigen Ton. Jetzt, wo sie den Grund ihrer Entführung kannte, fürchtete sie sich nicht mehr. »Sicher wird Ihr Bruder bald in Ravensby eintreffen. Mein Vater legt sehr großen Wert auf mein Vermögen.«

»Das weiß ich. Und es ist jammerschade, daß Robbie festgenommen wurde, denn ich würde Sie gern behalten.«

»Nun, ich bin kein Gegenstand, den man einfach behalten kann«, erwiderte sie belustigt. Sie wandte sich zu ihm, und ihre grünen Augen strahlten. »Aber Sie sind ein Mann, der mich interessieren könnte.«

Plötzlich spürte er ihre warmen, weichen Hüften viel zu verführerisch zwischen seinen Schenkeln, und er erinnerte sich voller Bedauern an seinen Entschluß. Elizabeth Graham durfte kein Haar gekrümmt werden. Sonst würde er die Verhandlungen gefährden. Noch zwei Stunden in ihrer verlokkenden Nähe — das wäre zu riskant. So hielt er an und setzte sie auf ein anderes Pferd. Während er ihr die Zügel reichte, lächelte sie. Erriet sie seine Gedanken? »So haben Sie's bequemer«, bemerkte er.

»Und Sie vermutlich auch.«

»Allzulang werden Sie nicht in Ravensby bleiben.«

»Gewiß nicht.« Ebenso wie Johnnie wußte sie, daß der Vater ihr Geld nicht aufs Spiel setzen würde, nur um einen einzigen Schotten gefangenzuhalten, mochte der Mann auch aus einer illustren Familie stammen.

»Von Uswayford aus schicken wir Ihrem Vater einen Boten«, verkündete er, als sie weiterritten.

»Dann muß ich Ihre Gastfreundschaft höchstens zwei Tage lang beanspruchen.«

»Das ist anzunehmen«, bestätigte er und spornte seinen Rappen an, um Elizabeth Grahams bedrohlicher Nähe zu entrinnen.

Bis sie Ravensby erreichten, sprach er nicht mehr mit ihr.

4

Die Festung Goldiehouse, im Lauf der Zeit mehrmals umgebaut, präsentierte eindrucksvoll die europäischen Architekturstile von der Gotik bis zur Neoklassik. Majestätisch erhob sie sich in der Parklandschaft am River Tweed, das schönste Bauwerk, das Elizabeth je gesehen hatte.

Im Licht der Abendsonne schimmerten die Mauern goldgelb vor dunklen Kiefern und dem jungen Grün der Buchen. Die Fenster glitzerten wie Juwelen.

Hier wohnt kein rauhbeiniger Grenzlord, dachte sie, als die Truppe in den großen gepflasterten Hof ritt. Eher ein lebensfroher Renaissancefürst ...

Dienstboten eilten den Heimkehrern entgegen, und vier Männer halfen der Gefangenen aus dem Sattel. Vergeblich schaute sie sich nach dem Laird um. Sie wurde in die Halle geführt, wo kostbare Gobelins die Wände schmückten. Im Kamin flackerte ein helles Feuer und erwärmte den Raum mit dem hohen gotischen Deckengewölbe.

An der Wand gegenüber dem Eingang stand eine Frau auf einem kleinen Podest, zu dem geflieste Stufen hinaufführten. Schön und schlank, mit glänzendem dunklem Haar, in saphirblauem Kaschmir, wirkte sie wie die Schloßherrin.

»Allzulange werden Sie wohl nicht hierbleiben«, sagte sie kühl.

Elizabeth hatte im Haus, das die Gegner ihres Vaters bewohnten, keinen herzlichen Empfang erwartet, aber ebensowenig diese unverhohlene Feindschaft. Immerhin war ihr der Laird sehr höflich begegnet. Wer mochte die Frau sein?
»Hoffentlich werde ich bald freigelassen«, erwiderte sie und ging zu den Stufen. Der kleine Mann in mittleren Jahren, der sie begleitete, seufzte unbehaglich, und als sie ihn anschaute, sah sie ihn erröten.

»Hat er Sie angefaßt?«

Wer mit dieser Frage gemeint war, mußte die Frau nicht erklären. Aber ehe Elizabeth antworten konnte, erklang hinter ihr die Stimme des Entführers.

»Guten Abend, Janet. Darf ich dich mit Lady Graham bekanntmachen?« Mit langen Schritten näherte er sich dem Podest. »Lady Graham, das ist meine Nachbarin, Gräfin Lindsay.« Während sich die beiden Frauen zunickten, fuhr er fort: »Ihr Vater, Mylady, hat mit Janets Ehemann, dem Grafen von Midlothian, einige offizielle Transaktionen durchgeführt. Wenn du uns jetzt entschuldigen würdest, Janet — ich möchte Lady Graham in ihr Zimmer bringen. Der lange Ritt hat uns alle ermüdet.«

»Gut, ich erwarte dich dann beim Dinner.« Ihre Anmaßung war durchaus beabsichtigt, denn sie wußte, daß er in der Öffentlichkeit keinen Streit anfangen würde.

Auf dem Weg durch die labyrinthischen Gänge schwieg er, offensichtlich in Gedanken versunken, und der Schloßverwalter mußte seine Frage, die Lady Grahams mangelndes Gepäck betraf, zweimal stellen.

»Mrs. Reid soll irgendwelche Kleider für sie heraussuchen«, entgegnete Johnnie schließlich, während sie die Treppe zum Turmzimmer hinaufstiegen. »Brauchen Sie sonst noch was, Mylady?«

»Nein, danke. Nichts ... Nun, vielleicht ein paar Bücher, damit mir die Zeit nicht zu lang wird.«

»Ich will Sie nicht einsperren, Lady Graham. Wenn Sie mir versprechen, keinen Fluchtversuch zu unternehmen, dürfen Sie sich frei im Schloß und auf dem ganzen Gelände bewegen.«

»Natürlich gebe ich Ihnen mein Wort.«

»Ich hoffe, Sie finden Ihren Aufenthalt in Goldiehouse einigermaßen angenehm. Wenn sie irgendwelche Wünsche äußern wollen, wenden Sie sich an Dankeil Willie. In Ihrem Zimmer müßte inzwischen eine Zofe warten. Mein Küchenpersonal versteht sein Handwerk. Also können Sie auch ausgefallene Wünsche äußern, was Ihre Speisen angeht. Habe ich etwas vergessen, Willie?«

»Nur den Wein, Johnnie.« So vertraulich wurde der Laird von allen seinen Untergebenen angeredet, da sie ausnahmslos mit ihm verwandt waren.

Obwohl England einen Krieg gegen Frankreich führte, hatte das schottische Parlament das Einfuhrverbot aufgehoben, das für französische Weine galt.[3]

»Wir beziehen unsere Weine aus Frankreich auf legalem Weg«, erklärte Johnnie seiner Gefangenen, »während die Engländer diese köstlichen Tropfen übers Meer schmuggeln müssen. Also können Sie Ihren Lieblingswein wählen. Außerdem besitzen wir einen reichlichen Vorrat an Rheinweinen, weil die Engländer und Holländer im letzten Herbst diesen schönen Fluß erobert haben. Willie rühmt sich seines fachkundigen Gaumens. Falls Ihnen die Wahl schwerfällt, lassen Sie sich von ihm beraten, Mylady.«

Freudestrahlend bot der Verwalter seine Dienste an, und Elizabeth erwiderte sein Lächeln. »Dann will ich mich Ihnen rückhaltlos anvertrauen, Willie.«

»Einverstanden, Mylady.«

Wenig später betraten sie das geräumige, luxuriös eingerichtete Turmzimmer, das an drei Seiten eine prächtige Aussicht bot.

Italienische Künstler, von einem früheren Laird nach Ravensby gelockt, hatten die Wände bemalt, erlesene türkische Teppiche milderten die Kälte des Steinbodens. Mit ihrer seltsamen Verschmelzung mittelalterlicher und neoklassischer Motive erinnerten die Möbel an ein Kloster.

»Es sieht fast so aus, als hätte eine Märchenfee dieses Zimmer ausgestattet«, meinte Elizabeth, wandte sich zu Johnnie und begegnete einem bewundernden Blick.

Aber seine Miene nahm sofort wieder den Ausdruck eines höflichen, distanzierten Gastgebers an. »Hätte mir eine Fee beigestanden, wären Sie in Harbottle geblieben, und ich müßte Sie nicht gefangenhalten, um Robbie aus Lord Godfreys Verlies zu holen. Für die Gestaltung dieses Turmzimmers ist meine Mutter verantwortlich. Sie hat hier oben gemalt.«

»Oh ...« Sie wußte nicht, ob sie neugierige Fragen nach seiner Mutter oder anderen Verwandten stellen sollte — und wieviel sie über diesen faszinierenden, attraktiven Mann wissen wollte.

Johnnie hätte ihre Unsicherheit am liebsten weggeküßt. Während ihrer Ehe mit einem Mann, der viermal so alt gewesen war wie sie, hatte sie sich entweder mit Liebhabern schadlos gehalten — oder sie brauchte einen, und zwar dringend. Dieser Gedanke brachte seinen Entschluß fast ins Wanken.

Nein! Beinahe hätte er das Wort laut ausgesprochen. Vielleicht später, überlegte er und zügelte sein Verlangen. Wenn Robbie befreit ist ...

»Gute Nacht, Lady Graham.« Abrupt kehrte er ihr den Rücken und verließ das Zimmer.

Willie strich verlegen durch sein Haar und zerzauste die widerspenstigen roten Büschel noch mehr. Dann begann er hastig zu sprechen, um das drückende Schweigen zu brechen und die Nachwirkungen von den offenkundigen fleischlichen Gelüsten seines Lairds zu verscheuchen. »Mylady, darf ich Ihnen ihre Zofe Helen vorstellen? Und nun erklären Sie mir bitte, was Sie zu speisen wünschen. Selbstverständlich werde ich Ihnen auch ein paar Bücher bringen. Helen, komm her und begrüß Ihre Ladyschaft ...«

5

Bald danach vertauschte Johnnie die Reitkleidung mit einem formellen Abendanzug und betrat sein privates Speisezimmer. Das frischgewaschene, immer noch feuchte Haar war im Nacken zusammengebunden, das grüne Samtjackett geöffnet, um die elegante weiße Brokatweste zu zeigen. Im lose geschlungenen Knoten des spitzenbesetzten Halstuchs steckte eine kleine Diamantnadel. Die Strümpfe paßten farblich zur engen, pflaumenblau und moosgrün karierten Hose. Am Hals und an den Manschetten ragten die weißen Spitzenrüschen des Hemds hervor.

»Liebling, ich habe dich so vermißt«, flötete Janet, die sich auf einem Tapisseriesofa rekelte. Ihre dramatische Pose betonte das gewagte Dekolleté des Abendkleids aus Silberlamé.

»Fühl dich ganz wie zu Hause«, erwiderte er sarkastisch und musterte den Tisch vor dem Kamin, der für zwei Personen gedeckt war. Janet hatte die Dienstboten weggeschickt. Neben ihr stand ein Silbereimer mit einer Flasche seines besten Rheinweins. Bei diesem Anblick wuchs sein Ärger über ihre ungebetene Anwesenheit. Er füllte ein Glas und sank in einen Sessel. »Unter meinem eigenen Dach ziehe ich's vor, mein Dinner selbst zu planen«, bemerkte er in frostigem Ton.

»Sei mir nicht böse, mein Schatz. Ich habe das Küchenpersonal beauftragt, deine Lieblingsspeisen zu kochen. Da drüben beim Feuer findest du dein spezielles Aqua vitae, und ich habe die Dienstboten angewiesen, uns nicht zu stören.« Anmutig bewegte sie eine Schulter, und der Ausschnitt ihres Kleids rutschte noch tiefer. Das scharlachrote Korsett, das ihre vollen Brüste emporhob, kam zum Vorschein, und sie lächelte ihn aufreizend an.

»Meine teure Janet, ich bin nicht dein prüder, bejahrter Ehemann«, betonte Johnnie und hob spöttisch die Brauen. »Und ich habe schon viele pralle, jugendfrische Brüste gesehen.« In einem Zug leerte er sein Glas.

»Heute nacht muß ich mich wohl besonders anstrengen, um dich aufzuheitern. Warum bist du denn so mißgelaunt?«

»Weil du viel zu anmaßend bist«, erwiderte er und griff wieder nach der Flasche. Allerdings mußte er sich eingestehen, daß sich sein gesamter Haushalt längst an Janets Überheblichkeit gewöhnt hatte. Er ärgerte sich eigentlich nur, weil sie vor Elizabeth Graham die Hausherrin gespielt hatte.

»Oh, das werde ich wieder gutmachen, ganz bestimmt, Liebling«, versprach sie. »Vielleicht darf ich heute nacht deine persönliche Dienerin sein. Würde dir das gefallen? Beim Dinner könnte ich dir die besten Leckerbissen in den Mund stecken. Nach dem Essen wasche ich deine Finger und helfe dir, dich zu entspannen. Gehorsam und unterwürfig will ich dir jeden Wunsch von den Augen ablesen, wie ein ganz junges Mädchen, das dich anhimmelt. Wenn du dein Aqua vitae trinken möchtest, schenk ich's dir ein, bring's dir und lasse mich zu deinen Füßen nieder. Sollten dir meine Dienste mißfallen, könntest du mich bestrafen — wie ein mächtiger, anspruchsvoller Herrscher . . .« Die Fantasiebilder, die sie heraufbeschwor, schürten ihr eigenes Verlangen, heiße Leidenschaft verschleierte ihre Augen.

»Sprich nur weiter, Janet«, forderte er sie auf und musterte sie über den Rand seines Weinglases hinweg. »Dann wirst du meiner Avancen gar nicht bedürfen, um Befriedigung zu finden.«

«Aber ich brauche dich, Johnnie«, wisperte sie und ignorierte seinen Hohn. Der Gedanke, er würde sie gebieterisch seinem Willen unterwerfen, jagte das Blut schneller durch ihre Adern. »Bitte, laß mich deine Dienerin sein, und du wirst dich meines bedingungslosen Gehorsams erfreuen.«

Als er sah, wie sich ihre Brustwarzen unter der dünnen Seide erhärteten, wuchs auch seine Begierde. Aber er lächelte ironisch. »Ich bezweifle, daß du die Bedeutung des Wortes ›Gehorsam‹ überhaupt verstehst, mein Kätzchen . . .«

»Stell mich doch auf die Probe, Johnnie . . .« Langsam hob sie ihren Rock, entblößte verführerisch rote Seidenstrümpfe, weiße Schenkel und dunkles Kraushaar. »Ich tue alles, was du möchtest.«

Vielleicht hätte ihr ein Mönch widerstanden. Vielleicht auch nicht. Aber Johnnie Carre kannte keine religiösen Bedenken, und sein sexueller Appetit war unersättlich. O ja, er begehrte Janet. Aber sein Ärger über ihr besitzergreifendes Verhalten war keineswegs verflogen. »Nur eine kleine Warnung.«

»Was auch immer . . .«

»Wenn du mir in meinem Haus noch einmal Vorschriften machst, demütige ich dich — in aller Öffentlichkeit.« Obwohl seine Stimme leise und sanft klang, war die Drohung unmißverständlich und traf Janet wie ein Blitzschlag.

Zum erstenmal in ihrem Leben fühlte sie sich eingeschüchtert. »Ja, mein Gebieter«, flüsterte sie. Nun verschmolzen Spiel und Wirklichkeit miteinander. Ein wohliger Schauer rann ihr über den Rücken.

»Also hast du mich verstanden?«

»Natürlich, Euer Gnaden.« Gefügig senkte sie die dunklen Wimpern.

»Aber du mußt dich nicht allzu intensiv in deine Rolle hineinsteigern«, erwiderte er grinsend. »Ich werde es so oder so mit dir treiben.«

Nun zögerte sie kurz, nicht wegen seiner ungalanten Wortwahl, sondern weil sie überlegte, ob sie die reizvolle Komödie verlängern sollte, um das erfolgreiche Ende noch attraktiver zu gestalten. Dann stand ihr Entschluß fest. »Trotzdem möchte ich spielen.«

»Und wenn ich's nicht will?«

»Oh, ich werde dich schon umstimmen ...«

»Was für ein lüsternes kleines Ding du doch bist! Du hättest einen jüngeren Mann heiraten sollen.«

»Meinst du etwa, ich müßte meinem Ehemann die Treue halten?« fragte sie in geheuchelter Unschuld.

Seufzend erinnerte er sich an die krasse Realität aristokratischer Ehen und seine eigenen unmoralischen Anschauungen. »Verzeih mir meinen naiven Vorschlag.«

»Ja, der war tatsächlich naiv, wenn man bedenkt, wie viele verheiratete Damen du schon beglückt hast.«

Plötzlich fragte er sich, ob Elizabeth Graham ihrem alten Gemahl treu gewesen war. Wenn ja, wie würde sie sich in den Armen eines vitalen, begehrlichen Mannes verhalten? Kalt wie Eis — oder voller Glut, nachdem sie jahrelang auf sexuelle Freuden verzichtet hatte?

»Nun?«

Von faszinierenden Visionen abgelenkt, hatte er Janets Frage überhört.

Entschlossen verdrängte er die bezaubernde Lady Graham aus seinen Gedanken und bat mit einem Lächeln um Entschuldigung. »Sei mir nicht böse. Es war ein sehr langer Tag.«

»Ich habe mich nur erkundigt, ob du noch etwas Wein

trinken möchtest, mein Gebieter«, murmelte Gräfin Lindsay in unterwürfigem Ton.

Nachdenklich verglich er die lasterhafte Janet mit der kühlen, beherrschten Elizabeth Graham. Doch die schöne Geisel war außerhalb seiner Reichweite — und die heißblütige Nachbarin ganz in seiner Nähe. »Warum nicht?«

»Ja, warum nicht?« Für einen Augenblick fiel sie aus der Rolle. »Wie schwierig du heute bist! Muß ich dich fesseln und dir die Kleider vom Leib reißen?«

»Vielleicht später«, entgegnete er lächelnd.

»Bist du sehr müde?« Die Frage galt weniger seinem Wohlbefinden als ihren eigenen Interessen.

»Und wenn ich es wäre, nachdem ich nach Harbottle und zurückgeritten bin?«

»Unsinn, Johnnie, du bist nie müde.«

Damit hatte sie recht. Nachdem das Problem ihrer unberechtigten Anmaßung geklärt war, befand er sich in bester Laune. Um seinen Bruder brauchte er sich nicht mehr zu sorgen. Nachdem er Lady Graham in seine Gewalt gebracht hatte, konnte er am nächsten Morgen anfangen, um Robbies Freilassung zu verhandeln. Spätestens in einer Woche müßte der Junge zurückkehren. »Also gut, wenn du darauf bestehst — ich bin nicht müde, aber verdammt hungrig. Und für eine persönliche Dienerin hast du viel zuviel an, Kätzchen.« Gemächlich stand er auf und ging zum gedeckten Tisch. »Rück mir meinen Stuhl zurecht, Janet.«

Da sie es nicht gewöhnt war, Befehle zu erhalten, dauerte es eine Weile, bis er ihren Seidenrock rascheln hörte. Verführerisch streiften ihre vollen Brüste seinen Arm. »Küß mich!«

Doch er schaute sie nicht einmal an. »Rück mir endlich den Stuhl zurecht, damit ich mich setzen kann.«

»Erst mußt du mich küssen.« Herausfordernd schmiegte sie sich an ihn. Seit ihrem fünfzehnten Lebensjahr hatte ihr noch kein Mann widerstanden.

»Der Stuhl!« Johnnies herrischer Tonfall ließ sie erschauern, seine kühle Gleichgültigkeit wirkte wie ein Aphrodisiakum.

Flehend strich sie über seine Schulter. »Bitte ...«

»Verstehst du denn nicht?« fragte er und schob ihre Hand

energisch beiseite. »Ich gebe hier die Befehle, und du mußt gehorchen.« Nachdem sie den Stuhl bereitgestellt hatte, mußten mehrere Korrekturen vorgenommen werden, bis Johnnie zufrieden war. »Etwas weiter nach hinten. Jetzt nach links ...«

Mühsam bezwang sie ihre Ungeduld, und als er ihr bedeutete, sein Weinglas zu füllen, fragte sie: »Soll ich zuerst mein Kleid ausziehen?«

»Nein.« Lässig lehnte er sich zurück. »Schenk mir Wein ein.«

Die Sirene in ihr rebellierte. Sah er tatsächlich nur eine Dienerin in ihr? Oder einen Gegenstand, so reizlos wie ein Möbelstück? Schmollend schob sie die Unterlippe vor.

Doch dann warf sie einen Blick auf den weichen Wollstoff seiner Hose, sah seine unverkennbare Erregung und war versöhnt. Während sie den Wein einschenkte, neigte sie sich zu Johnnie, um ihm einen tiefen Einblick in ihr Dekolleté zu gewähren.

»Würdest du bitte deine Brüste aus meinem Gesicht entfernen?« mahnte er.

»Wie ungehobelt du bist!« schimpfte sie und stellte die Flasche mit einem Knall auf den Tisch.

»Die Ansichten meiner Dienstboten interessieren mich nicht.« Er hielt das Glas ins Kerzenlicht. Seelenruhig betrachtete er die goldgelbe Flüssigkeit, als wäre er allein im Zimmer.

»Oh, wie ich dich hasse!« zischte sie, obwohl seine Nonchalance ihre Sinnenlust noch steigerte.

»Angesichts deiner Position spielt es keine Rolle, ob du mich haßt oder nicht.« Endlich schaute er sie an. »Nachdem du mich gefüttert hast, werde ich vielleicht beschließen, mit dir zu schlafen. Dann hast du die Wahl. Entweder fügst du dich meinen Wünschen, oder du verlierst deine Stellung in meinem Haus. Ist das klar?«

»Ja, Euer Gnaden«, flüsterte die Gräfin und bedeckte ihr Dekolleté mit beiden Händen, da ihr Herr diskretere Dienste wünschte.

Doch er schob ihre Finger beiseite und strich über ihre Brüste. »Oh, ich habe keineswegs gesagt, dein Busen würde mir mißfallen«, bemerkte er, griff in ihren Ausschnitt und berührte eine harte Brustwarze, die sich unter der dünnen Seide des Korsetts abzeichnete. »Es stört mich nur, wenn er mir beim Essen in die Quere kommt.« Gemächlich zog er seine Hand zurück. »Und jetzt sei so nett und kleide dich aus. Ich möchte feststellen, ob du geeignet bist, noch andere Zwecke zu erfüllen, nachdem du mich beim Dinner bedient hast.«

Mit bebenden Händen öffnete sie die Häkchen ihres Kleids, und es fiel ihr schwer, sich darauf zu konzentrieren, weil ein wildes Feuer durch ihren Körper strömte. Knisternd fiel der Silberlamé zu Boden, und sie stand wie eine Edelkurtisane vor ihrem Herrn, in roten Seidenstrümpfen, geblümten Strumpfbändern, violetten Samtschuhen und einem scharlachroten Korsett, so eng geschnürt, daß die Brüste wie pralle weiße Kugeln über der schmalen Taille hervorragten.

»Schade, daß du so vollbusig bist«, meinte der Laird gedehnt. »Ich ziehe zierliche Frauen vor. Vielleicht sollte ich dich wegschicken.«

»Oh, bitte nicht, mein Herr!« rief Janet erschrocken. »Ich könnte ein Hemd anziehen, Euer Gnaden. Das würde Ihre Augen nicht beleidigen ...«

Eine Zeitlang schien er über diesen Vorschlag nachzudenken, spielte mit seinem Weinglas, dann warf er einen Blick auf die hohe Wanduhr. »Nein, es ist schon spät. Und da du gerade zur Verfügung stehst, will ich mich mit dir begnügen, trotz deiner riesigen Brüste. Also darfst du hierbleiben.« In seiner Stimme schwang ein gewisser Widerwillen mit. Dann fügte er hinzu: »Während ich esse, wünsche ich keine Konversation. Zieh dein Korsett aus, laß nur die Schuhe und die Strümpfe an. Ich mag rote Seidenstrümpfe.« Genausogut hätte er sagen können: ›Ich trinke meinen Tee gern mit Zucker.‹

In ihrer verzweifelten Begierde war sie bereit, alle Forderungen zu erfüllen. Und so kämpfte sie mit der Verschnürung an ihrem Rücken, während Johnnie lässig an seinem Wein nippte. Normalerweise stand ihr eine Zofe oder ein hilfsbereiter Liebhaber bei. Sie hatte sich noch nie eigenhändig von ihrem Korsett befreit. Endlich landete das lästige Ding auf dem Teppich, die schwarzen Locken hingen ihr wirr ins erhitzte Gesicht.

»Nun darfst du mich füttern«, verkündete Johnnie, als sie nackt vor ihm stand, nur in Strümpfen und Schuhen. Gebieterisch zeigte er auf einen Teller mit kleinen Obstkuchen.

»Später.« Mittlerweile hatte sie die Rolle der fügsamen Dienerin gründlich satt. »Erst mußt du mich lieben.« Der Kontrast zwischen seinem vollständig bekleideten Körper und ihrer eigenen Nacktheit erregte sie noch mehr.

»Nein, vorher will ich essen.«

»Großer Gott, Johnnie«, flüsterte sie atemlos, »ich kann nicht mehr ...«

»Gib mir ein Stück Kuchen.«

Mit einiger Mühe bezähmte sie ihre Unrast und schob ihm einen Bissen in den Mund.

»Bist du nicht hungrig?« fragte er im Konversationston, und seine Hand glitt zwischen ihre Schenkel.

Überwältigt schloß sie die Augen. Da ihr die Stimme nicht gehorchte, schüttelte sie nur den Kopf.

»Öffne die Augen!« befahl er leise. Als sie gehorchte, las er unverhohlene Leidenschaft in ihrem Blick. »Und spreiz die Beine.« Das ließ sie sich nicht zweimal sagen. Seine Finger drangen in die feuchte Hitze ein, die ihre Lust verriet, und sie neigte sich begierig zu ihm.

»Steh still!» kommandierte er. Stöhnend erfüllte sie seinen Wunsch. »Ausgezeichnet!« murmelte er, und während er sie aufreizend liebkoste, wußte sie nicht, ob er ihre Fügsamkeit oder ihre unverkennbare Bereitschaft meinte. »Gib mir noch was von diesem köstlichen Kuchen.« Doch sie hörte nicht zu, ganz im Bann ihrer süßen Qual. »Willst du mich wohl bedienen?« mahnte er. »Oder ich schicke dich hinaus.«

Dieser Gefahr durfte sie sich nicht aussetzen, und so schob sie hastig einen Bissen in seinen Mund.

»Halt die Augen offen! Du sollst zusehen, wie ich esse.« Langsam kaute er, während seine fachkundigen Finger ihre Lust steigerten, und wenig später erreichte sie den Höhepunkt. Ihr ganzer Körper begann heftig zu zucken. »Und jetzt der Apfelkuchen. Sei ein braves Mädchen, nimm das Messer und schneide ein Stück ab. Wenn du dich an meine Anweisungen hältst, werde ich dich die ganze Nacht lieben.« Er beugte sich vor und saugte an einer Brustwarze, um die heißen Wellen ihrer Erfüllung noch zu intensivieren. Dann zog er seine Hand zwischen ihren Schenkeln hervor und wischte sie sorgsam mit einer Leinenserviette ab.

Nur die raschen, keuchenden Atemzüge der Gräfin durchbrachen die Stille, und es dauerte eine Weile, bis sie wieder klar denken konnte. »Zum Teufel mit deiner Arroganz! Oh, ich hasse dich!« Ihr Arm schwang empor, und sie wollte ihn schlagen, aber er hielt ihr Handgelenk mühelos fest.

»Eigentlich gewann ich den Eindruck, es hätte dir Spaß gemacht, Janet«, entgegnete er grinsend.

»Hebst du dir deine Erektion für eine andere auf?« zischte sie und riß sich los.

Immer wieder war die Erinnerung an eine andere Frau zurückgekehrt — an die schöne, unnahbare Lady Graham. Aber solange Robbies Leben auf dem Spiel stand ... »Heute nacht nicht. Wollen wir das Spiel beenden? Oder soll ich weiterhin den gnadenlosen Gebieter mimen?«

»Diese Rolle ist dir auf den Leib geschrieben«, stieß sie hervor, eilte um den Tisch herum und sank in einen Lehnstuhl.

»Erklär mir doch, wie ich mich verhalten soll, und ich werde sehen, was ich tun kann.«

»Ach, zum Teufel mit dir!« seufzte sie. »Als ob du das nicht wüßtest!« Sie streckte sich wie eine Katze in der Polsterung ihres Sessels, und der burgunderrote Damast ließ ihre Haut noch heller schimmern.

Endlich verwandelte sich Johnnie Carre in den vertrauten, charmanten Liebhaber zurück, den sie so gut kannte.

Bevor sie ihn am nächsten Morgen verließ, erklärte er ihr, sie müsse sich von Goldiehouse fernhalten, bis sein Bruder zurückgekehrt sei. Im Augenblick könne er sich nur auf Robbies Rettung konzentrieren. Nichts dürfe ihn davon ablenken, nicht einmal die Verführungskunst einer schönen Frau.

Mit einem letzten beglückenden Liebesakt erzwang er Janets Zustimmung. Dann schlich sie aus dem Zimmer, und er schlief zufrieden ein.

6

Nach einem tiefen, traumlosen Schlaf, zweifellos von Willies französischem Wein bewirkt, stand Elizabeth auf und nahm ein Frühstück zu sich, das sogar einen Feldarbeiter gesättigt hätte. Dann schlüpfte sie mit Helens Hilfe in ein exquisites Kleid aus rotgrün karierter Seide. Entschlossen, das Gelände der Festung zu erforschen, ging sie in den Hof hinab.

Vor der Tür wartete ein Pferd mit Damensattel, von einem Stallburschen am Zügel festgehalten. Also mußte Janet Lindsay die Nacht in Goldiehouse verbracht haben. Diese hochwohlgeborene Hure ...

Rasch verdrängte Elizabeth ihren unerklärlichen Ärger, durchquerte den Hof und trat vor das Tor.

Eine Anhöhe oberhalb des grasbewachsenen Burggrabens bot einen schönen Ausblick auf grüne Wiesen und den Fluß. Doch das konnte sie nicht von ungebetenen Gedanken an Johnnie Carres Liebesleben ablenken. Offensichtlich schlief dieser Wüstling mit allen Frauen, die ihre Bereitschaft zeigten, und es war wohl besser, wenn sie ihn vergaß.

Während der nächsten Tage sah sie den Schloßherrn zu selten. Um die Verhandlungen über Robbies Freilassung nicht zu gefährden, mied er Elizabeths verführerische Nähe. Trotzdem erschien sie ihm in viel zu lebhaften Träumen.

Irgendwie mußte sie sich die Zeit vertreiben, und so saß sie stundenlang in der Bibliothek, fasziniert von zahlreichen Büchern über Architektur und Plänen, die alle baulichen Veränderungen des Schlosses dokumentierten. Offensichtlich war die Leidenschaft für architektonische Neuerungen im Lauf der Carre-Generationen ständig weitervererbt worden.

Der Plan mit dem jüngsten Datum zeigte den Grundriß

eines schlichten Westflügels, im klassischen Stil. Also schien der derzeitige Earl von Graden eine weniger feudale Umgebung vorzuziehen.

Sie freundete sich mit Munro an, einem jungen Architekten, der erst kürzlich aus Vicenza zurückgekehrt war. Dort hatte er Palladios ländliche Villen studiert. Elizabeth besuchte ihn oft in seinem Arbeitszimmer und hörte zu, während er von Palladios Intentionen schwärmte, die Häuser mit der Landschaft zu verschmelzen. Das interessierte sie sehr, da sie sich ein eigenes Haus bauen wollte. Sie hatte bereits einen Makler beauftragt, ein geeignetes Grundstück in Northumbria zu suchen, in sicherer Entfernung von ihrem besitzergreifenden Vater.

Ihre Mahlzeiten nahm sie im Turmzimmer oder in der Küche ein, wo ihr die freundlichen Dienstboten Gesellschaft leisteten. Manchmal trank sie Tee in Mrs. Reids Salon und ließ sich von der Haushälterin amüsante Geschichten über die Familie Carre erzählen.

Obwohl der Laird ihr geflissentlich aus dem Weg ging, trafen sie sich eines Nachmittags im Garten.

Nach einem Treffen mit seinem Architekten am Flußufer wählte er eine Abkürzung. Sie hatten die Höhe der Kuppel oberhalb der Orangerie erörtert, die den neuen Flügel mit dem alten Schloß verbinden sollte. Einstimmig waren sie zu der Überzeugung gelangt, eine niedrige Kuppel sei vorzuziehen, da sie — vom Fluß aus betrachtet — die Gesamtproportionen nicht stören würde.

Nun wollte er gemeinsam mit Kinmont die Antwort auf Godfreys Bedingungen formulieren, die an diesem Morgen eingetroffen waren. Da er sich verspätet hatte, eilte er mit schnellen Schritten die Kieswege entlang, sprang über Blumenbeete und den kleinen Teich am Eingang des Gartens. Als er um eine Buchsbaumhecke bog, stieß er mit jemandem zusammen.

Automatisch hielt er Elizabeth fest, die mit einem leisen Aufschrei nach hinten taumelte. Bücher und Papiere fielen ihr aus den Händen, atemlos starrte er in ihre grünen Augen, und die unerwartete Begegnung schürte das Verlangen, das ihn seit Tagen quälte.

»Tut mir leid«, entschuldige sie sich. Was bedauerte sie? Den Zusammenprall oder die Sinnenlust, die sie erregte? Las sie in seinem Blick, was er empfand?

»Mir auch«, antwortete er und ließ sie los. »Erlauben Sie mir, Ihnen zu helfen.« Er bückte sich, sammelte die Bücher und Papiere ein. Da sie dicht neben ihm stand, roch er Mrs. Reids Seife, die nach Klee duftete. Unwillkürlich stellte er sich vor, wie Elizabeth Graham in der Badewanne saß, ein Stück Seife in der Hand, die Brüste halb von heißem Wasser bedeckt.

Die Zähne zusammengebissen, verdrängte er das Fantasiebild.

Und Elizabeth starrte auf seine erstaunlich breiten Schultern hinab. Wie würden sich seine kraftvollen Muskeln anfühlen? Beinahe geriet sie in Versuchung, ihn zu berühren, und ballte die Hände.

»Hier.« Geschmeidig richtete er sich auf, überreichte ihr die Bücher und Papiere.

»Danke ...«

Dann standen sie unsicher voreinander, wie Halbwüchsige, die keine Worte fanden, von verwirrenden Emotionen erfaßt.

Es war Johnnie, der das Schweigen brach, im gesellschaftlichen Umgang etwas versierter.

»Interessieren Sie sich für Architektur?« fragte er und zeigte auf die Bücher.

»O ja. Ich möchte ein Haus bauen.«

»Also beabsichtigen Sie, in Zukunft allein zu leben?«

Sie nickte, und er konnte seinen Bllick nicht von ihr losreißen. Obwohl sie ein formloses taubengraues Leinenkleid trug, sah sie hinreißend aus, und seine Willenskraft begann zu erlahmen.

Sollte er sie einfach hochheben, in sein Schlafzimmer tragen und nicht mehr herauslassen, bis Godfreys Gesandte seinen Bruder nach Goldiehouse brachten? Oder sollte er sich abwenden und davongehen?

Viel zu lange beschäftigte ihn diese Frage unter der warmen Frühlingssonne. Doch letzten Endes siegte sein Gewissen. An erster Stelle stand Robbies Wohl. »Nun, dann hoffe ich, Ihr Wunsch wird sich bald erfüllen, und Sie können in Ihrem Haus leben – ganz allein.« Höflich verneigte er sich und ergriff die Flucht.

Am nächsten Morgen sahen sie sich wieder, als er das Büro des Architekten betrat und Elizabeth antraf. Wie gebannt blieb er stehen. Diesmal trug sie ein zitronengelbes Kleid, das vor der dunklen Wandtäfelung um so heller zu leuchten schien.

»Komm doch näher, Johnnie!« forderte Munro ihn auf. »Soeben habe ich mit Lady Graham über Gartenarchitektur diskutiert, und deine Meinung über dieses Thema würde uns sehr interessieren.«

»Oh, ich möchte nicht stören«, erwiderte Johnnie. Warum wühlte Elizabeths Anblick ihn immer wieder auf? Es mißfiel ihm, wenn Frauen unerwünschte Gefühle weckten. »Genausogut können wir heute nachmittag über den neuen Flügel reden.«

»Wieso denn, wenn du nun mal hier bist?« Munro schien das Unbehagen seines Arbeitgebers nicht zu bemerken. »Inzwischen habe ich neue Pläne gezeichnet und all deine Vorschläge berücksichtigt, Johnnie. Übrigens, Elizabeth ist ganz begeistert von unserem Projekt.«

Die offensichtliche Vertrautheit zwischen seinem Architekten und seiner Geisel irritierte Johnnie. »Dann muß ich mir die Pläne natürlich ansehen«, entgegnete er und ging zum Schreibtisch.

»Um die Wahrheit zu gestehen, Elizabeth hat mir geholfen, diesen Teil hier zu zeichnen«, erklärte Munro und zeigte auf ein Papier.

»Oh, ich durfte nur die unwichtigen Einzelheiten übernehmen«, warf sie lächelnd ein.

»Grundfesten sind niemals unwichtig«, protestierte der Architekt.

»Also, dann langweilig. Diese schönen Reliefarabesken stammen von Ihnen. Aber morgen müssen Sie mir gestatten, meine bescheidenen Fähigkeiten an einer Kartusche zu erproben.« Schockiert beobachtete Johnnie, wie sie seinem Vetter die Zunge herausstreckte, wie ein mutwilliges Kind.

»Oder Sie werden mir grollen?« neckte sie der junge Architekt.

»Allerdings.«

»Also habe ich keine Wahl.«

»Wie schnell Sie das begreifen ...« Lächelnd wandte sie sich zu Johnnie. »Ist er nicht nett zu mir?«

»Doch, sogar sehr nett.« Johnnies frostige Antwort ließ ihr bezauberndes Lächeln ersterben, und Munro starrte ihn bestürzt an.

Die beiden Männer waren Vettern und unter demselben Dach aufgewachsen. In all den Jahren hatten sie sich gut verstanden. Aber jetzt drückte Johnnies Miene kalte Abneigung aus, und Munro fragte vorwurfsvoll: »Warum sprichst du so unfreundlich mit Lady Graham? Du mußt dich sofort bei ihr entschuldigen.«

»Und wenn ich mich weigere?« entgegnete Johnnie. Wütend stellte er sich vor, wie Elizabeth mit seinem Vetter geflirtet hatte, während es ihm selbst immer schwerer gefallen war, sein Verlangen zu bezähmen.

»Jetzt ist Schluß mit diesem Unsinn!« rief sie erbost und stand auf. »Wirklich, Sie beide benehmen sich wie alberne Schuljungen. Hotchane hätte Sie in den Fluß geworfen, um Ihr hitziges Blut abzukühlen.«

»Das hätte er mal versuchen sollen«, murmelte Johnnie, immer noch von wilder Eifersucht erfüllt.

»Immerhin blieb er achtundsiebzig Jahre lang am Leben, Mylord. Und das verdankte er nicht zuletzt seiner Redesdale-Armee.«

»Aber jetzt ist er tot, Mylady. Und die Redesdale-Armee befindet sich jenseits der Grenze.«

»Wollen Sie mir drohen?«

»Natürlich nicht.«

»Bedenken Sie bitte, daß ich eine Geisel bin. Und in solchen Situationen muß man sich an gewisse Regeln halten.«

»Und vergessen Sie bitte nicht, *wer* hier die Regeln aufstellt — nämlich *ich*.«

»Gewiß, ich verstehe«, erwiderte sie sarkastisch. »Würden Sie mir jetzt erlauben, das Zimmer zu verlassen?«

Um seine Macht zu demonstrieren, zögerte er so lange,

daß es unhöflich wirken mußte. Schließlich nickte er, und sie eilte ohne ein weiteres Wort hinaus.

»So ist das also«, meinte Munro gedehnt. »Und bis jetzt hast du's trotzdem geschafft, deine Finger von ihr zu lassen?«

»Nur mit Mühe«, gestand Johnnie seufzend.

»Verzeih mir bitte, wenn ich dich gekränkt habe.«

»Oh, du solltest dich lieber bei *ihr* entschuldigen.«

Johnnie zuckte die Achseln. »Bald wird sie nach Harbottle zurückkehren.«

»Also sind die Verhandlungen erfolgreich verlaufen?«

»Ja. Abgesehen von ein paar Einzelheiten ist alles geklärt.«

»Und so lange mußt du Elizabeths verlockende Gesellschaft ertragen.«

»Leider.«

»Diese Enthaltsamkeit paßt ganz und gar nicht zu dir.«

»Wem sagst du das?«

»Du wirst dich doch nicht in einen Tugendbold verwandeln?« spottete Munro.

»Hüte gefälligst deine lose Zunge, sonst verliere ich die Beherrschung und schlag dich nieder!«

»Vielleicht sollte ich dich in den Fluß werfen, wie's die Lady vorgeschlagen hat, um deine Glut zu kühlen.«

»Wirf lieber die Lady in mein Bett. Das würde den gleichen Zweck erfüllen.«

7

Am sechsten Abend nach der Geiselnahme ritt ein Bote in den Hof von Goldiehouse, um Godfreys Einverständnis zu verkünden, was den Zeitpunkt und den Ort des Gefangenenaustausches betraf. Johnnie informierte seine Männer über die Begegnung, die am nächsten Morgen stattfinden sollte.

Danach beschloß er, Elizabeth mitzuteilen, ihre Haft würde ein baldiges Ende finden. Sicherheitshalber schickte er einen Lakaien voraus. Zu dieser späten Stunde war sie vielleicht nicht mehr angezogen, und er wollte ihr Zeit geben, damit sie sich auf seinen Besuch vorbereiten konnte. Nachdem er eine halbe Stunde gewartet hatte, stieg er die Treppe zum Turmzimmer hinauf und klopfte an die Tür.

Helen, die Zofe, ließ ihn hinein und knickste lächelnd.

Im sanften Kerzenschein schimmerten karminrote und indigoblaue Seidenteppiche, das Halbdunkel vertiefte die Schatten des Deckenreliefs, das aus kunstvoll verschlungenen Akanthusgirlanden bestand. Elizabeth Graham stand mitten im Zimmer. Lose fiel das Haar auf ihre Schultern. Über ihrem Nachthemd trug sie einen pelzbesetzten Schlafrock.

Wie das hastig gemachte Bett und die zerknüllten Kissen verrieten, hatte sie eben noch darin gelegen. Diese Beobachtung beschleunigte Johnnies Puls. Rastlos trat er von einem Fuß auf den anderen. Es war wohl am besten, wenn er seine Mission möglichst schnell erledigte und floh.

Was will er, überlegte sie und betrachtete sein markantes Gesicht. Plötzlich empfand sie den seltsamen Wunsch, mit einer Fingerspitze die dunklen Bögen seiner Brauen nachzuzeichnen, seine Wangen zu liebkosen.

Rasch verdrängte sie diesen Gedanken, denn sie mochte sich nicht auf eine Stufe mit Janet Lindsay stellen, die ihm jederzeit zur Verfügung stand. »Haben Sie mir etwas zu sagen?« fragte sie kühl.

»Ja. Ihr Vater ist mit meinem Vorschlag einverstanden, Mylady. Morgen reiten wir nach Roundtree. Dort werden Sie gegen meinen Bruder ausgetauscht.«

»Dann will ich Ihnen schon jetzt für Ihre Gastfreundschaft danken. Morgen finde ich wohl keine Gelegenheit dazu.«

Wie ruhig sie ist, dachte er verwundert. War diese Gelassenheit auf eine Ehe ohne Leidenschaft zurückzuführen? Wie mochte sich ein sechzehnjähriges Mädchen fühlen, das mit einem alten Mann im Bett lag? Wie gern würde er ihr den Unterschied vor Augen führen … Aber vielleicht war er anmaßend, und sie wußte bereits, welche Freuden ein junger Liebhaber spenden konnte.

»Hatten Sie Affären während Ihrer Ehe?« hörte er sich fragen.

Ihr Atem stockte, und sie mußte ein Zittern bekämpfen. »Wie, bitte?« entgegnete sie in eisigem Ton.

»Antworten Sie doch.«

Entschlossen straffte sie die Schultern und versuchte, ihre rasenden Herzschläge zu beschwichtigen. »Dazu bin ich nicht verpflichtet. Und vielleicht darf ich Sie daran erinnern, daß wir nicht allein sind, Lord Graden.«

Er warf einen kurzen Blick auf die Zofe, deren Anwesenheit er vergessen hatte. »Geh hinaus, Mädchen.«

»Nein, Helen, bleiben Sie hier«, befahl Elizabeth, und das verblüffte ihn sichtlich. Seit er vor acht Jahren aus Paris zurückgekehrt war, um nach dem Tod des Vaters sein Erbe anzutreten, hatte niemand gewagt, ihm zu widersprechen.

Er zögerte kurz, dann wies er mit dem Kopf zur Tür, und das Mädchen eilte unbehaglich aus dem Zimmer.

»Wollen Sie mir Gewalt antun?« erkundigte sich Elizabeth spöttisch.

»Natürlich nicht. Beantworten Sie meine Frage.«

»Sie meinen, was meine Liebhaber betrifft?«

»Ja. Hatten Sie Affären?«

»Was für eine Rolle spielt das?«

»Eigentlich keine.«

»Dann brauchen Sie's nicht zu erfahren.«

»Warum so spöttisch? Wenn Sie Ihren Mann betrogen hätten, würde ich Sie nicht verurteilen.«

»Vielleicht sehe ich keinen Grund, Sie über mein Privatleben zu informieren.«

»Ich bin fünfundzwanzig«, erklärte er und sank in einen Polstersessel.

Was er damit ausdrücken wollte, wußte sie nur zu gut. »Also bin ich zu alt für Sie.«

»Wirklich? Warum?«

»Nun, die meisten Männer bevorzugen junge Frauen.«

»Da könnten Sie sich täuschen.« Janet Lindsay war älter als Johnnie, ebenso wie viele Frauen, die ihn im Lauf der Jahre beglückt hatten. »Da Sie bildschön sind, nehme ich an, die Heiratskandidaten, die Ihr Vater nach Harbottle einlädt, interessieren sich nicht nur für Ihren Reichtum.«

»Wollen Sie mir einen Antrag machen?« fragte sie honigsüß.

»Nein, ich brauche weder Ihr Geld noch eine Ehefrau.«

»Was sie brauchen, stehlen Sie, nicht wahr?«

»Ich bin ein Geschäftsmann«, erwiderte er leise.

»Und Ihr Geschäft besteht darin, fremdes Eigentum zu rauben.«

»Ich hole mir zurück, was mir weggenommen wurde, und ich schütze meine Familie und das Land. Was meine Geschäfte betrifft — ich handle mit Rindern, Schafen, Wolle und Wein. Derzeit versuchen meine Handelsschiffe, der englischen Flotte auszuweichen. Aber jetzt, nach zwei Kriegsjahren, kann man auf dem Kontinent einen enormen Profit erzielen.« Er sah sehr attraktiv aus, wie er lässig dasaß, im blau karierten Jackett[4], die langen Beine ausgestreckt. An seinen Schuhen funkelten diamantene Schnallen, und sie glaubte ihm, daß er nicht auf ihr Geld angewiesen war. Eine Zeitlang schwieg er, und seine blauen Augen hielten ihren Blick fest. Dann fügte er mit sanfter Stimme hinzu: »Ich glaube, ich kenne die Antwort auf meine Frage. Kommen Sie, setzen Sie sich zu mir.«

»Nein, das will ich nicht«, wisperte sie.

»Doch.«

Wieso konnte er wissen, was sie empfand? Rasch trat sie einen Schritt zurück.

Da stand er auf, ging aber nicht zu ihr, weil er sie nicht erschrecken wollte. »Seit Sie hier sind, meide ich Ihre Gesellschaft, um Robbies Leben nicht aufs Spiel zu setzen. Und trotzdem — verdammt, Sie reizen mich!« Nur seine Willenskraft hinderte ihn daran, sie in seine Arme zu reißen. »Haben Sie Angst vor mir?«

Entnervt von fremdartigen Gefühlen, von ihrer sinnlichen Verletzlichkeit, schwieg sie.

»Sprechen Sie doch!« bat er.

»Nein, vor Ihnen habe ich keine Angst — nur vor mir selber.« Um Halt zu suchen, tastete sie nach einer Stuhllehne. Kein Mann hatte es jemals fertiggebracht, ihr den Atem zu nehmen, ihren Herzschlag so schmerzhaft zu beschleunigen.

Johnnie beobachtete ihre kleine, bebende Hand, die den Stuhl umklammerte. »Lassen Sie sich umarmen.«

Noch kein Mann hatte so mit ihr gesprochen. Keiner hatte ihr Zärtlichkeiten und Trost angeboten. Wie so viele junge Frauen dieser Zeit war sie an den Meistbietenden verkauft worden.

»Glauben Sie mir, ich werde Ihnen nicht weh tun.« Johnnie ging zu ihr, behutsam löste er ihre Finger von der geschnitzten Lehne. Ja, sie glaubte ihm. Obwohl ihre Hand so winzig und verwundbar in seiner wirkte, als er sie umschloß ...

»Oh, ich fürchte nicht, man könnte mir weh tun.« Ihre grünen Katzenaugen lächelten. »Ich habe nur Angst, man würde mich vergessen.«

»Niemals würde ich Sie vergessen«, entgegnete Johnnie und lächelte, so aufrichtig wie ein kleiner Junge, der seiner Mutter ein Versprechen gab.

Diese schlichte Antwort gefiel ihr. »Wie galant Sie sind ...« Jetzt konnte sie ihm nicht länger widerstehen und berührte mit ihrer Fingerspitze eine seiner dunklen Brauen. »Das wollte ich schon die ganze Zeit tun.«

»Immerhin ein Anfang. Und wissen Sie, was ich mir gewünscht habe? Ich wollte Sie auf dem Bett liegen sehen.«

»Dann müssen Sie die Nacht hier verbringen«, erwiderte sie ohne Koketterie.

Wenn sie es auch nicht wußte — sie bot ihm das Paradies an. Aber er verbarg sein Entzücken, zog sie an sich und flüsterte an ihren Lippen: »Es wäre mir ein Vergnügen ...« Sie schmeckte genauso süß, wie er es erträumt hatte.

Sein Mund, dachte sie in schamloser Freude, so warm, so wundervoll, mit dem Aroma seines Rheinweins. Als sie ihn darauf hinwies, erbot er sich, eine Flasche zu bestellen.

Doch das lehnte sie ab, ohnehin schon trunken vor unkontrollierbarer Begierde.

Inzwischen wußte er Bescheid. In ihrem Leben hatte es keine Liebhaber gegeben, und diese Erkenntnis schürte seine Leidenschaft. Beim ersten Mal nahmen sie sich keine Zeit für hingebungsvolle Küsse, für ein langes Vorspiel. Er mußte sich sogar sputen, denn sie hauchte, atemlos vor Sehnsucht: »Jetzt kann ich nicht länger warten.«

Rasch löste er den Verschluß ihres pelzbesetzten Schlafrocks. Während er sie hochhob und zum Bett trug, klammerte sie sich an ihn, bedeckte sein Gesicht mit Küssen, außer sich vor Verlangen. Ob er sie dreist oder unverschämt fand, war ihr völlig egal. Nie zuvor hatte sie die beglückende Nähe eines kraftvollen, jugendlichen Männerkörpers gespürt. Und dieses Gefühl war schwindelerregend.

Er legte sie zwischen weiche Decken, mit Crewelgarn bestickt, und spitzenbesetzte Kissen, sank hinab, weil sie seinen Hals nicht losließ.

Sanft befreite er sich von ihren Armen und küßte sie. »Keine Bange, ich gehe nicht weg«, versprach er, als sie enttäuscht stöhnte. »Ich bleibe hier — bei dir.« Was mußte sie in ihrer achtjährigen Ehe entbehrt haben?

»Hilf mir!« drängte sie und vergaß den letzten Rest ihres Stolzes, überwältigt von ihrem Verlangen nach diesem Mann, der sich nächste Woche nicht mehr an sie erinnern würde. Dieses qualvolle Bedürfnis besiegte alles andere, und sie wollte ihn nur noch in sich aufnehmen.

»Oh, wir werden einander helfen«, entgegnete er und zeichnete mit einem Finger ihre schön geschwungenen Lippen nach. »Gleich ist es soweit.« Seine Hand glitt unter die Säume des voluminösen Schlafrocks und des Nachthemds, und sobald er ihre Schenkel berührte, erreichte sie einen bebenden Höhepunkt.

So unbefriedigend, so unvollkommen … Tränen brannten in ihren Augen.

»Weine nicht!« bat er leise. »Nächstes Mal wirst du dich besser fühlen.« Ihre grünen Augen verengten sich, und er fügte lächelnd hinzu: »Es wird ein nächstes Mal geben, mein süßes Kind.« Jetzt fühlte er sich um Jahre älter als diese unerfahrene Frau. Langsam glitten seine Fingerspitzen nach oben, und Elizabeth unterdrückte einen Schrei, erschrocken über die Hitze, die er entfachte. »Niemand ist hier, nur wir beide«, beteuerte er. Seine tiefe, beruhigende Stimme, die warme Hand, die auf ihrem Venusberg lag, ließen sie vergessen, was man ihr über Tugend und Ordnung beigebracht hatte.

»Das alles ist so — neu für mich«, stammelte sie. Ihre Unschuld erregte ihn viel mehr als Janet Lindsays Raffinesse.

»Nun, darauf müssen wir Rücksicht nehmen«, erklärte er, zog den schweren Brokatstoff ihres Schlafrocks auseinander und schob den Saum des Nachthemds nach oben, bis zu ihrer Taille. »Wenn ich aufhören soll, sag's mir. Und diesmal, meine süße Elizabeth, wollen wir's langsamer angehen«, schlug er lächelnd vor. »Ganz selbstlos bin ich nämlich nicht.«

»Soll ich mich entschuldigen?« Herausfordernd schaute sie in seine Augen.

»Im Bett entschuldigt man sich niemals. Das gehört zu den wichtigsten Regeln. Aber jetzt wollen wir uns ein bißchen mehr Zeit lassen.«

Sein Verlangen war so heiß wie ihres, wenn auch kontrollierbarer. Als er nach den Knöpfen seiner Hose griff, spürte er Elizabeths zierliche Finger, die ihm halfen. Ungeschickt löste sie zwei goldene Knöpfe, bevor sie ihre Hände lächelnd auf seine Schultern legte und er die Hose selber abstreifte. Wenn er sich nicht beeilte, würde er seinen Höhepunkt viel zu früh erreichen und wie ein Schuljunge in tiefste Verlegenheit stürzen. Nachdem er Elizabeths Reizen sechs Tage lang widerstanden hatte, wollte er nur in ihrer süßen Hitze Erfüllung finden.

Rasch versank er zwischen ihren warmen Schenkeln. Sie waren wie füreinander geschaffen. Sobald sie ihm die Hüften entgegenhob, umschloß sie ihn geradezu vollkommen. Ein wildes Entzücken erfaßte ihn, wie er es nie zuvor gekannt hatte. Langsam zog er sich zurück, drang wieder in sie ein, und der verlockende Rhythmus beglückte Elizabeth ebenso wie ihn selbst.

Als er nicht länger warten konnte, berührte er sie an der Stelle, die sie in höchste Ekstase versetzte. Auf dem Gipfel der Lust stieß sie einen halberstickten Schrei aus.

Wenig später stillte auch er sein Verlangen und schenkte ihr die süße Erfüllung zum drittenmal. Glücklich und dankbar küßte sie sein Gesicht, seinen Hals, streichelte seinen Rücken, seine Schultern. »Ist es möglich ...«, flüsterte sie. »Ich weiß es nicht — und ich möchte nicht gierig erscheinen, aber — bei deiner Erfahrung müßtest du's wissen ...«

»Wenn du willst, werde ich dich die ganze Nacht erfreuen, Liebste — falls du das fragen willst.«

Verblüfft starrte sie ihn an. »Die ganze Nacht?«

»Allerdings, die ganze Nacht«, bestätigte er. »Es sei denn, du fühlst dich zu alt und zu schwach dazu.«

In gespielter Entrüstung streckte sie ihm die Zunge heraus, und er versicherte lächelnd: »Oh, meine süße Elizabeth, du bist einfach vollkommen. Weder zu jung noch zu alt, makellos in jeder Hinsicht. Außer ...«

»Außer — was?« In ihrer Stimme schwang Unsicherheit mit, aber auch ein neuer Stolz, nachdem sie endlich ihre weibliche Erotik ausgekostet hatte.

»Du hast zuviel an.«

»Ist das alles? Und ich dachte schon, ich hätte bei unserem Liebesakt einen schrecklichen Fehler begangen. Wenn du mir ein kleines bißchen Zeit gibst ...«, bat sie und sprang aus dem Bett. Ohne Scheu schlüpfte sie aus dem Schlafrock und ihrem Nachthemd, dann stand sie vor ihm, in ihrer ganzen nackten Schönheit.

»Jetzt hast *du* zuviel an«, meinte sie leichthin. Nur zu gern befreite er sich von seiner Kleidung und sank wieder aufs Bett, bronzebraun und kraftvoll, ein heidnischer Gott. Als er die Arme ausbreitete, warf sie sich hinein. Übermütig wälzten sie sich über das breite Lager.

In dieser Nacht war Elizabeth abwechselnd spielerisch und ernst, tief bewegt von der Erkenntnis, wieviel Freude ein Mann und eine Frau einander spenden konnten.

»Darf ich?« fragte sie und begann, seinen Körper zu erforschen, erst zaudernd, dann immer kühner.

Mehr und mehr forderte sie von ihm, und er gab ihr alles, was er zu bieten hatte. Ihre Hemmungslosigkeit, ihre unverhohlene Ekstase entzückten ihn.

Lange nach Mitternacht lag sie erschöpft in seinen Armen. »O Johnnie, nie hätte ich mir träumen lassen, daß ich so etwas einmal erleben würde. Ich danke dir.« Zärtlich küßte sie ihn, und ihr Glück, das sie so naiv genoß, rührte sein Herz.

Sie seufzte wohlig, dann schlummerte sie ein. Irgendwann tastete sie nach seinem Gesicht.

»Ich bin hier«, flüsterte er beruhigend und preßte seine Lippen auf ihre Handfläche.

Zufrieden lächelte sie im Schlaf. Aber Johnnie fand keine

Ruhe. Warum, wußte er nicht. Oder er wollte es nicht wissen.

Ehe er Elizabeth wach küßte, sah er die Sonne aufgehen. Und als er sie wieder liebte, erfaßte ihn ein ungewohntes, schmerzliches Gefühl. An diesem Morgen mußten sie sich trennen, weil sie Feinde waren.

»Ich möchte dir noch einmal für diese wundervolle Nacht danken, Johnnie«, flüsterte Elizabeth.

»Oh, es war mir ein Vergnügen. Wenn es diese breite Kluft zwischen uns nicht gäbe, würde ich dich jederzeit willkommen heißen.«

»Und ich wäre versucht, die Einladung anzunehmen — würde ich keinen internationalen Zwischenfall heraufbeschwören.«

Auch er könnte in Versuchung geraten, wenn er Godfrey nicht so verabscheuen würde. »Nun, solange wir uns diskret verhalten ... Wir überqueren die Grenze sehr oft, aber ...«

»Du meinst, mein Vater ...« Plötzlich nahm ihre Stimme einen kühlen Klang an.

»Seit der Parlamentssitzung im letzten Jahr versuchen uns die Engländer zu provozieren. Und ich möchte ihnen nicht zum Opfer fallen.«

»Wird Schottland tatsächlich nach Unabhängigkeit streben?«

»Danach sehnen sich viele Leute«, lautete die neutrale Antwort.

»Und du?«

Lächelnd berührte er ihre Nasenspitze. »Glaubst du, ich würde einer Engländerin verraten, was ich denke? O nein, nicht einmal, wenn sie eine faszinierende Circe ist.«

»Bin ich das wirklich?« fragte sie in kindlicher Neugier.

»Das haben dir sicher schon viele Männer gesagt.«

»Kein einziger.«

»Hat Hotchane dich eingesperrt?«

»Nein, aber ich war sein Eigentum.«

»Und niemand wollte sein Leben wagen, um dir ein Kompliment zu machen.«

»So ähnlich war es.« Ihre Augen verengten sich. »Aber so etwas werde ich nie wieder hinnehmen.«

»Dazu bist du offensichtlich fest entschlossen.«

»Immerhin hatte ich acht Jahre Zeit, um in der Knechtschaft meiner Ehe die Vorzüge der Unabhängigkeit schätzen zu lernen.«

»Dann wünsche ich dir viel Glück.« Nur zu gut kannte er die Grenzen weiblicher Freiheit, doch darauf wies er sie nicht hin.

»Als reiche Erbin braucht man kein Glück. Und Hotchanes Redesdale-Heer wird mir helfen, meine Unabhängigkeit zu verteidigen.«

»Natürlich.« Aber einer Frau würden sie nicht gehorchen, nur einem Anführer, der ihre Geldbeutel mit lukrativen Bezügen füllte. Vermutlich kämpften mehrere Mitglieder der Graham-Familie um diese machtvolle Position.

»Hast du eine persönliche Garde?«

»Eine kleine.«

»Wieviel Mann?«

»Sechzig.«

Also eine größere Streitkraft. Offenbar kannte Elizabeth die Gefahr, die ihr im Grenzland drohte. »Sind sie vertrauenswürdig?«

»Absolut.«

»Du bist dir deiner Sache sehr sicher. Wie kannst du wissen, ob sie dir stets die Treue halten werden?« Johnnie machte sich ernsthafte Sorgen um Elizabeth. Eine Frau, die über ein so großes Vermögen verfügte, war verletzlich.

»Schon seit acht Jahren sind sie meine persönlichen Leibwächter, und ich vertraue ihnen rückhaltlos.«

Da sie keinerlei Zweifel hegte, fühlte er sich ein wenig erleichtert.

In der Tat, sechzig kampflustige Redesdale-Männer müßten ihr einen ausreichenden Schutz bieten. Trotzdem warnte er sie: »Hotchanes Söhne haben es wahrscheinlich auf dein Geld abgesehen.«

»Oh, die Liste der Personen, die hinter meinem Geld her sind, ist lang — angefangen mit meinem Vater. Und du interessierst dich wirklich nicht für meinen Reichtum?« Sie schmiegte sich noch fester an ihn, glücklich und geborgen in seinen Armen, obwohl er ihr Feind war.

»Von Frauen nehme ich kein Geld, nicht einmal, wenn ich's brauchen würde — was nicht der Fall ist.«

»Ein reicher Schotte? Dann besitzt du Seltenheitswert.«

»Ein paar wohlhabende Schotten gibt's immer noch, trotz der Handelsbeschränkungen, die England uns auferlegt.«

»Tut mir leid«, entschuldigte sie sich zerknirscht. Sie wußte, daß die grausame englische Politik — nicht zuletzt im Fall der Darien-Kolonie[5] — das Nachbarland fast an den Bettelstab gebracht hatte. »Verzeih mir meine taktlose Bemerkung.«

»Sehr gern«, erwiderte er lächelnd. »Und jetzt wollen wir uns wieder über private Dinge unterhalten.« Seine Lippen glitten über ihre weiche Wange. »Ein bißchen haben wir noch Zeit.«

»Wie schön!« flüsterte sie an seinem Mund. »Selbst wenn mein Vater warten müßte — das wäre mir völlig egal ...«

8

Wie sich herausstellte, wartete Harold Godfrey nicht. Pünktlich erreichte die Carre-Truppe den vereinbarten Ort und schaute sich vergeblich nach den Engländern um.

Seite an Seite saßen Johnnies Männer in den Sätteln, auf einem offenen Feld bei Roundtree. Aus einem nahen See stiegen Nebelschwaden. Die Sonne versteckte sich hinter tiefhängenden Wolken.

Etwas abseits postiert, starrten Elizabeth und Johnnie schweigend über das Land hinweg. Was es zu sagen gab, hatten sie einander schon am Morgen anvertraut, im warmen Bett. Beiden fiel die Trennung schwer, und sie wünschten paradoxerweise, die Reiter aus Harbottle würden sofort erscheinen — oder überhaupt nicht.

Schließlich riß Johnnie seinen Blick vom südlichen Horizont los, wo Godfreys Leute auftauchen müßten, und wandte sich zu Elizabeth. Der Wind hatte ihr schönes, von einer lavendelblauen Kapuze umrahmtes Gesicht gerötet. Unter ihren Augen lagen dunkle Schatten.

»Verzeih mir, daß ich dich fast die ganze Nacht wach gehalten habe«, bat er und berührte ihre behandschuhte Hand, die den Sattelknauf festhielt. Das bestickte violette Leder bildete einen lebhaften Farbfleck im nebligen Grau. »Sicher bist du müde.«

Ihr Lächeln, immer noch süß und unschuldig, bewog ihn beinahe, ihr zu erklären, er würde sie behalten und versuchen, Robbies Gefängniswärter zu überwältigen. Doch er war noch nicht bereit, die Intensität seiner Gefühle zu gestehen.

Auch sie verbarg ihren inneren Aufruhr. »Es ist eine *angenehme* Erschöpfung, und du brauchst dich nicht zu entschuldigen«, erwiderte sie in so gleichmütigem Ton, als dankte sie ihm für seine Gastfreundschaft, für Kost und Logis. Mit ihrer Gelassenheit half sie ihm, die emotionale Schwäche endgültig zu überwinden.

»Nun, wenn ich mich nicht um dich sorgen muß, will ich meine restlichen Energien für die Begegnung mit deinem Vater aufsparen. Immerhin bedarf ich meiner ganzen Selbstkontrolle, um ihn nicht zu erdrosseln.«

Elizabeth erwiderte sein Lächeln, das die bedrohlichen Worte milderte. Immer wieder gelang es ihm, sie aufzuheitern, sogar in höchst unangenehmen Situationen. »Es wäre auch gar nicht nötig, ihn anzugreifen. Dein Bruder ist in Sicherheit, eine kostbare Geisel, die Vater benötigt, um mich freizukaufen. Vergiß nicht, wieviel ihm mein Erbe bedeutet.«

»Und du?« fragte er beunruhigt, da er Godfreys skrupellosen Charakter kannte. »Bist du nicht in Gefahr?«

»Mein Geld ist gut versteckt, denn Hotchane Graham wußte meinen Vater richtig einzuschätzen.«

»Zweifellos, nachdem die beiden um den Ehevertrag gestritten hatten«, bemerkte Johnnie trocken.

»Genau.«

»Also kann dir nichts zustoßen?« Seine Angst verblüffte ihn selbst. Normalerweise interessierte er sich nicht für die Probleme der Frauen, die sein Bett teilten.

»Ich bin nicht mehr sechzehn.«

Ironisch hob er die dunklen Brauen. »Dem kann ich wohl kaum widersprechen.«

Sein sinnlicher Unterton erwärmte ihr Blut. Wie gut er aussah in seiner schwarzen Lederjacke und der engen Reithose, das offene dunkle Haar auf den Schultern ...

Offenbar ahnte er, welche Gefühle er in ihrem Herzen erregte, denn er neigte sich zu ihr. »Meine Süße ...« Ein Schrei unterbrach ihn.

Soeben war Godfreys Truppe über den Horizont geritten, und er griff nach Elizabeths Zügeln. »Pardon, nur eine Vorsichtsmaßnahme«, erklärte er und hob die freie Hand, um seine Männer heranzuwinken. Nun verwandelte sich der zärtliche, heitere Liebhaber, mit dem sie die Nacht verbracht hatte, in den grimmigen Laird zurück.

Während er seine Befehle erteilte, entdeckte er Robbie inmitten der englischen Reiterschar.

»Gott sei Dank«, murmelte er, wickelte Elizabeths Zügel noch fester um seine Finger und zog ihr Pferd zu sich heran. Dann wandte er sich wieder an seine Leute. »Nehmt euch in acht vor Godfrey, diesem Bastard! Beobachtet seine Augen, seine Hände, sein tückisches Gesicht! Auf das Wort eines Engländers darf man sich niemals verlassen.«

Offensichtlich existiere ich nicht mehr, dachte Elizabeth. Die letzte Woche ist vergessen, die gemeinsame Nacht nicht einmal eine Erinnerung ... Gewiß hatte die jahrhundertelange Feindschaft zwischen Schottland und England zu tiefe Spuren hinterlassen, so daß neue persönliche Gefühle den alten Haß nicht verdrängen konnten.

»Robbie sieht gut aus!« meinte jemand.

»Das will ich auch hoffen«, lautete Johnnies knappe Antwort.

»Um seinen Arm ist das Tuch einer Lady geschlungen«, verkündete ein erstaunter Clansmann.

»Und er grinst übers ganze Gesicht!« rief ein anderer.

»Vielleicht hat sich die englische Gastfreundschaft gebessert«, warf Adam Carre ein.

»Oder Hamiltons Brief hat meinem Bruder einige Vorteile verschafft«, ergänzte Johnnie. Der Herzog von Hamilton, den einige Leute enger Beziehungen zu den Engländern verdächtigten, hatte an Godfrey geschrieben und sich für Robbie eingesetzt.

»Dann hängt es wohl mit den Schulden zusammen, die du Hamilton erlassen hast.«

»Glücklicherweise leidet er unter chronischem Geldmangel.«

Robbie winkte seinen Verwandten fröhlich zu, das Pfand seiner Lady flatterte im Wind. Da verzog sich sogar Johnnies ernstes Gesicht zu einem breiten Grinsen.

Während Robbie Carre heranritt, entdeckte Elizabeth keinerlei Ähnlichkeit zwischen den beiden Brüdern. Der Bursche an der Seite ihres Vaters war keine jüngere Ausgabe des Lairds. Mit seinen langen, üppigen, rostroten Locken, den großen, seelenvollen dunklen Augen und dem geschmeidigen, eleganten Körperbau glich er eher einem Künstler. Aber er besaß Johnnies offenherziges Lächeln.

»Seid ihr bereit?« fragte der Earl von Graden einen seiner Gefolgsmänner.

»Hinter den Bäumen warten die Musketenschützen«, erwiderte Kinmont leise. »Wir decken dir den Rücken.«

Wortlos nickte Johnnie ihm zu, spornte seinen Rappen an und führte Elizabeths Pferd mit sich. Sein muskulöser Schenkel berührte ihren, doch das schien er nicht wahrzunehmen.

Als wollte sie sich sein Gesicht ein letztes Mal einprägen, schaute sie ihn unverwandt an — fasziniert von seinem klassischen Profil, das sich vor aschgrauen Nebelwolken abzeichnete, den kraftvollen Schultern, der breiten Brust unter der burgunderroten Wolle seines Hemds. Wie fremd er plötzlich wirkte ... Er hatte sich bereits aus ihrem Leben entfernt.

Wie in den Verhandlungen vereinbart, ritten Johnnie und Godfrey aufeinander zu, nur von den Geiseln begleitet.

Der englische Statthalter von Harbottle Castle, ein attraktiver Mann von über fünfzig Jahren, verbarg die Spuren seines ausschweifenden Lebens unter einer gutgeschnittenen, mit Silbernägeln beschlagenen Lederjacke. Seit dreißig Jahren diente er der Krone, wenn auch selbstsüchtig und ehrlos.

Lässig und unbefangen saß Robbie im Sattel, und seine heitere Miene bildete einen krassen Kontrast zu Godfreys gerunzelter Stirn. Die Schmach, die der Earl von Brusisson erlitten hatte, durfte nicht ungestraft hingenommen werden. Nicht nur das Lösegeld für den jungen Carre war ihm entgangen. Dieser verdammte Laird hatte ihm auch noch die Tochter entführt, in unmittelbarer Nähe der englischen Festung und zweier Dragonerkompanien.

»Glauben Sie bloß nicht, Sie würden so leicht davonkommen, Ravensby«, fauchte er, als sie die Pferde inmitten des Feldes zügelten, und griff automatisch nach seinem Schwert.

»Aber ich bin bereits davongekommen, Godfrey«, sagte Johnnie mit ausdrucksloser Stimme, »angesichts Ihrer gegenwärtigen Situation.«

»Eine vorübergehende Notlage, mehr nicht«, erwiderte Elizabeths Vater. »So kurzlebig wie der naive Patriotismus ihres schottischen Parlaments.«

»Wenigstens sind wir noch zur Naivität fähig, während England nur Tücke und Niedertracht kennt. Und nun«, fügte Johnnie rasch hinzu, da es ihm widerstrebte, mit einem Feind noch länger Beleidigungen auszutauschen, »gebe ich Lady Graham in Ihre Obhut zurück.«

Erst jetzt musterte Godfrey das bleiche Gesicht seiner Tochter. »Hat er dich schlecht behandelt?«

»Nein, es ist mir sehr gut gegangen«, entgegnete sie.

Irgend etwas in ihrem Tonfall weckte sein Mißtrauen. »Du bringst doch keinen Carre-Bastard nach Hause?«

»Vergessen Sie Ihre Manieren nicht, Godfrey«, mahnte Johnnie brüsk.

»Mit meiner Tochter spreche ich so, wie's mir beliebt. Haben Sie's mit ihr getrieben, Ravensby, so wie mit allen Frauen?«

»Sie verletzen Lady Graham. Entschuldigen Sie sich bei ihr — oder büßen Sie für Ihre Rüpeleien.«

»Sie wollen mich büßen lassen, Sie arroganter Kerl?« Trotz seiner Jahre genoß Harold Godfrey immer noch den Ruf eines ausgezeichneten Schwertfechters.

»Allerdings«, bestätigte Johnnie, der seine Kampfkraft an der Seite des Vaters und auf dem Kontinent erprobt hatte. »Und diesmal werde ich Sie töten.«

»Ah ...«, rief Godfrey gedehnt. »Welch ein galanter Ritter

erklärt sich hier bereit, deine Ehre zu verteidigen, meine tugendhafte Tochter. Am besten sperre ich dich für ein paar Monate ein. Dann werden wir sehen, ob er einen besonderen Grund hat, so wacker für dich einzutreten.«

Eigentlich hatte Johnnie geplant, den Geiselaustausch möglichst schnell zu erledigen, ohne längeren Wortwechsel. Aber das Verhalten des Engländers brachte ihn in Wut. »Es überrascht mich, daß Sie überhaupt wissen, was Galanterie ist. Nun, welche Waffen bevorzugen Sie?«

»Das reicht jetzt!« mischte sich Elizabeth erbost ein. »Vielleicht könntet ihr auf dieses alberne männliche Imponiergehabe verzichten und die Sache zu Ende bringen. Und wenn du nur ein einziges Mal mit dem Finger auf mich zeigst, Vater, wirst du niemals an mein Geld herankommen. Außerdem lasse ich dir bei lebendigem Leib die Haut abziehen. Redmond, mein treuer Beschützer, hat von Hotchane eine entsprechende Order erhalten — falls du mir ein Leid antust.«

»Hören Sie auf die Lady, Godfrey«, rief Robbie belustigt. »Offensichtlich ist sie Herrin der Lage, auch ohne Ihren vielgerühmten Schwertarm.«

»Ist dieser Redmond so tüchtig?« fragte Johnnie.

»Versuchen Sie lieber nicht, das herauszufinden, Ravensby«, konterte Elizabeth kühl.

»Wie Sie wünschen, Lady Graham.« Höflich verneigte er sich. »Ihr Diener, Ma'am ...« Dann wandte er sich zu Godfrey, dessen Kampfgeist von Hotchanes posthumer Drohung merklich gedämpft worden war. »Wenn Sie einverstanden sind, werde ich mich jetzt mit meinem Bruder entfernen.«

Seelenruhig wickelte Robbie seine Zügel von Godfreys Sattelknauf und lenkte sein Pferd zu Johnnie. Dann warteten die Ravensbys lange genug, um sich zu vergewissern, daß die Engländer keinen Angriff planten. Als sie die Heimreise antraten, brach die Sonne durch die Wolken.

9

Drei Tage und drei Nächte lang wurde Robbies Rückkehr gefeiert. Das Fest hätte noch länger gedauert, wäre es nicht von einem Boten unterbrochen worden, der die Ankunft eines überfälligen Handelsschiffs aus Makao meldete. Nun ankerte die *Raven* vor Berwick, beladen mit Luxusgütern aus dem Osten.

»Deine Heimkehr hat uns Glück gebracht, Robbie!« rief Johnnie und richtete sich in seinem geschnitzten Lehnstuhl am Kopfende der langen Tafel auf. Gläser und halbleere Flaschen übersäten die Tischplatte aus poliertem Kirschholz. Dramatisch prostete er seinem Bruder zu, dann bedeutete er einem Lakaien, noch eine Weinflasche zu bringen. »Endlich ist Robbie wieder da, der gottverdammte Godfrey leckt in Harbottle Castle seine Wunden, England ärgert sich über die Unsummen, die sein Heer kostet, und die *Raven* ist heimgekehrt. Also ist die Welt ausnahmsweise mal in Ordnung.«

»Darauf trinke ich«, lallte jemand am anderen Ende der Tafel.

»Und auf die Schwerter der Carres!« ergänzte ein anderer Zecher.

Ein fröhliches Dutzend erhob sich und leerte die Gläser.

Dann behauptete Robbie: »Ich habe dir schon immer Glück gebracht, Johnnie.«

»Ja, diesmal — im Gegensatz zu deinen sonstigen Eskapaden. Auch diese letzte hätte zu einer finanziellen Katastrophe führen können.«

»Glaub mir, daran bin ich nicht schuld. Godfreys Leute haben die Grenze überquert und sind fünf Meilen weit in unser Gebiet eingedrungen. Bei Gott, niemals würde ich allein auf englisches Territorium reiten.«

»Nicht einmal Emily Lancaster zuliebe?«

»Nein, seit der letzten Parlamentssitzung nicht mehr, das schwöre ich.«

Seit Robbies Heimkehr hatten sie die Einzelheiten der Entführung mehrmals besprochen. Offensichtlich waren die englischen Soldaten illegal in Roxburgh gewesen — zu welchem Zweck, wußten die Carres noch immer nicht.

»Schick doch ein paar Spione nach Harbottle, Johnnie«, schlug Kinmont vor. »Die sollen herausfinden, was da los ist.«

»Und wie es der schönen Elizabeth ergeht«, fügte ein junger Clansmann hinzu. »Es würde mir nichts ausmachen, die Lady noch einmal zu entführen. Nun, wollen wir heute nacht südwärts reiten?«

»Inzwischen ist sie nach Redesdale zurückgekehrt«, erklärte Johnnie.

Was das bedeutete, verstanden alle Mitglieder der Tafelrunde, sogar die betrunkenen.

»Und wieso weißt du das, Johnnie?« fragte Munro.

»Ein bezahlter Informant hat mich benachrichtigt.«

»Du läßt Elizabeth beobachten?« fragte Munro verwirrt.

»Ja, weil ich mich für sie verantwortlich fühle. Ihr Vater ist gefährlich.«

»Hat Redmond in Harbottle auf sie gewartet?« erkundigt sich Robbie. »Das ist dieser nette Bursche, der Godfrey notfalls das Fell über die Ohren ziehen wird«, erinnerte er die Tischgesellschaft. Der Wortwechsel beim Geiselaustausch war ausführlich geschildert worden und sorgte immer noch für faszinierenden Gesprächsstoff.

»Zufällig ja.« Johnnie wirkte plötzlich stocknüchtern. »Und trotz eurer unersättlichen Neugier habe ich nichts mehr über Lady Graham zu sagen.« Sein eisiger Blick machte allen Anwesenden klar, daß dieses Thema endgültig abgeschlossen war.

«Erzähl doch, Jervis . . .«, brach der diplomatische Adam Carre das Schweigen. »Bevorzugen die Damen in Makao immer noch diese interessanten Liebespositionen?«

Die Ankunft der *Raven* belebte die Geschäfte. In den nächsten Wochen trafen zwei weitere Carre-Schiffe in der Bucht von Leith ein. Auf getrennten Wegen reisten die beiden Brüder zu den Lagerhäusern in Rotterdam und Veere, Bordeaux und Ostende, um den Warentransport zu beaufsichtigen, japanische Seide aus Makao, chinesisches Porzellan — mit diesen Luxusgütern, seit dem Ausbruch des Krieges auf dem Kontinent um so kostbarer, erzielten sie immer wieder hohe Gewinne. Zum Teil ließen sie sich mit französischen Weinen bezahlen, und englische Kaufleute kamen nach Edinburgh, um die edelsten Jahrgänge zu erwerben.

Eines Tages saß Johnnie mit Robbie im Lagerhaus von Leith, wo sie soeben die Bücher durchgesehen hatten. »Wenn dieser Krieg noch zwei oder drei Jahre lang dauert, werden wir geradezu unanständig reich. Dann kannst du in East Lothian wie ein Nabob leben.«

»Erzähl das bloß niemandem! Die Mamas heiratsfähiger Töchter heften sich schon jetzt an meine Fersen. Da bleibe ich lieber der Master von Graden und begnüge mich mit bescheidenem Wohlstand.«

»So schwer kann's doch nicht sein, diesen kupplerischen Müttern auszuweichen«, meinte Johnnie grinsend.

»Vielleicht für dich, weil du diese prüden Matronen mit deinen Zoten schockierst. Aber da gibt's immer noch genug, die dich trotz deines miserablen Rufs einfangen wollen. Um am Carre-Vermögen zu partizipieren, würde man sogar einen Skandal in Kauf nehmen.«

Johnnie warf seinem Bruder einen nachdenklichen Blick zu. »Immerhin hat Atholls Frau ihre Tochter aus dem Verkehr gezogen.«

»Nur weil das Mädchen mit dir ins Bett springen wollte, ohne Trauring. Nun wurde sie auf ein entlegenes Landgut verfrachtet, und dort muß sie ausharren, bis ihre leidenschaftliche Liebe erloschen ist.«

»Tatsächlich?«

»Dir ist wohl gar nicht aufgefallen, wie sie dich angehimmelt hat.«

»War das diese große Brünette mit der etwas gemilderten Version einer Murray-Nase?«

»Nein, du meinst Talbots Tochter. Die kleine Atholl kann von Glück reden, weil sie niemandem in ihrer Familie ähnelt. Also müßte sie, mit Ausnahme deiner unerreichbaren Majestät, eine Menge Bewerber finden.«

Seufzend schüttelte Johnnie den Kopf. »Reden wir von was anderem. Heiratsfähige Töchter sind so ein langweiliges Thema. Hast du von Hattons Plänen gehört? Kommt er schon frühzeitig zur Parlamentssitzung?«

»Ebenso wie Dunston und Fenshaw — vierzehn Tage, bevor es losgeht. Will Munro auch dran teilnehmen?«

»O ja. Aber das wird man ihm vielleicht nicht erlauben, bei dem heftigen Gerangel um die Sitze. Tweedale hat die Order aus London, nur den Mitgliedern Zugang zu gewähren.« Grinsend streckte sich Johnnie in seinem Sessel. »Ich freue mich für Hatton. Sicher wird er den Engländern Feuer unterm Hintern machen. Und Munro wird wahrscheinlich mit mir nach Goldiehouse zurückreiten. Dort muß ich die Grundmauern des neuen Westflügels besichtigen. Begleitest du mich?«

»Vielleicht nächstes Mal.«

»Wenn Mrs. Barrett zu ihrem Mann nach Inverness zurückgekehrt ist?«

Robbie wurde rot, aber er grinste. »Ja, danach würde es mir besser passen.«

»Hoffentlich muß ich dir keinen Vortrag über Diskretion halten. Barrett ist zwar alt, aber nicht senil.«

»Ein Vortrag über Diskretion aus deinem Mund? Wie faszinierend! Meinst du etwa, es sei ungehörig, mit der Frau des Kanzlers am hellichten Tag auf der High Street zu schlafen?«

»Eigentlich hab' ich's ernst gemeint. Sieh zu, daß du dein Schwert stets in Reichweite hast — oder zieh wenigstens den Dolch aus dem Stiefelschaft. Den kannst du unters Kissen legen. Barrett kämpft zwar nicht mehr persönlich, aber er hält sich eine tüchtige Leibgarde.«

»Keine Bange, ich werde schon aufpassen«, erwiderte Robbie mit der Nonchalance seiner Jugend.

»Warum nimmst du nicht ein paar Männer mit, wenn du Mrs. Barrett besuchst?«

«Unsinn ...«

»Letztes Jahr warst du nicht hier, als sich deine Liebste mit einem der Glendale Armstrongs vergnügte. Ehe er ihr Haus verließ, wurde er übel zugerichtet.«

»Wat Armstrong?«

»Ja. Der kann seinen rechten Arm nie mehr benutzen. Und er rang wochenlang mit dem Tod.«

Johnnie klappte ein Rechnungsbuch zu und beugte sich vor. »Natürlich will ich nicht behaupten, *Mrs. Barrett* sei gefährlich, aber ihr Gemahl besitzt ein ausgeprägtes Ehrgefühl. Und das könnte dich Kopf und Kragen kosten.«

Das Fenster hinter Johnnie ging zum geschäftigen Hafen von Leith hinaus, denn das Lagerhaus war sehr günstig gelegen, an der Küste des Firth of Forth. Nachdenklich blickte Robbie an seinem älteren Bruder vorbei. »Glaubst du, das Risiko macht einen Teil des Reizes aus? Hast du schon einmal dieses erregende Gefühl erlebt, verbotene Liebesfreuden zu genießen, den ungeschützten Rücken zur Tür gewandt?«

»Noch nie.«

»Und warum mußtest du dich in den letzten paar Jahren sechsmal duellieren?«

Unbehaglich rutschte Johnnie in seinem Sessel umher. Die Rolle des weisen Ratgebers gefiel ihm nicht sonderlich. »Wie auch immer, du solltest dich in acht nehmen. Mir zuliebe, Robbie.«

»Also gut.«

Johnnie atmete erleichtert auf. »Dann wirst du sicher noch lange am Leben bleiben und kannst Mrs. Barretts beträchtliche Reize noch oft genießen. Wenn ich morgen nach Goldiehouse reite, lasse ich die Hälfte meiner Männer hier.«

»Wußtest du, daß meine teure Freundin ein Jahr in Versailles verbracht hat?«

»Und der lasterhafte Lebenswandel, den sie dort führte, ist wohl der Grund deines brennenden Interesses. In dieser Hinsicht ist Versailles unübertroffen.«

»Willst du heute abend nicht mit uns essen? Sie spricht ausgezeichnet Französisch, mit einem bezaubernden Lispeln.«

»Nein, danke, ich habe schon was vor.« Nach seinem letzten Gespräch mit Mrs. Barrett sah Johnnie keine Möglichkeit, ihr auf freundschaftlicher Ebene zu begegnen.

In der vergangenen Woche hatte er ihr vorgeworfen, sie würde Robbie viel zu teure Geschenke entlocken, und ihr gedroht, wenn sie seinen Bruder ebenso zu erpressen versuche wie den jungen Tallier, würde er ihren Machenschaften einen Riegel vorschieben. Dann könnte sie den Rest ihrer Tage in Inverness verbringen, mit ihrem alten, mürrischen Ehemann.

»Triffst du dich heute abend mit Roxie?«

Johnnie nickte. »Ihre geistreiche Konversation entzückt mich immer wieder.«

»Was sicher nicht zu ihren einzigen Talenten gehört.«

»Allerdings nicht«, bestätigte Johnnie lächelnd.

Derzeit war Roxie die beliebteste Schönheit von Edinburgh, und er wußte nicht nur ihre äußeren Vorzüge zu schätzen, sondern auch ihren kosmopolitischen Intellekt. Bereitwillig amüsierte sie ihn mit den neuesten Klatsch- und Skandalgeschichten. Als reiche, zweimal verwitwete junge Frau mit einer großen Kinderschar und einem unbändigen Freiheitsdrang sah sie keinen Grund, eine dritte Ehe einzugehen, was ihre langjährige Beziehung zu Johnnie nur förderte.

»Also sehen wir uns bei der Palamentssitzung wieder.«

»Oder zwei Wochen früher, wenn ich meine Angelegenheiten in Goldiehouse rechtzeitig regeln kann.« Warnend hob Johnnie einen Finger. »Vergiß die Leibgarde nicht! Normalerweise mache ich dir keine Vorschriften, was deinen Lebensstil betrifft, aber diesmal muß ich auf meinem Wunsch beharren.«

»Sei unbesorgt, ich werde aufpassen und meinen Schwertarm nicht gefährden. Wenn du mir keine weiteren Ratschläge erteilen willst . . .« Robbie stand auf und nahm seine Handschuhe vom Tisch. ». . . werde ich mich jetzt meinen nächtlichen Ausschweifungen hingeben.«

»Keine Angst, die Lektion ist beendet. Viel Spaß.«

»Gib Roxie einen Kuß von mir.«

»Sogar zwei. Sie findet dich süß.«

Stöhnend verdrehte Robbie die Augen.

»Das hat sie als Kompliment gemeint, und sie betonte sogar, sie würde für rothaarige Burschen schwärmen. Wenn dein Interesse an Mrs. Barrett also nachläßt, solltest du die exquisite Roxie in Erwägung ziehen, mein lieber Bruder.«

Robbie hob erfreut die Brauen. »Und es würde dich nicht stören?«

»Warum sollte es?«

»Nun ja, ich dachte, weil du sie schon so lange kennst.« Grinsend zuckte Robbie die Achseln. »Aber mir soll's recht sein. Wir sehen uns in zwei Wochen.«

10

Während die Carre-Brüder diversen Geschäften nachgingen, dezimierte Elizabeth Graham ihr verstecktes Gold, mit voller Absicht. Um einen Waffenstillstand mit ihrem Vater zu erreichen, übergab sie ihm ein Drittel ihrer ererbten Barschaft, unter der Bedingung, daß er ihr keine Heiratskandidaten mehr vorstellte, die ihm am Hof oder in finanzieller Hinsicht nutzen könnten. Dafür waren zwanzigtausend Pfund kein zu hoher Preis. Und so beauftragte sie ihren Anwalt, die nötigen Dokumente aufzusetzen. Godfreys Unterschrift würde sie in Zukunft vor seinen Machenschaften schützen.

Zufrieden reiste sie nach Three Kings in Redesdale, wenn sie ihrem Vater auch weiterhin mißtraute und sich mit ihrer Leibgarde umgab, wie eh und je. Den Frühling verbrachte sie mit der Planung ihres neuen Hauses. Mehrmals bat sie Munro brieflich um Rat.[6] Einige Pläne zeichnete sie selbst, und sie war sehr stolz auf ihre eben erst entdeckten Fähigkeiten.

Obwohl sie einen ortsansässigen Experten eingestellt hatte, der die Bauarbeiten überwachte, stellte sie Munro immer neue Fragen. Im Juni schrieb er ihr scherzhaft, sie würden den lokalen Postdienst ganz allein finanzieren, da er nicht Briefe, sondern auch einige Fachbücher schickte.

Mrs. Reid, die Elizabeth als ›die süße Lady Graham‹ bezeichnete, sandte ihr frischgebackene Kuchen oder Haushaltsgegenstände. Bald nahmen die Pakete solche Dimensionen an, daß zwei Ravensby-Männer sie persönlich nach Redesdale brachten.

Dies alles wurde dem Laird nicht verheimlicht. Aber weil er sich seit dem Geiselaustausch nur selten in Goldiehouse aufgehalten hatte, erfuhr er erst Anfang Juni davon, nachdem er aus Edinburgh zurückgekehrt war.

Eines frühen Morgens verließ er den Stall, und der Duft eines Erdbeerkuchens lockte ihn zur Küchentür. Dort traf er Mrs. Reid an, die ihr Backwerk sorgsam in einem Holzkästchen verstaute.

»Fahrt bloß vorsichtig!« ermahnte sie die beiden Männer,

die das Päckchen zu einem schwer beladenen Wagen trugen. »Und paßt auf die Schlaglöcher auf! Sonst bekommt die süße Lady Graham keinen Kuchen, sondern einen unappetitlichen Brei.«

Als dieser Name erwähnt wurde, blieb Johnnie wie festgewurzelt stehen.

»Und sagt der Lady, so soll die frisch geernteten Erbsen sofort essen. In zwei Wochen gibt's noch mehr Erdbeeren. Die schicke ich ihr nächstes Mal.«

Warum erschütterte es ihn dermaßen, Elizabeths Namen zu hören? Er war so sicher gewesen, er hätte sie in Roxies Gesellschaft vergessen — oder fast. Nun scheinen wir wieder einen Haushalt zu teilen, dachte Johnnie ironisch, zumindest eine Haushälterin. Auch Mrs. Reids Kleeseife weckte unwillkommene Erinnerungen. Danach hatte Elizabeths Haut geduftet. Und deshalb benutzte er diese Seife nicht mehr.

»Wie früh du auf den Beinen bist, Johnnie!« bemerkte Mrs. Reid. »Hast du Hunger nach deinem Morgenritt?«

Statt zu antworten, zeigte er auf den Wagen. »Was hat das zu bedeuten?«

»Oh, Munro schickt Lady Graham regelmäßig Bücher, und ich packe kleine Geschenke dazu. Möchtest du ihr etwas ausrichten lassen? Jed kann sich solche Botschaften sehr gut merken.«

Nein — nichts, was ich Jed anvertrauen würde, überlegte er. »Vielleicht sollten wir ihr auch ein paar Flaschen von unserem neuen Wein senden. Aber die würden den weiten Weg wohl kaum überstehen.«

»Doch«, entgegnete Mrs. Reid fröhlich. »Ich hab' ihr schon zwei Kisten Champagner geschickt. Den wissen vornehme Damen sehr zu schätzen.«

Nun mußte er lächeln, nicht nur über seine mangelnde Kontrolle des Haushalts, sondern auch über ein charmantes Fantasiebild. Elizabeth, die seinen Champagner genoß ...

Aber trank sie überhaupt Champagner? Damals im Turmzimmer hatte sie sein Angebot, Rheinwein zu bestellen, abgelehnt. Das mußte er sofort herausfinden. »Wo ist Munro?«

»In der Bibliothek«, erklärte Mrs. Reid.

Wenig später saß er seinem Vetter gegenüber. »Trinkt sie Champagner?« fragte er ungeduldig, als hinge der Erfolg dieses Tages von solchen Trivialitäten ab.

»Wen meinst du?« Verwundert blickte Munro von Vitruvius ›De Architectura‹ auf.

»Eine ganz bestimmte Lady, und wenn du nicht sofort antwortest, lasse ich noch heute die neuen Mauern niederreißen.«

»Nun, der Champagner schien ihr zu schmecken«, erwiderte Munro gleichmütig, »aber wenn ich unhöflich behandelt werde, vergesse ich so manches ...«

»Bastard!«

»Und ich dachte, die Gepflogenheiten der Frauen interessieren dich nicht.«

»Im allgemeinen nicht, jedoch ... Wie du sehr wohl weißt, gibt es eine gewisse Lady, die mich zum Wahnsinn treibt.«

»Konnte die schöne Roxie das Feuer dieser unseligen Leidenschaft nicht löschen?«

»Nur vorübergehend. Und jetzt sprich endlich, bevor ich dich erwürge!«

Munro grinste. »Also gut, ich nehme deine Entschuldigung an. Was willst du hören?«

»Was tut sie, wie sieht sie aus, ist sie mit irgendwem zusammen?« Munro teilte seinem Vetter bereitwillig alles mit, was er wußte, und Johnnie bedankte sich. »Also geht es ihr gut, und Godfrey läßt sie in Ruhe. Übrigens, kannst du am 15. Juni mit mir abreisen?«

»Wohin?«

»Zur Parlamentssitzung in Edinburgh. Wohin sonst?«

»Ich dachte, du möchtest Lady Graham besuchen — nachdem du dich so eifrig nach ihrem Befinden erkundigt hast.«

»Vielleicht bin ich an ihr interessiert, aber ich habe keineswegs den Verstand verloren. Eine engere Beziehung zu Elizabeth würde mich in persönlicher und politischer Hinsicht gefährden. Keine Frau ist ein solches Opfer wert!« Johnnie stand auf. »Wenn du mich jetzt nicht brauchst, reite ich nach Blackwood hinüber und sehe nach, ob der Wald schon abgeholzt werden kann.«

Obwohl er ein übermäßiges Interesse an Elizabeth bestritt, konnte er ihr Bild nicht aus seiner Fantasie verdrängen.

Als sein Gutsverwalter Gibson an diesem Abend mit dem Haushofmeister und Mrs. Reid am Eßtisch saß, bemerkte er: »Heute war der Laird mit seinen Gedanken ganz woanders. Wir schauten uns in Blackwood um, und da mußte ich jede Frage zweimal stellen — wenn er überhaupt antwortete. Glaubt ihr, er sorgt sich wegen des drohenden Krieges gegen England?«

»So ein kleiner Krieg kümmert ihn nicht«, meinte die Haushälterin verächtlich. »Nein, es geht um diese Frau, die er eine Woche lang hier eingesperrt hat. Die süße Lady Graham. Wenn ihr mich fragt — er sollte sofort nach Three Kings reiten. Vorher kann er an nichts anderes denken.«

»Aber sie ist eine Engländerin!« rief Gibson entsetzt.

»Du tust ja so, als hätten unsere schottischen Könige noch niemals Engländerinnen geheiratet. Und viele reiche Lords sind schon nach Süden geritten, um sich eine Frau zu suchen.«

»Aber in allen Schlössern entlang der Grenze werden englische Soldaten stationiert«, warf der Haushofmeister ein.

»Trotzdem können gewöhnliche Leute ihren Geschäften nachgehen«, meinte Mrs. Reid.

»Unser Laird ist kein gewöhnlicher Mann«, gab Gibson zu bedenken, und sie seufzte tief auf.

»Darin liegt wohl das Problem.«

11

Am 6. Juli, vierzehn Tage nach Johnnies Ankunft in Edinburgh, trat das Parlament zusammen. Zwei Wochen lang waren die Diskussionen über Patrick Steils Taktik äußerst stürmisch verlaufen. Vielleicht würde diese Sommersitzung die Zukunft der schottischen Unabhängigkeitsbewegung entscheidender beeinflussen als alle militärischen Aktivitäten.

»Glauben Sie, Tweedale wird Ihnen heute das Wort erteilen?« fragte Johnnie am Tag der ersten Versammlung, als er mit Andrew Fletcher von Saltoun zum Parlamentsgebäude ging.

»Wenn nicht heute, dann morgen«, erwiderte der ältere Mann.

Wie sich herausstellte, dauerte es eine Woche, ehe der Laird von Saltoun endlich seine Rede halten konnte. Die Parlamentseröffnung verzögerte sich, da man auf Abgeordnete warten mußte, die aus weit entlegenen Gebieten anreisten.

Dann wurde temperamentvoll über die Sitzordnung debattiert, und schließlich verging ein ganzer Tag, während ein Brief von Königin Anne vorgelesen und erörtert wurde. Das Schreiben war in eindringlichem, sogar verzweifelten Ton abgefaßt, nachdem das Parlament im Jahr 1704 die beiden wichtigsten Forderungen des Hofs abgelehnt hatte — die finanzielle Unterstützung der Streitkräfte und die Billigung der hannoveranischen Thronfolge.

Andrew Fletcher, der idealistische Führer der Country Party, appellierte an alle, die sich gegen die selbstsüchtigen Machenschaften des Hofes wandten. Im Stil eines leidenschaftlichen griechischen Politikers plädierte er für die Unabhängigkeit Schottlands. Die meisten Schotten stimmten ihm zu, wenn sie auch weniger visionäre Vorstellungen hatten.

Während der nächsten beiden Wochen fanden vier Sitzungen und taktische Manöver hinter den Kulissen statt, inszeniert vom englischen Hof und der schottischen Opposition.

Wortgewandt protestierte Johnnie gegen die Navigationsakte, die Schottland den Zugang zu den Weltmärkten verwehrte, es sei denn, man besaß schnelle Schiffe, die der britischen Navy davonsegeln konnten. Außerdem sprach er sich gegen den Wunsch der Krone aus, die Schotten sollten mithelfen, das englische Heer zu finanzieren. In vielen schlaflosen Nächten ersann er neue Strategien.

Am 25. Juli erklärte Roxburgh, solange Schottland nicht seine Unabhängigkeit erlange, soll es keinerlei Kosten für die englische Armee übernehmen.

Diesem Vorschlag wurde mit überwältigender Mehrheit zugestimmt. Tweedale, der Bevollmächtigte der englischen Königin, vertagte die Sitzung um zehn Tage, da er in London Besprechungen anberaumen wollte.

In schottischen Kreisen wuchs der Optimismus. Da Marlborough bereits seinen Marsch nach Blenheim plante, brauchte das Militär dringend Geld. Angesichts dieser Situation mußte England eine Provokation der Schotten vermeiden.

Noch wußte Johnnie nicht, wie er die Zeit bis zu den nächsten Parlamentssitzungen überbrücken sollte.

Nach einer Dinnerparty bei seiner Freundin und Geliebten Roxie wanderte er durch die Edinburgher Straßen und suchte schließlich Munros Wohnung im Ravensby House auf. Sein Vetter packte gerade eine Truhe.

»Oh, du nutzt die Vertagung für eine Reise«, bemerkte Johnnie und sank in einen Polstersessel. »Willst du sehen, wie die Bauarbeiten im Goldiehouse vorangehen? Tu mir den Gefallen und schau dir mein neues Fohlen an. Adam schreibt mir, seit meiner Abreise sei es erstaunlich gewachsen. Und ich hab's nicht gesehen, seit ...« Nachdenklich runzelte er die Stirn. »Großer Gott, das ist schon über einen Monat her.«

»Aber ich reite nicht nach Goldiehouse, sondern nach Teviotdale«, erwiderte Munro, während er eine Weste zusammenfaltete.

»Warum läßt du deine Sachen nicht von einem Diener packen? Schrecklich, wie du diese Weste zerknüllst, du ungeschickter Kerl! Und was machst du in Teviotdale?«

»Das habe ich dir doch erzählt. Hawick.«

»War ich da nüchtern? Jedenfalls erinnere ich mich an nichts dergleichen.« Johnnie griff nach einem Glas und einer Karaffe, die auf einem Silbertablett standen, und schenkte sich einen Cognac ein. »Was hast du eigentlich in Hawick verloren?«

»Giles Lockhardt will heiraten.«

»Wer hat den armen Giles eingefangen?« fragte Johnnie.

»Angela Graham.«

»Von den englischen Grahams?« Jetzt war Johnnies Interesse erwacht.

Auf beiden Seiten der Grenze wohnten Grahams. Alle waren miteinander verwandt. Und Three Kings lag nur wenige Meilen von Hawick entfernt.

»Nein, vom schottischen Zweig. Und — um deinen durchdringenden Blick zu beantworten — ja, Elizabeth wird die Hochzeitsfeier besuchen.«

»Wieso weißt du das?«

»Weil wir vereinbart haben, wir würden uns in Hawick treffen und die endgültigen Pläne für ihr neues Haus noch mal durchsehen.«

Diesen Worten folgte ein langes Schweigen. Johnnie starrte in seinen Cognac, dann verkündete er abrupt: »Ich begleite dich, Munro.«

»Obwohl du Hochzeiten haßt?«

»In den nächsten Tagen habe ich nichts anderes zu tun.« Lässig streckte Johnnie die langen Beine aus. »Und im Grunde ist's in Hawick auch viel angenehmer als in dieser stinkenden Stadt.«[7]

»Aber ich glaube nicht, daß sie dich sehen will.«

Johnnie gab nicht vor, er hätte keine Ahnung, wen Munro meinte. »Warum nicht? Ich führe nichts Böses gegen sie im Schilde.«

»Da ist sie vielleicht anderer Meinung«, fauchte Munro und schleuderte ein paar Socken in seine Reisetasche.

»Oh, das bezweifle ich. Oder hat sie's dir gesagt?«

»Wir haben nur über den Hausbau gesprochen.«

»Also stellst du Vermutungen an.«

»Glaub mir, sie ist viel zu ernsthaft, um mit dir herumzuspielen, Johnnie. Zum erstenmal in ihrem Leben ist sie glücklich und zufrieden. Verdirb ihr nicht die Freude.«

»Warum willst du mit aller Macht verhindern, daß ich sie wiedersehe? Bist du in sie verliebt?«

»Und wenn ich's wäre, würde es mir nichts nützen.« Seufzend ließ sich Munro auf sein Bett fallen. »Sie liebt mich nicht.«

»Hat sie dir das gesagt?«

»Nein.«

»Dann kannst du nicht sicher sein.«

Munros schmale Künstlerhand strich über das Goldfiligran an der Ecke seiner kleinen Ledertruhe. »Großer Gott, sogar ich habe gewisse Erfahrungen mit Frauen gesammelt. Wenn sich eine Lady für mich interessiert, merke ich es.«

»Ich verstehe.«

»Hör auf mich! Du würdest ihr nur weh tun. So, wie ich dich kenne, willst du keine feste, dauerhafte Beziehung eingehen. Wenn du dich langweilst, bleib lieber im stinkenden Edinburgh, vergnüge dich mit Roxie und deinen anderen Gespielinnen.«

»Wärst du sehr böse, wenn ich doch nach Teviotdale mitkäme?«

»Eher deprimiert. Elizabeth Graham ist zu naiv, um deinen Verführungskünsten zu widerstehen. Und ich muß mit ansehen, wie du sie in dein Bett lockst.«

»Und wenn ich verspreche, ihre Tugend zu achten und mich wie ein Gentleman zu benehmen? Wärst du dann beruhigt?«

»Das kannst du nicht.«

»Warum nicht?«

»Weil du dich noch nie wie ein Gentleman benommen hast.«

Johnnie zuckte die Achseln. »Nun, vielleicht lerne ich's.«

»Nur vielleicht? Das würde Elizabeth nicht ausreichend schützen.«

»Womöglich braucht sie gar keinen Schutz.«

»Vor dir schon ...« Mühsam schien Munro nach den richtigen Worten zu suchen, um seine Gefühle zu erklären. »Elizabeth ist anders als deine diversen Bettgenossinnen. Ihr Leben lang mußte sie unter der Habgier ihres Vaters leiden. Deshalb ist sie verletzlicher und schutzbedürftiger als die Janet Lindsays dieser Welt.«

Er schnitt eine Grimasse und schaute durch das Fenster in den ummauerten Garten hinab. Dann wandte er sich wieder zu seinem Vetter und stöhnte resigniert. »Eigentlich dürfte ich dein ohnehin schon übersteigertes Selbstwertgefühl nicht schüren. Aber ich glaube, sie ist halb und halb in dich verliebt.«

Beim Dinner am Samstagabend hielt sie vergeblich nach Munro Ausschau. Er hatte ihr geschrieben, er würde bereits um zwei Uhr nachmittags eintreffen. Also mußte ihn irgend etwas aufgehalten haben. Aber da die Hochzeit erst am Montag stattfinden würde, hatte er noch genug Zeit.

Während sie sich Gedanken über seinen Verbleib machte, ritt er müde, verschwitzt und staubig nach Hawick — nicht auf seinem Lieblingspferd, das in Ashkirk zu lahmen begonnen hatte. Die Suche nach einem tüchtigen Tierarzt dauerte fast den ganzen Nachmittag.

Was Munros Unbehagen noch steigerte, war die bange Frage, wie sich sein Reisegefährte in Elizabeth Grahams Gesellschaft verhalten würde. Als hätten diese Sorgen nicht schon genügt, beschloß Johnnie, sich die Wartezeit in der Taverne zu vertreiben.

Auf der Weiterreise überlegte Munro, welchen Graham er notfalls bitten könnte, seinen Vetter zu besänftigen. Nach drei Flaschen Wein würde Johnnie auch geringfügige Beleidigungen bitter ernst nehmen.

»Du hast versprochen, dich anständig zu benehmen«, mahnte Munro, als die Lichter des Grahamschen Landsitzes in Sicht kamen.

»Reg dich nicht auf, Munro. Manchmal trinke ich schon beim Frühstück mehr als heute nachmittag. Entspann dich doch.«

»Ich entspanne mich erst, wenn ich dich morgen früh wieder nüchtern sehe.«

Grinsend entblößte Johnnie seine Zähne, die im Mondlicht strahlend weiß schimmerten. »Und wieso glaubst du, daß du mich morgen früh in nüchternem Zustand antreffen wirst?«

Munro stöhnte. »Wirklich, du bist eine wahre Landplage.«

»Beruhige dich, ich werde dir aus dem Weg gehen.«

»Genau das fürchte ich. Bleib lieber in meiner Nähe. Ich muß dich doch unter Kontrolle halten.«

»Oh, ich kann sehr gut auf mich selber aufpassen ...« Musik wehte über den Rasen herüber, und Johnnie hob den Kopf. »Ah, fürs Dinner ist es wohl schon zu spät. Aber wenigstens haben wir das Tanzfest nicht versäumt. Tanzt Elizabeth?«

»Keine Ahnung. Großer Gott, wie soll ich das wissen? Glaubst du, ich bin als ihr Zwilling aufgewachsen? Frag sie doch einfach.«

»Ja, das habe ich vor. Bald.«

Frisch gebadet, in eleganten Abendanzügen, stiegen die beiden Männer eine halbe Stunde später die Treppe hinab und gingen zum Ballsaal im Ostflügel.

In der Tür blieben sie stehen und beobachteten die fröhliche Schar. Nur zwei Generationen von ständigen Grenzkriegen entfernt, reflektierte der große Raum die kämpferische Tradition der Grahams. An den getäfelten Wänden hingen zahlreiche Waffen, symmetrisch geordnet. Schwerter und Piken, Musketen und Säbel mit Korbgriffen reichten bis zur hohen Balkendecke hinauf. Dazwischen zeigten mehrere Ahnenporträts die Graham-Physiognomie, in subtilen Variationen.

Dies alles ignorierte der Laird von Ravensby, denn sein ausschließliches Interesse galt einer bestimmten Lady. Doch er suchte sie vergeblich. Offensichtlich verzichtete sie auf eine Teilnahme am Kontertanz, den die Musiker soeben intonierten.

Er selbst blieb allerdings nicht unbeachtet. Bewundernd musterten die Damen seine hochgewachsene Gestalt in taubenblauer Seide, wobei sein skandalöser Ruf die Anziehungskraft noch intensivierte. Auch die Männer schauten neugierig zu dem prominenten, mächtigen Oberhaupt der Roxburgh-Carres herüber. In der schottischen Politik übte Ravensby großen Einfluß aus, insbesondere bei der derzeitigen Parlamentsdebatte. Was mochte ihn so weit von Edinburgh weggelockt haben, obwohl die Sitzung nur für kurze Zeit vertagt worden war? Während die Gentlemen darüber nachdachten, überlegten die Ladies angestrengt, wie sie seine Aufmerksamkeit erregen könnten.

»Sie tanzt nicht«, verkündete Johnnie. »Bist du sicher, daß sie überhaupt hier ist, Munro?«

»Natürlich, das hat mir der Haushofmeister bereits verraten. Vielleicht sitzt sie im Spielsalon, oder sie schlendert durch den Garten.«

»Was hätte sie denn im Garten verloren?« fragte Johnnie wie ein empörter Vormund, der sich um die Tugend seines Schützlings sorgte.

»Großer Gott, sie ist nicht dein Eigentum. Wahrscheinlich möchte sie die schöne Sommernacht genießen.«

»Dann werde ich mal nachsehen, mit wem sie diesen Genuß teilt.«

Besorgt eilte Munro hinter seinem Vetter her, der sich einen Weg durch die Menge bahnte und eine der Terrassentüren ansteuerte. Johnnie nickte den Leuten zu, die ihn begrüßten, blieb aber nicht stehen, um mit diesem oder jenem Bekannten ein paar Worte zu wechseln. Und dann hielt er inne. Endlich hatte er sie entdeckt. Strahlend schön, in kirschrotem Georgette mit Spitzenborten, kam sie vom Garten herein — am Arm eines lächelnden jungen Mannes.

Im selben Augenblick verstummte die Musik, tiefe Stille erfüllte den Saal. Fasziniert beobachteten alle Anwesenden den Laird von Ravensby, der reglos vor Elizabeth Graham stand. Jetzt wußten alle, was ihn nach Süden geführt hatte.

»Möchten Sie tanzen, Lady Graham?« fragte er und verneigte sich formvollendet.

Sie starrte ihn verwirrt an und warf einen Blick auf ihren Begleiter. Doch der war, angesichts des berühmten Neuankömmlings, bereits unterwürfig beiseite getreten.

»Vielleicht später, Mylord, wenn die Musik wieder spielt«, entgegnete sie, weil sie Zeit brauchte, um sich zu fassen. Ein Gentleman hätte die Ablehnung höflich akzeptiert.

Nicht so Johnnie. »Nein, ich will *jetzt* tanzen«, erklärte er und gab dem Orchester ein Zeichen. »Sehen Sie, Mylady, die Musik spielt wieder.« Sein Lächeln war unwiderstehlich ... Nein, so leicht gab sie sich nicht geschlagen, nachdem sie monatelang gegen betörende Erinnerungen angekämpft hatte.

Seine starken Hände umspannten ihre schmale Taille. »Komm!« flüsterte er. »Oder willst du all diese Gaffer enttäuschen?«

Schwungvoll wirbelte er sie auf die Tanzfläche, und sie mußte sich an ihn klammern, um ihr Gleichgewicht zu halten. Wie vertraut sich sein Körper anfühlte, wie verführerisch ...

»Wieso kennt er Hotchanes Witwe?« fragte die Pfarrersfrau ihre Sitznachbarin. Schockiert beobachtete sie das junge Tanzpaar. Die beiden schauten einander viel zu tief in die Augen.

»Hast nichts von der Entführung gehört?« Die andere Lady war nicht ganz so prüde und lächelte versonnen. »Ich dachte, das wüßten alle Grenzbewohner.«

»Oh!« flüsterte ihre Freundin entsetzt. »Wie kann sie nur mit ihrem Feind tanzen!«

»Wurde Ravensby jemals abgewiesen?«

»Ich wußte nicht, ob du tanzen kannst«, bemerkte Johnnie, nach langjähriger Erfahrung immun gegen die neugierigen Blicke. »Offenbar hat Hotchane Graham dir gestattet, diese Kunst zu erlernen. Du beherrscht sie ausgezeichnet, nebst anderen Fähigkeiten . . .«

Bei diesen geflüsterten Worten stockte ihr Atem, und es dauerte eine Weile, bis sie antworten konnte. »Danke. In der Tat, ich durfte Tanzunterricht nehmen. Das gehörte zu meinen wenigen Abwechslungen.«

»Und jetzt, wo du Witwe bist? Amüsierst du dich nun öfter?«

»Nein, in den letzten Monaten habe ich nur gearbeitet.«

»Dann solltest du dich erholen.«

»Dafür fehlt mir die Zeit.«

»Oh, es würde nicht lange dauern.«

»Sprechen wir vom selben Amüsement, Johnnie?« Allmählich machte ihr das Wortgefecht Spaß.

»Ich glaube schon.«

»Wie selbstsicher du bist.«

»Dieses Kompliment kann ich dir zurückgeben.«

»Nun, daran solltest du auch in Zukunft denken.«

»Ich habe eine großartige Idee, Elizabeth. Willst du dein Bauprojekt für ein paar Tage vergessen und mich nach Edinburgh begleiten? Dort könntest du dich — amüsieren.«

»Zweifellos«, gab sie zu. Am liebsten hätte sie die Arme um seinen Hals geschlungen und ihn leidenschaftlich geküßt, trotz des interessierten Publikums. »Aber wenn du abreist, geht mein Leben weiter. Und in meiner Selbstsucht will ich deine flatterhafte Lebensweise nicht akzeptieren. Trotzdem vielen Dank für die Einladung.«

»Seltsam — du bist kein bißchen kokett ... Könnte ich dich vielleicht doch noch umstimmen?«

»Mein Leben lang habe ich weibliche Gesellschaft vermißt und deshalb die Kunst der Koketterie nie gelernt. Nein, du kannst mich nicht umstimmen, da du im Ruf stehst, du würdest nur mit den Frauen spielen.«

»Also läßt du dich nicht verführen. Munro hat wohl recht, du würdest dich niemals mit einem Leibwächter im Heu wälzen.«

»Nein«, bestätigte sie lächelnd, »ich lebe völlig enthaltsam.«

»Das würde mir schwerfallen.«

»Gewiß. Aber in dieser Welt werden Frauen und Männer nach ganz verschiedenen Maßstäben beurteilt.«

»Immerhin gesteht man Witwen einige Freiheiten zu«, betonte Johnnie.

»Keine unbegrenzten.«

»Seit deinem Aufenthalt in Goldiehouse bist du ziemlich prüde geworden ...«

»Vernünftiger.«

»Ich kann sehr beharrlich sein.«

»Und ich sehr standhaft.«

»Nun, wir werden sehen.« Er zog sie etwas enger an sich, ihre Schenkel streiften einander.

»Soll das eine Warnung sein?«

»Was sonst?«

»Du nimmst kein Blatt vor den Mund ...«

»Darüber staune ich selbst. Sicher liegt's an den drei Flaschen Wein, die ich heute nachmittag getrunken habe.«

»Drei Flaschen? Dafür tanzt du wirklich sehr gut.«

»Irgendwie mußte ich mir die Zeit vertreiben, weil Munros Pferd lahmte. Trinkst du Alkohol?«

»Manchmal.«

»Schmecken dir die Weine, die Mrs. Reid dir aus Goldiehouse geschickt hat?«

»O ja, danke.« Wie konnte sie ihm erzählen, sie wage seinen Wein nicht mehr zu trinken? Die erste Flasche hatte eine so heiße Sehnsucht geweckt, daß Elizabeth nahe daran gewesen war, ein Pferd zu satteln und nach Ravensby zu reiten.

»Trink doch ein Glas mit mir und erzähl mir von deinem Haus«, schlug er vor und blieb stehen.

»Lieber nicht.«

»Warum nicht?«

Eine ehrliche Antwort wäre wenig sinnvoll, denn er würde ihre Schwäche ausnutzen. »Also gut, aber nur ein Glas.«

Diese Worte hatte Johnnie Carre schon oft gehört. Das erste Zeichen der Kapitulation ... Lächelnd schaute er in Elizabeths Augen, sehr zufrieden mit dem ersten Erfolg seiner Kampagne. »Nur ein einziges Glas. Rheinwein oder ein französischer Tropfen?«

Munro schien zu beobachten, wieviel Elizabeth trank. Entschlossen näherte er sich, als Johnnie einem Lakaien bedeutete, noch einmal einzuschenken.

Von jetzt an sprach man nur mehr über ernsthafte Dinge, zum Beispiel die Bauarbeiten, und Munro ließ sich nicht mehr abschütteln. Offensichtlich nahm er seine Rolle als Anstandsdame sehr ernst.

Johnnie gab seine Bemühungen auf, bestellte noch eine Flasche Wein und hörte den beiden anderen duldsam zu.

Kurz nach Mitternacht suchte Elizabeth ihr Zimmer auf, und er wandte sich grinsend zu seinem Vetter. »Mein Kompliment! Deine Ausdauer ist bewundernswert.«

»Ich sagte doch bereits, ich würde dich unter Kontrolle halten.«

»Wirklich, Elizabeth ist bezaubernd ...«

»Auch außerhalb deines Betts?«

Johnnie nickte. »Und sehr gebildet.«

»Hättest du mehr Zeit mit ihr verbracht, wäre dir das schon früher aufgefallen.«

»Ich ging ihr ja nur aus dem Weg, um Robbie nicht zu gefährden. Natürlich hattest du reichlich Gelegenheit, sie besser kennenzulernen.«

»Oh, du meinst, weil es nicht zu meinen Gepflogenheiten zählt, jede schöne Frau zu verführen?«

»Dachtest du, ich wollte Elizabeth verführen? Tut mir leid — die Macht der Gewohnheit ...«

»Ich glaube viel mehr, du hattest nie die Absicht, dich zurückzuhalten.«

»Doch, bis zu dieser Nacht.«

Munro stöhnte. »Wie soll ich nur diese drei Tage überstehen?«

Belustigt hob Johnnie sein Glas und prostete ihm zu. »Drei hochinteressante Tage. Ich freue mich schon auf morgen.«

Und so fuhr er fort, Elizabeth zu umwerben, während Munro die Anstandsame mimte. Alle drei wurden zusehends nervöser. Am Sonntag veranstalteten die Grahams ein Picknick und eine Bootsfahrt auf dem See, abends wurde wieder getanzt, und am Montag fand die Hochzeit statt.

In der Nacht zum Dienstag war Johnnie so schlecht gelaunt wie schon lange nicht mehr. Elizabeth lag schlaflos im Bett, einerseits froh, weil ihre Vernunft gesiegt hatte — und andererseits wünschte sie inständig, sie könnte ihrer sinnlichen Sehnsucht nachgeben. Und Munro zählte die Stunden bis zur Abreise. Die ganze Nacht blieb er wach, um Elizabeth notfalls zu schützen. Im Morgengrauen schlief er völlig erschöpft ein und wurde kurze Zeit später unsanft wach gerüttelt.

»Sie ist weg!« verkündete Johnnie. Vollständig angezogen und sichtlich wütend stand er neben dem Bett seines Vetters. »Glaubt sie wirklich, sie könnte mir entrinnen?«

Schmerzlich verzog Munro das Gesicht, als sich Johnnies Finger in seine Schulter gruben.

»Verzeih ...« Johnnie ließ ihn los, trat ans Fenster und starrte zur Auffahrt hinab. Rastlos trommelten seine Finger gegen die Scheibe, und sein Blick wanderte nach Süden — nach England. Dann wandte er sich zu seinem Vetter und fügte hinzu: »Ich reite ihr nach. Komm mit oder bleib hier. Und es ist mir völlig egal, was du denkst. Du oder sonst jemand!«

»Oh, das war dir doch immer schon egal«, murmelte Munro ironisch.

»Jedenfalls will ich sie haben. Nur dir und deinem verdammten Ehrgefühl verdanke ich diese drei qualvollen Tage. Verstehst du, was es heißt, mit Elizabeth zu tanzen, und sie in den Armen zu halten — und dann vergeblich zu hoffen? Nachts wach zu liegen, sich vorzustellen, wie sie im Bett liegt — und mit wem . . .«

Vorwurfsvoll hob Munro die Brauen.

»Schon gut, schon gut!« seufzte Johnnie, »sicher schläft sie allein auf ihrem keuschen Lager. Beinahe wäre ich auf den Baum vor ihrem Fenster geklettert, um sie zu beobachten.« Angewidert schnitt er eine Grimasse. »Wie ein verliebter Schuljunge! Verdammt, ich muß sie haben, sonst werde ich noch verrückt. Und du kannst mich nicht dran hindern! Wie gesagt, du mußt mich nicht begleiten, wenn's dich zu sehr ärgert.«

Munro warf die Decke beiseite und schwang die Beine über den Bettrand. »Selbstverständlich komme ich mit. Dann kann ich wenigstens deine Leiche nach Haus verfrachten, wenn dich ein entrüsteter Redesdale-Wachtposten umbringt. Aber sie ist wohl kaum weggelaufen, weil sie dich so abstoßend findet«, fügte er grinsend hinzu.

»Nein, weil sie Angst vor ihren eigenen Gefühlen hat.«

»Da könntest du dich irren.«

»Nun, ich werd's ja herausfinden.«

»Dafür mußt du vielleicht mit deinem Leben bezahlen.«

Aber Johnnie bezweifelte, daß Elizabeth ihre Tugend wichtig genug nahm, um ihn töten zu lassen. »So dramatisch wird's schon nicht ablaufen.« Plötzlich grinste er. »Oder sie schläft mit mir, bevor sie mich ihrem Redesdale-Heer ausliefert.«

Elizabeth war am frühen Morgen abgereist — unfähig, einen weiteren Tag in Johnnie Carres Nähe zu verbringen, ohne ihrer Sehnsucht nachzugeben. Und so war die Flucht der einzige Ausweg.

Oder sie hätte den skandalösen Laird von Ravensby vor den Augen aller Grahams in ihr Bett geholt und ganz Schottland schockiert.

An diesem Morgen hatte sie der Versuchung, in Johnnies Arme zu sinken, nur widerstanden, weil sie nicht wußte, wo sein Zimmer lag. Zutiefst erschrocken über die Intensität ihrer Wünsche, war sie davongefahren.

Sobald der Graham-Landsitz hinter ihr lag, fühlte sie sich nicht mehr so verletzlich. Sie bat ihren Kutscher, etwas langsamer zu fahren, und entspannte sich.

Jetzt war sie in Sicherheit, weit entfernt von dem verführerischen Johnnie Carre, von der Macht seines Lächelns, seines Charmes, seiner Sinnlichkeit. Genüßlich atmete sie die frische Sommerluft ein, die durchs Wagenfenster hereinwehte, und die schöne Landschaft beruhigte ihre Nerven.

Ja, es war richtig gewesen, vor Johnnie Carre zu fliehen. Er hätte das friedliche Leben, das sie nun endlich führte, völlig durcheinandergebracht.

Um Zeit zu sparen, ritten Johnnie und Munro in halsbrecherischem Tempo querfeldein. Abgesehen von den Hauptverkehrsrouten nach Edinburgh, Glasgow und London, waren die schottischen Straßen holprig und unwegsam. Also würde Elizabeths Kutsche nicht allzuschnell vorankommen.

Ein paar Meilen nördlich der Grenze erregten schnelle Hufschläge die Aufmerksamkeit der Wachtposten, die vor dem Wagen ritten. Automatisch griffen sie zu ihren Waffen und zügelten die Pferde. In dieser entlegenen Gegend mußte man stets mit einem Hinterhalt rechnen, und so bedeuteten sie dem Kutscher, anzuhalten.

Elizabeth beugte sich aus dem Fenster. »Gibt es irgendwelche Schwierigkeiten?«

»Offenbar haben die Vorreiter was gehört, Mylady«, erwiderte die Zofe, die neben dem Fahrer auf dem Kutschbock saß.

Verwundert schaute sich Elizabeth um, sah aber nur Bäume und die staubige Straße. »Haben *Sie* was gehört?« fragte sie den Kutscher.

»Noch nicht, Lady Graham. Aber Michael. Sonst hätte er nicht Alarm geschlagen. Am besten warten wir, bis wir wissen, was da eigentlich los ist.«

Welche Gefahr sollte an diesem idyllischen Sommermorgen drohen? Melodisches Vogelgezwitscher erfüllte die milde Luft. Zwischen den Kiefernzweigen schimmerte das Sonnenlicht, zu beiden Seiten der Landstraße wuchsen bunte Feldblumen. Nein, in dieser schönen Szenerie konnte nichts Schlimmes geschehen.

Dann hörte auch Elizabeth die Hufschläge, und ihre Beschützer hoben die Schilde. Wenig später galoppierten zwei Reiter heran. Die Redesdale-Garde zückte ihre Musketen.

Mehr neugierig als ängstlich spähte Elizabeth aus dem Fenster. Am hellichten Tag mußte man keine Räuber fürchten. Und sie würden auch nicht so tollkühn zur Kutsche sprengen.

Elizabeths Augen verengten sich. Noch waren die Reiter weit entfernt, und sie konnte ihre Gesichter nicht erkennen. Als der Hauptmann der Garde seinen Leuten befahl, auf die zwei Männer zu zielen, sah sie schwarzes Haar im Wind flattern. »Nicht schießen!« rief sie atemlos. »Das ist Ravensby!«

»Mal sehen, was er will!« entgegnete Hauptmann Redmond. »Behaltet ihn im Visier!«

»Er ist nicht gefährlich, Redmond!«

»Gewiß nicht, Mylady.« Aber keiner der Soldaten senkte die Waffe.

»Die könnten dich abknallen, bevor du in Hörweite bist«, warnte Munro, während sie die Pferde in langsameren Trab versetzten.

»Kein Risiko, kein Vergnügen ...«, antwortete Johnnie grinsend und streichelte sein schweißüberströmtes Pferd. »Du mußt hastige Bewegungen vermeiden, Munro!« mahnte er und breitete die Arme aus, um seine friedlichen Absichten zu demonstrieren.

»Halten Sie an, und sagen Sie, was Sie wollen!« rief der Hauptmann.

»Ich würde gern mit Lady Graham reden«, erklärte Johnnie in beiläufigem Ton und zügelte seinen Rappen.

Nein, war ihr erster Gedanke. Der Himmel möge mich bewahren ... Doch das Gefühl besiegte die Vernunft. Sicher konnte es nicht schaden, ein paar Worte mit Johnnie Carre zu wechseln. In Hawick war es ihr ja auch gelungen, sich diesen unwiderstehlichen Mann vom Leib zu halten.

Während sie aus der Kutsche stieg, schwang sich Johnnie aus dem Sattel und ging zu ihr, ohne die Musketen und die mißtrauischen Blicke der Redesdale-Männer zu beachten.

»Du bist vorzeitig abgereist, Elizabeth.« Wohlgefällig betrachtete er die schlanke Gestalt im kurzen Kaschmircape, dessen Bänder unter dem Kinn zu einem züchtigen Knoten geschlungen waren. »Hattest du die Graham-Aktivitäten satt?« Er sprach so ruhig und gelassen, als würde er sie nach dem Gottesdienst vor der Kirche begrüßen.

»Du hättest mir nicht folgen sollen.«

Mit unschuldigen blauen Augen schaute er sie an. »Und du hättest nicht verschwinden dürfen, ohne dich zu verabschieden.«

»Ich wußte nicht, daß es notwendig war, dir Lebewohl zu sagen.« Elizabeths Stimme klang so kühl wie das grüne Blumenmuster ihres Kleids. Doch die frostigen Worte störten ihn kein bißchen. »Ich habe dich vermißt.«

»Tut mir leid.« Als sie seinen Blick erwiderte, konnte sie ihre Sehnsucht nicht verbergen.

»Komm mit mir«, bat er leise. »Vor diesen Leuten können wir nicht reden.«

»Das dürfte ich nicht.«

»Ich dürfte auch nicht hier sein. Aber ich bin da. Komm! Munro bleibt als Geisel bei der Kutsche.«

Nun schwand der letzte Rest ihrer Vernunft dahin. Sie befahl ihren Leuten, die Waffen zu senken, abzusteigen und sich auszuruhen. »Ich bin nicht in Gefahr«, fügte sie hinzu. Und das war eine Lüge. Nur zu gut wußte sie, was ihr drohte. Sie würde ihr Herz verlieren.

13

Sie wanderten die Straße hinab, bis man sie von der Kutsche aus nicht mehr sehen konnte, sprachen über die Hochzeit, das Wetter, neutrale Themen. Solange sie nicht völlig allein waren, erwähnten sie nicht, was ihnen auf der Seele brannte. Dann zeigte Johnnie auf einen grasbewachsenen Pfad.

»Am Ende dieses Weges finden wir eine Lichtung. Dort wird uns niemand stören.«

»Wie weit ist es?«

»Nicht allzuweit. Wenn du um Hilfe rufen willst, können dich deine Wachtposten hören.«

»Wird das nötig sein?« fragte sie lächelnd.

»Sicher nicht«, antwortete er und folgte dem schmalen Weg. Bald erreichten sie die stille Lichtung. An manchen Stellen, wo Rehe geschlafen hatten, war das Gras flach gedrückt. Ringsum ragten hohe Kiefern empor. Eine Zeitlang standen sich Elizabeth und Johnnie gegenüber. Keiner fand die richtigen Worte. Schließlich durchbrach er das Schweigen. »Irgendwie bin ich verlegen.«

»Du meinst, normalerweise widerstehen dir die Frauen nicht?«

»Niemals.«

»Also fallen sie dir hilflos in die Arme?«

Darauf antwortete er nicht. »Sooft habe ich an dich gedacht — statt an andere wichtige Dinge.« Unbehaglich trat er von einem Fuß auf den anderen. Es fiel ihm schwer, seine Gefühle zu offenbaren. »Zum Beispiel hätte ich mich mit der diffizielen politischen Situation befassen müssen. Entweder bricht ein Krieg aus, oder Schottland behält die Unabhängigkeit. Eigentlich hätte ich nicht nach Hawick kommen dürfen. Während ich dir den Hof mache, umschmeichelt Tweedale die Country Party, die dringend Geld braucht.«

Langsam schlenderte Elizabeth davon und setzte sich auf einen umgestürzten Baumstamm. Er beobachtete sie, folgte ihr aber nicht. Leicht verärgert über ihre starke Anziehungskraft und die Notwendigkeit persönlicher Enthüllungen, wahrte er Abstand. Warum freute er sich nicht? Immerhin rannte sie nicht davon, und sie würde auch nicht um Hilfe rufen.

Als sie sich zu ihm wandte, sprach sie so leise, daß er sie kaum verstand. »Seit ich in Goldiehouse war, hast du meine Gedanken beherrscht, meine Träume, mein Leben.« Seufzend schlang sie die Finger ineinander. »Und das wollte ich nicht noch einmal ertragen.«

»Deshalb bist du weggelaufen.«

»Ja.«
»Nur deinetwegen kam ich nach Hawick.«
»Nicht dem Brautpaar zuliebe?«
Johnnie zuckte die Achseln. »Normalerweise meide ich Hochzeiten wie die Pest.«
»Oh, ich verstehe.« Nur ihretwegen war der arrogante Ravensby nach Hawick gekommen, trotz der dringlichen Probleme, die bei der Parlamentssitzung gelöst werden sollten. Und wider sein besseres Wissen. Diese Erkenntnis erfüllte Elizabeth mit freudigem Stolz. Einladend klopfte sie neben sich auf den Baumstamm. »Setz dich zu mir.«
Ich müßte gehen, dachte er. Niemals hätte ich ihr nachreisen dürfen, der Tochter meines Erzfeindes ...
»Hast du Angst vor mir?« Mittlerweile versuchte sie, ihre Sehnsucht nicht mehr zu bekämpfen, und sie kannte nur noch ein einziges Gefühl — unbeschreibliches Glück.
»Es gibt nichts, wovor ich Angst hätte«, erwiderte er ohne Zögern.
»Das dachte ich mir.« In seinen ledernen Breeches, den hohen Stiefeln, dem weiten, am Hals geöffneten Hemd, ein Plaid in gedämpften Herbstfarben über der Schulter, wirkte er nicht mehr furchtlos, sondern bedrohlich. »Meine Wachtposten werden geduldig warten.« Damit müßte sie ihn doch endlich aus der Reserve locken. Als er den ersten Schritt tat, wirkte ihr verführerisches Lächeln völlig ungekünstelt und instinktiv. »Du gefällst mir.«
»Und du treibst mich zum Wahnsinn«, entgegnete er und kam langsam näher. Dann setzte er sich zu ihr auf den Baumstamm und betrachtete die Spitzen seiner Stiefel.
»Und dieses Gefühl behagt dir nicht.«
»Ganz und gar nicht«, bestätigte er, ohne sie anzuschauen.
»Soll ich gehen?«
Da sah er sie endlich an, ein zynisches Funkeln in den Augen. »Natürlich nicht.«
Wenigstens eine Antwort, dachte sie. »Warum warst du in Hawick anders?«
»Dort konnte ich ein charmantes Spiel treiben, mit akzeptablen Regeln«, erwiderte er und staunte selbst über seine

Ehrlichkeit. Meistens belog er die Frauen. Aber Elizabeth war anders als alle Frauen, die er kannte. Deshalb saß er hier, unzufrieden und erregt, und er fragte sich, wie er seine Emotionen bewältigen sollte.

»Jetzt ist es kein Spiel?«

Es dauerte eine Weile, bis er antwortete. »Ich glaube nicht.«

»Und du bevorzugst Spiele.« Nun verstand sie einen Teil seines Dilemmas.

»Ja.«

»Irgendwie ist mir das peinlich, denn ich habe noch nie einen Mann verführt.« Ein unschuldiges Lächeln umspielte ihre Lippen. »Könntest du mir helfen? Wenn's dir nichts ausmacht ...«

»Auch du verstehst dich auf solche Spiele«, meinte er grinsend. »Nein, es macht mir überhaupt nichts aus. Sonst wäre ich ein verdammter Narr.«

»Vielen Dank, Mylord.« Elizabeth seufzte erleichtert, abgrundtief und maßlos übertrieben. »Ohne deine Hilfe wüßte ich nicht, wie ich dich erregen sollte.«

»Deshalb mußt du dir keine Sorgen machen. Seit ich Edinburgh verließ, um dich wiederzusehen, bin ich erregt — immer, Tag und Nacht.«

»Wie nett!« neckte sie ihn.

»Nur von deinem Standpunkt aus betrachtet, meine Liebe.«

»Also könnte ich dir helfen?« fragte sie leise.

»Stört's dich, im Gras zu liegen? Mein Bett in Hawick wäre weicher gewesen.«

»Aber dann hätten's alle Leute in Hawick gemerkt.«

»Wäre das so wichtig gewesen?« fragte er in echter Verblüffung.

»Nicht jeder ist immun gegen Skandale.« Doch sie wußte, daß sie Johnnie zuliebe alles ertragen würde.

Da er sich noch nie um gesellschaftliche Konventionen gekümmert hatte, gab er keine Antwort auf diese Bemerkung. Statt dessen stand er auf und reichte ihr seine Hand. »Zum Teufel mit Hawick! Mehr als diese ländliche Szenerie kann ich dir im Augenblick nicht bieten.«

Lächelnd erhob sie sich. »Solange du mich in den Armen hältst — und wenn mein Kleid keine Grasflecken abbekommt ...«

Verwundert betrachtete er ihre kleine Hand, die in seiner lag. »Was für eine erstaunliche Frau du bist ...«

»Zu freimütig?«

»Deine Offenherzigkeit gefällt mir«, beteuerte er und hielt ihre zarten Finger besitzergreifend fest. »Leider muß ich dich warnen. Nachdem ich dich drei Tage lang begehrt habe, darfst du keine besonderen Finessen erwarten.« Er ließ sie los und hob seine Hände, damit sie sehen konnte, wie sie zitterten.

»Schau doch!«

»Genauso bebt mein Herz. Vielleicht werde ich dich vergewaltigen.« Sie neigte sich zu ihm, und ihr süßer Duft stieg in seine Nase. »Darauf habe ich vier Monate lang gewartet, seit meiner Abreise aus Ravensby.«

Ihre unverhohlene Begierde und das Geständnis ihrer Enthaltsamkeit steigerten sein Verlangen. Nun fühlte er sich geradezu verpflichtet, ihre Sehnsucht zu stillen. Er strich über ihre Schultern, über ihre Hüften, zog sie an sich und ließ sie seine Erektion spüren. Stöhnend küßte er sie, schob seine Zunge zwischen ihre Lippen, und sie preßte sich an ihn — eine Frau, die seine beglückende Nähe viel zu lange entbehrt hatte.

»Bitte, Johnnie, beeil dich ...« wisperte sie an seinem Mund. Aufreizend bewegte sie ihren Unterleib.

Als hätte er diese Aufforderung gebraucht, als würde ihn irgend etwas von seinem Streben nach der Erfüllung ablenken, als würde es ihn nicht verzweifelt drängen, in ihr zu versinken ... »Du solltest dich ausziehen«, murmelte er, schob sie ein wenig von sich und griff nach der Schleife an ihrem Hals. »Wegen der Grasflecken ...« Hastig öffnete er den Knoten, streifte das Cape von ihren Schultern und begann, die Knöpfe ihres Kleides zu öffnen.

»Oh, ich kann nicht warten!« flüsterte sie und schob seine Hände ungeduldig beiseite. Heiße Leidenschaft verschleierte ihre Augen.

»Bitte ...«

Weil er sich an ihre vorzeitige Erlösung in Goldiehouse erinnerte, warf er sein Plaid ab und breitete es im Gras aus. Dann nahm er Elizabeth in die Arme. »Laß dir ein bißchen Zeit — mir zuliebe ...«

Dann sank er mit ihr auf die Wolldecke hinab, schob ihren Rock und die Unterröcke hoch, streichelte ihre Schenkel. Ihr Atem stockte, als er ihren Venusberg berührte.

»Schnell!« hauchte sie.

»Gleich«, versprach er und griff nach seinen Hosenknöpfen.

»Oh, Johnnie ...«, flehte sie. Durch ihre Adern strömte ein wildes Feuer.

In seiner ungestümen Eile riß er den letzten Knopf ab, schnell und kraftvoll drang er in sie ein. Sie schrie leise auf, ihre Finger gruben sich in seinen muskulösen Rücken. Während er tief in ihr versank, pulsierten heftige Gefühle durch seinen ganzen Körper. Noch nie war er mit einer solchen Frau zusammengewesen. Sie erschien ihm einfach vollkommen.

Ungeduldig hob sie ihm die Hüften entgegen, erinnerte ihn an ihre viermonatige Enthaltsamkeit, und er begann sich zu bewegen, zog sich zurück, glitt wieder in sie hinein, in drängendem Rhythmus.

Danach hatte sie sich gesehnt, Nacht für Nacht, und sie wünschte, diese unerklärliche Ekstase würde niemals ein Ende nehmen. Und dann mußte sie lächeln.

Niemals? Nach der langen Entbehrung kam der Höhepunkt viel zu schnell. Ihr Atem stockte, und Johnnie paßte sich ihren schnelleren Bewegungen an. Gemeinsam erreichten sie den Gipfel, und sie klammerte sich an ihn, als wäre er der unverzichtbare Mittelpunkt der Welt — für einen Augenblick, in dem die Zeit stillzustehen schien, in dem die Realität mit einem Traum verschmolz.

Später lagen sie nebeneinander und zitterten wie erschöpfte Schwimmer, die man vor dem Ertrinken gerettet hatte. »Daran — bin ich nicht gewöhnt«, keuchte Johnnie, ein spontanes Geständnis. Völlig entkräftet, rang er nach Atem, und das hatte der vitale Laird von Ravensby noch nie erlebt.

»Ich auch nicht«, wisperte Elizabeth, und er lächelte sie triumphierend an. Schimmernd hob sich ihr helles Haar von den gedämpften Farben seines Plaids ab, und in den Tiefen ihrer Smaragdaugen erkannte er ein Echo jenes Blicks, den sie ins Paradies geworfen hatte.

Zum erstenmal empfand sie das Wunder körperlicher Lust und namenlosen Glücks, warmer Zuneigung und noch mehr — eine überwältigende Freude.

»Wie konntest du den alten Hotchane nur heiraten?« flüsterte er.

Hätte ich dich damals schon gekannt, wäre ich lieber gestorben, wollte sie sagen. Doch sie erwiderte: »Damals wußte ich nicht, daß ich eine Wahl hatte. Aber jetzt würde ich's nicht mehr tun.« Lächelnd strich sie über seine gerunzelte Stirn. »Lieber würde ich Rüben auf den Feldern ernten oder in der Dorfschule um Arbeit betteln. Jetzt, wo ich dich kenne ...« Sie hauchte einen Kuß auf seine Lippen. »Das war eine gute Idee, mir nachzureiten. Ich bin so froh darüber. Eigentlich dürfte ich dir das nicht gestehen. Aber seit ich in Goldiehouse war, will ich nur noch *dich*. Nie zuvor sehnte ich mich so verzweifelt nach einem Mann.« All die Gefühle, so lange gestaut, brachen sich Bahn, mußten in Worte gefaßt werden. »Einmal überlegte ich sogar, ob ich mit einem meiner Leibwächter schlafen sollte — um herauszufinden, ob es nur ein unergründlicher Impuls war oder das Verlangen nach *dir*. Doch ich tat es nicht«, fügte sie rasch hinzu, als Johnnie die Brauen hob. »Nein, es wäre mir unmöglich gewesen, mit einem meiner Wachtposten zu schlafen — oder mit George Baldwin, der mich ständig bedrängt und um einen Kuß anfleht ...«

»George Baldwin?« unterbrach er sie, als hätte er das Recht, solche Fragen zu stellen.

»Ein lieber, netter Nachbar ...«

»Lieb und nett?« fauchte er.

»Bist du eifersüchtig? Wie interessant! Aber er ist wirklich nur nett, ein freundlicher Beschützer. Nicht so wie du ... Kein Mann, den ich kenne, läßt sich mit dir vergleichen.«

Ihre naive Offenherzigkeit faszinierte und erregte ihn, was ihr nicht entging.

»Und nachdem du so weit geritten bist, um mir Gesellschaft zu leisten«, fügte sie leise hinzu, »frage ich mich, ob ich vielleicht von deinem — neu erwachten Interesse profitieren könnte.«

»Du gieriges Mädchen!« tadelte er grinsend.

»Vergiß nicht — die lange Enthaltsamkeit ...«

»Aber diesmal nehmen wir uns mehr Zeit, nicht wahr?«

»Meinetwegen den ganzen Tag.« Lustvoll wand sie ihre Hüften umher.

»In diesem Fall schlage ich vor, daß wir uns erst einmal ausziehen — damit wir mehr voneinander spüren.«

»Ja, das würde mir gefallen. Oder bin ich zu kühn für deinen Geschmack?«

Lächelnd schüttelte er den Kopf.

»Also darf ich mit dir machen, was ich will, und du wirst mich nicht bestrafen?« Elizabeth amüsierte sich wie ein Kind, das ein neues Spiel entdeckte.

»Alles«, bestätigte er, »immer ...«

Immer. Der Klang dieses Wortes beglückte sie, obwohl sie es besser wußte. Ein Mann wie Ravensby würde keine dauerhafte Beziehung eingehen.

Als sie sich wieder vereinten, schlang sie die Beine um seine Hüften, und er hielt ihre Schenkel fest.

Neues Entzücken durchströmte ihre Körper, beide hielten den Atem an.

»So, wie es jetzt aussieht, mache ich mit dir, was ich will«, flüsterte er und hielt inne.

»Aber ich möchte mir *meine* Wünsche erfüllen«, erwiderte sie und bewegte sich langsam, um ihre eben erst entdeckte Macht zu erproben.

»Hätte ich nicht tagelang geplant, wie ich dich lieben würde, wäre ich vielleicht empfänglicher für deine Verführungskünste.«

»Dann schmolle ich!« warnte sie ihn melodramatisch.

»Und ich bleibe immun«, konterte er grinsend. Mit schmollenden Frauen hatte er genug Erfahrungen gesammelt.

»Wie unfreundlich du bist ...«

»O nein, ich werde dir eine neue Art von Freundlichkeit zeigen. Und jetzt laß mich los.«

Er schob ihre Schenkel, die ihn immer noch umklammerten, nach unten. »Und ich verspreche dir, deine Duldsamkeit wird belohnt.«

Fügsam senkte sie die Beine, obwohl ihr Schmollmund jetzt echt wirkte, nicht mehr theatralisch.

Johnnie zog sich zurück und hockte auf seinen Fersen, immer noch vollständig bekleidet, bis auf die aufgeknöpfte Hose. »Eine kleine Lektion in Gehorsam ...«

Empört richtete sie sich auf und ballte die Hände, aber er rückte blitzschnell zur Seite.

»Ich könnte dir bei lebendigem Leib die Haut abziehen lassen!« warnte sie.

In sicherer Entfernung lag er im duftenden Gras. »Dann würde ich dir nichts mehr nützen.«

»Oh, ich hasse es, wenn ein Mann den absoluten Herrscher spielt.«

»Es war doch nur ein Scherz.«

»Weder dir noch sonst einem Mann werde ich jemals gehorchen«, erwiderte sie mißtrauisch.

»Das erwarte ich auch gar nicht von dir.«

Johnnie Carre bevorzugte temperamentvolle Frauen, und sie sollten ihm nur gehorchen, wenn es zu einer sinnlichen Tändelei gehörte.

Konnte sie ihm glauben? Würde er ihre heiße Sehnsucht überhaupt ertragen, wenn sie an irgendwelchen Prinzipien festhielt?

Während sie noch darüber nachdachte, erklärte er in höflichem Ton: »Du stellst die Regeln auf.«

»Vielleicht — war meine Entrüstung etwas übertrieben. Nehme ich's zu ernst?«

Er zuckte die Achseln. »Der Krieg ist ernst, die nationale Ehre ist ernst, Hungersnot, sterbende Menschen — das alles ist ernst. *Das* hier sollten wir etwas lockerer angehen.«

Nun entstand ein langes Schweigen. Nur das Vogelgezwitscher durchbrach die Stille. Schließlich streckte Elizabeth eine Hand aus und lächelte. »Komm, mach mich glücklich!«

So schnell, wie er geflohen war, lag er wieder neben ihr auf dem Plaid. Seine Augen funkelten ironisch. »Nachdem wir alle wesentlichen Dinge geklärt haben ...«

»Und zwar mühelos«, unterbrach sie ihn.

»Meine Spezialität, Madam. Da kannst du jeden fragen.«

»Oh, ich kenne deine Spezialitäten, Ravensby«, bemerkte sie und warf ihm einen vielsagenden Seitenblick zu.

»Also, nachdem alles geklärt ist — würdest du mir jetzt erlauben, dich auszuziehen? Ich weiß, wir haben den ganzen Tag Zeit, aber die brauchen wir für was anderes.«

Mit gekreuzten Beinen saß sie auf der Decke, in ihrem zerknitterten grünen Kleid, das blonde Haar wild zerzaust, die Wangen rosig. Mutwillig hob sie die Brauen. »Ich wäre doch dumm, wenn ich nein sagen würde, nicht wahr?«

Lächelnd nickte er.

»Arroganter Kerl!«

»Wer hat dir denn nachgestellt, Liebling? Das kann man wohl kaum arrogant nennen.«

»Immerhin finde ich deine Ehrlichkeit sehr charmant.«

»Und meine anderen Vorzüge stehen dir auch zur Verfügung ...«

»Zweifellos Vorzüge, die du in den Boudoirs anderer Frauen entwickelt hast.«

»Nur um deinen Interessen zu dienen.«

»Lügner!«

»Die Bezeichnung ›Dipolomat‹ würde mir besser gefallen.«

Langsam wanderte ihr Blick über seinen Körper und blieb an der geöffneten Hose hängen. »Und mir gefällt's am allerbesten, dich in mir zu spüren.«

»Dann bleibt mir wohl nichts anderes übrig, als deinen Wunsch zu erfüllen.«

Wie sich herausstellte, war es eine langwierige, zeitraubende Prozedur, die einzelnen Kleidungsstücke aufzuschnüren oder aufzuknöpfen. Sie half ihm, er half ihr. Lachend küßten und streichelten sie sich, und vor ihrem nächsten Höhepunkt hatte Elizabeth den Reiz der Verzögerung erkannt.

»Wirklich, du bist wundervoll«, beteuerte sie viel später, als sie zufrieden auf seinem Schoß saß.

»Wir beide sind wundervoll.« Sanft wiegte er sie hin und her. Seine Haut, von der Sonne gebräunt, war dunkler als ihre und bildete einen erregenden Kontrast zu ihrem weißen Fleisch, so wie sein kräftig gebauter Körper zu ihrer schlanken Anmut. Lächelnd pflückte er ein Gänseblümchen und steckte es hinter ihr Ohr.

»Alles Gute zum 29. Juli, Elizabeth Graham«, flüsterte er. Bis in alle Ewigkeit könnte er mit ihr auf dieser idyllischen Lichtung bleiben.

Auch Elizabeth pflückte ein Gänseblümchen und steckte es in Johnnies dunkles Haar. »Vielen Dank. O Gott, du bereitest mir so viel Freude ... Du solltest öfter Gänseblümchen tragen.« Wie die Satyrn in den Legenden, dachte sie, geschmückt mit wilden Blumen, voller Lebenslust.

»Für dich tu ich's gern.« Immer noch erhitzt vom stürmischen Liebesakt, atmete er Elizabeths süßen Duft ein. Neues Verlangen stieg in ihm auf, und sie spürte es. Lächelnd wandte sie sich zu ihm, schmiegte ihren weichen Busen an seine Brust. Dann verlagerte sie ihre Position auf seinem Schenkel, so daß er wieder in sie eindringen konnte.

»Stört's dich, daß ich so unersättlich bin?« hauchte sie an seinem Mund.

»So hungrig wie ich ...« Um noch tiefer in ihr zu versinken, warf er sie auf den Rücken und hielt ihre Hüften fest. »Nun, genüge ich deinen Ansprüchen?« fragte er atemlos.

Ganz im Bann ihrer süßen Qualen, vermochte sie nicht zu antworten.

Die Augen halb geschlossen, richtete er sich auf, beschleunigte seinen Rhythmus zu wilder Besessenheit. Wie aus weiter Ferne drang Elizabeths Lustschrei in sein Ohr. Eng umschlungen wälzten sie sich von der Decke ins Gras, vom Duft zerdrückter Blumen umgeben. Danach dauerte es sehr lange, bis sich die rasenden Herzschläge beruhigten. Elizabeth spürte Johnnies heiße Stirn an ihrer Schulter. Auf einen Ellbogen gestützt, erleichterte er ihr das Gewicht seines Körpers. »Komm mit mir — nach Three Kings«, wisperte sie in sein Haar.

Sofort glitt er von ihr herunter, als wäre die Einladung ein tödliches Gift. Johnnie streckte sich im kühlen Gras aus, die Arme unter dem Kopf verschränkt, die Lider gesenkt. Eine Ewigkeit schien zu verstreichen. Und dann ignorierte er die

Gefahr. »Ja. Dort könnten wir uns in einem Bett lieben. Meine Knie sind schon ganz wund.«

»Offensichtlich bist du nicht an rustikale Schäferstündchen gewöhnt«, meinte Elizabeth lächelnd.

»Ebensowenig wie an die unbezähmbare Leidenschaft, die du immer wieder in mir weckst. Es muß an der Luft von Teviotdale liegen.«

»Oder an meinem verführerischen Charme«, neckte sie ihn.

»Gewiß«, gab er zu. »Das muß es wohl sein. Zum erstenmal seit zehn Jahren habe ich aufgeschürfte Knie.«

Nahe der Lichtung fanden sie einen Bach, wo sie sich wuschen. Dann halfen sie einander, sich anzukleiden. Johnnie verknotete die Bänder von Elizabeths Unterröcken, knöpfte ihr Kleid zu, stopfte das Brusttuch in ihren Ausschnitt. Dabei bewies er ein Geschick, das ihren Unmut erregt hätte, wäre sie nicht so verzaubert gewesen. Er entschuldigte sich sogar, weil er keinen Kamm bei sich trug. »Natürlich dachte ich nicht an Kämme, als ich dich zu diesem Spaziergang aufforderte.«

»Ich auch nicht«, erwiderte sie und strich mit allen Fingern durch ihre langen blonden Locken. »Aber die Leute, die uns erwarten, vermuten wohl kaum, wir wären nur spazierengegangen.«

»Oh — meinst du ...«

»Erlaube mir, die Schleife deines Capes zu binden, Lady. Und dann wollen wir deinen Leibwächtern tapfer gegenübertreten.«

14

Hand in Hand kehrten sie zur Kutsche zurück. Einige Männer würfelten, andere ruhten sich im Gras am Straßenrand aus. Und Munro, niemals ohne Buch unterwegs, war in seine Lektüre vertieft.

Doch dann blickten sie alle dem jungen Paar entgegen.

»Wir fahren zusammen nach Three Kings«, erklärte Elizabeth ihrem Hauptmann. »Danke, daß Sie gewartet haben«, fügte sie hinzu — unfähig, ihr Erröten zu verhindern.

Diplomatisch schaute Redmond woandershin, doch der durchdringende Blick, den er Johnnie zuwarf, enthielt eine deutliche Warnung. Während sie einander musterten — zwei große, furchtlose Männer, jeder gewohnt, seine eigenen Regeln aufzustellen —, entstand ein kurzes Schweigen.

Schließlich erklärte Johnnie mit ruhiger Stimme: »Ich wurde eingeladen.«

»Zweifellos«, antwortete Redmond zurückhaltend, aber nicht unhöflich.

»Redmond, es ist meine Entscheidung«, betonte Elizabeth und berührte den Arm ihres Hauptmanns.

»Gewiß, Mylady. Werden sie lange bleiben, Mylord?« erkundigte er sich ohne Umschweife, wie ein Vormund, der die Absichten eines Bewerbers ergründen wollte.

»Nein, Redmond«, versicherte Elizabeth hastig. »Das Parlament tagt, und Ravensby wird bald nach Edinburgh zurückreiten. Übrigens«, fügte sie sanft, aber entschieden hinzu, »ich wünsche keine Komplikationen. Er ist mein Gast. Und nun will ich nicht mehr darüber diskutieren.«

»Sehen Sie?« Johnnie grinste lässig. Natürlich verstand er Redmonds Sorge. Aber er würde Kings Three mit oder ohne die Zustimmung des Hauptmanns aufsuchen. »Lady Grahams Entschluß steht fest. Also bin ich machtlos.«

»Nun, solange Sie Myladys Entschlüsse auch weiterhin respektieren ...«

»Da haben wir keine Probleme, nicht wahr, meine Liebe?« Johnnie schenkte Elizabeth ein unverschämtes Lächeln.

»Überhaupt keine«, bestätigte sie amüsiert.

»Dann ist ja alles klar.«

Als Munro über die geänderten Pläne seines Vetters informiert wurde, stimmte er erfreut zu. Normalerweise nahm sich Johnnie nicht so viel Zeit für ein und dieselbe Frau, und Elizabeths sichtliches Glück erwärmte das Herz des jungen Architekten. In ihrem jungen Leben verdiente sie ein bißchen Amüsement, wenn er auch bezweifelte, daß Johnnie bei ihr bleiben wollte und an eine engere Beziehung dachte. Jedenfalls erschien ihm ihre derzeitige fröhliche Stimmung wichtiger als die ungewisse Zukunft. Nicht nur deshalb interessierte ihn die Reise nach Kings Three. Er wollte Elizabeths Haus sehen und sich genau über das Bauprojekt informieren.

Und so wurde die unterbrochene Reise fortgesetzt. Munro und Johnnie leisteten Elizabeth in der Kutsche Gesellschaft. Angeregt unterhielten sie sich über die Graham-Hochzeit und die Hilfe, die Munro dem Bauarbeitertrupp leisten konnte. Die Parlamentssitzung, ebenso wie Godfrey wurden nur kurz erwähnt, da beide Themen mit Problemen verbunden waren.

Schließlich verglichen sie die Qualitäten einiger Weine, die Mrs. Reid nach Kings Three geschickt hatte, und Elizabeth staunte über Johnnies fachkundige Erklärungen.

»Immerhin bin ich ein Weinhändler, Liebling«, bemerkte er. »Ich importiere einen Großteil des Weins, der in Schottland getrunken wird.«

»Unter anderen Luxusgütern«, ergänzte Munro, »und er versorgt auch England mit Weinen. Obwohl der Kronrat behauptet, seine besten Tropfen kämen nicht über die schottische Grenze.«

»Der Krieg war profitabel«, konstatierte Johnnie. »Wenn Byng auch versucht hat, eine Blockade zu verhängen ... Dieser feige Narr!«

»Und du besitzt die schnellsten Fregatten in diesen Gewässern«, betonte Munro.

»Das ist auch der Grund, warum ich immer noch im Geschäft bin.«

»Und warum du immer reicher wirst.«

Johnnie lächelte. Meistens verdiente er über dreißigtausend Pfund pro Schiffsladung. »Warum sollte ich sonst Handel treiben?«

»Segelst du oft übers Meer?« fragte Elizabeth, weil sie mehr über diesen Mann wissen wollte, der sie so faszinierte.

»Im letzten Monat fuhr ich zweimal nach Rotterdam — eine kurze Reise, günstige Windverhältnisse vorausgesetzt.« Daß er zwei britischen Schiffen davongesegelt war, verschwieg er. »Und im Monat davor sah ich mich in Dünkirchen und Ostende um. Da war gerade die französische Flotte eingetroffen. Gefällt dir siamesische Seide?«

»O ja.« Lächelnd schaute sie Johnnie an, der neben ihr saß, einen Arm um ihre Schultern gelegt. Eigentlich wollte sie fragen, wie er in Kriegszeiten feindliche Häfen anlaufen konnte. Doch sie besann sich anders, weil ihre englische Herkunft immer noch seinen Argwohn erregte. »Das klingt furchtbar habgierig, nicht wahr? Aber ich würde dir die Seide gern abkaufen.«

»Unsinn! Eins meiner Lagerhäuser ist mit diesen Stoffballen vollgestopft. Neulich kam Forbes aus Siam zurück. Was meinst du, welche Farbe würde Elizabeth stehe, Munro?«

»Natürlich grün. Das paßt zu ihren Augen.«

»Vielleicht auch fuchsrot«, überlegte Johnnnie, »mit einem pfirsichfarbenen Unterkleid. Wenn ich wieder in Edinburgh bin, schicke ich dir ein paar Stoffe, Elizabeth.« Es freute ihn, ihr etwas zu schenken. Außerdem wollte er ihr Dekorationsstoffe für das neue Haus zur Verfügung stellen. Es war wohl am besten, wenn er Munro beauftragte, die Anzahl der Räume und die benötigten Farben zu notieren.

Während sie weiterfuhren, geriet das Gespräch kein einziges Mal ins Stocken. Zu Munros Verblüffung erklärte sich sein Vetter sogar bereit, an einem Dinner mit Nachbarn teilzunehmen, die Elizabeth vor der Graham-Hochzeit eingeladen hatte.

»Diese Party könnte ich absagen«, sagte sie. »Aber George Baldwins Schwester muß am Donnerstag nach London zurückfahren, und deshalb möchte ich das Dinner am Mittwoch geben. Ich würde es sehr bedauern, wenn ich sie enttäuschen müßte. Sie ist so nett — und eine ausgezeichnete Harfenistin. Hörst du gern Harfenmusik, Johnnie?«

Obwohl er amateuerhafte musikalische Darbietungen zu meiden pflegte, antwortete er: »Sogar sehr.«

Da ging Munros Überraschung in einen Hustenanfall über.

»Hast du dich erkältet, mein Lieber?« fragte Johnnie in gespielter Besorgnis.

Auf Three Kings angekommen, zog sich Elizabeth sofort in ihr Schlafzimmer zurück, begleitet von Johnnie. Munro verbrachte den Abend mit Redmond, und beide vermieden es, die abwesende Gastgeberin zu erwähnen.

»Was für ein himmlisches Gefühl, mit dir in einem Bett zu liegen!« seufzte Elizabeth. Auf einem Tischchen neben der Balkontür stand eine kaum berührte Mahlzeit, am Boden lagen die Kleider verstreut.

»Und ich bin nur zu gern bei dir, Lady«, erwiderte Johnny. »Wenn ich wieder zu Atem gekommen bin, werde ich dir meine Dankbarkeit beweisen, so schamlos wie nur möglich.«

»Mhm ...«, murmelte sie, seine Talente immer noch in frischer Erinnerung. »Könnte ich doch eine ganze Woche lang in sinnlichen Exzessen schwelgen ... Leider wird das Parlament nicht allzulange ohne dich auskommen.«

So gerne er auch in Three Kings geblieben wäre — am Freitag mußte er abreisen, um am Sonntag morgen in Edinburgh einzutreffen. Hamiltons dubiose Ausflüchte, Queensberrys Doppelspiel und Godfreys großzügiger Umgang mit dem britischen Gold bedrohten Englands Existenz. Natürlich durfte er Elizabeth nicht verraten, daß er gemeinsam mit Fletcher von Saltoun am ersten Sitzungstag nach der Pause versuchen wollte, die Diskussion über die schottische Unterstützung des englischen Heeres vorerst abzubrechen. Man konnte nie wissen, welche Spione die Engländer bezahlten.

So entgegnete er nur: »Ich wünschte, das Parlament würde einen Monat lang auf mich verzichten. Dann könnten wir beide in aller Ruhe das Reich erotischer Freuden erforschen. Aber heute und morgen will ich alles tun, was in meiner Macht steht, damit du mich nicht vergißt. Und das wird mir sicher nicht schwerfallen.«

»Eingebildeter Kerl!« flüsterte sie.

»Während du so bescheiden und zurückhaltend bist ...«

»Und tugendhaft.«

Er lachte, und seine tiefe Stimme klang wie Samt. »Und enthaltsam. Das gehört wohl zu deinen bemerkenswertesten Qualitäten.« Nach einer kleinen Weile fragte er: »Müssen wir diese Leute morgen sehen?« Am liebsten wäre er mit ihr bis zum Freitag morgen allein gewesen.

»Jetzt ist es wohl zu spät, um die Party abzusagen. Aber du mußt dich nicht blicken lassen.«

»Wie lange werden deine Gäste hierbleiben?«

Nicht einmal für die Dauer eines Dinners wollte er Elizabeths Gesellschaft entbehren. Einen solchen Wunsch hatte er nie zuvor empfunden.

»Ein paar Stunden.« Als er gequält stöhnte, fügte sie hinzu: »Tut mir leid. Auf der Fahrt hast du gesagt, es würde dich nicht stören.«

»Da kannte ich nur einen einzigen Gedanken — möglichst schnell mit dir ins Bett zu sinken, und ich hätte all deinen Vorschlägen zugestimmt.« Er griff nach ihrer Hand. »Warum begleitest du mich nicht nach Edinburgh?« Schon im nächsten Augenblick bereute er, daß er diese Worte ausgesprochen hatte.

Ihre Bedeutung erschreckte einen Mann, der so großen Wert auf seine Freiheit legte. Doch sie ließen sich nicht mehr zurücknehmen.

Großer Gott, dachte er, niemals wollte ich mich an eine Frau binden — schon gar nicht an eine Engländerin, die Tochter Harold Godfreys. Wegen seiner politischen Verpflichtungen war das unmöglich. Genausogut könnte ich mit Marlboroughs Tochter ins Bett gehen und verkünden, ich sei immer noch ein schottischer Patriot. Das würde mir keiner glauben.

»Natürlich würde ich sehr gern mit dir kommen«, erwiderte Elizabeth und schmiegte sich noch fester an ihn. »Aber jetzt geht's nicht, weil ich mich um die Bauarbeiten kümmern muß. Vielleicht später ...«

Nun war er vor seiner eigenen Dummheit gerettet worden. Erleichtert atmete er auf.

»Jedenfalls danke ich dir, daß du mich eingeladen hast«, fuhr sie fort.

»Du würdest dich ohnehin langweilen«, meinte er und hoffte, seine Stimme würde beiläufig klingen. »Zwischen den Parlamentssitzungen und den hitzigen Debatten in Patrick Steils Taverne bin ich nur lange genug daheim, um die Kleider zu wechseln.«

Also ein Rückzieher, überlegte sie, und das überraschte sie

nicht so sehr wie sein unvermitteltes Angebot. Sie wußte ebensogut wie Johnnie, welche Gerüchte ihre Anwesenheit in Edinburgh heraufbeschwören mochten. Sicher würde man sie der Spionage für England verdächtigen, womöglich ihn selbst. Ihr Vater stand in Queensberrys Diensten, und das machte auch die Tochter verdächtig. »Besuch mich doch wieder in Three Kings, wenn die Parlamentssitzung vorbei ist«, bat sie.

»In der Erntezeit.«

»Einverstanden.«

Seine impulsive Einladung, die glücklicherweise abgelehnt worden war, hatte ihm eine wichtige Lektion erteilt. In Zukunft würde er seine Gefühle nicht mehr so spontan zeigen. Doch dieser Entschluß beeinträchtigte weder seinen Charme noch seine Liebeskünste.

»Nein«, protestierte sie mitten in der Nacht, »ich kann nicht mehr ... Jetzt nicht. Ich bin schon ganz wund ...« Obwohl sie ihn abwies, begehrte sie ihn. Warum war die Sinnenlust stärker als der Verstand?

»Natürlich, an solche Exzesse bist du nicht gewöhnt. Sei ganz ruhig und entspann dich.« Johnnie kniete neben ihr, legte seinen Kopf auf ihren Schenkel, und seine Zunge berührte das geschwollene Fleisch. Rastlos bewegte sie sich, von hitzigen Wellen durchströmt, schlang die Finger in sein dichtes Haar.

Die Augen geschlossen, genoß sie das vertraute Gefühl des wachsenden Verlangens, das Pulsieren zwischen ihren Beinen, die kühle Luft auf der heißen Haut. Jetzt tat nichts mehr weh, und sie verspürte nur noch eine süße Sehnsucht.

Wenig später richtete er sich auf, versank zwischen ihren Schenkeln, und als er sie küßte, kostete sie ihren eigenen Geschmack. »Siehst du, wie leicht sich der Schmerz verscheuchen läßt?« flüsterte er.

Beinahe haßte sie ihn für seine Raffinesse, in den Armen so vieler Frauen erworben. Doch ihre Leidenschaft besiegte alle Ressentiments. Und so hob sie ihm die Hüften entgegen, begrüßte die exquisite Qual, als er gnadenlos in sie eindrang.

Erst im Morgengrauen schliefen sie ein, erschöpft und restlos befriedigt.

Um elf Uhr wurden sie geweckt. Ein Dienstmädchen klopfte an die Tür, um die Hausherrin an die Ankunft ihrer Gäste zu erinnern. Noch im Halbschlaf lächelte Elizabeth glücklich, von Johnnies Armen umschlungen.

Und in diesem Augenblick dachte er, solange er die Nähe dieser Frau spürte, könnte er sogar das verhaßte englische Joch vergessen.

15

Die Gäste hatten sich alle im Salon versammelt, bevor Elizabeth und Johnnie herunterkamen. Deshalb mußte Munro vorerst den Gastgeber spielen, inmitten von Leuten, die er nie zuvor gesehen hatte. Er bemühte sich zwar um eine zwanglose Konversation, aber die beiden Gerard-Schwestern hatten bereits herausgefunden, wie Lady Grahams abwesender Gast hieß, und stellten gezielte Fragen. Zu ihrem Leidwesen konnten sie dem jungen Architekten nur ausweichende Antworten entlocken. Noch wußte er nicht, welches Lügenmärchen sein Vetter bevorzugen würde.

Erleichtert seufzte er auf, als Elizabeth und Johnnie den Salon betraten. Der Laird von Ravensby wurde mit den Gästen bekannt gemacht. Dann begrüßte Elizabeth ihren Nachbarn George Baldwin und seine Schwester Anne. Beide lächelten höflich, mit ausdruckslosen, taktvollen Mienen. Ihrer Gastgeberin zuliebe übersahen sie den skandalösen Ruf des Earls von Graden. Aber der schlanke, eher unscheinbare blonde George mußte sich sehr beherrschen, um Ravensbys attraktive äußere Erscheinung zu ignorieren.

Lord Ayton und seine rundliche Frau, ebenfalls Elizabeths Nachbarn, schnitten sofort das Thema des Bauprojekts an. »Wenn Ihr Trupp Hilfe braucht, schicke ich Ihnen gern ein paar Männer, Lady Graham«, erbot sich der stattliche Squire.

»Danke, vielleicht später«, erwiderte Elizabeth. Zwischen

den Jagdsaisons hatte Avery Ayton nichts zu tun. Womöglich würde er sich zum Aufseher der Bauarbeiten ernennen, und das wollte sie verhindern.

»Haben Sie die Farben für die Dekorationsstoffe schon ausgewählt, meine Liebe?« erkundigte sich Lady Ayton, infolge ihrer Korpulenz etwas kurzatmig. »In Newcastle habe ich einen tüchtigen Textilienhändler entdeckt, der Sie sicher gern beraten würde.«

»Dafür ist es noch zu früh, Lady Ayton. Um die Inneneinrichtung kümmere ich mich vorläufig nicht. Aber ich werde mir den Namen des Mannes notieren.« Da Elizabeth wußte, daß Charlotte es nur gut mit ihr meinte, fügte sie freundlich hinzu: »Er hat Ihren neuen rosa Salon gestaltet, nicht wahr?«

»Ja, ein süßes Zimmer! So gemütlich ... Avery meint allerdings, soviel Satin sei unerträglich. Aber er hat ja seinen Arbeitsraum, wo er zur Genüge mit seinen schmutzigen Stiefeln herumtrampeln kann. Oh, Sie werden Monsieur Hugeau anbeten, Elizabeth. Obwohl wir nicht von den Franzosen reden dürften, solange dieser gräßliche Krieg andauert ...«

»Marlboroughs verdammter Krieg hat den Preis für meinen Cognac hochgetrieben«, schimpfte Ayton. »Und ich bekomme nirgends ordentliche Reithandschuhe. Sehr unangenehm!«

»Jetzt ist Marlborough in Österreich«, warf Johnnie beiläufig ein. Dank seiner schnellen Schiffe erfuhr er die neuesten Nachrichten vom Kontinent oft schneller als die englische Regierung, nicht zuletzt, weil er in mehreren europäischen Städten Handelsniederlassungen unterhielt.

»Übrigens, man munkelt von einer baldigen Entscheidungsschlacht«, bemerkte Baldwin. »Haben Sie was davon gehört?« Er bezog seine Informationen von einem Vetter in Whitehall, einem Untersekretär in der Schatzkammer.

Johnnie nickte. »Sobald sich Tallard und Marlborough für ein Schlachtfeld entscheiden.«

»O Mylord ...« Lucy Gerard starrte ihn ehrfürchtig an. »Haben Sie schon einmal einen Mann *getötet?*«

Nach einer Weile brach Elizabeth das peinliche Schweigen, das dieser indiskreten Frage folgte. »Tut mir leid, ich habe Sie noch nicht miteinander bekannt gemacht. Der Earl von Graden — Lucy und Jane Gerard.«

Höflich knicksten die beiden Mädchen vor dem berüchtigten Laird. Jane lächelte ihn kokett an, und Lucy, die jüngere, erklärte hastig: »Oh, ich meine, weil Sie soviel über den Krieg wissen ...«

»In der englischen Armee habe ich nie gedient«, erwiderte Johnnie und erwähnte nicht, daß er beim französischen Heer gekämpft hatte, unter dem Kommando seines Onkels.

»Ach, es muß ein faszinierendes Gefühl sein, wenn man als Geisel genommen wird«, meinte Jane, die ihr eigene Strategie entwickelt hatte. Ihre Dreistigkeit überraschte Munro nicht, der schon mehreren taktlosen Fragen nach seinem Vetter ausgewichen war. Obwohl sie ihre Worte an Elizabeth richtete, schaute sie Johnnie an.

»Im Grenzland ist dieses Verfahren durchaus üblich«, entgegnete er, um Elizabeth aus der Verlegenheit zu helfen.

»Wie lange waren Sie denn *dort*, Lady Graham?«

»Also wirklich, Jane«, mischte Anne Baldwin sich ein. »Elizabeth hat sicher keine Lust, immer wieder zu schildern, wie sie gegen Lord Gradens Bruder ausgetauscht wurde.«

Inzwischen hatte sich diese Geschichte in der Umgebung von Three Kings herumgesprochen. Aber die Anwesenheit des attraktiven, skandalösen Grenzlords weckte erneut das Interesse der sensationslüsternen Gerard-Schwestern.

»Wollen Sie uns nicht zeigen, wie Ihre Bauarbeiten vorangehen, Elizabeth?« schlug George Baldwin vor, um die unangenehme Gesprächspause zu überbrücken. »Wie ich höre, wurden die Grundmauern bereits errichtet.«

»Munro, übernehmen Sie das«, bat Elizabeth, dankbar für die Freundlichkeit der Baldwins. »Davon verstehen Sie viel mehr als ich.«

So wanderte die ganze Gesellschaft durch die Verandatüren ins Freie. Zu dem Landsitz, den Elizabeth mit ihrem ererbten Geld gekauft hatte, gehörten ein Tudor-Gebäude aus roten Ziegeln, ein terrassenförmig angelegter Garten und eine kleine romanische Ruine auf dem pittoresken Gipfel eines Hügels, wo auch das neue Haus entstehen sollte.

»Das wird ein langer Nachmittag«, flüsterte Johnnie in Elizabeths Ohr, während sie den anderen in einigem Abstand folgten. »Zweifellos würden die Gerard-Schwestern gern wissen, was wir letzte Nacht getan haben — und zwar in allen Einzelheiten.«

»Oh, die beiden interessieren sich nur für *dich*, Liebling.« Sie drehte eine Pirouette, und der weite, apfelgrüne Rock schwang anmutig um ihre Beine. »Wäre es in der Öffentlichkeit erlaubt, würden sie dich stöhnend umschwärmen.«

»Erspar mir das!«

»Findest du Lucy nicht hübsch?«

»Nein.«

»Vielleicht entspricht Jane eher deinem Geschmack.«

»Das macht dir wohl Spaß, nicht wahr? Nein, Jane gefällt mir auch nicht. Ich verabscheue alberne, schmachtende Blondinen.«

»Bis jetzt hat sie noch nicht geschmachtet.«

»Aber sie wird's tun, verlaß dich drauf.«

»Bist du deiner Anziehungskraft so sicher, Johnnie? Aufgrund deiner reichhaltigen Erfahrungen?«

»Allerdings. Und wenn du jetzt nicht aufhörst, von diesen dummen Gänsen zu reden, blamiere ich dich — vor all deinen Gästen.«

»Drohst du mir?«

»O ja.«

»Genausogut könnte ich dich in Verlegenheit bringen.«

»Unmöglich«, erwiderte er grinsend. »Falls du das versuchen willst, bist du ein paar Jahre zu spät dran.«

»Arroganter Kerl!«

»Nein, ich möchte nur ehrlich sein. Von dieser Welt weiß ich mehr als du.«

Da konnte sie nicht widersprechen. Mittlerweile näherten sie sich den Gästen, die auf dem Gipfel stehengeblieben waren. »Glaub mir, auch ich wäre lieber mit dir allein«, seufzte Elizabeth. »Soll ich plötzlich krank werden?«

»Vielleicht später, wenn mir nichts Besseres einfällt ...« Als sie die anderen erreichten, verzogen sich Johnnies Lippen zu einem gewinnenden Lächeln. »Nun, Munro, hast du erklärt, warum die Grundmauern so dick sind? Ich finde es faszinierend, wie mein Vetter das Gewicht eines Gebäudes berechnen kann, noch bevor er es errichten wird. Erzähl doch, was du in Rom gelernt hast, mein Lieber ...«

Obwohl Johnnie die Dinnerparty nur notgedrungen ertrug, erwies er sich als ausgezeichneter Gesellschafter. Bei Tisch unterhielt er die Gäste mit Anekdoten über den Londoner Hof, berichtete von seinen Reisen nach China und den Handelsniederlassungen im Orient. Dann beschrieb er Versailles, das grandiose Schloß des Sonnenkönigs, zu dem die Engländer derzeit keinen Zugang hatten, und versprach den Ladies französische Weine zu schicken, da man sie während des Krieges nur auf Umwegen importieren konnte. Den Gentlemen bot er alte Cognacs an. Später drehte sich das Gespräch um die drohenden Kämpfe zwischen Schottland und England.

»Hoffentlich kommt's nicht dazu«, murmelte Lord Ayton. »London trifft manchmal sehr unvernünftige Entscheidungen. Jedenfalls habe ich was gegen die Hannoveraner.« Weil er aus einer alten römisch-katholischen Familie stammte, hegte er bezüglich der Thronfolge seine eigenen Ansichten, hütete sich aber, in diesem Kreis seine jakobitische Neigung zu erwähnen.

»Auch das schottische Parlament sorgt sich um die Thronfolge«, bemerkte Johnnie.

»Streben die Schotten einen Krieg an?«

»Nun, das steht noch nicht fest.« Natürlich weigerte sich Johnnie, einem Engländer genauere Informationen zu geben.

»Mein schottischer Vetter erzählte mir, die Counties würden Truppen einberufen. Verdammt will ich sein, wenn das nicht nach einem bewaffneten Konflikt riecht! Und letzte Woche kam ein Kavallerieregiment aus Doncaster hierher. Also stehen wir wieder einmal zwischen den Fronten.«

»Aber man spricht auch von einer Union«, warf George Baldwin ein. »Könnte das die Kriegsgefahr nicht bannen?«

»Im Februar wurde die Unionskommission aufgelöst«, erklärte Johnnie, »wegen mangelndem Interesse. Haben sie von neuen, englischen Vorstößen in dieser Richtung erfahren?« Diese Frage stellte er nur aus Höflichkeit. Kein Schotte wünschte eine Union, abgesehen von den reichen Leuten, die Grundstücke in England besaßen und fürchteten, bei Ausbruch eines Krieges ihre Investments in der East India

Company zu verlieren. Und die Geschäftsleute in London und Bristol, die das Parlament kontrollierten, wollten Schottland den Zugang zu ihren Handelsbereichen verwehren. Was den Englischen Hof betraf, konnte er ohnehin fortfahren, die Schotten zu beherrschen, falls es der hannoveranischen Thronfolge zustimmte. Also widersprach eine Union den Interessen beider Länder.

»Thurlow, der Kommandant des Kavallerieregiments, hat erwähnt, gelegentlich würden die Tories das Thema anschneiden, um die Lage zu sondieren.«

»Oder um die Gesinnung ihrer Feinde zu erkunden.«

»Werden Sie wieder an der Parlamentssitzung teilnehmen?« fragte George.

»Demnächst. Besuchen Sie mich doch, wenn Sie einmal nach Edinburgh oder Ravensby kommen.« An diesem Abend gewann der liebenswerte schottische Laird viele englische Freunde. Niemand protestierte, als er nach dem Dessert bat, man möge Elizabeth und ihn selbst entschuldigen. »Ich habe Lady Graham versprochen, vor meiner Abreise ihren Weinkeller zu inspizieren, um festzustellen, ob sie einen neuen Vorrat braucht. Tut mir leid, daß meine Zeit so begrenzt ist ...«

Sogar Munro blieb zurück, von mehreren Gläsern Wein eingelullt. In diesem Zustand fand er sogar die schmachtenden Blondinen reizvoll.

»Das hast du großartig gemacht!« Noch bevor sie das Schlafzimmer betraten, sank Elizabeth in Johnnies Arme.

»Aus reiner Selbstsucht, mein Liebling«, erwiderte er und schloß die Tür mit einem Fußtritt. »Ich wollte keine Zeit mehr mit diesen fremden Leuten vergeuden.«

»Wie gut du dich anfühlst ...« Sie strich über seinen Rücken, berührte die harten Muskeln unter dem beigen Leinenstoff seines Jacketts. »Schon den ganzen Nachmittag wollte ich dich anfassen.«

»Und ich hätte dich beinahe aus dem Speisezimmer geschleift. Was für ein Skandal wäre das gewesen ...«

»Davon hätten die Gerard-Schwestern ihr Leben lang gezehrt.«

»Nur dieser Gedanke hielt mich davon ab.«

»Jetzt haben wir noch anderthalb Tage«, seufzte sie wehmütig.

»Zweieinhalb.«

Sie rückte ein wenig von ihm ab und schaute verwundert in sein Gesicht. »Sagtest du nicht, du müßtest am Freitag morgen abreisen?«

Lächelnd drückte er sie an sich. »Ich habe beschlossen, bis Samstag morgen hierzubleiben.«

»Weil du mich anbetest?« Ihre grünen Augen strahlten.

»Weil ich dich anbete ...«

Wie in einem schönen Traum vergingen die Tage. Die meisten Stunden verbrachten sie im Bett, frühstückten spät, wanderten durch den schattigen Wald oder am Ufer des Bachs entlang. In der Sommerhitze floß das Wasser träge dahin. Einmal ritten sie aus. Aber am nächsten Morgen hatte Elizabeth keine Lust mehr dazu. »Meine Kehrseite ist ganz wund«, erklärte sie, als sie an der kühlen Steinmauer neben der Weide lehnten.

»Da muß ich dich natürlich schonen«, entgegnete er, nahm sie auf die Arme und trug sie ins Haus.

Jetzt kamen keine Gäste mehr nach Three Kings, und sie nahmen ihre Mahlzeiten nur mit Munro ein. In wachsender Verblüffung beobachtete er seinen Vetter, der seine Gefühle noch nie so offen gezeigt hatte. Johnnie nannte Elizabeth ›Liebling‹ oder ›mein Schatz‹, saß ganz nahe bei ihr und fütterte sie mit besonderen Leckerbissen.

In diesen Tagen lernte Munro einen ganz neuen Johnnie Carre kennen.

Zärtlichkeit, nicht Leidenschaft beherrschte die letzte Nacht, so als würde die baldige Trennung das wilde Verlangen dämpfen. Lange, hingebungsvolle Küsse und sanfte Liebesakte sorgten für schöne Erinnerungen, die den Abschiedsschmerz mildern würden.

Noch wagte Elizabeth nicht, an Liebe zu glauben. Dieses Wort paßte nicht zu Ravensbys ausschweifendem Lebenswandel. Doch sie wußte schon jetzt, wie sehr sie in ihrer Einsamkeit leiden würde.

Und Johnnie hätte die Liebe nicht einmal erkannt, wenn sie vor seiner Tür erschienen wäre, ganz in Gold gekleidet, ein Plakat in der Hand. Doch er würde Elizabeth vermissen.

In dieser letzten Nacht wünschte sie plötzlich, sie könnte ein Kind von diesem wundervollen Mann empfangen. Ein absurder, unvernünftiger Gedanke ... Trotzdem ließ er sich nicht verdrängen.

In der freudlosen Ehe mit Hotchane hatte sie sich stets nach einem Baby gesehnt — eine vergebliche Hoffnung. Es war leichter gewesen, ihrem alten Gemahl die Schuld zu geben, als die Möglichkeit zu akzeptieren, sie könnte unfruchtbar sein. Doch sie wußte es nicht. Immer wieder hatte sie kleine Kinder beobachtet und in den Arm genommen, ihr fröhliches Lächeln erwidert, ihre Tränen getrocknet und sich gefragt, ob sie jemals das Glück der Mutterschaft genießen würde.

Nach Hotchanes Tod hatte sie diesen Traum vergessen, zu beschäftigt mit ihrem Überlebenskampf als unabhängige Witwe. Es war schwierig genug gewesen, die Pläne des Vaters zu vereiteln, der sie wieder verheiraten wollte, einen geeigneten Landsitz zu finden und zu erwerben, den Bau ihres Hauses zu planen. Aber jetzt, wo sie neben Johnnie Carre in ihrem Bett lag, kehrte die Sehnsucht nach einem Baby zurück.

»Hast du Kinder?« flüsterte sie im Halbdunkel ihres Schlafzimmers, das nur von wenigen Kerzen erhellt wurde.

»Wie bitte?« erwiderte er erschrocken und hoffte, er hätte die Frage mißverstanden.

»Ich wollte wissen, ob du Kinder hast.«

»Warum?«

»Nur so.«

»Nun ja, ich bin mir nicht sicher.«

»Sag's mir!«

Seufzend gab er sich geschlagen. Wie ihrem Tonfall zu entnehmen war, würde sie das Thema nicht fallenlassen. »Ein paar.«

»Wie viele?«

»So genau läßt sich das nicht feststellen. Da ich nur mit jungen Frauen schlafe, besteht immer die Möglichkeit, daß ich Kinder zeuge.«

»Sind die Mütter deiner Sprößlinge verheiratet?«

»Im allgemeinen ja. Warum interessert dich das so?«

»Gerade habe ich mir überlegt, wie schön es wäre, ein Baby von dir zu bekommen.«

»Großer Gott!«

»Keine Bange, ich will dich zu nichts zwingen.«

»Für diese Diskussion ist es ein bißchen zu spät.« Er ließ Elizabeth los, stützte sich auf einen Ellbogen und betrachtete ihr Gesicht. »Meinst du, ich hätte über die möglichen Konsequenzen nachdenken müssen?« Unbehaglich fragte er sich, was sie im Schilde führte. Versuchte sie, ihn vor den Traualtar zu locken? Oder würde sie Geld verlangen?

»Wir beide hätten nachdenken müssen. Aber mach dir keine Sorgen, ich werde niemals Forderungen an dich stellen.«

»Einem Gerücht zufolge bist du unfruchtbar.«

»Also droht dir keine Gefahr«, entgegnete sie leise. In ihren Augen glänzten unvergossene Tränen, und ihre Unterlippe begann zu zittern.

»Oh, tut mir leid«, beteuerte er und nahm sie wieder in die Arme. »Das war nicht nett von mir.«

»Wie konntest du wissen, wie wichtig es mir ist?« Mühsam schluckte sie ihre Tränen hinunter.

»Bitte, Liebling, weine nicht. Vielleicht wirst du eines Tages ein Kind bekommen.« Sie wirkte plötzlich so verwundbar, und sein Herz krampfte sich zusammen.

»Das ist nicht dein Problem — und jetzt reden wir über was anderes«, schlug sie vor, weil sie spürte, wie unangenehm ihm dieses Thema war.

»Sehr gern«, stimmte er erleichtert zu. Wie alle reichen Aristokraten genoß er sein Liebesleben, ohne etwaige Folgen zu berücksichtigen. Nur von armen Männern oder Mitgliedern des Mittelstands verlangte das Gesetz, daß sie die Mütter ihrer Kinder heirateten.

»Ich glaube, ich muß dich ein bißchen aufheitern. Soll ich dir was vorsingen?«

Lächelnd schüttelte sie den Kopf. »Du besitzt doch viel interessantere Fähigkeiten.«

»Denkst du an was ganz Bestimmtes?« Seine blauen Augen funkelten mutwillig.

»Ein paar Stunden habe ich noch Zeit, um deine Talente auszunutzen.«

»Dagegen ist nichts einzuwenden.«

»Wie schön, daß wir einer Meinung sind ...«, wisperte sie und strich über seine Wange.

»»Sind wir das nicht immer, mein Schatz?«

Viel zu schnell brach der Morgen an. Während die rotgoldene Sonne über dem Horizont von Redesdale aufging, beobachteten die beiden Liebenden, wie die Schatten in ihrem privaten Universum dahinschwanden, von hellem Licht verscheucht. Jetzt konnte die Reise nach Edinburgh nicht mehr hinausgezögert werden. Wehmütig schmiegte sich Elizabeth an Johnnie.

»Besuchst du mich, wenn es die Staatsgeschäfte erlauben?«

»Sobald ich kann«, versprach er, immer noch erwärmt von der langen Liebesnacht.

Der offizielle Abschied fand auf der gekiesten Zufahrt statt, vor den Augen Munros, Redmonds, der Dienstboten und Leibwächter. Höflich verneigte sich Johnnie, und Elizabeth lächelte freundlich, während sie die in solchen Situationen üblichen Phrasen austauschten. Dann küßte er ihre Hand, schwang sich in den Sattel und ritt zu seinem Vetter, der geduldig gewartet hatte.

»Auf Wiedersehen, Johnnie!« rief Elizabeth und hob ihre Hand, um ihm ein letztes Mal zuzuwinken.

Er neigte sich hinab, um einen seiner Steigbügel zu überprüfen, und schien den Gruß nicht zu hören. Schließlich stieß Munro ihn an.

Da hob er den Kopf. »Auf Wiedersehen, Elizabeth.« Seine Stimme klang distanziert, so als wäre er mit seinen Gedanken bereits woanders.

Zunächst versuchte sie, die Erinnerung an seinen kühlen Blick zu verdrängen. Doch dann ermahnte sie sich: Sei doch realistisch! Johnnie Carre ist ein vielbeschäftigter Mann, und er wird den Beginn der Palamentssitzung ohnehin versäumen. Außerdem muß er sich um seine Handelsflotte und die Ländereien kümmern. Für ihn stehen meine Wünsche an letzter Stelle ...

Aber ihr Herz gab sich nicht mit diesen logischen Argumenten zufrieden, und eine vage Angst trübte das Glück, das er ihr geschenkt hatte.

In gleichmäßigem Galopp sprengten sie dahin. Viel zu lange hatte sich Johnnie in Redesdale aufgehalten, das wußte er. Munro bezweifelte, daß sie Edinburgh erreichen würden, ehe die Sitzung begann.

Auf dem schnellen Ritt nach Norden fanden sie keine Gelegenheit zu Gesprächen, es sei denn, sie hätten einander angeschrien, um das Rauschen des Windes und die Hufschläge zu übertönen.

Gut so, dachte Johnnie, denn er ahnte, welches Thema sein Vetter anschneiden würde — den Aufenthalt in Three Kings. Das war auch sein gutes Recht.

Aber Johnnie hatte ein Kapitel seines Lebens abgeschlossen. Er konzentrierte sich bereits voll und ganz auf die angestrebte schottische Unabhängigkeit.

Als sie haltmachten, um etwas zu essen und den Pferden eine Ruhepause zu gönnen, wappnete er sich gegen das erwartete ›Verhör‹.

Zunächst sprachen sie über Elizabeths Nachbarn, die sie kennengelernt hatten, und die schöne Lage der Baustelle. »Du hast doch die Pläne gesehen, Johnnie«, bemerkte Munro. »Gefällt dir die Fassade?«

»O ja. Ein schönes Haus für eine wunderschöne Frau ...« Er unterbrach sich, während die Kellnerin eine Platte mit gebratenem Geflügel und frischgebackenem Brot auf den Tisch stellte. »Und ich wünschte, ich wäre öfter mit ihr zusammen.«

Munros Messer blieb in der Luft hängen. »Was hindert dich daran?«

»Wie du weißt, hege ich keinerlei Heiratsabsichten. Und Elizabeth eignet sich nicht zur Geliebten.«

»Du meinst, dafür wäre sie zu vornehm? Und Roxane?«

»Weder Roxie noch Janes Lindsay oder irgendwelche anderen Frauen sind meine offiziellen Geliebten. Außerdem hasse ich Harold Godfrey.«

»Aber Elizabeth hat sich von ihrem Vater losgesagt.«

Johnnie ließ das Hühnerbein sinken, in das er beißen wollte. »Worauf willst du hinaus?«

»Hast du's noch immer nicht begriffen? Ich möchte verhindern, daß du sie unglücklich machst.«

»Das habe ich nicht getan, und es wird auch niemals geschehen.« Eindringlich schaute Johnnie seinem Vetter in die Augen. »Elizabeth weiß ebenso wie ich, wo die Grenzen unserer — Affäre liegen.«

»Bei der Abreise gewann ich den Eindruck, sie würde deinen Besuch erwarten, und zwar in absehbarer Zeit.«

»Nun ja . . .« Johnnie zuckte unbehaglich die Achseln. »Vielleicht habe ich ihr irgendwas in dieser Richtung versprochen.«

»Und du willst dein Wort nicht halten?« fragte Munro und beugte sich vor.

»Nein«, gestand Johnnie zögernd. »Immerhin ist sie eine Engländerin — außerdem die Tochter meines schlimmsten Feindes. Und es gibt noch einen anderen, sehr persönlichen und egoistischen Grund, warum ich ein Wiedersehen vermeiden werde. Ich will nicht heiraten.«

Seufzend lehnte sich Munro zurück. »Dazu müßtest du dich durchringen, um deine Liaison mit Elizabeth fortzusetzen.«

»Genau. Tut mir leid.« Johnnie wußte, wieviel sein Vetter für Elizabeth empfand. Auch er verspürte ein schmerzliches Bedauern. Es würde ihm nicht leichtfallen, diese Frau zu vergessen.

»Sicher wird sie's überleben«, bemerkte Munro erstaunlich gelassen. »Nachdem sie acht beklagenswerte Jahre mit Hotchane ertragen hat, wird sie die Enttäuschung, die du ihr bereitest, mühelos verkraften.«

»Ganz sicher.« Johnnie lächelte entwaffnend. Jetzt erkannte er wieder den alten Munro.

Die Rolle des galanten Ritters war wohl nur eine vorübergehende Verirrung gewesen.

»Insbesondere, wo sie die Freiheit ihrer Witwenschaft zu schätzen weiß.«

»Und in den nächsten beiden Jahren ist sie vollauf mit ihrem Bauprojekt beschäftigt.«

»Ebenso mit George Baldwin, der ständig um sie herumschwirrt ...«

Hastig verdrängte Johnnie die unwillkommene Eifersucht, die dieser Gedanke heraufbeschwor.

»Willst du wetten, wer sich während unserer Abwesenheit bestechen und auf Tweedales Seite ziehen ließ?« wechselte er das Thema. »Ich würde sagen, Belhaven und Montrose, vielleicht Selkirk.«

»Ich wette nur auf die Summen, die Tweedales Leute lockermachen mußten, um sich schottische Stimmen zu sichern«, erwiderte Munro und schnitt einen Bissen von seiner Hühnerkeule.

»Die drei, die du genannt hast, haben Schottland schon verkauft.«

»Was für ein schmutziges Spiel England mit uns treibt«, murmelte Johnnie bitter. »Und Schottlands Armut macht es diesen Schurken leicht.«

»Vielleicht wird der Hof den Kampf letzten Endes verlieren.«

»Da bin ich mir nicht mehr so sicher.«

»Immerhin halten wir uns die Engländer seit zwei Jahren vom Leib.«

Johnnie lächelte müde. »Wollen wir hoffen, daß du recht hast. Wer weiß, vielleicht wird David den starken Goliath doch noch bezwingen, wenn der Krieg auf dem Kontinent unseren Interessen dient.«

»Ja, wenn ...«

Und so drängte die Sorge um Schottlands politische Lage alle Gedanken an Elizabeths Zukunft in den Hintergrund.

16

Am nächsten Morgen erreichten sie den Stadtrand von Edinburgh, ebenso erschöpft wie ihre schweißüberströmten Pferde. Im Ravensby House angekommen, fand Johnnie kaum Zeit, um vor seinem vereinbarten Treffen mit Roxburgh und Fletcher zu essen, zu baden und sich anzukleiden. Ehe die Sitzung am Montag begann, wollte die Country Party ihre Strategie erörtern.

»Du siehst elend aus«, bemerkte Roxburgh, während sie sich in Steils Taverne gegenübersaßen.

»Aber noch besser, als ich mich fühle ...«

Johnnie strich über sein frischgewaschenes, immer noch feuchtes Haar. »In letzter Zeit konnte ich kaum schlafen. Erzählen Sie mir, was ich verpaßt habe.«

»Zum Beispiel Roxies Segelpartie.«

»Großer Gott!« stöhnte Johnnie. Er hatte ganz vergessen, sich für seine Abwesenheit zu entschuldigen.

»Glücklicherweise ist dein Bruder in die Bresche gesprungen — falls dich das interessiert.«

»Dem Himmel sei Dank!«

»Also keine wilde Eifersucht?« erkundigte sich Roxburgh, obwohl er es besser wußte. Schon seit vielen Jahren war er mit Ravensby befreundet, und Johnnie machte sich auch nicht die Mühe, diese Frage zu beantworten.

»Eigentlich wollte ich wissen, was ich in *politischer* Hinsicht versäumt habe. Im Augenblick sind mir meine Liebschaften völlig egal.«

»Die Boten, die nach London und wieder zurück geritten sind, haben den Besitzern der Poststationen eine Menge Geld in die Taschen gesteckt.« Sarkastisch blickte Fletcher von seinem Frühstück auf. »Und Tweedale drängt Godolphin, die Klatschgeschichten über den Act of Security zu bestätigen, der uns zur Unabhängigkeit verhelfen soll.«

»Wissen Sie schon, wie London reagieren wird?«

»Angeblich will Godolphin kapitulieren.«

Noch verspürte Johnnie keinen Triumph. Er kannte England zu gut. »Glauben Sie, daß das wahr ist?«

Fletcher zuckte die Achseln und tauchte ein Stück Brot in seine heiße Schokolade. »Bald werden wir's erfahren.«

Zunächst wurde zwei Tage lang debattiert und hinter den Kulissen gekämpft, während die Londoner Regierung verzweifelt versuchte, an ihrem Programm festzuhalten.

Doch dann erkannte Tweedale, daß sich das schottische Parlament 1704 ebensowenig wie im Vorjahr bereit erklären würde, die englische Armee finanziell zu unterstützen und der hannoveranischen Thronfolge zuzustimmen. Er hatte von Gololphin, dem Ersten Lord der Königlichen Schatzkammer, eindeutige Anweisungen erhalten. Angesichts der unsicheren militärischen Lage in Europa, die den englischen Märkten und Bankern arge Schwierigkeiten machte, war es unklug, Schottland noch länger zu provozieren. Deshalb sollte — falls weitere Verhandlungen fehlschlugen — das Sicherheitsgesetz toleriert werden. Das geschah am 5. August. Im Sitzungssaal brach heller Jubel aus. Das schottische Parlament hatte einen bemerkenswerten Sieg errungen[1].

Aber England betrachtete die offenkundigen Bestrebungen der Schotten nach weiteren Machtbefugnissen, auf Kosten der Krone, als höchst gefährlich. Am 28. August, vor der Debatte über die Aufrüstung Schottlands, vertagte Tweedale die Sitzung bis zum 7. Oktober. Allerdings beabsichtigte London nicht, das schottische Parlament wieder einzuberufen, ehe Königin Annes Hof seine alte Vormachtstellung zurückgewonnen hatte. Nach Marlboroughs Triumph über die Franzosen — am 13. August bei Blenheim — konnte man die schottische Frage gelassen angehen.

Während Johnnie politische Probleme zu meistern suchte, interessierte sich Elizabeth ausschließlich für private Dinge. Zum erstenmal in ihrem Leben blieb die Monatsblutung aus. Sie wagte noch nicht, an eine Schwangerschaft zu glauben. Oft genug waren ihre Hoffnungen enttäuscht worden. Und sie würde das Schicksal gewiß herausfordern, wenn sie sich einredete, ihr Traum von Johnnies Kind sei Wirklichkeit geworden.

So bezwang sie ihren Optimismus. Fünf Tage verstrichen — eine Woche, zwei Wochen ... Obwohl sie jeden Tag zur Baustelle hinaufwanderte, konnte sie sich kaum noch für ihr Projekt begeistern. Was in ihrem Körper geschah, faszinierte sie viel mehr. War sie doch nicht unfruchtbar? Würde sie endlich das ersehnte Kind bekommen? Hatte der Allmächtige ihre inständigen Gebete erhört und den schottischen Laird Carre zu ihr geschickt?

In ihren Visionen von einem dicken, rosigen Baby spielte Johnnie keine Rolle. Seit seiner Abreise ließ er nichts von sich hören, schickte ihr aber die versprochenen Seidenstoffe, eine extravagante Wagenladung. Doch sie nahm eher an, daß dies Munros Werk war.

Ob der beiliegende Brief von Johnnie stammte, wußte sie nicht. Die wenigen Zeilen verrieten keinerlei persönliche Gefühle, drückten nur die Hoffnung aus, das Geschenk würde ihr gefallen, und die allerbesten Wünsche für das Bauprojekt. Nicht ein einziges liebes Wort ... ›Ravensby‹, lautete die schlichte Unterschrift, so als hätte er an seinen Anwalt geschrieben.

Aber nach dem kühlen Abschied durfte sie nichts anderes erwarten. Sie war weder überrascht noch verzweifelt. Zu lange hatte sie ein Leben voller Kompromisse und halbherziger Zufriedenheit geführt, um plötzlich ein ungetrübtes Glück zu beanspruchen. Es genügte ihr, die Tage zu zählen. Seit fast drei Wochen wartete sie vergeblich auf ihre Monatsblutung ...

Eines Tages ritt George Baldwin nach Three Kings, um ihr ein neues Buch zu bringen, das aus London eingetroffen war, und die Fortschritte auf der Baustelle zu begutachten. »Sie sehen so fröhlich aus, meine Liebe«, bemerkte er beim Tee.

»Vermutlich, weil mein neues Haus allmählich Gestalt annimmt.«

»Ich bewundere Ihre einzigartigen Fähigkeiten, Elizabeth. Soviel ich weiß, begnügen sich die meisten Frauen mit ihrem Haushalt.«

Am liebsten hätte sie erwidert: Die meisten Frauen haben keinen Harold Godfrey zum Vater und waren nicht mit einem despotischen Hotchane Graham verheiratet. Deshalb mußten sie nicht lernen, sich gegen unbarmherzige Männer zu behaupten ... Doch das hätte der konservative George wohl kaum verstanden. »Was ich tue, ist nur eine andere Form von Haushalt. Als Witwe mußte ich eine gewisse Selbständigkeit entwickeln.«

»Sie können Ihre Witwenschaft beenden, wenn Sie meinen Antrag annehmen.« Sein Lächeln bekundete aufrichtige Zuneigung. »Wie gern würde ich Sie von allen Bürden befreien!«

»Danke, George. Sie wissen, wie sehr ich Ihre Freunschaft schätze. Aber meine Freiheit geht mir über alles. Hotchane war ein schwieriger Mann ...«

»Ein schrecklicher Mann!« unterbrach er sie erregt. »Und Sie verdienen etwas Besseres. Nicht alle Männer sind so wie Hotchane. Und wenn ich Ihnen mein Herz zu Füßen legen dürfte ...«

»Bitte, George, wechseln wir das Thema. Ich bin nicht an einer zweiten Ehe interessiert. Dank meines Erbes habe ich's auch nicht nötig, wieder zu heiraten.«

»Vielleicht werden Sie sich eines Tages einsam fühlen, Elizabeth.«

So fühlte sie sich schon jetzt, weil sie sich nach einem Mann sehnte, der wahrscheinlich keinen Gedanken mehr an sie verschwendete. Doch sie erwiderte betont gleichmütig: »Für solche Emotionen fehlt mir die Zeit. Sie sehen doch, wieviel ich zu tun habe.«

»Meine Liebe, ich kann sehr beharrlich sein.«

»Oh, ich auch. Aber ich freue mich, wann immer Sie mich besuchen, George. Und nochmals vielen Dank für das Buch.«

»Wenigstens darf ich Ihre Bibliothek ergänzen. Ich finde übrigens, daß Mr. Falsey den Aufstand im Westen viel zu milde beurteilt. Wenn's nach mir ginge, wären diese Rebellen alle im Tower gelandet.«

»Das hängt mit Ihrer politischen Gesinnung zusammen. Andere Leute wollten die Rebellen auf dem Thron sehen.«

»Was für ein gräßlicher Gedanke ...«

Eine Woche später kamen zwei von Hotchanes Söhnen zu Besuch — keineswegs in freundlicher Absicht, und sie bedauerte, daß sie Redmond befohlen hatte, die beiden zu schonen. Matthew und Lawson Graham mußten ihre Waffen vor der Tür ablegen, Trotzdem wurde sie von kalter Angst erfaßt, als sie ihnen im Salon gegenüberstand.

In den großen, kräftigen Männern erkannte sie die jüngere Version ihres verstorbenen Gemahls. Matthew, fünfzig Jahre alt, musterte sie ebenso kalt und verächtlich wie sein sechsundvierzigjähriger Bruder.

»Natürlich würde ich euch gern Erfrischungen anbieten«, begann sie in ruhigem Ton. »Aber ich nehme an, ihr wollt dringende Geschäfte mit mir besprechen.« Auf ihrer Zufahrt drängten sich bewaffnete Gefolgsleute.

»Wir haben beschlossen, dich wieder zu verheiraten«, erklärte Matthew ohne Umschweife. »Bald ist das Trauerjahr vorbei.«

»Vielen Dank für deine Besorgnis«, erwiderte sie sarkastisch, »aber ich möchte nicht heiraten.« Wie konnte er es wagen? Um ihren Zorn zu meistern, mußte sie die Hände ballen. Bei der Ankunft ihrer Stiefsöhne hatte sie im Garten gearbeitet, und ihr Sommerkleid war voller Gras- und Lehmflecken. Sie wirkte wie ein junges Mädchen, was ganz und gar nicht zur kühlen Autorität ihrer Stimme paßte.

»Glücklicherweise bin ich nicht auf eine zweite Ehe angewiesen, da mir euer Vater genug Geld vererbt hat.«

»Weil er sich von dir verhexen und betören ließ«, entgegnete Matthew spöttisch.

»Deinen leidenschaftslosen Vater konnte man nicht betören.« Herausfordernd erwiderte sie seinen Blick.

»Ich hab's dir ja gesagt, sie wird nicht auf uns hören«, murmelte Lawson. Unbehaglich trat er von einem Fuß auf den anderen.

»Das spielt keine Rolle«, entgegnete der ältere Bruder, ohne Elizabeth aus den Augen zu lassen. »Also, wir wollen dich mit Luke verheiraten. Seine Frau starb letztes Jahr.«

Nachdem Hotchanes jüngster Sohn bereits zwei Ehefrauen unter die Erde gebracht hatte, beabsichtigte Elizabeth nicht, die dritte zu werden. »Eins muß ich klarstellen, Matthew. Ich mag weder dich noch deine Brüder. Und Redmond haßt euch geradezu. Deshalb schlag ich euch vor, schleunigst zu verschwinden, wenn ihr eure Haut retten wollt.« Mit einem tiefen Atemzug besänftigte sie ihre Nerven. »Übrigens, ihr könnt eurer Familie etwas ausrichten. Das Geld, das euer Vater mir hinterlassen hat, gehört *mir.* Und ihr werdet es niemals zwischen die Finger kriegen.«

»Was für eine mutige Frau du bist, Elizabeth«, bemerkte Hotchanes ältester Sohn. »Zweifellos war Dad davon beeindruckt. Aber wir sind nicht allein gekommen, wie du vielleicht schon festgestellt hast. Draußen wartet unsere gutbewaffnete Eskorte.«

»Gut, Matthew, wie du willst ... Versuch doch, dich gegen Redmonds Truppe zu behaupten.«

Auf diesen Vorschlag ging er nicht ein. »Wir könnten dich der Hexerei anklagen und vor Gericht bringen.«

Von neuer Angst erfaßt, starrte sie ihn an. Seine kalte Entschlossenheit erinnerte sie viel zu lebhaft an Hotchane. Doch sie riß sich zusammen. »Mich kannst du nicht so leicht einschüchtern wie deine Frau und deine Töchter, Matthew. Deine Drohungen beeindrucken mich kein bißchen. Klag mich doch an! Mein Geld wirst du trotzdem nicht finden. Diese Reise hättet ihr euch sparen können. Und seid froh, daß euer Vater mir nicht sein ganzes Vermögen hinterließ. Hätte ich ihn tatsächlich verhext, müßte ich mich nicht mit sechzigtausend Pfund begnügen.«

»Wenn du dich auch wie ein Mann verteidigst, Elizabeth — du bist nur eine Frau, allein und unverheiratet. So mancher Richter könnte entscheiden, du seist unfähig, deine Angelegenheiten selbst zu regeln, und deshalb würdest du einen treusorgenden Ehemann brauchen.«

»Und einige Richter könnten vermuten, dein Bruder Luke hätte keine Ehefrau nötig, sondern eine Aufpasserin. Sei doch so freundlich, Matthew, und laß mich mitsamt meinem Geld aus dem Spiel, wenn du die Zukunft deiner Familie planst. Versuch doch, andere Leute zu berauben. Und jetzt verschwinde, oder ich hetze Redmond auf dich.«

»Bald kommen wir wieder zurück, Elizabeth. Mit den Anwälten.«

»Wenn du deine Zeit verschwenden willst ...«

»Für sechzigtausend Pfund opfere ich sehr gern ein bißchen Zeit«, erwiderte er und lächelte eisig. »Komm, Lawson!« befahl er seinem Bruder.

Als sich die Tür hinter Hotchanes Söhnen geschlossen hatte, sank Elizabeth in den nächstbesten Sessel. Obwohl warmes Sonnenlicht durch die Fenster hereindrang, erschauerte sie. Vor zwei Wochen hätte sie keine Angst empfunden. Aber jetzt, wo sie vielleicht schwanger war ...

Wenn sie tatsächlich Johnnies Baby unter ihrem Herzen

trug, mußte sie sich schützen — oder George Baldwins Heiratsantrag noch einmal überdenken.

Sie rief Redmond zu sich und informierte ihn über ihr Gespräch mit Matthew Graham. »Wie viele Männer kann er zusammentrommeln?« Sie wollte wissen, in welcher Gefahr sie schwebte. Erst kürzlich war die Erbin Margot Talmadge von den Matchmonts entführt und mit deren Sohn verheiratet worden. Letzten Endes hatte das Gericht zugunsten der Talmadges entschieden. Aber zuvor war die junge Frau mehrere Monate lang eine Gefangene der Matchmonts gewesen, die sie sogar mißhandelt hatten. Solche Fälle bildeten keine Ausnahme, wenn größere Summen auf dem Spiel standen.[8] Immer wieder versuchten habgierige oder bedürftige Familien, ihren Söhnen reiche Bräute zu verschaffen, notfalls mit Waffengewalt. Selbst wenn die Gerichte den Frauen recht gaben — solche Verhandlungen dauerten oft jahrelang.

»Zweihundert Mann«, antwortete Redmond, »vielleicht etwas mehr, wenn er die Dunstable Grahams für seinen Plan gewinnen kann.«

»Das wird ihn eine Menge Geld kosten.«

»Aber er glaubt, diese Ausgabe würde sich lohnen.«

»Also brauchen wir noch mehr Männer. Wie lange wird es dauern, um unser Heer zu vergrößern?«

»Höchstens zehn Tage. Allerdings gibt es noch eine andere Möglichkeit.« Redmonds Hand glitt über den Elfenbeingriff seines Dolchs. »Zum Beispiel könnten wir den Grahams in den Redesdale Forest folgen.« Vor vielen Jahren hatte er eine geliebte Frau an Matthews brutale Wollust verloren und nur Elizabeth zuliebe auf einen Rachefeldzug verzichtet, bei dem er vermutlich ums Leben gekommen wäre.

»Sie wollen einen Kampf im Redesdale Forest wagen, Redmond? Soll Chaterine Blair Ihren sinnlosen Tod beweinen?«

Als Elizabeth seine junge Verlobte erwähnte, stieg ihm das Blut in die Wangen. »Jedenfalls wäre die Welt ohne Hotchanes Söhne viel schöner.«

»Da bin ich ganz Ihrer Meinung, Redmond. Aber ich will nicht die Verantwortung für den Tod der Grahams übernehmen. Ich würde es vorziehen, nie wieder von ihnen zu hören. Aber diese Hoffnung muß ich wohl begraben«, fügte sie seufzend hinzu, »da Matthew so wild entschlossen ist, mir mein Erbe zu entreißen. Also müssen wir neue Soldaten anheuern.«

Nachdenklich betrachtete sie den Mann, der ihr in einem geschnitzten Lehnstuhl gegenübersaß. Das Schwert und die Pistolen, die in seinem Gürtel steckten, schimmerten im Sonnenschein.

Seit sie Hotchane geheiratet hatte, diente ihr Redmond als treuer Leibwächter. Zunächst war es seine Pflicht gewesen, sie nicht nur an der Flucht zu hindern, sondern auch vor der Familie Graham zu schützen. In letzter Zeit hatte er ihr neues, glückliches Leben überwacht. Aber es war ihr nur für wenige Wochen vergönnt worden.

»Und ich dachte, die Grahams wären mit ihrem Anteil zufrieden«, erklärte sie bitter. »Meine sechzigtausend Pfund sind doch ein Bruchteil von Hotchanes Vermögen.«

»Nun, sie glauben, sie könnten Ihnen das Geld mühelos wegnehmen, Mylady. Sollen sie einer solchen Versuchung widerstehen?«

»Gewiß, es wäre eine wahre Wonne, diese Schurken zu töten. Aber es geht um wichtigere Dinge ...«

»Das Baby«, warf Redmond in sanftem Ton ein. Bestürzt hielt sie den Atem an. »Wieso wissen Sie das?«

»Catherine hat mir erzählt ...« Unsicher verstummte er. Verspätete Monatsblutungen gehörten nicht zu den Themen, mit denen sich ein kriegerischer Mann normalerweise befaßte.

»Wahrscheinlich hat sie's von Molly erfahren.« Catherine war Dorfschullehrerin, und Elizabeths Zofe besuchte sie regelmäßig, um lesen zu lernen. »Also zählt der ganze Haushalt die Tage«, fügte sie hinzu und lächelte plötzlich.

Redmonds schwaches Grinsen bestätigte diese Vermutung. »Offenbar sind Sie glücklich, Mylady, und alle freuen sich mit Ihnen.«

»Wenn es auch noch nicht feststeht — Sie haben recht, Redmond, ich bin überglücklich. Das heißt — ich war es, bis Mathew Graham auftauchte. Wenn er tatsächlich versucht, mich wegen Hexerei vor Gericht zu bringen ... Denken Sie doch an die Frau, die letztes Jahr in Lanehead auf dem Scheiterhaufen verbrannt wurde! Und jeder weiß, daß die Grahams alle Richter von Redesdale unter Kontrolle haben. Matthew trat sehr selbstbewußt auf. Vielleicht hat er bereits mit einem Richter über diesen Fall gesprochen. Ich frage mich allen Ernstes, ob ich heiraten sollte, um mich zu schützen.«

»Ravensby ist viel einflußreicher als die Grahams. An seiner Seite wären Sie sicher.«

»Aber er wird mich nicht heiraten.«

»Haben Sie ihm von dem Kind erzählt?«

»Dafür ist es noch zu früh. Wenn ich tatsächlich schwanger bin, braucht er es nicht zu wissen.«

»Viellleicht ist er da anderer Meinung.«

»Wohl kaum, Redmond. Nein, ich denke nicht an Ravensby, sondern an George Baldwins Heiratsantrag. Er stammt aus einer prominenten Familie, sein Onkel gehört dem Assisen Gericht von Hexham an, und die Baldwins stellen seit Jahrhunderten die Sheriffs in Tynedale. Mit seiner Hilfe könnte ich mich gegen die Graham-Richter behaupten. Und Sie müßten Matthews Soldaten in Schach halten, Redmond. Ich glaube, das wäre eine vernünftige Lösung.«

»Wäre es nicht besser, Sie würden sich an Ravensby wenden?«

»Bitte, solche Fragen sind sinnlos . . .« Mühsam verbarg sie die Sehnsucht, die ihr Herz erfüllte. »Meine Probleme interessieren Johnnie Carre nicht, aus mehreren Gründen. Zum Beispiel will er gar nicht heiraten, und er hat schon einige Kinder. George Baldwin ist ein netter, gütiger Mann. Und er wird mir alles bieten, was ich brauche. Die meisten Frauen heiraten ohnehin nicht aus Liebe. Das wissen Sie ebenso gut wie ich, Redmond. Für mich zählt nur eins — falls ich tatsächlich ein Kind erwarte, müssen wir es vor den Grahams retten.«

»Keine Bange, Mylady, das wird uns gelingen, dank der Vormachtstellung, die George Baldwin in Northumbria genießt, und meinem Heer.«

Seine Zuversicht tröstete Elizabeth. »O Redmond, ich schulde Ihnen so viel.«

»Könnte ich Ravensby doch bewegen, Sie zu heiraten ...«

»Manchmal hege ich den gleichen Wunsch«, gestand sie lächelnd. »Aber ich bin hier zufrieden, wirklich. Und wenn ich ein Kind bekomme, ist mein Glück vollkommen.«

»Sollten Sie einen Jungen zur Welt bringen, wird George Baldwin sich vielleicht weigern, den Sohn eines anderen als seinen Erben anzuerkennen.«

»Das würde ich auch gar nicht von ihm verlangen.«

»Ich verstehe, Mylady. Offenbar haben Sie schon an alles gedacht. Nun muß ich nur noch Soldaten zusammentrommeln, die bereit sind, die Grahams zu töten.«

»Ist das mit Schwierigkeiten verbunden?« Elizabeths Augen funkelten mutwillig, denn sie wußte ebensogut wie Redmond, wie oft die Grahams über die Viehherden Northumbrias herfielen und sich an fremdem Eigentum vergriffen.

Lachend schüttelte er den Kopf. »Oh, ich werde mich des Ansturms kaum erwehren können.«

Elizabeth verschob das Gespräch mit George Baldwin um zwei Wochen. Ehe sie einen Teil ihrer Freiheit einem Mann verkaufte, dem sie keine tiefen Gefühle entgegenbrachte, wollte sie ihrer Schwangerschaft sicher sein.

Während dieser Zeit lebte sie in ständiger Angst, hielt Ausschau nach unwillkommenen Reitern, lauschte den Schritten der nächtlichen Patrouillen und ließ sich von Redmond zeigen, wie man mit einer Muskete umging. Was mochte Matthew planen?

Bald hatte Redmond sein Heer um hundert gutausgebildete Männer verstärkt, und Three Kings glich einer belagerten Festung.

Das fiel George Baldwin sofort auf. An einem milden Herbsttag Mitte September betrat er Elizabeths Salon, trotz seines Reichtums schlicht gekleidet, in brauner Wolle und einem einfachen Leinenhemd. »Offensichtlich wollen Sie sich ohne Englands Hilfe verteidigen, wenn Schottland uns den Krieg erklärt«, scherzte er und zog seine Reithandschuhe aus. »Eine hartgesottene Schar, die Sie da um sich versammelt haben ...«

»Nur eine Vorsichtsmaßnahme«, erwiderte sie zweideutig. Noch war sie nicht bereit, die beklemmende Wahrheit zu verraten.

»Eine Maßnahme gegen den Krieg?«

»Gegen die Zukunft.« Wieder gab sie ihm eine ausweichende Antwort, und ehe er das Verhör fortsetzen konnte, fragte sie: »Tee oder Cognac?«

Nachdem er sich für Cognac entschieden hatte, schenkte sie ihm ein großzügig bemessenes Quantum ein. Sie dachte, vielleicht sollte er sich stärken, bevor sie ihm ihren Entschluß mitteilte. Zunächst sprachen sie über das idyllische Herbstwetter, die Ernte, das Befinden der Königin, die an schwerer Gicht litt.

Schließlich bemerkte George: »Diese sonnigen Tage müssen Ihnen guttun, Elizabeth, denn Sie strahlen geradezu. Wie Sie wissen, macht sich Anne ständig Sorgen um Ihre gertenschlanke Figur und Ihren mangelnden Appetit, meine Liebe. Nicht, daß ich ihr zustimmen würde. In meinen Augen sind Sie immer wunderschön. Aber jetzt blühen Sie richtig auf. Und das steht Ihnen sehr gut.«

Sie errötete schuldbewußt, da sie ihm noch immer nicht gestanden hatte, was die Veränderung bewirkte. »Danke, George. Ja, ich fühle mich großartig.« Während sie ihn betrachtete, überlegte sie, daß er viel zu klein war und die falsche Haarfarbe hatte. Ein hochgewachsener Mann mit ebenholzschwarzem Haar müßte ihr gegenübersitzen ... »Übrigens, meine körperliche Verfassung ist einer der Gründe, warum ich Sie eingeladen habe«, fügte sie rasch hinzu, ehe sie in irrationalen Träumen versinken konnte.

»Großer Gott, Sie sind doch gesund?« fragte er erschrocken.

»O ja. Aber ich muß ein heikles Problem mit Ihnen besprechen.«

»Natürlich stehe ich Ihnen zur Verfügung. Und zwischen Freunden gibt es keine heiklen Dinge. Wenn ich mir auch wünsche, wir wären mehr als nur Freunde.«

»Nun, es geht um unsere Beziehung ...«, begann sie zögernd. »Und ich möchte Ihnen einen ungewöhnlichen Vorschlag machen ...«

»Ja?« Gespannt beugte er sich vor und stellte das Cognacglas ab.

»Also, ich wäre bereit, Sie zu heiraten, George ...«

»O Elizabeth, Sie wissen, wie sehnlich ich auf Ihr Jawort warte!« unterbrach er sie eifrig.

»Aber da ist noch etwas zu klären.«

»Das dachte ich mir — nachdem Ravensby hier war.«

Bestürzt hob sie die Brauen. »Offenbar gibt es keine Geheimnisse.«

»Sorgen Sie sich nicht, Elizabeth, ich habe keinerlei Klatschgeschichten gehört. Also brauchen Sie einen Ehemann.«

»Dies ist nicht der Grund, warum ich Sie heiraten möchte«, erwiderte sie und schlang nervös die Finger ineinander. Wie sollte sie einem ungeliebten Mann erklären, sie würde seinen Antrag niemals annehmen, wenn sie ihr ungeborenes Kind nicht schützen müßte?

So diplomatisch wie möglich berichtete sie von Matthew Grahams Drohungen, und er hörte höflich zu, obwohl es ihm völlig gleichgültig war, warum er sie heiraten sollte.

»Seien Sie versichert, es wäre mir eine Ehre, Ihre Interessen am Hof zu vertreten. Allein schon der Gedanke, Sie wegen Hexerei zu verklagen, ist ungeheuerlich. Aber vielleicht glaubt man im hinterwäldlerischen Redesdale Forest immer noch an Geister. Sobald die Grahams in Tynedale eingedrungen sind, hätten wir sie festnehmen oder wegen Viehdiebstahls hängen sollen.« Lächelnd griff er wieder nach seinem Cognacglas. »Von jetzt an müssen Sie diese Leute nicht mehr fürchten.«

»Vielen Dank, George«, flüsterte sie und seufzte erleichtert. »Sie sind sehr freundlich ...« Und plötzlich begann sie zu schluchzen. Die seelische Anspannung der letzten Wochen war zu groß gewesen.

Sofort sprang er auf, kniete neben ihr nieder und nahm sie in die Arme. »Beruhigen Sie sich doch, Elizabeth! Ich werde alle Grahams von Ihnen fernhalten. Und was die Liebe betrifft — was ich empfinde, reicht für uns beide. Bitte, weinen Sie nicht ...«

Seine zärtlichen Worte entfesselten eine neue Tränenflut,

und ihr Gewissen meldete sich. Wie konnte sie seine Zuneigung ausnutzen, wenn seine Nähe keinerlei Gefühle in ihrem Herzen weckte? Hatte sie die falsche Entscheidung getroffen? »Vielleicht war ich vorschnell«, entgegnete sie, rückte ein wenig von ihm ab und wischte über ihre tränenfeuchten Wangen. »Ich verlange zuviel von Ihnen. Und wenn Sie mich für dreist halten ...«

»O nein, meine Liebste, ich erlaube Ihnen nicht, Ihr Jawort zurückzunehmen. Sie ahnen nicht, wie verzweifelt ich diesen Augenblick herbeigesehnt habe. Seit Sie vor fast einem Jahr zum erstenmal hierherkamen, um Three Kings zu besichtigen ... Und wenn ein achtunddreißigjähriger Mann endlich die Frau gefunden hat, die er lieben kann, will er nicht länger warten. Trocknen Sie Ihre Tränen, meine Süße«, bat er und reichte ihr sein Taschentuch. »Und dann planen wir unsere Hochzeit. Wann soll sie stattfinden?«

»Bald«, erwiderte sie und griff dankbar nach dem Leinentuch. Nach einer kurzen Diskussion beschlossen sie, in drei Wochen zu heiraten. So lange würde es dauern, bis das Aufgebot bestellt war und die Anwälte den Ehevertrag abgefaßt hatten.

»Wenn du es wünscht, meine Liebe«, begann George, der inzwischen zu einer vertraulicheren Anrede übergegangen war, »ersparen wir uns die Formalitäten. Mein Vetter ist Friedensrichter und würde alles für uns erledigen. Dann könnten wir sofort heiraten.«

Nein, das ist zu früh, dachte sie. Nur noch ein kleiner Aufschub ...

»Einigen wir uns auf einen Termin in zwei Wochen. Wärst du mit dem 1. Oktober einverstanden? Dann müßte das Wetter noch schön sein.«

»Also gut. Und wo willst du heiraten?«

»Das ist mir egal ...« In der Küche, in der Dachkammer — für Elizabeth spielte das keine Rolle.

»Dann werde ich Rücksicht auf meine zahlreiche Verwandtschaft nehmen und mich für die große Kathedrale in Hexham entscheiden.«

Sie bot ihm eine Mitgift von zehntausend Pfund an. »Den

Rest muß ich für das Kind bewahren, denn du wirst es wohl kaum zu deinem Erben einsetzen.«

»Behalte die zehntausend Pfund, Elizabeth, ich brauche dein Geld nicht. Und ich wäre glücklich, wenn ich dein Kind zum rechtmäßigen Erben meines Adelstitels und meines gesamten Vermögens ernennen dürfte. Niemand muß erfahren, daß ich nicht der richtige Vater bin.«

»Oh, ich danke dir, George. Aber du bist zu großmütig.« Nie zuvor hatte sie einen so selbstlosen Mann gekannt. »Du verdienst einen Erben von deinem eigenen Fleisch und Blut.«

»Welch ein Unsinn! Was bedeutet mir schon eine Dynastie? Und ich besitze genug Ländereien, um ein Dutzend Kinder zu versorgen. In Yorkshire, Buckinghamshire, Kent, Middlesex und Lincolnshire — sollten meine Nachkommen Landgüter außerhalb von Northumbria bevorzugen.« Lächelnd neigte er sich zu Elizabeth und bemerkte ihr Entsetzen nicht.

Ein Dutzend Kinder ... Nein, hätte sie am liebsten geschrien, kein einziges von dir — nur *seines* ... Würde sie diese Ehe tatsächlich ertragen? Doch dazu mußte sich durchringen, dem Baby zuliebe, das in ihr wuchs und einen Namen brauchte.

»Was immer du willst, George.« Wie aus weiter Ferne hörte sie ihre eigene höfliche Stimme. Würde es ihr gelingen, die Fassade ein Leben lang aufrechtzuerhalten?

Sie erlaubte ihm sogar einen Abschiedskuß. Wie konnte sie ihm das kleine Zeichen ihrer Gunst verweigern? Wehmütig lächelte sie, als er den Salon verlassen hatte. Um ihr Kind zu retten, würde sie sich zu einer ausgezeichneten Schauspielerin entwickeln.

17

Am 29. August, nachdem die Parlamentssitzung vertagt worden und mit einer Wiedereröffnung von seiten Tweedales nicht mehr zu rechnen war, segelte Johnnie nach Rotterdam. Er interessierte sich für die neuesten Kriegsnachrichten, und das Hauptquartier der Verbündeten, deren fortgesetzte Offensive gegen Frankreich auch die Zukunft Schottlands beeinflussen würde, lag in Den Haag. Außerdem ankerten zwei seiner Schiffe im Rotterdamer Hafen. Eines war soeben aus Kanton zurückgekehrt, die Fracht sollte in die Lagerhallen gebracht und in Holland verkauft werden.

Schon seit einem Monat wohnte Robbie in Rotterdam, und die beiden Brüder verbrachten eine Woche miteinander. Sie kümmerten sich um ihre Geschäfte, abends saßen sie in den Tavernen, wo man mühelos Informationen über den Kriegsverlauf sammeln konnte.

In der nächsten Woche überquerte Johnnie die belgische Grenze, um das Regiment seines Onkels aufzusuchen. An dem warmen Septembertag, an dem Elizabeth den Heiratsantrag George Baldwins annahm, dinierte er mit dem Maréchal de Turenne in dessen Kriegslager — ohne seine baldige Vaterschaft zu ahnen.

Die Neuigkeiten beunruhigten ihn. Nach dem Desaster von Blenheim herrschte im französischen Generalstab helle Aufregung, während der König nur noch auf seinen bevorzugten Ratgeber hörte, den Duc de Chevreuse, oder seine streng religiöse Maitresse, Madame de Maintenon. Die beiden nahmen keine offiziellen Positionen ein.

»Um an den König heranzukommen, muß man Madames fromme Gesinnung teilen«, seufzte Johnnies Onkel. »Tallard, dem wir den Verlust Blenheims verdanken, ist ebenso erledigt wie Marsin. Und der junge Berwick, James' Bastard, hat einen glorreichen Sieg errungen. Aber Chamilart, Louis' Billard-Kumpel, möchte dem Bruder seines Freundes, dem Comte de Gace, einen Maréchal-Titel verschaffen. *Merde!* Es wird verdammt schwierig, diesen Krieg zu gewinnen, wenn sich die Aristokraten um militärische Ehren balgen. Während Marlborough einfach nur seine Verbündeten bei der Stange hält und tut, was ihm beliebt ... Zum Teufel mit diesen Idioten! Aber ich habe mein Château und meine Pension, und Kriege werden immer wieder ausbrechen.« Er lächelte seinen Neffen an. »Wie lange bleibst du hier?«

»Ein bis zwei Tage. Ich bin gerade auf dem Weg nach

Ostende. Dort muß ich meine Handelsniederlassung inspizieren.«

»Erzähl mir doch von Schottlands Unabhängigkeit. Vielleicht kehre ich in meine Heimat zurück, wenn ihr die schrecklichen Engländer verjagt habt.«

»Du solltest deine französischen Ländereien behalten. Wenn Marlborough den endgültigen Sieg davonträgt, hat London keinen Grund mehr, die Schotten zu besänftigen, und wird uns wieder an die Kandare nehmen.«

»Wenigstens bereicherst du dich auf Englands Kosten.«

»Ja«, bestätigte Johnnie, »das ist ein gewisser Trost. Meine Fregatten segeln allen britischen Schiffen davon.«

»Aber du darfst deine Rückendeckung nicht vernachlässigen. Die Politiker wollen dir sicher ans Leder, nachdem du dich im Parlament so vehement für die Unabhängigkeit eingesetzt und die Navigationsakte verhöhnt hast. Einzig und allein die Geschäftsleute regieren Westminster. Und die hassen jeden, der ihnen Geld aus der Tasche zieht. Natürlich bist du mir in Frankreich stets willkommen.« Der Maréchal de Turenne wußte, wovon er sprach. Als junger Mann war er wegen unliebsamer politischer Ansichten geächtet worden und — wie so viele Schotten im Lauf der Jahrhunderte — nach Frankreich ausgewandert, um in einem gastfreundlichen Land sein Glück zu machen.

»Von meinen Schiffen hängt ein Großteil des schottischen Handels ab.« Johnnie musterte den Onkel über sein Weinglas hinweg. »Also wäre es unklug, mich zu verfemen. Aber ich werde gegebenenfalls auf deine Einladung zurückkommen. Und jetzt erzähl mir, wie es Tante Giselle und deinen Töchtern geht.«

Zwei Tage später traf er in Ostende ein, und nach weiteren sechs Tagen erreichte er den Hafen von Leith. Er verbrachte einen rastlosen Abend mit Roxie und entschuldigte sich wortreich, als er schon um Mitternacht aus ihrem Bett stieg und in seine Kleider schlüpfte. Mißgelaunt besuchte er mehrere Tavernen. Doch der Wein schmeckte schal, und er ließ das letzte Glas unberührt stehen, ehe er durch die dunklen Straßen zum Ravensby House wanderte.

Die Wochen im Ausland hatten ihn von den Gedanken an Elizabeth abgelenkt. Aber jetzt, in der Heimat, erschien sie ihm wieder so nahe, und die Sehnsucht wuchs.

Plötzlich fand er die Edinburgher Gesellschaft reizlos, die modische Welt banal, sein Stadthaus viel zu ruhig. Und wenn er hierblieb, mußte er Roxie sein ungewöhnliches Verhalten erklären. Dazu sah er sich außerstande. Am nächsten Morgen beschloß er, nach Goldiehouse zu reiten.

Dort würden die Erinnerungen an Elizabeth noch viel lebhafter auf ihn einstürmen. Das wurde ihm unterwegs bewußt. So verzögerte er die Reise nach Süden und suchte mehrere Freunde auf.

Am Nachmittag des 30. September schwang er sich im Hof von Goldiehouse aus dem Sattel.

»Willkommen daheim, Johnnie!« rief Dankeil Willie. »Du warst lange weg.«

»Ja, die Geschäfte und das Parlament haben mich ferngehalten.« Johnnie warf die Zügel einem Reitknecht zu. »Wo stecken sie denn alle?«

»Die meisten Männer wirst du im Stall finden, bei den neuen Fohlen. Heute morgen sind Adam und Kinmont nach Kelso geritten. Und Munro arbeitet im neuen Flügel, wie üblich.«

Nun rannte Mrs. Reid aus dem Haus. »Was treibst du denn hier, Johnnie?«

»Das ist mein Heim. Weißt du's nicht mehr?«

»Pah! Männer!«

Eigentlich wollte er keine nähere Erklärung hören. Aber weil er unter ihrer Obhut aufgewachsen war, nachdem er mit zwölf Jahren die Mutter verloren hatte, fragte er sanft: »Gibt's irgendwelche Probleme?«

»So kann man's wohl nennen — falls du ein Gewissen hast.«

Der Reihe nach schaute er die Dienstboten an, die sich inzwischen im Hof versammelt hatten. Dann musterte er wieder die empörte Miene seiner Haushälterin. »Würdest du mich in die Bibliothek begleiten?«

»Natürlich. Reden wir lieber unter vier Augen über deine Niedertracht.« Den Kopf hoch erhoben verschmähte sie den Arm, den er ihr bot, und eilte ins Haus.

»Weißt du, was das zu bedeuten hat, Willie?« fragte er verwundert.

Willie errötete bis in die Haarwurzeln. »Am besten fragst du sie ...«

»Und alle wissen, was los ist?«

»Ja, leider.«

Spöttisch hob Johnnie die Brauen. »Soll ich wieder wegreiten?«

»Das mußt du selber entscheiden.« Keine tröstliche Antwort ...

Als er die Bibliothek betrat, saß Mrs. Reid kerzengerade in einem Tapisseriesessel und verkündete ohne Umschweife: »Sie wird heiraten.«

Wen sie meinte, mußte sie nicht erläutern.

»Nun, das ist ihr gutes Recht, nicht wahr?« erwiderte er, schloß langsam die Tür und blieb in sicherer Entfernung stehen.

»Findest du's nicht seltsam, daß sie uns kein Sterbenswörtchen verraten hat?«

»Trotzdem wißt ihr Bescheid.«

»Nur weil ich ihr Obst geschickt habe. Gestern kam der Fahrer mit der großen Neuigkeit zurück. Nicht einmal Munro hat sie was erzählt. Ist das nicht sonderbar?«

»Sie führt ihr eigenes Leben.«

»Und du kümmerst dich nicht drum, was?«

»Womit habe ich deinen Zorn verdient?« Seit Jahren war sie über seine Affären informiert, und sie hatte ihn nie gemaßregelt.

»Vielleicht interessiert's dich, daß sie seit zwei Monaten ein Kind erwartet.«

»Wieso weißt du das?« Jetzt änderte sich sein Tonfall.

»Weil's in Three Kings kein Geheimnis ist. Und alle sagen, Lady Graham sei sehr glücklich.«

»Wen heiratet sie denn?«

»Sir George Baldwin.«

Sein Herz drohte stillzustehen. Als er wieder atmen konnte, nickte er. »Danke für die Mitteilung. Wir sollten dem jungen Paar ein Hochzeitsgeschenk senden. Das überlasse ich dir.«

»Was für ein gefühlloser Bastard du bist!« Die Hand am Türknauf, wandte er sich noch einmal zu ihr. »Da sagst du mir nichts Neues.«

Beim Dinner herrschte gedrückte Stimmung. Munro war ebenso schlecht gelaunt wie sein Vetter, Elizabeth wurde nicht erwähnt, und Kinmont sprach angelegentlich über geschäftliche Dinge. Aufmerksam beobachtete Adam und einige jüngere Männer den Laird, der zu erproben schien, wieviel Cognac er vertrug. Sie hatten gewettet, welches Ende der Abend nehmen würde.

Kurz vor zwei Uhr morgens fragte er gedehnt: »Können wir um diese Stunde ein paar Reiter zusammentrommeln?«

Kinmont, der in seinem Sessel gedöst hatte, war sofort hellwach, und Munro meinte sarkastisch: »Wird auch allmählich Zeit ...«

Da Adam die Wette gewonnen hatte, grinste er seine Gefährten triumphierend an. »Genügen dreihundert Mann?«

Johnnie stand auf. »In einer Stunde reiten wir nach Three Kings. Und nehmt ein Pferd für eine Lady mit.«

Jagdhörner und Leuchtfeuer alarmierten die Carres, und innerhalb einer Stunde versammelten sie sich im Hof. Die mondlose Nacht verhinderte einen allzu schnellen Galopp, tarnte aber den großen Trupp. Während sie zur Grenze ritten, flammten Lichter in den Dörfern auf, und mehrere Stimmen erklangen. »Gute Reise, Johnnie!«

Im Morgengrauen überquerten sie die englische Grenze, und in zwei Stunden würden sie Three Kings erreichen. Niemand heiratet um sieben Uhr, überlegte Johnnie. Der Cognac umnebelte sein Gehirn, und er konnte kaum einen klaren Gedanken fassen. Nur eins wußte er instinktiv — Elizabeth, die sein Kind unter dem Herzen trug, durfte George Baldwin nicht heiraten.

Über Three Kings lag eine seltsame Stille. Die Morgensonne beleuchtete das neue Gebäude, das auf dem Hügel entstand. Auch dort ließ sich niemand blicken.

»Verdammt«, fluchte Munro, »wir kommen zu spät.«

»Halt den Mund!« befahl Johnnie und sprang aus dem Sattel. »Um sieben Uhr morgens heiratet man nicht. Ich werde sie schon finden!«

Während seine Männer auf der Zufahrt warteten, stürmte er zum roten Ziegelhaus. Die Tür war versperrt, und er hämmerte mit aller Kraft gegen das Eichenholz, so daß die Angeln quietschten.

Wenig später öffnete ein Diener das Portal. Beim Anblick der Reiterschar wich er verstört zurück.

»Wo ist Lady Graham?« stieß Johnnie hervor.

»In Hexham, Euer Gnaden«, erwiderte der Mann, der ihn sofort erkannt hatte. Niemand in Three Kings zweifelte an der Vaterschaft des ungeborenen Kindes. »In der Kirche.«

»Wann findet die Hochzeit statt?«

»Um elf, Sir. Aber Redmond ist dort ...«

Diese Warnung hörte Johnnie nicht mehr.

»Hexham!« schrie er, rannte zu seinem Rappen zurück und schwang sich in den Sattel. »Um elf!«

Ein zweiter Reitertrupp sprengte nach Hexham, ebenfalls entschlossen, die Hochzeit zu verhindern. Vor einigen Tagen hatte Matthew Graham von Elizabeths Heiratsplänen erfahren, und nun führte er zweihundert Männer an. Alle fünf Söhne des verstorbenen Hotchane waren in bester Stimmung. In einer Bischofsstadt würde niemand mit einem Überfall rechnen, schon gar nicht am hellichten Tag, und so mußten sie keine Gegenwehr befürchten.

Kurz vor der Zeremonie wollten sie die Kathedrale erreichen, wenn alle Gäste schon in den Bänken saßen, und den Überraschungsmonent nutzen.

Luke, der Bräutigam, trug sein Hochzeitsgewand unter dem Brustpanzer. An seiner Lanze flatterten bunte Bänder. Er konnte die Hochzeitsnacht mit seiner einstigen Stiefmutter kaum erwarten, während Matthew eher an das Geld seines Vaters dachte, das er bald zurückgewinnen würde.

Munro zeigte zum Horizont, wo die Silhouette von Hexham auftauchte, und Johnnie spornte sein Pferd an. Während die Carres den Hügel am Ufer des River Tyne erreichten, näherten sich die Grahams von Nordwesten her. Es war kurz vor elf. Schläfrig lag das idyllische Flußtal unter der Herbstsonne.

Erstaunt musterten die Grahams den großen Reitertrupp, der auf dem Gipfel anhielt. Sie hatten zwar erwartet, Elizabeths Leibwache anzutreffen, aber keine anderen Kämpfer. »Was glaubst du, wie viele das sind?« fragte Matthew seinen Bruder Andrew, der durch ein Fernrohr spähte.

»Sechzig oder achtzig ...«

»Postieren wir uns an der Brücke. Vielleicht ergreifen sie angesichts unserer Überzahl die Flucht. Wer mag das nur sein?«

»Ich kenne sie nicht. Jedenfalls kommen sie von weit her. Die Pferde sind schweißüberströmt.«

»Unser Vorteil!« meinte Matthew zuversichtlich und befahl seinen Leuten, ihre Positionen einzunehmen.

»Könnte das Redmonds Heer sein?« fragte Munro, als er die kriegerische Schar vor der Brücke entdeckte, die zur Stadt führte.

»Das spielt keine Rolle«, erwiderte Johnnie. »Reit nach rechts, Adam übernimmt die linke Flanke, und ich bleibe in der Mitte. Sobald ihr Stellung bezogen habt, galoppieren wir los. Unsere Leute, die den Gipfel nicht erreicht haben, dürfen sich erst blicken lassen, wenn wir angreifen.«

Es dauerte nicht lange, bis sich die Soldaten verteilt hatten. Dann hob der Laird einen Arm, schwang ihn nach unten. Sein gellender Schrei erfüllte die Morgenluft, und dreihundert Carres galoppierten den Hang hinab.

Für eine ausgeklügelte Strategie fehlte die Zeit. Aber Johnnie wußte, daß jeder Gefolgsmann sein Leben wagen und so entschlossen kämpfen würde wie in all den zahlreichen Scharmützeln an der Grenze.

Hinter ihm donnerten pfeilschnelle Hufe. Entweder gehen die Kerle da unten aus dem Weg, dachte er grimmig, oder sie werden von ihren verschreckten Pferde geworfen. Die Augen halb geschlossen, um sie vor dem Wind zu schützen, sprengte er dahin, sein schwarzes Haar wehte hinter ihm her. Locker umschlossen seine Finger den Pistolengriff. Er zweifelte nicht an seinem Erfolg. So oder so, er würde die andere Seite des Flusses erreichen, wo sich die Kathedrale erhob — wo *sie* vor dem Altar stand. Den Kriegsruf der Carres auf den Lippen, näherte er sich dem Brückenkopf.

Entsetzt beobachteten die Grahams, wie sich der kleine Reitertruppe zu einem gewaltigen Heer vergrößerte. Unter den rasenden Hufschlägen erbebte die Erde, Mündungsblitze zuckten aus den Pistolen der Angreifer. Schon bei der ersten Salve verlor Matthew die Nerven, schwang sein Pferd herum und floh nach Westen. In wilder Panik folgten ihm seine Männer.

Johnnie entblößte grinsend seine Zähne, die sich strahlend weiß vom staubigen Gesicht abhoben, und lenkte seinen Rappen zum steinernen Torbogen der Brücke. Da sind wir unaufhaltsam dazwischengefahren, dachte er, wie eine Faust durch ein morsches Brett. Wer immer diese Feiglinge waren — wenn wir Redmonds Garde genauso mühelos ausschalten, ist die Schlacht gewonnen.

In der Kathedrale hatte der Chor gerade sein erstes Lied beendet, als Ravensbys durchdringender Kriegsruf die weihevolle Stille erschütterte, begleitet vom Krach der Warnschüsse.

»Bleiben Sie bei ihr!« rief Redmond dem Bräutigam zu, sprang von seinem Platz in der ersten Reihe auf und rannte durch den Mittelgang zum Tor, das Schwert in der Hand. Ohne zu zögern, heftete sich die Garde an seine Fersen.

Wenig später hatten die Soldaten das Gotteshaus umstellt, und die Carres sahen sich einer starken Phalanx gegenüber. Der Marktplatz im Norden der Kirchenfassade konnte Johnnies Reiter kaum aufnehmen, dreihundert Pferde drängten sich zwischen Läden und Ratskammern. Aber nach dem anfänglichen Gerangel bildeten die Soldaten von Ravensby eine geordnete Front.

Langsam ritt Johnnie zu der niederen Steinmauer, die den Friedhof von der Straße trennte, und stieg ab. Redmond konnte den Mut des schottischen Lairds nur bewundern.

»Waren das Ihre Freunde, die wir soeben von der Brücke verjagt haben?« fragte Johnnie und klopfte den Staub von seinen Breeches.

»Das bezweifle ich. Saßen die Anführer auf grauen Schlachtrössern?«

»O ja. Also habe ich Ihnen einen Gefallen getan?«

»Vermutlich. Es waren Hotchanes Söhne.«

»Wollten sie die Braut beglückwünschen?« Johnnies Lächeln erreichte seine Augen nicht.

»Wohl kaum. Sie hatten vor, die Lady mit einem Graham zu vermählen.«

»Um ihr Erbe wieder in den Besitz der Familie zu bringen ... Aber wie ich höre, bevorzugt Lady Graham einen anderen Bräutigam.«

»Möglicherweise.«

Johnnie runzelte die Stirn. »Und was soll das heißen?«

»Daß ich nicht genau weiß, vor wem ich sie schützen soll, Ravensby. Vor Ihnen oder vor ihrem Bräutigam.«

»Lassen Sie mich mit ihr reden.«

Zögernd nickte der Hauptmann, und Johnnie grinste. »Vielen Dank für Ihr Vertrauen, Redmond.«

Alle Köpfe wandten sich zu dem staubbedeckten Mann, der das mittelalterliche Kirchenschiff betrat. Laut hallten seine Stiefelschritte durch die Stille, die Sporen klirrten. Sein ausdrucksloses Gesicht wurde von wild zerzaustem schwarzem Haar umrahmt, und die Elfenbeingriffe der Pistolen, die in seinem Gürtel steckten, zogen angstvolle Blicke an. Er schaute weder nach links noch nach rechts, hatte nur Augen für die kostbar gekleidete Braut.

Sobald er den Altar erreichte, fragte er, ohne den Mann an ihrer Seite zu beachten: »Wäre es nicht besser gewesen, du hättest mir von deinem Kind erzählt?«

»Elizabeth, du mußt nicht antworten!« mischte George sich ein.

Erst jetzt schien Johnnie ihn zu bemerken. »Wenn es Ihnen nichts ausmacht, Baldwin, würde ich gern allein mit ihr sprechen.«

»Aber es macht mir was aus.«

Ungestüm griff Johnnie nach seinem Schwert, und Elizabeth fauchte ihn an: »Das wagst du nicht! Bitte, George — nur einen Augenblick. Gleich bin ich wieder da.« Wenig später stand sie Johnnie in einem Seitengang gegenüber. »Wieso hat Redmond dich hier reingelassen?«

»Weil er mich mag«, erwiderte Johnnie und ignorierte die neugierigen Blicke der Hochzeitsgäste. »Oder er mag George Baldwin nicht. Da bin ich mir nicht ganz sicher.« Schmerzhaft umklammerte er ihr Handgelenk. »Und nun erklär mir, warum ich nichts von deinem Baby erfahren habe.«

»Nein.«

»Du willst ihn heiraten, obwohl du ein Kind von mir erwartest?«

»Warum interessiert dich das?« fragte sie verächtlich. »Für dich ist's doch nur ein Bastard von vielen.«

Mühsam bezwang er seinen Zorn. »Keineswegs. Du hättest mich informieren müssen.«

»Zu welchem Zweck? Willst du mich jetzt heiraten — nachdem du mich geschwängert hast?«

»Soll ein anderer Mann mein Kind aufziehen?«

»Deine Sprößlinge, die bereits geboren wurden, müssen sich doch auch mit Ersatzvätern begnügen.«

»Jetzt geht es nur um dieses Kind, verdammt noch mal.«

»Vielleicht ist es gar nicht von dir.«

»Hör mal, Elizabeth, sogar meine Dienstboten im Goldiehouse wissen, von wem dein Baby stammt. Alle haben's erfahren — nur ich nicht.«

»Dafür gibt es einen ganz einfachen Grund — ich wollte nicht, daß du mich nur wegen meiner Schwangerschaft heiratest.«

»Und ich bin aus einem ebenso einfachen Grund hier — um deine Hochzeit mit George Baldwin zu verhindern.«

»Würdest du es auch versuchen, wenn es dieses Baby nicht gäbe?« Als er ihr die Antwort schuldig blieb, haßte sie ihn. »Tut mir leid, daß du so weit geritten bist — ganz umsonst.«

»Offenbar hast du mich mißverstanden. Du begleitest mich nach Goldiehouse.«

»Das wird Redmond nicht erlauben.«

Voller Genugtuung stellte er fest, daß sie George Baldwin nicht erwähnte. »Warum fragen wir ihn nicht?« schlug er vor, packte ihren Arm und zog sie in den Sonnenschein hinaus.

Zwei Kommandanten, die einander vorsichtig musterten,

und eine atemlose, verwirrte Braut standen sich gegenüber. »Ich bringe sie nach Goldiehouse, Redmond«, erklärte Johnnie. »Haben Sie was dagegen? In diesem Fall müßten meine dreihundert Männer eingreifen.«

»Aber ich will nicht mit dir kommen!« rief Elizabeth.

Verwundert hob Redmond die Brauen. »Haben Sie Ihre Engelszunge verloren, Ravensby?«

Johnnie zuckte nur die Achseln, so wütend und unsicher wie Elizabeth.

»Also gut, Ravensby«, fuhr Redmond fort, »ich gebe Ihnen zwei Wochen Zeit. Wenn es Ihnen bis dahin nicht gelungen ist, die Lady umzustimmen, hole ich sie.«

»Judas!« herrschte sie ihren Hauptmann an. »Was ist das eigentlich? Ein Spiel unter Männern, bei dem ich nur eine Schachfigur bin?«

»Ein Versuch«, erwidert Redmond und schaute Johnnie eindringlich an. »In zwei Wochen können Sie George Baldwin immer noch heiraten, Lady Graham — wenn Sie es wünschen. Ich gebe ihm Bescheid.«

»Und ich habe nichts zu sagen?«

»Fassen Sie Ihren Entschluß in zwei Wochen.«

»Zum Teufel mit Ihnen, Redmond! Seit wann sind Sie mein Vormund?«

Seit ich Sie heute morgen weinen sah, ehe Sie nach Hexham ritten, wollte er antworten. Doch es widerstrebte ihm, Ravensby einen zusätzlichen Vorteil zu verschaffen. Und so entschuldigte er sich höflich. »In vierzehn Tagen können Sie mich entlassen, Mylady«, fügte er leise hinzu, verneigte sich und hob sie auf ihre kleine Stute.

Dreihundert Kerls und eine Lady traten den weiten Weg nach Goldiehouse an.

Aus Rücksicht auf Elizabeths Zustand ritten sie langsam. Ein paarmal hielten sie an, damit sie sich in Gasthöfen ausruhen und stärken konnte. Johnnie begleitete sie nicht in die Wirtshäuser, immer noch zu aufgewühlt, um freundliche Konversation mit ihr zu machen. Und so überließ er sie Munros, Adams und Kinmonts Obhut, während er draußen wartete.

Kurz nach zehn Uhr abends erreichten sie Goldiehouse.

Hinter allen Fenstern brannte helles Licht, Fackeln beleuchteten die Zufahrt. In Jedburgh hatte Johnnie einen Boten vorausgeschickt, und der Haushalt war auf die Ankunft des Trupps vorbereitet.

Würde ich nicht gegen meinen Willen hierhergebracht, wäre ich glücklich, dachte Elizabeth. Hätte Johnnie mich geholt, weil er mich liebt, würde ich nur zu gern in sein Haus zurückkehren. Aber dieser arrogante Kerl wollte nur verhindern, daß sein Kind bei einem anderen Vater aufwächst ... So entschlossen hatte sie gekämpft, um sich ein Leben außerhalb männlicher Kontrolle aufzubauen. Und jetzt war sie mehr oder weniger Johnnie Carres Eigentum.

Bitterkeit erfüllte ihr Herz, obwohl alle Dienstboten sie mit offenen Armen aufnahmen. Mrs. Reid umarmte sie wie eine verlorene Tochter, und Dankeil Willie verbeugte sich ehrerbietig. »Eure Ladyschaft, es ist uns allen eine große Freude, Sie wiederzusehen.«

Im vertrauten Turmzimmer wurde sie von Helen erwartet, die ihr fürsorglich ins Bett half. Nach der schlaflosen letzten Nacht schlummerte sie ein, noch bevor die Zofe die Perlmuttknöpfe des Nachthemds geschlossen hatte.

»Oh, die arme Lady!« flüsterte sie Mrs. Reid zu, die lautlos eingetreten war.

»Sobald sie aufwacht, gib ihr was zu essen«, befahl die Haushälterin. »Morgen kommt die Schneiderin, um meiner Lady Maß für neue Kleider zu nehmen. Johnnie sagt, in diesem Brautkleid will er sie nicht mehr sehen. Deshalb hat er einen Reiter nach Kelso geschickt, um Madame Lamieur ins Haus zu bestellen.«

»Natürlich braucht sie neue Sachen, wo ihr Bauch doch immer dicker wird«, bemerkte Helen fröhlich.

»Und ein neues Brautkleid, hat er gesagt«, ergänzte Mrs. Reid, und die beiden Frauen lächelten sich zufrieden an.

Natürlich war Elizabeth nicht gefragt worden.

Am nächsten Morgen betrat Johnnie das Turmzimmer, als die Dienstboten gerade das Frühstückstablett hinausbrachten. An der Tür wandte sich Helen zu ihm. »Passen Sie bloß auf das Baby auf, Mylord ...«

»Was hast du ihr erzählt?« fragte er, sobald er mit Elizabeth allein war. »Daß ich wie ein zügelloser Wüstling über dich herfallen würde? Keine Bange, das habe ich nicht vor.« Lässig sank er in einen Sessel, nach einer erholsamen Nacht wieder Herr seiner selbst.

Um ihre Nervosität zu verbergen, trat sie ans Fenster.

»Hast du gut geschlafen?« erkundigte er sich liebenswürdig.

»Wollen wir über das Wetter reden, so als wäre nichts geschehen, als hättest du mich nicht an meinem Hochzeitstag aus der Kirche entführt?«

»Heirate doch mich!« schlug er mit sanfter Stimme vor.

»Aber ich will keinen Mann, der monatelang nichts von sich hören ließ — der sich nur verpflichtet fühlt, mich zu heiraten, weil ich sein Kind erwarte. Ich bin nicht dein Eigentum.«

»Tut mir leid, daß ich nicht geschrieben habe. Natürlich bist du nicht mein Eigentum. Und ich möchte dich auch nicht heiraten, weil ich es für meine Pflicht halte.«

»Warum dann? Wie sehr liebst du mich? Hättest du mich auch aus der Kirche geholt, wenn ich nicht von dir schwanger wäre?«

»Das eine läßt sich nicht vom anderen trennen, dieses Kind existiert nun mal, und du sollst nicht George Baldwin oder sonst jemanden heiraten, sondern mich.«

»Welch eine überwältigende Liebeserklärung!«

»Mit Liebesgeständnissen habe ich keine Erfahrung. Aber ich möchte dich heiraten, sobald wie möglich.«

»Nicht einmal, wenn du der einzige Mann auf Erden wärst, würde ich mit dir vor den Traualtar treten.«

Vorerst war jedes weitere Gespräch zwecklos, und er stand auf. »Um halb elf kommt Madame Lamieur zu dir, um Maß für deine neue Garderobe zu nehmen. Such bitte einen hübschen Stoff für dein Brautkleid aus.«

»Und wenn ich mich weigere?«

»Dann werde *ich* meine Wahl treffen.«

Als die Schneiderin eintraf, kehrte er tatsächlich zurück, setzte sich und lächelte alle an — die Dienstmädchen, Madame Lamieur, Helen und insbesondere Elizabeth, die hilflos und wütend inmitten der geschäftigen Frauen stand, nur mit ihrem bebänderten Korsett und einem Hemd bekleidet.

»Lady Graham braucht eine komplette Garderobe«, verkündete er und lehnte sich in seinem Stuhl zurück, eingerahmt von geschnitzten Apostelköpfen. »Vor allem Umstandskleider.«

Während Elizabeth errötete und die Schneiderin krampfhaft schluckte, fügte er hinzu: »Vielleicht sollten wir zuerst einen Stoff für das Brautkleid wählen. Bevorzugst du eine bestimmte Farbe, meine Liebe?«

»Schwarz!« zischte sie.

»Mir würde weißer Brokat besser gefallen. Ich hoffe, Sie können das Brautkleid so schnell wie möglich anfertigen?« fragte er die Schneiderin, die stotternd zustimmte.

Diesmal hat Ravensby sich selbst übertroffen, dachte sie. Eine widerstrebende Braut mit dreihundert Mann aus der Kirche von Hexham zu entführen und nach Goldiehouse zu bringen — einfach ungeheuerlich ... An diesem Morgen hatte sich die Geschichte in Windeseile herumgesprochen. Aber er bezahlte gut, und warum sollte Madame Lamieur das bizarre Verhalten eines Aristokraten mißbilligen? »Schauen Sie doch, Mylord ...«, bat sie und zeigte ihm ein paar Aquarelle, die Braut- und Umstandskleider darstellten.

»Komm her, Elizabeth!« befahl er.

»Oh, von hier aus kann ich alles sehen!«

»Sei nicht kindisch.«

Da sie ihm vor all den Frauen keine Szene machen wollte, ging sie gehorsam zum Tisch, auf dem die Skizzen lagen.

Bald war die Wahl getroffen, und Johnnie wandte sich wieder an die Schneiderin. »Zeigen Sie uns jetzt Ihre Stoffe, Madame Lamieur. Kaschmir und Wolle für den Winter ...«

Erschrocken schnappte Elizabeth nach Luft, als er sie auf seinen Schoß zog. Er spürte ihren warmen Körper auf seinen Schenkeln, und am liebsten hätte er die Frauen hinausgeschickt. Nur zu deutlich fühlte sie seine wachsende Erregung und wappnete sich gegen die Glut, die ihre Sinne erhitzte.

Um die Prozedur zu beschleunigen, zeigte sie wahllos auf

mehrere Stoffe. »Ich nehme diesen hier — und diesen ...« Die Farben verschwammen vor ihren Augen.

»So, das dürfte für den Anfang reichen, Lady Graham«, bemerkte Madame Lamieur.

»Dann brauchen Sie mich nicht mehr?«

»Jetzt müßten wir noch Maß nehmen, Mylady — wenn Sie erlauben, Mylord ...«

»Natürlich«, erwiderte Johnny und gestattete Elizabeth, von seinem Schoß aufzustehen.

»Hoffentlich dauert es nicht zu lange«, seufzte sie. »Ich bin schon wieder hungrig.«

»Wenn du zuerst essen möchtest, meine Liebe«, schlug Johnnie vor, »Madame kann später zurückkommen. Vorerst wird sie im Goldiehouse bleiben, also steht sie dir jederzeit zur Verfügung.«

Wenn die Frauen hinausgingen, würde sie mit ihm allein bleiben. Nur das nicht ... Hastig schüttelte sie den Kopf. »So hungrig bin ich nun auch wieder nicht. Bitte, nehmen Sie Maß, Madame Lamieur.«

»Es wäre besser, Sie würden das Korsett ablegen, Mylady«, erklärte die Schneiderin. »Ich meine — dann können wir besser abschätzen, wie sich Ihr Taillenumfang in den nächsten Wochen vergrößern wird ...« Unbehaglich errötete sie, und Johnnie half ihr aus der Verlegenheit.

»Nur nicht so zimperlich, Madame Lamieur. Da gibt's nichts zu vertuschen. Wir alle freuen uns über Lady Elizabeths Schwangerschaft. Komm her, meine Liebe, ich will die Verschnürung lösen.«

»Das kann ich selber, Ravensby«, fauchte sie.

»Aber ich möchte dir so gern helfen.«

»Warum willst du meine Zofe spielen?« fragt sie sarkastisch.

»Weil es mir Freude macht. Und jetzt komm her.« Gelassen nahm er ihren Spott hin, unanfechtbar als Souverän von Ravensby.

»Gewiß, Euer Gnaden. Wenn es meinem Gebieter Freude bereitet ...« Langsam ging sie zu ihm.

»O ja, eine große Freude«, bestätigte er.

Im Flüsterton fügte er hinzu: »Also gibst du dich geschlagen?«

»*Meine* Stunde wird schlagen, wenn Redmond mich abholt.«

»Darauf wirst du vergeblich warten. Tritt näher, sonst erreiche ich die Bänder nicht.«

»Was meinst du? Kommt er nicht hierher?« Reglos stand sie vor ihm, wie erstarrt vor Entsetzen.

»Ich habe ihm eine Hochzeitsanzeige geschickt. Bald werden seine Glückwünsche eintreffen. Tritt endlich näher! Oder soll ich dich vor all den Frauen blamieren?«

»Das hast du ohnehin schon getan.«

»Offenbar war es nicht genug. Hierher!«

Gebieterisch zeigte er zwischen seine gespreizten Beine, und sie gehorchte, um ihn nicht noch mehr herauszufordern.

Als sie die blaue Seidenschleife über ihrem Bauch öffnete, schloß sie die Augen. Würde sie seiner Berührung jemals widerstehen können? »Deine Brüste sind viel größer geworden«, flüsterte er. »Fühlen sie sich auch anders an?« Behutsam strich er über ihren Busenansatz.

»Bitte, tu das nicht, Johnnie!« flehte sie. »Nicht vor all den Leuten.«

»Ich kann dich erregen, wann immer ich will, nicht wahr? Erinnerst du dich, meine Liebe?«

Ehe er das Korsett entfernte, streiften seine Finger ihre harten Brustwarzen, und sie glaubte dahinzuschmelzen. Kraftlos begann sie zu schwanken, und er hielt sie fest. »Noch nicht, mein Kätzchen. Und jetzt mach die Augen auf. Alle Frauen begaffen uns.«

»Oh, wie ich dich hasse!« fauchte sie und starrte ihn durch halbgesenkte Wimpern an.

»Ja, ich weiß, was du empfindest. Und ich hasse dich auch — aber nur, weil du ein so heftiges Verlangen im mir weckst. Nun, dieses Problem werden wir bald lösen.«

»Zweifellos ohne meine Zustimmung.«

»Das liegt ganz bei dir, meine Liebe.« Abrupt stand er auf. »Vielen Dank für Ihre Geduld, Madame Lamieur. Alle weiteren Anweisungen erhalten Sie von Lady Graham. Und nun wünsche ich Ihnen allen einen guten Tag.« Lächelnd nickte er den Frauen zu, dann flüsterte er: »Wir sehen uns später,

Elizabeth. Und ich freue mich schon darauf, dir die neuen Kleider auszuziehen.«

An diesem Tag kam er nicht mehr zu ihr. Sie sah ihn erst am nächsten Morgen wieder, als er das Turmzimmer betrat. »Hast du dich schon für einen Hochzeitstermin entschieden?« fragte er, sank in seinen Sessel und hob eine Hand, um die Dienstboten zu entlassen.

»Wie weit willst du dieses lächerliche Spiel noch treiben?« Sie saß am Tisch, ein aufgeschlagenes Buch vor sich und schlang die Finger ineinander. »Nachdem ich bereits eine aufgezwungene Ehe hinter mir habe, lege ich keinen Wert auf eine zweite.«

»Soll ich auf die Knie fallen und untertänigst um deine Hand bitten? In dieser Hinsicht war mir George Baldwin zweifellos überlegen. Hast du seinen Antrag deshalb angenommen?«

»Unsinn! Ich brauchte ihn, weil er mich vor den Grahams schützen sollte. Ist das so verwerflich? Du kennst die Grahams nicht. Also mach mir bitte keine Vorwürfe. Die Zukunft meines Kindes bedeutet mir sehr viel.«

»Mir auch.« Seufzend verdrehte er die Augen. »Hör mal, ich weiß nicht genau, was das Wort ›Liebe‹ heißt. Aber wenn ich dich vermisse und begehre, obwohl ich mir nichts aus einer Engländerin machen dürfte, die noch dazu die Tochter meines gottverdammten Feindes ist — dann müßte dieses elende Gefühl Liebe sein.«

»Dieses charmante Geständnis bestärkt mich nur in meinem Entschluß, deinen Antrag abzulehnen. Wie sollen wir denn zusammenleben, wenn wir einander hassen?«

»Wirklich, ich weiß nicht, warum ich mit dir streite. Am besten hole ich meinen Pfarrer, und wir bringen's hinter uns.«

»Und wenn ich vor dem versammelten Haushalt ›nein‹ schreie?«

»Das wirst du nicht tun.«

»Und warum nicht?«

Plötzlich grinste er. »Heute abend komme ich zurück. Dann erkläre ich's dir. Zieh was Hübsches an. Du willst mir doch gefallen, oder?«

18

Sie versuchte zu lesen, ging mit Helen spazieren, verbrachte den Nachmittag bei Mrs. Reid in der Küche und ließ sich Geschichten über Johnnies Kindheit erzählen, was ihre innere Unruhe noch schürte.

Am Abend gab sich die Zofe besondere Mühe mit der Toilette ihrer Herrin, arrangierte mehrmals die Falten des weiten Rocks, zupfte das spitzenbesetzte Brusttuch zurecht. Dann flocht sie ihr goldene Bänder ins Haar, passend zum neuen, kunstvoll bestickten Seidenkleid, und besprühte sie mit Rosenparfüm.

Als Elizabeth gegen dieses übertriebene Getue protestierte, lächelte Helen nachsichtig. »Das Baby macht Sie nervös, nicht wahr, Mylady? Gleich bin ich fertig. Heute abend wollen Sie doch besonders gut aussehen — für *ihn.*«

»Warum sollte ich das wünschen?« erwiderte Elizabeth ärgerlich. »Ich kann mir nicht vorstellen, was dieser Abend von anderen unterscheidet.« Statt zu antworten, wich das Mädchen ihrem Blick aus. »Helen! Sie wissen irgendwas.«

»O nein, Mylady, gar nichts ...«, beteuerte die Zofe, und ihre zitternde Stimme verriet die Lüge.

Es war sinnlos, das arme Mädchen zu quälen, das man offensichtlich zum Schweigen verpflichtet hatte. Wenigstens bin ich vorgewarnt, dachte Elizabeth, was immer Johnnie auch im Schilde führen mag.

Liebevoll hatte die Zofe den Tisch gedeckt und mit Treibhausrosen geschmückt. Aber ihre Herrin brachte kaum einen Bissen hinunter. Als es an der Tür klopfte, zuckte sie erschrocken zusammen.

Johnnie trat ein, wie immer unaufgefordert. »Danke, Helen, du kannst gehen«, sagte er, lächelte Elizabeth an und nahm ihr gegenüber Platz. Er trug eine schwarze Samtjacke, an den Ärmeln und über der Brust geschlitzt, so daß das feine weiße Hemd mit den Spitzenrüschen zu sehen war. Am Jabot funkelte ein spektakulärer Diamant. Die enge Hose war schwarzgrau kariert, die Schuhe aus besticktem roten Saffianleder paßten zu den rotseidenen Strumpfbändern unterhalb der Knie. Um das elegante Ensemble zu vollenden, hielt ein pfauenblaues Band das glänzende schwarze Haar im Nacken zusammen. »Wirklich, ich muß Madame Lamieur ein Kompliment machen.« Sanfter Kerzenschein betonte seine hohen Wangenknochen. »In diesem Kleid siehst du bezaubernd aus.« Goldene Stickerei schmückte die kostbare Robe aus grüner und violetter Seide.

»Vielleicht sollte ich dir danken, weil du soviel Geld für mich ausgibst. Aber ich brauche diesen Luxus nicht.«

»Gönn mir doch das Vergnügen, Liebling. Und denk an die vielen Näherinnen. Diesen armen Frauen verschaffst du immerhin eine gutbezahlte Arbeit.«

»Nun, dann danke ich dir im Namen der Näherinnen.« Endlich hatte er ihr ein Lächeln entlockt. Seine heitere Stimmung wirkte ansteckend.

»Übrigens, ich habe dir was mitgebracht.« Er beugte sich über den Tisch und reichte ihr ein samtenes Etui.

Nachdem sie den Deckel geöffnet hatte, betrachtete sie entzückt einen Gemmenring aus violetter Jade, der die Fassade ihres neuen Hauses in Three Kings zeigte. »Oh, wie schön!«

»Ich dachte, vielleicht möchtest du deinen architektonischen Entwurf als Siegel verwenden.«

»Darf ich denn nach Three Kings zurückkehren?«

»Natürlich. Ich will dich nur heiraten — nicht besitzen. Also kannst du kommen und gehen, wie es dir beliebt.«

»So wie du?«

Ihre Stimme hatte einen scharfen Klang angenommen, und er fragt grinsend: »Ist das eine Fangfrage?«

»Antworte!«

»Und was soll ich sagen?«

»Was du willst.«

»Begleite mich nach unten, ich will dir etwas zeigen.« Ein Mann der Tat, war er es nach drei Tagen müde, unentwegt zu debattieren und sich höflich zu verhalten.

Hand in Hand stiegen sie zwei Treppenfluchten hinab, folgten einem breiten Korridor, und Johnnie öffnete eine kunstvoll geschnitzte Tür. Dahinter lag ein hoher Raum mit Deckenfresken und honigbrauner Täfelung aus Kiefernholz. Türkische Teppiche bedeckten den Boden, mehrere Porzellanvasen waren mit pfirsichfarbenen Rosen gefüllt.

»Oh, dein Schlafzimmer!« rief Elizabeth. Einen so plumpen Trick hatte sie nicht erwartet.

Ein großes Bett mit Baldachin und waldgrünen Brokatvorhängen nahm eine ganze Wand ein, die geschnitzten Pfosten reichten bis zu den gemalten Göttern und Göttinnen hinauf, die fröhlich an der Zimmerdecke umhertollten.

»Gefällt's dir?« fragte Johnnie unschuldig.

»Ich gehe!«

»Das glaube ich nicht.«

»Wirst du mich hier festhalten? Gegen meinen Willen?«

»Ja«, bestätigte er seelenruhig. »Ich werde mit dir schlafen und dich dann heiraten, Elizabeth Graham — vor Zeugen.«

»Einfach so?« wisperte sie.

»Einfach so.«

»Und ich habe nichts zu sagen?«

»Gar nichts.«

»Das ist ungesetzlich. Vor der Krone hätte eine solche Ehe keinen Bestand.«

»Keine Bange, Liebling, hier geht alles mit rechten Dingen zu. Nebenan warten mein Pfarrer und einige Zeugen.«

»Nebenan?« wisperte sie.

»Ich erwähne das nur, weil du unter diesen Umständen vielleicht versuchen möchtest, dein übliches Lustgeschrei zu unterdrücken.«

»Also willst du deinen ungeheuerlichen Plan tatsächlich durchführen.«

»Gewiß. Und morgen heiraten wir dann ganz offiziell — in der Kapelle.«

»Offensichtlich hast du an alles gedacht.«

»Ja, ich glaube schon.«

Sein selbstgefälliges Lächeln brachte sie in helle Wut. Mit aller Kraft schlug sie in sein Gesicht, und er stand da, wie vom Donner gerührt, eine Hand auf seiner brennenden Wange. Es dauerte eine Weile, bis ihm die Stimme wieder gehorchte. »Du mußt noch lernen, wie man sich benimmt.«

»Und du willst mir Unterricht erteilen?«

»Ich bin sogar ein idealer Lehrer«, erwiderte er, versperrte die Tür und warf den Schlüssel auf einen hohen Schrank. »Fangen wir mit der ersten Lektion an.« Geschmeidig schlüpfte er aus seiner eleganten schwarzen Samtjacke und ließ sie zu Boden fallen. Dann zog er die roten Schuhe aus. In seinen Seidenstrümpfen ging er zu Elizabeth, mit lautlosen Pantherschritten. »Hab' keine Angst, ich will dir nicht weh tun.«

»Was hast du vor?« Tapfer straffte sie die Schultern.

»Erst mal will ich dir beibringen, wie sich eine Ehefrau verhält.«

»Rühr mich nicht an!«

»Leider bleibt mir nichts anderes übrig.« Seine starken Hände umschlossen ihre Schultern. »Sag: ›Ja, mein Herr.‹ Das ist die allerwichtigste Lektion.«

»Niemals! Ich schreie, und es ist mir egal, ob dein Pfarrer und die Zeugen vor Schreck davonlaufen.«

»Täusch dich nicht, Liebling. Sie werden warten, bis ich sie entlasse. Mal sehen ... Zuerst solltest du mich küssen.« Er neigte sich herab, und seine Zunge streifte ihre Unterlippe. Blitzschnell trat sie gegen sein Schienbein, und er stöhnte vor Schmerz. Seine Finger gruben sich noch fester in ihre Schultern, dann küßte er sie so vehement, daß sie kaum noch atmen konnte. Mit einer Hand preßte er ihre Hüften an sich, und sie fühlte seine wachsende Erregung.

Ihre verbissene Gegenwehr schürte nicht nur sein Verlangen. Während sie sich umherwand und loszureißen suchte, spürte sie seine harten Muskeln an ihren Schenkeln, seine kraftvolle Brust an ihrem weichen Busen.

Zuerst fühlte sie es in den Brustwarzen, die sich aufrichteten — seit der Schwangerschaft noch empfindsamer. Dann breitete sich das Feuer in ihrem ganzen Körper aus, angefacht von der Erinnerung an beglückende Liebesstunden. Viel zu deutlich entsann sie sich des Entzückens, das er in ihr weckte, wenn er ganz tief in sie eindrang, und wie lange er sie auf dem Gipfel der Ekstase festhalten konnte.

Da stürzten all die Verteidigungsbastionen ein, die sie in den letzten Wochen aufgebaut hatte, und er erkannte die Veränderung, die in ihr vorging. Ihre Lippen, eben noch steif und unnachgiebig, öffneten sich, um seine Zunge aufzunehmen. Begierig erwiderte sie seinen Kuß. Nach einer Weile hob er den Kopf und flüsterte:

»Nun beginnt deine Erziehung ...«

»Nicht jetzt. Ich will keine Spiele ...« Die Augen halb geschlossen, schaute sie zu ihm auf. »Ich möchte dich fühlen — alles von dir. Zieh dich aus!«

»Vorher werde ich dich entkleiden.«

»Mal sehen — dazu könnte ich mich überreden lassen.«

»Das dachte ich mir. Würdest du dich für mein Bett interessieren?« Lächelnd zeigte er auf das luxuriöse Möbelstück, das man in Makao eigens für ihn angefertigt hatte.

»Wenn du mitkommst ...«

»Oh, das wäre mir ein Vergnügen.« Er ergriff ihre Hand, und sie ließ sich zu den üppigen grünen Brokatvorhängen führen. Am Fuß des Betts blieb er stehen. »Nur noch eine kleine Maßnahme ...«

»Hoffentlich dauert's nicht zu lange.«

»Nein, sicher nicht.« Behutsam drehte er ihr die Arme auf den Rücken und schlang sie um einen geschnitzten Pfosten. Dann wand er eine seidene Vorhangschnur um ihre Handgelenke und fesselte sie.

»Was tust du?« fragte sie in plötzlicher Angst, und ein kalter Schauer rann durch ihren erhitzten Körper. Diese Szene erinnerte sie an den gnadenlosen Mann, der sie damals entführt hatte.

»Nun, ich amüsiere dich — und mich.«

»Aber das amüsiert mich nicht.«

»Ich habe ja noch gar nicht angefangen«, entgegnete er und berührte ihre Brustwarzen, die sich unter den dünnen Seidenstoffen ihres Kleids und des Korsetts abzeichneten.

»Bind mich los!« flehte sie.

»Bald«, versprach er. »Zuerst mußt du dich ausziehen lassen, wie eine fügsame Ehefrau. Bitte mich darum!«

»Dazu kannst du mich nicht zwingen.«

»Doch — zu allem.«

»Nur wenn ich gefesselt bin.«

»Oh, ich weiß, wie ich dich fesseln kann — nicht nur mit Seidenschnüren. Also bitte mich darum, und wenn ich dich entkleidet habe, widmen wir uns angenehmeren Dingen.« Seine Finger wanderten über ihren Busenansatz. »Gefällt dir das? Spürst du ein Zittern zwischen deinen Schenkeln?

Willst du *mich* dort fühlen? Sag mir, was ich hören will, und ich mache dich glücklich.«

»Und wenn ich mich weigere?«

Er holte tief Atem. »Dann weiß ich nicht, was ich tun soll«, gestand er. »Tut mir leid ...«

Vielleicht versuchte er, sie zu bestrafen, weil sie bereit gewesen war, sein Kind einem anderen Vater zu überlassen und George Baldwin zu heiraten. Oder sie sollte für sein ungestilltes Verlangen in den letzten Tagen büßen — oder nahm er ihr in der Verwirrung seiner Gefühle sogar die acht Ehejahre mit Hotchane Graham übel? Jedenfalls wünschte er, daß sie sich demütig unterwarf, aus welchen Gründen auch immer.

Und Elizabeth, von Leidenschaft und Angst gleichermaßen erfaßt — verstand besser als er, daß sie voreinander kapitulieren mußten. Aber nur bis zu einer gewissen Grenze ... Die Antwort spiegelte nicht nur ihr Verlangen wider, sondern auch die Erinnerung an ihr verhaßtes Ehejoch. Lächelnd stellte sie sich auf die Zehenspitzen und küßte seine Lippen. »Also gut, ich bitte dich darum — aber nur, weil ich's selber will.«

»Weil du mich in dir spüren möchtest?«

»Ja.«

»Ja — und?«

»Ja, mein Herr.«

»Wie wundervoll — eine sanftmütige, gehorsame Ehefrau ...« Seine Stimme war ein samtweiches Flüstern. »Dafür sollst du belohnt werden.« Langsam zog er das Brusttuch aus ihrem Dekolleté, die zarte Spitze strich liebkosend über ihre Haut.

»Jetzt das Kleid«, wisperte sie. Ihre Brüste, fast völlig entblößt, glichen reifen Früchten. »Bitte, Johnnie!«

»Aber du hast mich nicht richtig gebeten«, mahnte er und klopfte mit einer Fingerspitze auf ihre schmollende Unterlippe.

»Bitte — mein Herr. Bitte, zieh mir das Kleid aus!«

»Was für eine respektvolle Braut — wie könnte ich mich weigern?« Aufreizend glitten seine Lippen über ihren Hals.

»O Johnnie, bitte — ich kann nicht länger warten!«

Sofort trat er zurück. »O ja, das kannst du — weil du's mußt. Und jetzt steh still.« Sie gehorchte, denn in seiner Stimme schwang eine subtile Drohung mit. Reglos stand sie da, während er die Häkchen ihres Kleides öffnete, so gemächlich, daß sie ihn vor Ungeduld beinahe anschrie. Doch sie beherrschte sich, so wie auch er seine Erregung bezähmte.

Endlich hing das Kleid lose an ihrem Körper. »Jetzt habe ich noch eine Bitte«, erklärte Johnnie.

Sie zögerte nur kurz. »Was immer du willst.«

»Um dir das Kleid auszuziehen, muß ich deine Hände befreien. Danach wirst du die Arme sofort wieder um den Pfosten schlingen. Versprichst du mir das?«

»Ja, ja — alles.«

Wenig später lag das kostbare Kleid zerknüllt zu ihren Füßen, und Johnnie legte Elizabeths Arme sanft um den Bettpfosten. Doch er band sie nicht mehr fest. »Jetzt wirst du nur mehr von deiner Leidenschaft gefesselt.« Er strich über ihr Korsett. »Mußt du das tragen? Nimmt es meinem Sohn nicht den Atem?«

»Oder deiner Tochter.«

Er lächelte. »Ja, diese Möglichkeit sollte ich in Betracht ziehen.«

»Und jetzt, verdammt noch mal — mein Herr und Gebieter — befreie mich von meiner restlichen Kleidung, ziehe dich selber aus und erfülle deine Pflichten!«

So schnell wollte er ihre Wünsche nicht erfüllen, nachdem sie ihn so lange mit ihrem Widerstand gepeinigt hatte. »Die Schwangerschaft hat deine Brüste vergrößert.«

»Und sie sind viel empfindsamer geworden«, flüsterte sie.

»Soll ich sie anfassen?«

Weil ihr die Stimme versagte, nickte sie nur, und er streichelte die vollen weißen Kugeln, die vom Korsett hochgeschoben wurden. Zwischen Daumen und Zeigefinger liebkoste er die Brustwarzen und spürte, wie sie sich erhärteten. »Und nun möchte ich deinen Lustschrei hören ...« Er neigte sich hinab und saugte an einer rosigen Spitze, erst sanft, dann drängend — bis Elizabeth laut aufstöhnte.

«Wie grausam du bist!« klagte sie und preßte seinen Kopf

an ihre Brust, halb von Sinnen vor Entzücken. Um den Leuten im Nebenraum einen weiteren Schock zu ersparen, unterdrückte sie den nächsten Schrei, der in ihrer Kehle aufstieg.

Abrupt schob Johnnie ihre Hände beiseite und richtete sich auf. »O nein, ich bin nicht grausam — nicht mehr. Für dich habe ich meine ganze Welt verändert.«

Nie zuvor hatte sie in seinem Gesicht so unverhohlene Gefühle gelesen. Seine ganze Autorität war verflogen. »Tut mir leid«, wisperte sie, wie falsch und selbstsüchtig es gewesen war, seine Emotionen zu mißachten. Doch dann kehrte das alte ironische Lächeln zurück. »Nutz meine Schwäche bloß nicht aus!« warnte er.

»O nein, niemals!« versicherte sie ernsthaft und ignorierte seinen Spott. »Dafür schulde ich dir wirklich zuviel. Du ahnst nicht, wie sehr ich mir dieses Baby gewünscht habe«, erklärte sie, um ihm das freimütige Geständnis zu vergelten. Und er sollte ihre Freude am Leben, das in ihr wuchs, mit ihr teilen.

»Also mußt du mir dankbar sein.« Um seine tiefen, ungewohnten Gefühle zu überspielen, sprach er betont gleichmütig. Aber er empfand ein überwältigendes Bedürnis, Elizabeth zu umarmen. Dieser Wunsch ging über fleischliche Gelüste hinaus. Er wollte sie festhalten, wie ein kostbares Geschenk.

Als er sie hochhob, umschlang sie seinen Hals und küßte ihn. »Immer werde ich dir dankbar sein. Du hast nicht nur deine Welt verändert, sondern auch meine. Weil ich ein Baby bekomme — *unser* Baby.«

Da mußte er leise lachen. Wirkte ihr Glück ansteckend? Er trug sie zur Seite des Betts, legte sie vorsichtig auf die grüne Seide und streckte sich neben ihr aus, immer noch vollständig bekleidet.

Auf einen Ellbogen gestützt, streichelte er ihren Bauch. »Diesmal ist es anders. Von schwangeren Frauen verstehe ich nichts. Vielleicht wäre es zu gefährlich . . .«

»Sicher nicht«, unterbrach sie ihn. »Und nachdem du mich auf meine ehelichen Pflichten hingewiesen hast, will ich dich an deine erinnern.«

»Die vergesse ich sicher nicht, wenn du nackt und erwartungsvoll an meiner Seite liegst.«

»Nun, dann fang endlich an, alle meine Wünsche zu erfüllen — bis dir vor Erschöpfung die Augen zufallen!«

»Bin ich gestorben und im Himmel gelandet?« fragte er lächelnd.

Beim ersten Mal liebte er sie ganz behutsam, bis sie ihn aufforderte: »Bitte, etwas leidenschaftlicher, mein Herr und Gebieter — sonst muß ich mir einen anderen holen, der mich befriedigt!«

»Das würdest du nicht überleben.«

»Nun, dann muß ich mich eben mit dir begnügen«, seufzte sie und schlang ihre Beine um seine Hüften.

Lachend preßte er sie an sich und beschleunigte seinen Rhythmus.

Nach seinem zweiten Höhepunkt lag er atemlos auf Elizabeths erhitztem Körper. »Wenn ich meine ehelichen Pflichten kurz unterbrechen darf — ich glaube, da klopft jemand an der Tür.« Anfangs hatte er das beharrliche Pochen überhört. Aber nun mußte er es wohl oder übel zur Kenntnis nehmen.

»Irgend jemand will was von dir«, meinte Elizabeth und streckte sich wohlig.

»Von uns.«

»Warum?«

»Nun, die Leute warten auf unsere Hochzeit.«

»O Gott ...« Bestürzt schaute sie zur Uhr hinüber, die auf dem Kaminsims stand.

»Jetzt sollten wir sie endlich hereinlassen. Ich nehme an, es ist Mrs. Reid, die unsere Zweisamkeit stört. Sie hat einfach keinen Respekt vor mir.«

»Um zehn Uhr abends sollen wir heiraten, ohne Kleider?«

»Für Kleider ist es viel zu warm. Und da wir ohnehin vor den Augen unserer Zeugen im Ehebett liegen müssen, wäre es sinnlos, wenn wir uns erst anziehen und dann wieder ausziehen. Schlüpf einfach bis zum Hals unter die Decke.«

Als er ihren entsetzten Blick sah, stand er auf und nahm eines seiner Nachthemden aus der Kommode.

Elizabeth stieg aus dem Bett, und er streifte ihr das Hemd über den Kopf. Dann bürstete er ihr Haar und band es im Nacken mit seinem pfauenblauen Band zusammen, das er unter dem Kissen gefunden hatte. »So!« Wie ein stolzer Vater zupfte er die Schleife zurecht. »Eine perfekte Braut.«

»Da wäre noch ein kleines Problem ...«, begann sie zögernd.

»Ja?«

»Es hängt mit unserem Ehegelübde zusammen. Wenn ich versprechen soll, dich zu lieben und zu ehren und dir zu gehorchen — mußt du geloben, auch *mir* zu gehorchen.«

Die Stirn gerunzelt, dachte er nach — ein Mann, der sich noch nie vor irgend jemandem gebeugt hatte. »Lassen wir diesen Teil des Gelübdes doch einfach weg.«

»Einverstanden«, stimmte sie lächelnd zu.

»Ist das alles?«

Sie nickte zufrieden. Jetzt waren die Geister der Vergangenheit endgültig gebannt.

Zärtlich strich er ihr eine widerspenstige Locke aus der Stirn. »Dann ins Bett mit dir, Liebling, damit ich die neugierige Meute hereinlassen kann.«

Nachdem er die Tür aufgesperrt hatte, kroch er zu Elizabeth unter die Decke, die er züchtig bis zur Taille hinaufzog.

Es dauerte eine Weile, bis die Leute im Nebenraum bemerkten, daß die Tür nicht mehr verschlossen war. Lächelnd musterte Johnnie seine errötende, nervöse Braut. »Entspann dich! Alle werden dir nett und freundlich begegnen, und vergiß nicht — wir inszenieren dieses zeremonielle Drama nur, um allen Personen, die Einwände gegen unsere Heirat erheben könnten, den Wind aus den Segeln zu nehmen.«[9]

»Meinst du meinen Vater?« seufzte sie.

»Und die Grahams.«

»Und deine zahllosen enttäuschten Gespielinnen«, ergänzte sie ironisch.

Keine dieser Ladies würde sich von seiner Ehe entmutigen lassen. Aber er wollte ihr nicht die gute Laune verderben, und so nickte er nur.

»Auch George Baldwin könnte protestieren und auf eure

Verlobung pochen. Deshalb müssen wir den Vollzug unserer Ehe vor Zeugen demonstrieren und jeden Zweifel zerstreuen — nicht zuletzt für den Fall, daß unser Kind frühzeitig zur Welt kommt ...« Er unterbrach sich, als die Tür zögernd geöffnet wurde und Helen hereinspähte. »Glaub mir, Elizabeth, alle sind froh und glücklich, weil du meinen Antrag angenommen hast. Insbesondere Mrs. Reid, nachdem ich endlich meine Pflicht erfüllt habe.«

Verblüfft beobachtete Elizabeth die vielen Leute, die sich ins Schlafzimmer drängten. Obwohl im allgemeinen nur zwei Zeugen gebraucht wurden, hatte Johnnie vorsichtshalber einige Gäste aus Dörfern eingeladen, die außerhalb seines Machtbereichs lagen. Falls die Heirat angefochten wurde, benötigte er Zeugen, die nicht zu seinem Gefolge gehörten. Außerdem hatte er einen anglikanischen Bischof gebeten, seinem schottischen Hauskaplan zu assistieren. Alle Eventualitäten waren berücksichtigt worden.

Nachdem er den Geistlichen die kleine Abänderung des Gelübdes erklärt hatte, sank er wieder in die spitzenbesetzten Kissen zurück, und seine nackte, muskulöse Brust zog glühende weibliche Blicke an. »Wir sind bereit«, verkündete er und ergriff Elizabeths Hand.

Höflich und schamhaft vermieden es der Reverend und der Bischof, das Brautpaar zu betrachten, während sie die traditionellen Worte vorlasen.

Elizabeth und Johnnie legten ihr Gelübde ab, tauschten die Ringe, dann leisteten sie ihre Unterschrift, ebenso wie die Zeugen.

»Könnte ich jetzt was zu essen haben?« flüsterte Elizabeth ihrem Ehemann ins Ohr, während die Gäste umherschwirrten und die Dokumente von den Kirchenmännern besiegelt wurden.

»Also gilt deine Begierde nicht nur mir, sondern einem saftigen Kalbskotelett?«

»Nun ja, heute abend habe ich kaum etwas gegessen, weil ich so nervös war — wegen — du weißt schon. Und seit ich ein Baby erwarte, bin ich immer hungrig.«

Johnnie winkte Mrs. Reid zu sich, die über das ganze Gesicht strahlte, wie eine erfolgreiche Kupplerin. »Meine Liebe, wir würden gerne ein kleines Hochzeitsmahl zu uns nehmen. Ist unten alles vorbereitet?«

»O ja, die Tische sind gedeckt, die Musiker stehen bereit.«

»Da Lady Carre sich etwas indisponiert fühlt, bleiben wir hier.« In dieser Nacht wollte er die Gesellschaft seiner Frau mit niemandem teilen. »Wenn du uns bei den Gästen entschuldigen würdest ...«

Das Wort ›indisponiert‹ veranlaßte Mrs. Reid, die Leute energisch hinauszuscheuchen. Dann kehrte sie zum Bett zurück. »Wenn Lady Elizabeth sich unwohl fühlt, darfst du sie nicht überanstrengen, Johnny. Immerhin erwartet das arme kleine Ding ein Baby und muß umhätschelt werden. Wenn du weißt, was ich meine«, fügte sie drohend hinzu.

Nach dem leidenschaftlichen Liebesspiel bezweifelte Johnnie, daß seine Frau der Schonung bedurfte. Aber um des lieben Friedens willen lächelte er seine Haushälterin an. »Keine Bange, ich werde sie umsorgen und verwöhnen.«

Mahnend hob Mrs. Reid einen Zeigefinger. »Wenn du dich nicht ordentlich benimmst, kriegst du es mit mir zu tun.«

»Ja, ich fühle mich tatsächlich etwas schwach«, jammerte Elizabeth und sank melodramatisch in die Kissen wie eine schlechte Provinzschauspielerin.

»Da siehst du's, Johnnie!« rief Mrs. Reid. Vorwurfsvoll starrte sie ihren Herrn an, der seinen Lachreiz nur mühsam bekämpfte. »Wehe dir, wenn du meine Lady mit einem Edinburgher Flittchen verwechselst! Du mußt sie mit Samthandschuhen anfassen. Und was wünschen Sie zu speisen, Mylady?« Sie beugte sich zu Elizabeth hinab und zog ihr fürsorglich die Decke bis ans Kinn.

»Vielleicht ein bißchen Brühe«, murmelte Elizabeth mit kraftloser Stimme, »und Apfelkuchen. Dazu ein Stück von der Fleischpastete, die Sie mir zum Dinner geschickt haben — wenn es nicht zuviel Mühe macht ...«

»Wenn Sie wollen, wird das Küchenpersonal die ganze Nacht für Sie kochen, Mylady. Das Kindchen muß doch groß und stark werden.«

Wie sich herausstellte, verbrachte die Dienerschaft tatsächlich die ganze Nacht in der Küche, um Lady Carres launischen Appetit zu befriedigen. Nach ein paar Stunden waren die Kerzen herabgebrannt, die Rosen in den Vasen welkten, und Johnnie lag erschöpft im Bett, zwischen leeren und halbvollen Tellern. »Bist du immer noch nicht satt?«

»Gibst du mir noch eins von diesen Cremetörtchen?« bat sie lächelnd. »Du hast gar nicht viel gegessen.«

Gehorsam reichte er ihr die Süßspeise. Er selbst hatte einen normalen Appetit entwickelt und sich mit einem großen Stück Fleischpastete, einer Flasche Rotwein und etwas Kuchen begnügt. Belustigt musterte er die geröteten Wangen und das zerzauste Haar seiner Frau.

»Allzu hungrig war ich nicht«, log er. »Möchtest du noch ein paar gebratene Nieren? Die würden auch dem Baby guttun.«

Zwei Tage verstrichen, und niemand bekam das junge Ehepaar zu Gesicht, außer den Dienstboten, die üppige Mahlzeiten servierten, das schmutzige Geschirr wegräumten, Badewasser brachten, das Bettzeug wechselten, frische Blumen in die Vasen stellten und Feuer im Kamin machten. Sogar dann sahen sie den Laird und seine Lady nur selten, weil sich die beiden am liebsten hinter den grünen Brokatvorhängen verbargen.

Erst am Morgen des dritten Tages gingen sie in Elizabeths Turmzimmer, wo Madame Lamieur Ihrer Ladyschaft das Brautkleid anprobierte. Am nächsten Morgen sollte die kirchliche Hochzeit stattfinden.

»O Gott, das ist viel zu eng!« klagte Elizabeth, von der Schneiderin und mehreren Näherinnen umringt.

»Nun ja, Mylady, Sie haben etwas zugenommen«, seufzte Madame Lamieur.

»Komm mal her, Liebling!« rief Johnny, der grinsend in einem Lehnstuhl saß. »Vielleicht gelingt es mir, die Häkchen deines Kleids zu schließen.«

Verwundert beobachteten die Frauen, wie Elizabeth fügsam zu ihm eilte. Seit Madame Lamieurs letztem Besuch hatten sich die beiden offensichtlich versöhnt. Daran bestand kein Zweifel, denn die Lady neigte sich zu ihrem Mann hinab und flüsterte ihm etwas ins Ohr, während er ihre Taille und ihre Hüften streichelte. Dann sank sie auf seinen Schoß, lehnte den Kopf an seine Schulter, und er umarmte sie.

»Da Lady Carre kein Korsett mehr tragen wird, müssen Sie alle Kleider weiter machen, Madame Lamieur«, entschied der Laird. »Hoffentlich bereitet es Ihnen keine allzu große Mühe.«

»Gewiß nicht, Mylord«, antwortete die Schneiderin und wandte den Blick ab, denn die Lady begann seine Weste aufzuknöpfen.

»Für das Baby ist es besser so«, fügte er hinzu und küßte seine Frau vor aller Augen, so zärtlich, daß seine alten Freunde aus dem Staunen nicht herausgekommen wären. »Später, Liebling«, flüsterte er und schob Elizabeths Hände beiseite, die an seinen Hemdknöpfen zerrten. »Was das Brautkleid betrifft, Madame Lamieur ... Da müssen Sie leider auf eine weitere Anprobe verzichten.« Lächelnd nickte er der Schneiderin und den Näherinnen zu. »Wenn Sie uns jetzt entschuldigen würden — meine Gemahlin muß sich ausruhen.«

Natürlich wußten die Frauen, wie die Ruhepause Ihrer Ladyschaft verlaufen würde. Als Helen in die Küche kam, erzählte sie Mrs. Reid in allen Einzelheiten von der schockierenden Anprobe, die der Laird so plötzlich abgebrochen hatte. »Sicher treiben sie's jetzt auf dem schönen Seidensofa im Turmzimmer. Er hat selber die Tür zugesperrt.«

»Nun, dann wollen wir das Küchenpersonal auf Trab bringen«, bemerkte Mrs. Reid freudestrahlend. »Sicher hat meine Lady nachher wieder Hunger. Und ich nehme an, sie wird den Laird hinlänglich beschäftigen, so daß er keine Zeit mehr für Lady Lindsay und ihresgleichen findet. Um so besser!«

»So, wie's aussieht, wird er Goldiehouse gar nicht mehr verlassen«, meinte Helen.

»Wunderbar! Gibt es einen schöneren Ort für einen jungen Familienvater?«

19

Während in Goldiehouse Glück und Segen einkehrten, reiste Harold Godfrey nach London. Dort versuchte er zu retten, was noch zu retten war.

»Die entsprechenden Dokumente müßten hier in der Stadt abgefaßt werden«, bemerkte er bei einem Spaziergang mit seinem Oberherrn, dem Herzog von Queensberry — einem dürren, dunkelhaarigen Mann in mittleren Jahren. Um nicht von Gefolgsleuten oder Dienstboten belauscht zu werden, wanderten sie durch den St. James's Park. Man konnte nie wissen, wem man trauen durfte.

»Am einfachsten wäre es, Ravensby wegen Vergewaltigung anzuklagen«, meinte Queensberry. »Vor Gericht soll selbstverständlich auch der Hochverrat erwähnt werden.«

»Sie erwartet bereits ein Kind von ihm«, murmelte der Earl verbittert. »Selbst wenn er sie heiratet, müssen wir auf eine erzwungene Ehe plädieren.«

»Nun, es wird uns nicht schwerfallen, Zeugen zu kaufen.«

»... oder die unbotmäßigen verschwinden zu lassen.«

Der Herzog lächelte. »Genau. Jetzt beschreiben Sie Ravensbys Eigentum noch einmal, in allen Einzelheiten. Und erklären Sie mir, was für Dokumente Sie benötigen.« Er war der perfekte Höfling, und seine gekünstelte Freundlichkeit wirkte ganz natürlich. Nach außen hin gab er sich sanftmütig und zuvorkommend, aber er beseitigte skrupellos alle Hindernisse, die seinen eigenen Interessen im Wege standen. Sein Geld pflegte er mit beiden Händen aus dem Fenster zu werfen. Deshalb konnte er Johnnie Carres Vermögen — das man konfiszieren würde, sollte man ihn für schuldig befinden — gut gebrauchen.

»Sobald Sie einen Haftbefehl von der Königin erhalten, zeigen wir ihn an. Ob er vor Gericht erscheint oder nicht, spielt für das Urteil keine Rolle.«

»Aber Sie würden seine Festnahme vorziehen.« Queensberry war über die Feindschaft zwischen den beiden Männern informiert.

»Nun, jetzt steht er doppelt in meiner Schuld, oder sogar dreifach, falls ich ihm auch die erste Entführung meiner

Tochter heimzahlen will. Ja, es wäre mir eine große Genugtuung, den Bastard in Ketten zu sehen.«

»Ein ungestümer junger Mann — und schwierig zu fassen. Aber das wissen Sie ja selbst am besten.«

Als der siebzehnjährige Johnnie Carre aus Frankreich zurückgekehrt war, um sein Erbe anzutreten, hatte er das Gerücht gehört, sein Vater sei durch Harold Godfreys Schuld gestorben. In wildem Zorn ritt er nach Harbottle und forderte den Earl zum Kampf heraus. Ein erfahrener Fechter, hielt Godfrey der jugendlichen Kraft seines Feindes eine Stunde lang stand. Doch dann mußte er sich geschlagen geben. Die gegnerische Schwertspitze an der Kehle, beteuerte er seine Unschuld. Deshalb ließ Johnnie ihn am Leben. Er hätte es nicht mit seinem Gewissen vereinbaren können, ihn zu töten.

»Seit Jahren ist er mir ein Dorn im Auge«, stieß Godfrey hervor, »ebenso wie früher sein Vater. Und es wäre mir eine wahre Freude, ihn um sein Hab und Gut zu bringen.«

»Wie viele Ländereien und Schiffe besitzt er?« fragte Queensberry sanft.

»Etwa ein Dutzend Landgüter, im Tiefland verstreut, und vierzehn Schiffe. Gerade werden zwei neue in Holland gebaut.«

»Also haben Sie Nachforschungen angestellt. Vielleicht sollte man einen Teil des Vermögens nicht angeben ...« Vielsagend hob der Herzog die Brauen.

»Dann müßten wir nicht soviel mit anderen teilen ...«

»Hoffentlich gar nichts«, erwiderte Queensberry lächelnd. »Und das erinnert mich an die heftigen Ressentiments gegen Schottland, die unsere Politik derzeit beherrschen. Haversham sprach sich im Oberhaus entschieden gegen den Erlaß des Sicherheitsgesetzes aus, mit dem das schottische Parlament die Unabhängigkeit erreichen will. Und wir sollten diese haßerfüllte Stimmung für unsere Zwecke nutzen. Zudem hat der Laird von Ravensby Verwandte und Geschäftsverbindungen in Frankreich, womöglich sogar Kontakte zum Hof von Saint Germain. Also brauchen wir nur ein oder zwei Briefe mit entsprechenden Unterschriften. Können Sie die beschaffen?«

»Das wird einige Zeit dauern. Nachdem Simon Fraser letztes Jahr versagt hat, muß man sich sehr genau überlegen, welche Schreiber man engagiert.«

»Nun, ich kenne jemanden auf dem Kontinent, der sich vielleicht für diesen Auftrag eignen würde. In der Zwischenzeit verklagen wir Ravensby wegen Vergewaltigung. Immerhin steht es zweifelsfrei fest, daß er Ihre Tochter entführt hat. Was die Jakobiter-Verbindungen betrifft, können wir das Beweismaterial in aller Ruhe zusammentragen. Da er im schottischen Parlament viele Freunde hat, dürfte es schwierig werden, ihn wegen Hochverrats vor Gericht zu bringen.«

»Nicht einmal seine Freunde können ihn vor der Vergewaltigungsklage retten. Immerhin ist der Mann ein berüchtigter Hurenbock.«

»Wie zweckmäßig, daß er sich in Ihre Tochter verliebt hat ...«

«Mit romantischen Gefühlen hat das nichts zu tun«, fauchte Godfrey. »Dieser Schurke amüsiert sich, wo immer er eine Gelegenheit findet.«

»Und Ihre Tochter? Wird sie die Anklageschrift unterzeichnen?«

Nachdenklich runzelte Godfrey die Stirn, dann nickte er. »Oh, dafür werde ich schon sorgen.«

Im November tagten das Londoner Ober- und Unterhaus, in wütender Stimmung. Beide liefen Sturm gegen das Sicherheitsgesetz, das als Beleidigung und Bedrohung empfunden wurde. In der verstärkten Aufrüstung schottischer Milizen sah man einen Beweis für feindselige Intentionen.

Als das Oberhaus am 20. November ein letztes Mal zusammentrat, erschien ein vielköpfiges Publikum, um Havershams flammende Rede zu hören.

Am 7. Dezember bildeten die Lords ein Komitee und diskutierten über die Maßnahmen, die man ergreifen könnte, um die Schotten an die Kandare zu nehmen. Man entschloß sich zu einer Vergeltungspolitik, denn man glaubte, dies würde die Regelung der Thronfolge beschleunigen — das wichtigste Problem, die Sicherheit Englands, solange in Frankreich der Kronprätendent lauerte.

Einstimmig wurde der Vorschlag von Lord Halifax gebilligt, alle Schotten — außer jenen, die in England, Irland oder in den Kolonien wohnten beziehungsweise in der Army und der Navy dienten, sollten für Ausländer erklärt werden, bis eine Union zustande käme oder die Frage der Thronfolge geklärt wäre.

Die Lords ermächtigten die Hochkommissare der Admiralität, eine Flotte auszurüsten, um alle schottischen Schiffe zu kapern, die mit Englands Feinden Handel trieben. Und sie drängten die Königin, die Verteidigungsbastionen an der Grenze zu verstärken.

Auf diese Weise sollte das schottische Unabhängigkeitsstreben vereitelt werden. Sobald die Neuigkeiten den Norden erreichten, rebellierte das wütende Schottland gegen die englische Tyrannei.

Mittlerweile schmiedeten die Grahams in Redesdale, die nichts von Harold Godfreys Machenschaften wußten, ihre eigenen Pläne, um sich Elisabeths Erbe anzueignen. Nach der Rückkehr aus Hexham trommelten sie ihre Richter zusammen, die Elizabeth der Hexerei und des Mordes an Hotchane anklagen sollten. Zeugen mußten bestochen, die nötigen Dokumente abgefaßt werden.

Nach der Hochzeit reisten die Ravensbys zwischen Goldiehouse und Three Kings hin und her, um die beiden Bauprojekte zu überwachen. Mit jedem Tag wuchs ihre Liebe, und das Glück ihrer Zweisamkeit war vollkommen.

Gegen Ende Oktober verbrachten sie mit Munro einen Vormittag im Park von Goldiehouse, wo gerade ein See ausgehoben wurde. Johnnie wollte die Teiche zu einem einzigen großen Gewässer vereinen.

Als sie zum Haus zurückkehrten, entdeckten sie eine Kutsche auf der Zufahrt. »Weißt du, wer das ist?« fragte Elizabeth.

»Da bin ich mir nicht sicher«, erwiderte Johnnie, obwohl er das Wappen an der Wagentür sofort erkannte. »Wahrscheinlich glauben unsere Nachbarn, nun wäre nach der Hochzeit genug Zeit verstrichen, und sie könnten uns wieder besuchen.«

In der Halle eilte ihnen Dankeil Willie entgegen. Wie Johnnie erleichtert feststellte, hatte der Earl von Lothian seine Frau begleitet, denn an der Wand lehnten Angelruten.

»Deine Gäste warten im Jupitersalon, Johnnie«, erklärte Willie.

»Was sind das für Leute?« erkundigte sich Elizabeth. Der kurze Blick den der Haushofmeister seinem Herrn zuwarf, entging ihr nicht.

»Culross und Janet Lindsay«, antwortete Johnny, ohne eine Miene zu verziehen.

»Wollen sie bei uns angeln?« fragte sie, obwohl sie sich die elegante Janet nicht an einem Flußufer vorstellen konnte.

»Ich glaube, in erster Linie möchten sie dich in unserem Kreis willkommen heißen.« Als er ihre Hand ergriff, ließ sie sich nur widerstrebend zum Salon führen.

Viel zu lebhaft erinnerte sie sich an die letzte Begegnung mit der arroganten Gräfin, und sie begann in sarkastischem Ton: »Wie höflich muß ich denn zu deiner ...«

»Damals war ich noch nicht verheiratet«, fiel er ihr ins Wort.

»Aber sie«, betonte Elizabeth. »Verstehst du dich gut mit ihrem Mann?«

»Culross und ich sind alte Freunde.«

»So muß es wohl sein, wenn er sich widerspruchslos Hörner aufsetzen läßt.«

»Er hat sie nicht aus Liebe geheiratet.«

»Und sie ihn offensichtlich auch nicht.«

»In der Aristokratie ist das durchaus üblich.«

»Werden Sie uns lange auf die Nerven fallen?«

»Hoffentlich nicht«, seufzte er und blieb vor dem Van Dyke-Porträt seiner Großmutter stehen. »Tut mir leid, Liebling. Wie gern würde ich Janet von hier fernhalten ... Aber in Roxburgh besucht man einander sehr oft, und das gilt auch für die Lindsays.«

Erfreut über seine Entschuldigung, lächelte sie. »Keine Bange, ich werde ihr nicht die Haare ausreißen oder ihr das geschminkte Gesicht zerkratzen. Solange ich weiß, daß du zu mir gehörst und nicht zu ihr, werde ich sie sehr höflich behandeln.«

»Bleib jedenfalls in meiner Nähe, nur zur Sicherheit«, bat er grinsend. »Für *ihre* Höflichkeit kann ich nämlich nicht garantieren.«

»Meinst du das ernst?«

»Sie ist unberechenbar.«

Wie gut er diese Frau kannte ... Das ärgerte Elizabeth. »Wahrscheinlich war Hotchane noch viel gefährlicher, wenn er in Wut geriet.«

»Vergiß nicht — ich war nie mit Janet verheiratet.«

»Also bist du gezwungenermaßen in ihre Arme gesunken?«

Diesmal blieb er ihr eine Antwort schuldig und stöhnte nur. »Vielleicht verschwinden sie vor dem Dinner.«

Das taten sie natürlich nicht, was Elizabeth bereits geahnt hatte. So leicht räumten Frauen wie Janet Lindsay nicht das Feld.

Trotzdem verlief der Nachmittag sehr angenehm, denn Elizabeth begleitete die Gentlemen zum Angeln, während Janet im Haus blieb, weil sie meinte, die Sonne würde ihrem zarten Teint schaden. Mit einem Picknickkorb gerüstet, den Mrs. Reid gepackt hatte, wanderten die drei zum Fluß hinab. Während die Männer ihre Angelschnüre auswarfen, saß Elizabeth am Ufer und skizzierte die idyllische Landschaft. Auch das Dinner begann erfreulich, und Elizabeth gratulierte sich bereits, daß sie die heikle Situation so gut meisterte.

Beim ersten Gang unterhielt man sich über die Ernte, die Wirtschaftslage und die Neuigkeiten aus Westminster. Elizabeth wiegte sich in trügerischer Sicherheit, aus der sie unsanft gerissen wurde. »So eine Schwangerschaft muß grauenvoll sein«, bemerkte Janet und musterte die Hausherrin über ihr Weinglas hinweg. »Man wird fett und plump und übergibt sich andauernd.«

Elizabeth zwang sich zu einem Lächeln. »So gut wie jetzt habe ich mich noch nie in meinem Leben gefühlt.«

»Und ich dachte, du würdest dich nicht für Kinder interessieren, Johnnie«, fuhr Janet fort, in einem intimen Tonfall, der Elizabeth in Wut brachte.

Lächelnd tätschelte Johnnie die Hand seiner Frau. »Wir beide freuen uns sehr auf das Baby.«

»O ja«, bestätigte Elizabeth. »Ich mußte so lange auf die Mutterschaft warten.«

»Und nun wird das Kind zu früh geboren«, betonte die Gräfin von Lothian.

»Jetzt reicht's, Janet«, mischte sich ihr Mann ein. »Offenbar hast du zuviel getrunken.«

Janet preßte die Lippen zusammen und schien zu überlegen, ob sie eine passende Antwort geben sollte. Doch der Earl von Lothian, trotz seiner Jahre eine attraktive, distinguierte Erscheinung, strahlte eine ruhige Autorität aus, die seine Gemahlin eines Besseren belehrte. Danach beteiligte sie sich nicht mehr am Gespräch, nippte aber immer wieder an ihrem Wein, und Johnnie rechnete mit weiteren unliebsamen Zwischenfällen.

Als die Mahlzeit beendet war, setzten sie sich in den Salon. Eine halbe Stunde später entschuldigte Johnnie sich selbst und seine Frau, mit dem Hinweis auf ihre Schwangerschaft. Die Lindsays wollten in Goldiehouse übernachten, da ihr Haus weit entfernt lag und die Straßen nach Einbruch der Dunkelheit ziemlich unwegsam waren. Inzwischen hatten die Dienstboten bereits seine Gästesuite vorbereitet.

»Hoffentlich besuchen uns nicht allzuviele deiner einstigen Gespielinnen«, meinte Elizabeth leichthin, während sie das Schlafzimmer betraten. »Nach dem zehnten Glas Wein werden sie einfach unleidlich.«

Daß diese Gefahr bestand, konnte Johnnie nicht bestreiten. In der Umgebung von Goldiehouse lebten sehr viele Frauen, die ihm ihre Gunst geschenkt hatten. »Tut mir leid. Das alles ist mir sehr peinlich.«

»Und wie kann ich mit Janet wetteifern?« fauchte sie. Jetzt brach sich der Ärger Bahn, den sie den ganzen Abend mühsam unterdrückt hatte. »Dieses betrunkene Biest hat völlig recht. Bald werde ich dick und unförmig sein. Und dann muß ich auch noch beim Tee oder Dinner miterleben, wie dich sämtliche Flittchen von Roxburgh an eure einstigen Affären erinnern — mehr oder weniger diskret ...« Sie stand vor dem Drehspiegel und schnitt eine Grimasse. Unter dem burgunderroten Samtkleid mit dem elfenbeinfarbenen Spitzenbesatz begann sich ihr Bauch zu runden, die Brüste waren noch voller geworden.

»Glaub mir, du bist schöner als all diese Frauen zusammen«, beteuerte Johnnie und ging zu ihr. »Ich liebe dich, und deine Schwangerschaft beglückt mich.«

»Das sagst du nur so«, erwiderte sie, obwohl sie wußte, daß sie sich wie ein gekränktes Kind benahm. »Und Janet Lindsay ist eine schamlose Hure!«

Genau das hat mich an ihr gereizt, dachte Johnnie. Doch jetzt gehörte die Liaison der Vergangenheit an. Vorsichtig berührte er Elizabeths Arm. »Ich werde dafür sorgen, daß die beiden morgen abreisen.«

»Aber ich fürchte, die Gräfin möchte länger hierbleiben.« Erbost fuhr sie zu ihm herum.

»Am besten spreche ich noch heute abend mit Culross.«

»Weil du *sie* unbedingt wiedersehen willst, nicht wahr?«

»Um Himmels willen, nein! Wären die beiden bloß nicht hierhergekommen!« Er warf einen Blick auf die Uhr. »Jetzt wird Culross mit den Männern Billard spielen.«

»Und was macht *sie*? Was treibt sie normalerweise, während Culross Billard spielt? Erwartet sie dich in ihrem Zimmer?«

Ihre Intuition ist bemerkenswert, überlegte er unbehaglich, von Schuldgefühlen erfüllt, die ihn früher nie geplagt hatten. »Das alles ist lange her. Wenn du willst, soll Helen mich als Anstandsdame begleiten. Ich schwöre dir, ich will nur mit Culross sprechen. Und er wird verstehen, wenn ich ihn bitte, uns nur mehr in Gesellschaft anderer Nachbarn zu besuchen.«

»Oder gar nicht!« zischte Elizabeth.

»Das kann ich ihm nicht antun«, entgegnete er entschieden. »Immerhin war er ein guter Freund meines Vaters. Also — soll Helen mich begleiten?«

»Ja. Nein. Ja, verdammt ... O Gott, ich entwickle mich zu einer eifersüchtigen Xanthippe!«

»Dann ruf sie doch.« Nur zu gut verstand er ihre Gefühle. Er war sogar auf ihren verstorbenen Ehemann eifersüchtig.

Wie erwartet, traf er Culross, Adam und Kinmont im Billardzimmer an. Munro war am Nachmittag nach Edinburgh geritten, um einen Ingenieur aufzutreiben, der eine Verbindung zwischen dem geplanten See und dem Fluß herstellen konnte. Janet hatte sich in ihr Zimmer zurückgezogen, weil sie es haßte, den Gentlemen beim Billard zuzuschauen.

Johnnie und Culross setzten sich in bequeme Ohrensessel vor dem Kamin. Soeben war ein neuer Cognac aus La Rochelle geliefert worden, den sie nun fachkundig probierten. Während Helen in diskreter Entfernung wartete, fragte sie sich, wie sie auf den unbezähmbaren Laird aufpassen sollte. Aber Lady Elizabeth hatte ihr genaue Anweisungen gegeben, und so behielt sie ihn im Auge.

Eine Zeitlang unterhielten sich die Gentlemen über die Qualität des Cognacs und ihre bevorzugten Weingüter. Dann bemerkte Culross in sanftem Ton: »Janet ist sozusagen das Steckenpferd eines alten Mannes.«

»Das verstehe ich, und an deiner Stelle würde ich das genauso halten«, antwortete Johnnie wider sein besseres Wissen. Niemals würde er zusehen, wie seine Frau ihn unverhohlen betrog.

»Aber du mußt begreifen — in ihrer Schwangerschaft ist Elizabeth ein bißchen empfindlich. Wie du siehst, hat sie mir sogar eine Anstandsdame aufgehalst.«

»Und das läßt du dir gefallen? Du mußt sie tatsächlich lieben. Aber was ihr beide füreinander empfindet, ist in Roxburgh kein Geheimnis. Man spricht immer noch über deine ungewöhnliche Brautwerbung. Und ich weiß natürlich, wie man mit schwangeren Frauen umgehen muß. Meine Jonetta hat's mir auch nicht leicht gemacht.« Wehmütig lächelte Culross, als er sich an seine verstorbene erste Frau erinnerte, die ihm sechs Kinder geschenkt hatte. Mittlerweile waren sie alle erwachsen.

»Ich möchte nicht, daß Elizabeth sich unglücklich fühlt«, erklärte Johnnie und ließ den Cognac im Schwenker kreisen.

»Hast du jemals erwartet, eines Tages die wahre Liebe zu finden, mein Junge?«

Zu seiner eigenen Verblüffung errötete Johnnie. »Ich wußte nicht einmal, daß es so etwas gibt ...«

»Bis es dich gepackt hat.«

»Ja«, stimmte Johnnie zu und lächelte schwach. »Und ich bedaure es kein bißchen.«

»Morgen fahre ich mit Janet nach Hause«, versprach der Earl. »Also kann sich Elizabeth einer angenehmen Nachtruhe erfreuen.«

»Danke, das weiß ich sehr zu schätzen. Bitte, verzeih Elizabeth, wenn sie sich nicht von euch verabschiedet. Sie schläft sehr lange.«

»Natürlich, unseretwegen muß sie nicht früher aufstehen.« Mit einem höflichen Lächeln beantwortete Culross die Lüge. »Vielleicht wird Janet eine Zeitlang Schwierigkeiten machen«, fuhr er in ruhigem Ton fort. »Sie läßt sich nicht gern zurückweisen, und sie weiß nicht, was Liebe ist. Deshalb wird sie in deiner Ehe kein Hindernis sehen.«

»Danke für die Warnung.«

Zum ersten Mal erörterten sie so freimütig, daß sie die Gunst derselben Frau geteilt hatten.

Während die Männer ihren zweiten Cognac tranken, klopfte es an Elizabeths Tür, und sie stand Janet gegenüber.

»Ich will mit Johnnie reden«, erklärte die Countess von Lothian brüsk, ein Weinglas in der Hand, in einem kostbaren Nachthemd aus weißem Satin.

»Tut mir leid, er ist nicht hier«, erwiderte Elizabeth, nachdem sie sich von ihrem Schrecken erholt hatte.

»Wo ist er?«

»Hier nicht«, entgegnete Elizabeth und wollte die Tür schließen.

»Sie lügen!« Janet schob sich an ihr vorbei und öffnete die Tür zum Ankleideraum, ohne zu verhehlen, wie gut sie sich hier auskannte. Dann spähte sie ins angrenzende Wohnzimmer.

»Läßt er Sie oft allein, so spät in der Nacht?«

»Das geht Sie nichts an.« Nur mühsam bezähmte Elizabeth ihren Zorn.

»Glauben Sie bloß nicht, er wäre Ihnen treu!« warnte Janet und lächelte boshaft.

»Ich nehme nicht an, daß er *Ihnen* treu war.« Plötzlich

machte es Elizabeth Spaß, die Unverschämtheiten mit gleicher Münze zu vergelten. »Aber die Treue meines Ehemannes braucht Sie wirklich nicht mehr zu interessieren.«

Da brach Janet in höhnisches Gelächter aus. »Johnnie Carres Treue! Genausogut könnte man von den Kindern des Papstes reden. Einen Monat gebe ich Ihnen noch Zeit, meine Liebe. Noch ist Ihre Figur nicht völlig ruiniert. Sie wissen doch, daß er niemals Kinder wollte?«

»Vielleicht nicht von Ihnen«, konterte Elizabeth in gleichmütigem Ton, aber Janets Worte hatten ihr den Magen umgedreht.

»Oh, da waren wir uns einig. Können Sie sich ein schreiendes Balg in Johnnies Armen vorstellen? Noch nie im Leben hat er ein Baby angerührt.«

»Wie können Sie das wissen?«

»Weil ich ihn kenne. Seit der Laird geworden ist, meine Liebe. Und *Sie* kennen Johnnie nicht.«

»Dann ist es doch jammerschade, daß er Sie nicht geheiratet hat.«

Janets Augen verengten sich, ein häßliches Rot verdunkelte ihre Wangen. »In vierzehn Tagen gehört er wieder mir«, zischte sie.

»Hast du dich verirrt, Janet?« Johnnies kühle Stimme drang von der Tür herüber, und beide Frauen wandten sich zu ihm. »Gerade habe ich mit Culross über dich gesprochen. Er war sehr verständnisvoll. Auch er war einmal mit einer Frau verheiratet, die er liebte. Und jetzt verschwinde.« Als er zu Elizabeth ging, nahm seine Stimme einen sanfteren Klang an. »Tut mir leid, meine Liebe.«

»Oh, zum Teufel mit dir!« kreischte Janet und schleuderte ihr Weinglas in seine Richtung. »Was weißt du schon von Liebe?«

Hastig zog er Elizabeth aus der Bahn des Wurfgeschosses, dann packte er Janet und schob sie über die Schwelle in den Flur hinaus. Sie war zu betrunken, um sich zu wehren.

»Bilde dir bloß nicht ein, du könntest mich rauswerfen!« schrie sie. »Du verdammter ...«

Doch da drehte er bereits den Schlüssel im Schloß herum und lehnte sich an das geschnitzte Eichenholz.

»Jetzt bist du dran. Stürz dich auf mich, zerkratz mir das Gesicht. Jede Ehefrau würde das tun. Es gibt keine Entschuldigung für Janets Benehmen. Aber du mußt sie nie wieder sehen. In Zukunft werde ich mich anderswo mit Culross treffen.«

»O nein, dann wäre sie auch dabei. Er soll lieber hierherkommen. Allein.«

Erstaunt hob er die Brauen. »Bist du etwa mein Vormund?«

»Allerdings. Vielleicht solltest du alle deine früheren Geliebten warnen. Wenn sie sich hierherwagen, dann auf eigene Gefahr.«

»Also nimmst du mich an die kurze Leine?« fragte er grinsend.

»Ein Würgehalsband wäre noch besser.«

»Das klingt interessant. Willst du mir noch heute nacht eins anlegen?«

»Glaub nicht, du könntest mich vom Thema ablenken!« erwiderte sie. »Du gehörst mir, Johnnie Carre, und ich teile dich mit niemandem.«

»Wie schön!« Langsam ging er zu ihr. »Ich hätte nie gedacht, ich könnte eine besitzergreifende Frau lieben. Aber ich liebe dich von Tag zu Tag mehr. Und ich bedaure, daß ich so viele Jahre ohne dich verschwendet habe. Ja, ich gehöre dir. Das darfst du mit Fug und Recht behaupten.«

»Natürlich.«

»Bist du meiner so sicher«, neckte er sie.

»Völlig sicher.«

»Wer weiß?« flüsterte er und nahm sie in die Arme. »Vielleicht begründen wir eine neue Mode — die eheliche Treue.«

Heftige Winterstürme behinderten die Schiffahrt. Kurz vor Weihnachten kehrte Robbie heim, nachdem er zum letzten Mal in diesem Jahr nach Rotterdam gesegelt war. Obwohl die schottische Nationalkirche die sogenannten ›heidnischen Bräuche‹ verteufelte, wurde das Weihnachtsfest in Goldiehouse so fröhlich und pompös gefeiert, wie es der vorklösterlichen Tradition entsprach.

Johnnie überschüttete seine Frau mit Juwelen. Bis zum Dreikönigsfest sollte sie jeden Tag ein Schmuckstück erhalten, wenn sie auch protestierte und erklärte, er würde sie viel zu sehr verwöhnen.

»O Johnnie, das ist zu extravagant!« seufzte sie am dritten Abend, als sie im Bett saß und große Perlenohrringe aus einem Etui nahm. Aus der Halle dröhnte das Gelächter ausgelassener Zecher herauf, der Duft von Kiefernzweigen und Stechpalmen erfüllte das Schlafzimmer. »Die sind viel zu teuer.« Vorwurfsvoll lächelte sie ihren Mann an, der neben ihr lag.

»Schottische Perlen«, erklärte er. »Und ich kann meiner Frau so viele Juwelen schenken, wie es mir gefällt. Probier sie mal! Ich möchte dich nackt sehen, nur mit Perlen bekleidet.«

»Wüstling!«

»Ja, ich weiß. Ist es nicht wundervoll, daß wir uns so gut verstehen?«

»Oh, du verhätschelst mich viel zu sehr.«

»Wie ich mich entsinne, ist das die Pflicht eines Ehemanns.«

»Verlange ich zuviel?«

Er lachte. »Keine Bange, Liebling. Sicher kann ich all deine Wünsche erfüllen.«

An einem frostigen Nachmittag blieb Elizabeth daheim, um ein wenig zu schlafen. Johnnie ritt mit seinen Männern zu einem Pferderennen in Kelso, an dem zwei seiner Zuchthengste teilnahmen.

Als sie erwachte, war die Sonne untergegangen. Wohlig streckte sich Elizabeth unter der weichen, warmen Daunendecke. Das glatte Leinen rieb sich an ihrem nackten Körper — ein angenehmes, sinnliches Gefühl. Sie schaute zur Uhr hinüber, die auf dem Kaminsims stand. Schon nach halb fünf ... Nun müßte das Rennen bald vorbei sein. Sie vermißte Johnnie. Seit der Hochzeit hatten sie sich immer nur für wenige Stunden getrennt.

Eine Zeitlang beobachtete sie, wie der zierliche goldene Minutenzeiger weiterkroch. Sollte sie etwas zu essen bestellen oder Helen rufen und sich beim Ankleiden helfen lassen? Hatte Johnnie Pläne für diesen Abend? Wurden Gäste erwartet? Über dem Tumult der weihnachtlichen Festivitäten hatte sie vergessen, was auf dem Programm stand.

Jedenfalls verspürte sie keinen Hunger, und im Augenblick legte sie auch keinen Wert auf die Gesellschaft ihrer Zofe. Sie sehnte sich nur nach Johnnie. Plötzlich begann sie zu lächeln, denn soeben war ihr eingefallen, wie sie ihrem Mann — und sich selbst eine Freude bereiten konnte. Siesprang aus dem Bett, zündete die Kerzen an und warf einige Kohlen ins Kaminfeuer. Um ihr Vorhaben zu verwirklichen, brauchte sie ein warmes Zimmer.

Sie trat vor den venezianischen Spiegel und betrachtete ihren Körper, die zarte Haut, noch rosig vom Schlaf. Dann öffnete sie die Tür zum Ankleidezimmer, damit sie hörte, wann ihr Mann zurückkam, und stellte einen silbernen Kandelaber auf den Toilettentisch. In einer Schublade häuften sich die Juwelen, die Johnnie ihr geschenkt hatte. Sie legte die Perlenohrringe an. Aber die sah man nicht, wenn ihr Haar auf die Schultern fiel. Also steckte sie ihre Locken mit den neuen Jadespangen hoch. Dieser schöne Schmuck mit den eingravierten Blumen hatte einmal einer chinesischen Prinzessin gehört.

Zufrieden musterte sie ihr Spiegelbild, die tropfenförmigen Perlen, die an Diamanten hingen. Als sie den Kopf bewegte, glitzerten sie im Kerzenlicht. Nun legte sie die Goldkette mit einem emaillierten Medaillon um den Hals, das Geschenk vom Heiligen Abend, und strich über die eingravierte Inschrift — ›Fidel Iusq A La Mort‹, Treu bis zum Tod. Gerührt über das liebevolle Versprechen, ließ sie das Medaillon zwischen ihre nackten Brüste fallen.

Sie steckte zwei Ringe an ihre Finger, einen seltenen gelben Diamanten und einen siamesischen Rubin in dunklem Rot. Wie Johnnie erklärt hatte, war es im Herkunftsland dieses Steins nur Königen gestattet worden, solche Juwelen zu tragen.

Dann schlang sie einen antiken Gürtel aus gelbem Bernstein um ihre Hüften und schloß die Schnalle aus Gold und Türkisen, die ein ägyptisches Muster zeigte. Jedes Handgelenk wurde mit einem Armband geschmückt. Eines bestand aus Gold und Emaille, das andere aus violetten Saphiren.

Ein drittes Armband aus schweren Goldgliedern mit herzförmiger Schließe legte sie um einen Fußknöchel. Zuletzt wand sie die Perlenschnüre um den Hals, die Johnnie ihr am achten Tag nach dem Heiligen Abend verehrt hatte, und drapierte sie über ihre Brüste.

Während sie in den Spiegel blickte, fühlte sie sich wie ein kostbar verpacktes Weihnachtsgeschenk, und dieser Gedanke erregte sie.

Wenig später hörte sie Johnnies Schritte im Nebenraum. Als er auf die Schwelle des Ankleidezimmers trat, wandte sie sich zu ihm. »Frohe Weihnachten, mein Herr.«

Grinsend zog er seine schwarzen Lederhandschuhe aus und ließ seinen Blick über ihren nackten, reichgeschmückten Körper wandern. »Wäre ich über deine Pläne informiert gewesen, hätte ich meine Rennpferde im Stich gelassen.«

»Oh, du bist gerade rechtzeitig heimgekommen«, erwiderte sie und posierte dramatisch, wie eine junge Kleopatra. »Noch hast du nichts versäumt.«

»Welch ein Glück! Also hast du auf mich gewartet?«

»Voller Sehnsucht ...« Anmutig ging sie zu ihm, mit wiegenden Hüften.

»Gleich stehe ich dir zu Diensten«, versprach er, öffnete die Knöpfe seines Mantels und zog ihn aus. Achtlos ließ er ihn fallen. »Gib mir nur ein bißchen Zeit, damit ich mir die Hände wärmen kann. Sonst wären dir meine Liebkosungen unangenehm.«

»Nein«, flüsterte sie, »faß mich mit deinen kalten Händen an.«

Ihre atemlosen Worte, die halb geschlossenen, von Leidenschaft verschleierten Augen weckten ein ungestümes Verlangen, und er schob seine Finger zwischen ihre warmen Schenkel.

Zunächst zuckte sie zusammen, als sie die winterliche Kälte seiner Haut spürte, dann richteten sich ihre Brustwarzen auf, wie unter einem Eisregen. In ihrem Bauch breiteten sich heiße Wellen aus.

Langsam drangen Johnnies Finger in sie ein, und Elizabeths Lustschrei schürte seine Begierde. Ihr Körper stützte sich auf seine Hand, ihre Knie gaben nach, und er hob sie ein wenig hoch, während er seine Fingerspitzen aufreizend bewegte.

»Schling deine Arme um mich«, bat er. Sofort gehorchte sie und klammerte sich an ihn. Er trug sie zu einem Sofa, bettete sie in die weiche Polsterung, kostete ihre süßen Lippen. Dann zog er seine Hand zurück und umfaßte ihr Kinn. »So ein schönes Weihnachtsgeschenk habe ich noch nie bekommen.«

Ihr eigener Duft, der seinen Fingern anhaftete, stieg ihr in die Nase und entfachte animalische Gelüste. »Küß mich!« hauchte sie, und er erfüllte ihren Wunsch, sanft und ohne Hast. Er war immer viel geduldiger als sie, hielt sich zurück, denn er kannte den Reiz der Vorfreude.

»Möchtest du dein Geschenk vom elften Tag haben?«

»Ja — wenn *du's* bist.« Ihre Finger glitten durch sein dichtes Haar.

Er lachte leise. »Wie leicht man dich zufriedenstellen kann.«

»Nun, du weißt eben, wie man's macht.«

»Jetzt gebe ich dir erst mal das Geschenk. Gleich bin ich wieder da.« Johnnie ging zu einer großen intarsierten Kommode, öffnete die unterste Schublade, und sie beobachtete ihn hingerissen. Er trug die schlichte Kleidung eines Landedelmanns, eine pflaumenblaue Jacke, dunkle Breeches und Stiefel. Nie hatte sie einen attraktiveren Mann gesehen, so groß, so schlank und kraftvoll.

Hastig wühlte er in seinen Jabots und zog ein königsblaues Samtetui hervor. Dann kehrte er zu Elizabeth zurück und überreichte ihr die kleine, flache Kassette. »Alles Gute zum elften Tag, Liebling.«

Er setzte sich zu ihr aufs Sofa und zog seine Stiefel aus, während sie fasziniert das goldene Valois-Wappen auf dem Deckel des Etuis betrachtete. Als sie es öffnete, stockte ihr Atem. Auf weißem Satin lag ein spektakulärer ovaler Rubinanhänger. Die Gravur stellte Leda und den Schwan dar, die sich leidenschaftlich umarmten, eingefaßt von winzigen Perlen und Diamanten. Darunter hingen drei exquisite schiefrunde Perlen.

»Einfach zauberhaft!« rief sie und strich über die ausdrucksvolle mythische Szene.

»Ein Geschenk von Charles VII. für Agnes Sorel. Das hat Robbie in Amsterdam gefunden, und ich finde, es paßt sehr gut zu deinen Perlenohrringen.«

»Agnes Sorel? Wie romantisch ...«

»Ja — eine Liebesgabe, damals wie heute.«

Johnnie nahm den Anhänger aus dem Etui. »Dafür brauchen wir eine Goldkette ... Oh, deine Perlen sind verrutscht.« Sorgfältig arrangierte er die kostbaren Schnüre um ihre Brüste und streichelte die rosigen Knospen. »Es gefällt mir, wenn du dich so extravagant schmückst.«

»Das hatte ich gehofft«, wisperte sie und seufzte entzückt, als seine Fingerspitzen erneut ein wildes Feuer durch ihren Körper jagten. »Aus selbstsüchtigen Gründen ...«

Er schlüpfte aus seiner Jacke, dann spreizte er Elizabeths Schenkel. Eine seiner Hände liebkoste ihren Venusberg, die andere hielt den Anhänger hoch. »Mit diesem Juwel verbindet sich eine Geschichte. Der König bat Agnes Sorel, sein Geschenk auf einem Ball zu tragen, auf ganz besondere Weise ...« Vorsichtig steckte er den Rubin zwischen Elizabeths rosige Schamlippen, schob ihn noch tiefer hinein, bis nur mehr die drei Perlen heraushingen, und stieß sie an, so daß sie baumelten. »Hin und wieder vergewisserte sich der König, ob die Perlen immer noch umherschwangen. Spürst du sie?«

Doch sie konnte nicht antworten, weil ihr die verlockenden Vibrationen den Atem nahmen.

»Die Höflinge schlossen Wetten ab, wie lange die Dame durchhalten würde. Faß das Juwel mal an!« schlug Johnnie vor, ergriff Elizabeths Hand und legte sie zwischen ihre Schenkel. »Aber gib acht, sonst schiebst du's zu weit hinein«, warnte er, während ihre bebenden Finger über den Rubin strichen. »Agnes Sorel war genauso leidenschaftlich wie du.« Langsam schloß er ihre Beine, und sie stöhnte, als der Anhänger noch tiefer in sie hineinglitt. Dann hielt er ihre Schenkel fest, wiegte sie sachte hin und her. Das Delirium drohte sie zu überwältigen. »Nur einen einzigen Tanz hielt sie durch.«

»Wie — wie konnte sie ...«, stammelte Elizabeth. Alle ihre Sinne konzentrierten sich auf den erhitzten Rubin unter ihren Fingern, der flammende Wogen durch ihren ganzen Körper sandte.

»Nun, sie konnte es nicht«, erwiderte er lächelnd, »weil der König *das* tat.« Er schob seine Hand zwischen Elizabeths Beine und bewegte ihre Finger am Juwel, so daß es einen sanften Druck auf ihre bebende Klitoris ausübte.

Bald kündigte ein leises Stöhnen den Höhepunkt an. Heftige Zuckungen erschütterten ihre Glieder, und sie stieß einen gellenden Schrei aus. Danach lag sie atemlos da, ihre gerötete Haut schimmerte im Flammenschein.

»Frohe Weihnachten«, flüsterte Johnnie und küßte ihre Wange.

»Oh, ich brauche dich so — immer ...«

»Wie glücklich darf ich mich schätzen!«

Sie streckte sich, und dadurch bewegte sie das Juwel, genoß die Reibung, die es erzeugte. »Und wie geht es dir, nachdem ich mich so eigennützig befriedigt habe?«

»Mir geht's großartig.«

»Aber was soll damit geschehen?« fragte sie und berührte seine Hose, unter der sich eine deutliche Erektion abzeichnete.

»Damit möchte ich Agnes Sorels Rubin ersetzen«, entgegnete er grinsend und drückte ihre Hand an sich.

»Und wenn ich nicht mehr interessiert bin?«

»Dann warte ich fünf Minuten.«

So lange mußte er sich nicht gedulden. Als er den Rubin entfernte, weckte er neue Begierde. Rasch zog er sein Hemd und die Breeches aus, hob Elizabeth auf seinen Schoß und drang mühelos in sie ein. Während sie sich immer schneller bewegten, schwangen die Perlenschnüre hin und her. Gemeinsam erstürmten sie den Gipfel der Lust, sein Schrei mischte sich mit ihrem.

Sobald sie wieder zu Atem gekommen waren, stieß sie ihn spielerisch vom Sofa, warf sich auf ihn und küßte ihn. Bei den ungestümen Liebkosungen rissen die Schnüre, ein paar hundert elfenbeinweiße Perlen rollten über den Seidenteppich.

»Oh!« rief Elizabeth erschrocken. Auf allen vieren kroch sie umher, sammelte die Perlen ein und verstaute sie in einer kleinen Vase. Johnnie lag vor dem Kamin und beobachtete fasziniert, wie die vollen Brüste seiner Frau wippten, wie ihr rundes Hinterteil in die Luft ragte.

Als sie in seine Reichweite kam, griff er zwischen ihre Beine. »Laß die Perlen doch liegen. Deine Zofe soll sie später aufheben.«

Intime Zärtlichkeiten beschleunigten ihre Herzschläge. Nachdem er in den letzten Wochen ihre Sinnenlust Tag für Tag verwöhnt hatte, war ihr Körper jederzeit bereit. Atemlos spähte sie über ihre Schulter und sah seinen Penis wachsen.

»Komm näher!« befahl er, packte das Armband, das sie am Fußknöchel trug, und zog sie zu sich heran.

Bereitwillig kniete sie sich über ihn, ihre Brüste hingen provozierend über seinen Lippen. Er nahm eine harte Spitze in den Mund, und sie erschauerte wohlig. Mit zitternden Fingern umfaßte sie seinen erigierten, pulsierenden Penis und streichelte ihn. Exquisite Gefühle durchströmten Johnnies Körper.

»Oh, ich brauche dich — sofort«, stöhnte sie.

»Immer mit der Ruhe, Liebling«, mahnte er und ließ seine Zunge zärtlich um eine ihrer Brustwarzen kreisen.

»Und wenn ich's schneller möchte?«

»Einer von uns wird seinen Willen durchsetzen.«

»O ja. Ich!«

»So wie immer.« Seine Mundwinkel zuckten.

»Soll ich dich bestechen? Ich bringe dir das Frühstück ans Bett.«

»Wie kannst du das schaffen, wenn ich immer ein paar Stunden vor dir aufstehe?« Als sie schmollend die Unterlippe vorschob, fügte er hinzu: »Aber wir haben noch zwei Stunden Zeit, bis unsere Dinnergäste kommen ...«

»Gäste!« rief sie bestürzt.

»Keine Bange, Mrs. Reid hat alles unter Kontrolle. Und um diese zwei Stunden zu nutzen, mache ich dir einen Vorschlag. Probieren wir erst deine Version aus und dann meine. Also, was wünschst du dir?«

»Hm ...« Elizabeth stand auf und musterte ihn von Kopf bis Fuß. »Am liebsten würde ich auf dir sitzen.«

»Ihr Diener, Ma'am ...«

Langsam und verführerisch sank sie auf ihn hinab. Er beobachtete sie durch gesenkte Wimpern. Als er tief in sie eingedrungen war, umklammerte er ihre Hüften und brachte sie so schnell zum Höhepunkt, daß sie verwundert nach Luft schnappte. Dann drehte er sie herum, und wenig später zitterte sie in neuer Ekstase. In rascher Folge erreichte sie noch zweimal den Gipfel, während er sich zurückhielt. Lächelnd küßte er atemlose Lippen, setzte sich aufs Sofa und betrachtete seine Frau, die erschöpft vor dem Kamin lag.

Nach einer Weile wandte sie sich zu ihm.

»Danke, Johnnie, du bist wirklich ein vollkommener Liebhaber.«

»Ich warte ...«

»Vielleicht später — jetzt kann ich nicht mehr.«

»Bist du sicher?«

Sie nickte. »Macht's dir was aus?«

»Nein«, erwiderte er und begann seinen Penis zu streicheln.

»Das darfst du nicht!« protestierte sie. »Er gehört mir.«

»Im Augenblick nicht. Du hast doch keine Lust, nicht wahr?«

»Aber später werde ich ihn wieder begehren.«

»Dann bekommst du ihn später«, erwiderte er, ohne seine Manipulation zu unterbrechen.

»Johnnie!« wisperte sie und setzte sich auf.

»Bei deinen letzten vier Höhepunkten ging ich leer aus. Ich spielte den Gentleman. Aber du kannst nicht alles haben.«

»Warum nicht?«

»So ein grandioser Gentleman bin ich nun auch wieder nicht.«

»Laß mich das machen!«

»Bemüh dich nicht. Du bist müde, und es dauert nicht mehr lange.«

»Aber ich will es tun«, beharrte sie.

»Wie sehr willst du es?«

»Noch mehr als du!« In ihrer Stimme schwang jene unersättliche Leidenschaft mit, die sie beherrschte, seit sie ihn kannte.

»Dann komm zu mir«, flüsterte er, ließ das Objekt ihrer Begierde los und spreizte die Beine.

Auf Händen und Knien kroch sie zu ihm, hockte sich zwischen seinen Schenkeln auf die Fersen.

»Ich bin sehr besitzergreifend.«

»Das weiß ich doch. Ebenso wie ich.« Mit beiden Händen umfaßte er ihren Kopf und zog ihn zu sich heran. »Ich möchte deine Zunge spüren.«

Während sie seinen ganzen Penis ableckte, befahl Johnnie: »Nein, nur die Spitze. Und halt ihn fest ... Ja, so ist es gut. Nimm ihn in den Mund.«

Die Augen halb geschlossen, überließ er sich seinen köstlichen Emotionen, liebkoste Elizabeths Wangen, schob seinen Penis tiefer in ihren Mund, zog ihn wieder heraus, in langsamem Rhythmus.

»Schau doch!« murmelte er, als sein Blick in den Drehspiegel fiel. »Dort kannst du dich sehen.« Er betrachtete Elizabeths schönen, knieenden Körper im Profil, das lange blonde Haar fiel auf ihren Rücken und über seine Beine.

Sie spähte seitwärts, und die Szene, die der Spiegel ihr zeigte, erregte sie noch mehr.

»Beinahe gewinne ich den Eindruck, jemand würde uns zusehen«, flüsterte Johnnie, »jemand, der wartet, bis er an die Reihe kommt. Oh, du kannst das sehr gut ... Würdest du auch einen anderen Mann auf diese Weise befriedigen?«

Entschieden schüttelte sie den Kopf.

»Gut. Solltest du mich jemals betrügen, würde ich dich umbringen — nein, *ihn!* Und dich würde ich einsperren!« Jetzt war sein Penis tief in ihrem Mund eingedrungen, seine Hände preßten sich auf ihre Schläfen. »Du darst dich niemals so benehmen wie die Frauen beim Pferderennen.« In den Monaten seit seiner Ehe hatte er diese leichtfertigen Ladies vergessen. Aber an diesem Nachmittag war ihm wieder aufgefallen, wie schamlos sie ihm ihre Gunst anboten.

Abrupt löste sie die Lippen von seinem Penis.

»Was für Frauen?« fragte sie und stemmte ihre Hände in die Hüften.

»Ach, das war nur eine dumme Bemerkung ...«

»Bist du etwa nach Kelso geritten, um alte Freundschaften

zu erneuern? Also deshalb wurde ich nicht zu diesem Rennen eingeladen. Hast du's im Stall mit einer deiner Gespielinnen getrieben?«

»Nein, zum Teufel! Woher sollte ich denn die Kraft dazu nehmen, wenn ich dich ein dutzendmal pro Tag beglükke?«

»Bereitet dir das zu große Mühe?« fauchte sie. »Dann will ich dich gern von dieser Pflicht entbinden!«

»Glaub mir, Elizabeth, falls ich damit aufhören wollte, würde ich deine Erlaubnis nicht brauchen.«

»Weil überall unzählige Frauen auf dich warten!« schrie sie in rasender Eifersucht. »Beim Rennen, auf der Jagd, sogar in meiner eigenen gottverdammten Dinnertafel!«

»Ja, sie warten auf mich«, bestätigte er seufzend. »Aber da ich nur dich begehre, spielt das keine Rolle.«

Um sie zu besänftigen, streichelte er ihre Brüste, aber sie stieß seine Hände weg. »Wage es nicht, mich anzurühren, nachdem du den ganzen Nachmittag mit deinen Freundinnen geflirtet hast!«

»Was heißt das?« fragte er gefährlich leise.

»Ich darf dich nicht anrühren?«

»Allerdings nicht!«

»Nur wegen deiner grundlosen Eifersucht?«

»Deine Erklärungen genügen mir nicht.«

»Und mir mißfällt dieses Verhör. Ich berühre dich, wann immer ich will.«

Wütend wollte sie aufspringen. Aber er war schneller und warf sie quer übers Sofa, so daß ihr Gesicht in die Polsterung gedrückt wurde. Ihr Hinterteil ragte provozierend empor. »Mal sehen, wie ich dich anrühre!« flüsterte er und rieb seinen Penis an ihren exponierten Schamlippen, bis sie vor Verlangen stöhnte. Dann drang er von hinten in sie ein, ganz langsam, und hielt inne.

Ihre Lust steigerte sich zur Verzweiflung. Aber sie dachte krampfhaft an ihren Zorn und widerstand der Versuchung, sich zu bewegen. Da glitt Johnnie etwas tiefer in sie hinein. Obwohl sie es nicht wollte, reagierte ihr Körper und kam ihm entgegen. Wieder verharrte er und zwang sie, ihre Lust zu akzeptieren, ihn begierig zu ersehnen. Es dauerte lange, bis er ganz in ihr versank. Mittlerweile hatte sie ihre Wut vergessen, kannte nur noch ihre süße Qual.

Während er seine rhythmischen Bewegungen beschleunigte, hielt er sie am Bernsteingürtel fest. In trunkener Ekstase begann sie zu schreien. Nun war seine Begierde so unbezähmbar wie ihre. Stöhnend sank er auf ihren Rücken hinab, als sie beide Erfüllung gefunden hatten.

»Nun, hat's dich gestört, daß ich dich angerührt habe?« fragte er atemlos, streichelte ihre Hüften und löste sich von ihr.

Ehe er aufstehen konnte, warf sie ihn blitzschnell ab, und er landete neben dem Sofa.

»So!« zischte sie, stürzte sich auf Johnnie und packte ihn an der Kehle. »Und jetzt erzähl mir von diesen Frauen in Kelso!« Neuer Zorn erfaßte sie, und sie ärgerte sich maßlos über ihre Kapitulation.

»Tur mir leid«, entschuldigte er sich. Natürlich hätte er sie mühelos abschütteln können. Aber inzwischen bereute er seine selbstgefällige Rache, und deshalb blieb er reglos liegen. »So rüde hätte ich dich nicht behandeln dürfen.«

»Erzähl mir von den Frauen, Johnnie! Weich mir nicht aus!«

»Also gut.« Seufzend schnitt er eine Grimasse. »Hier kennt jeder jeden. Bei diesem Rennen wurde eine ganze Menge getrunken, und es ging sehr fröhlich zu.«

»Die Frauen!«

»Oh, die sind völlig harmlos. Alle wissen doch, wie sehr ich dich liebe.«

»Vielleicht ist's ihnen egal.«

»Aber mir nicht. Auch *das* wissen sie. Bitte, verzeih mir, daß ich vorhin sagte, ich würde dich umbringen. Obwohl ich's nicht ertragen könnte, wenn du so wärst wie diese Frauen. Weil ich dich über alles liebe.«

Ihr Griff um seinen Hals lockerte sich. In ihren Augen glänzten unvergossene Tränen.

»Keine Ahnung, wie's passiert ist ...«, fügte er hinzu. »Jedenfalls kann ich ohne dich nicht leben. Die anderen feiern immer noch in Wat Hardens Taverne, und ich war der einzige, der wegging — während alle über meine ehelichten Fesseln spotteten. Aber ich wußte, du würdest mich brauchen. Und so kam ich zu dir.« Zärtlich strich er eine Ringellocke hinter ihr Ohr, zog sie zu sich herab und küßte eine Träne von ihren Wimpern.

»O Johnnie, ich bin nun mal furchtbar eifersüchtig«, gestand sie, »und ich will dich immer in meiner Nähe haben.«

Da nahm er sie ganz fest in seine Arme. »Keine Bange, ich werde immer bei dir bleiben.«

Während der nächsten Tage genossen sie ein ungetrübtes Glück, unbehelligt von der Außenwelt und von anderen Leuten. Inzwischen sah man Elizabeth die Schwangerschaft an, und sie schmiedeten rosige Pläne für die Zukunft ihres Kindes. Johnnie glaubte manchmal, er wäre in ein Märchenland geraten, weil sich das Leben, das er jetzt führte, so kraß von seiner Vergangenheit unterschied.

»Erstaunlich, wie gesund ich mich fühle!« meinte Elizabeth eines Morgens, als sie sich genüßlich im Bett streckte. »Ich glaube, ich bin dazu geschaffen, Kinder zu gebären.« Lachend wälzte sie sich auf den warmen Körper ihres Mannes.

»Wenn du wieder eins willst, mußt du's nur sagen. Ich stehe jederzeit zu Diensten.«

»Oh, ich wünsche mir noch viele. Kein einziges Mal war mir übel. Und ich finde es einfach wundervoll, dich jeden Tag aufs neue zu begehren. Ach, Johnnie, ich liebe dich so sehr, daß es mir beinahe angst macht ...«

»Still! Ich bin bei dir, und du hast nichts zu befürchten.«

»Niemals darfst du mich verlassen. Schwörst du mir das?«

»Ja, natürlich.«

»Tut mir leid. Ich weiß, die Männer hassen besitzergreifende Frauen ...«

»Sprich nicht von anderen Männern!« unterbrach er sie, immer noch von seiner unvernünftigen Eifersucht auf ihren ersten Gemahl erfaßt.

Sie schaute zum Fenster, als wollte sie ergründen, welches Dunkel ihre Stimmung plötzlich verdüsterte. »Irgendwie habe ich das Gefühl, da draußen würde ein unheimlicher Feind lauern.«

»Überlaß *mir* die Dämonen und zeig mir lieber, wo sich das Baby bewegt.« Behutsam strich er über ihren Bauch. »Hier? Oder hier?«

Und dann verscheuchten seine Küsse alle bösen Ahnungen.

Zwei Tage später ritt der Sheriff von Kelso nach Goldiehouse, und ein Lakai kam in Munros Arbeitszimmer, um Johnnie Bescheid zu geben.

»Ich bin gleich wieder da, Liebling«, versprach er Elizabeth, die neben ihm saß und einige Skizzen betrachtete. Gerade hatten sie mit dem Architekten über die Innenausstattung des neuen Westflügels diskutiert. »Wahrscheinlich hängt es mit Crawfords Neffen zusammen. Letzte Woche fand eine Versammlung aller Kommissare statt, und da kam es zu einer Meinungsverschiedenheit über die Position des Steuereinnehmers.«

»Oder der Sheriff hat Neuigkeiten aus Edinburgh erfahren«, meinte Munro. »Frag ihn mal nach der Abstimmung im Unterhaus.«

»Gibt's da irgendwelche Zweifel?« entgegnete Johnnie sarkastisch und erhob sich.

»Nun, man soll die Hoffnung niemals aufgeben«, seufzte Munro.

»Deshalb bist du Architekt geworden und nicht Politiker. England will uns zur Kapitulation zwingen, indem es uns den wirtschaftlichen Ruin androht. Und die Frage lautet nicht, ob wir siegen, sondern ob wir unser Parlament retten können.«

»Wie praktisch du denkst ...«

»Nur realistisch — angesichts der derzeitigen Stimmung in Westminster. Es würde mich nicht überraschen, wenn sie demnächst Soldaten in unseren Häusern einquartieren.«

Beunruhigt runzelte Elizabeth die Stirn. »Wird ein Krieg ausbrechen?«

»Sicher nicht«, erwiderte Johnnie hastig, da er sie nicht mit seiner schlimmsten Sorge belasten wollte.

Wenig später betrat er sein eigenes Arbeitszimmer, wo Jack Drummond wartete, und begrüßte ihn freundlich.

»Was kann ich für Sie tun?« erkundigte er sich und bedeutete dem jungen Sheriff, wieder Platz zu nehmen. »Regt sich Crawford immer noch über den Posten seines Neffen auf?«

»Mylord, ich wünschte, es wäre so. Leider muß ich Ihnen sehr unerfreuliche Nachrichten überbringen ...«

»Dann sprechen Sie! Nur keine Hemmungen. In diesen unruhigen Zeiten rechnet man doch täglich mit Hiobsbotschaften.«

»Es geht um Lady Graden.«

»Ja?« Johnnie hatte sich hinter seinen Schreibtisch setzen wollen, aber nun blieb er reglos stehen und schaute den Mann an.

»Als Sheriff von Ravensby wurde ich gestern nach Rochester gerufen, Mylord.« Krampfhaft schluckte Jack Drummond und wischte sich den Schweiß von der Stirn. »Lady Graden muß sich vor Gericht verantworten, da sie von den Grahams aus Redesdale der Hexerei angeklagt wurde. Und sie behaupten auch, sie sei schuld am Tod ihres ersten Mannes.«

»Diese Schurken bringe ich um«, flüsterte Johnnie.

Der junge Richter zögerte und wußte nicht recht, wie er sich verhalten sollte. Schließlich fuhr er nervös fort: »Nächsten Mittwoch soll die Verhandlung stattfinden. Also haben Sie nicht viel Zeit, um die Verteidigung vorzubereiten, Mylord. Aber ich bitte Sie, meine Hilfe anzunehmen.« Wenn er auch sein Gehalt von Johnnie Carre bezog — das Angebot beruhte nicht nur auf seiner Loyalität. Der Laird hatte ein persönliches Interesse an der Familie Drummond genommen und die beiden jüngeren Brüder auf die Universität geschickt.

»Bedauerlicherweise konnte ich die Anklage nicht verhindern, Mylord ...«

»Natürlich, ich verstehe, Jack«, fiel Ravensby ihm ins Wort. »Wieviel Zeit haben wir?«

»Zehn Tage.«

»Das müßte reichen.«

»Am besten reiten sie sofort nach Edinburgh und suchen einen geeigneten Verteidiger. Oder vielleicht darf ich Holt aus London vorschlagen. Immerhin hat er schon in mehreren Hexenprozessen Freisprüche erreicht.«

Johnnie wandte sich zum Fenster und starrte in den frostbedeckten Park. Dann ging er zu einem lackierten Schrank und zog einen Schlüssel aus der Tasche, sperrte den Schrank auf und öffnete zwei Schubladen. Er nahm mehrere große Lederbeutel heraus, die er auf den Schreibtisch legte.

»Wenn Sie so freundlich wären, dieses Geld dem Richter zu bringen, der gerade in Edinburgh den Vorsitz führt, und ihn um einen vierzehntägigen Aufschub zu bitten, wäre ich Ihnen sehr dankbar. Eine Garde wird Sie eskortieren. Falls es Comyn ist, müßte er meinen Wunsch auch ohne das *Geschenk* erfüllen, da er mir einen Gefallen schuldet.«

»Selbstverständlich, Mylord.« Jack Drummond stand auf. »Und falls Sie meinen juristischen Beistand brauchen ...«

Johnnie lächelte grimmig. »Wohl kaum — nachdem ich mit den Grahams gesprochen habe.«

Am späten Abend, als Elizabeth bereits schlief, ging er in die Waffenkammer und erklärte seinen Gefolgsmännern, wie er gegen die Grahams vorgehen würde. »In der übernächsten Nacht sollen mich tausend Mann in Carter Bar treffen«, begann er und postierte sich unterhalb der englischen Fahne, die einer seiner Ahnherren in Bannockburn erobert hatte.

»Reitet in kleinen Gruppen dorthin. Abends kommen wir zusammen. Wir brauchen Leitern und Enterhaken.« Diese Anweisungen gab er in beiläufigem Ton, als ginge es nicht um eine blutige Schlacht, sondern um einen alltäglichen Vorgang.

»Darüber dürft ihr mit niemanden reden. Meine Frau und die Grahams sollen nichts erfahren. Da wir in der Überzahl sind, dürfte es uns nicht schwerfallen, die Graham-Brüder zu töten. Irgendwelche Fragen?«

»Weißt du, ob sie im Radesdale Forest sind?«

»Das wird sich am Morgen unseres Angriffs herausstellen.«

»Vielleicht halten Sie sich in ihrem Schloß auf.«

»Das wäre möglich. Wenn wir es stürmen müssen, brauchen wir noch mehr Männer.«

Dann erörterten sie, wie dreißig Mann möglichst unauffällig dreißig Meilen zurücklegen konnten, wie sie die Sturmleitern, die schweren Brecheisen und Äxte transportieren sollten, die sie für den Angriff brauchten. Außerdem benötigten sie Proviant für sich selbst und die Pferde, Waffen und Munition.

»Morgen schicken wir Späher aus, um die Verteidigungsanlagen der Grahams zu erkunden«, entschied Johnnie. »Aber wie auch immer — wir werden in die Festung eindringen. Diese Bastarde dürfen Elizabeth nicht vor Gericht bringen.«

»Was für elende Feiglinge! Eine Frau zu attackieren!«

»Oh, wir werden ihnen schon noch Manieren beibringen«, erwiderte der Laird von Ravensby.

Johnnie erklärte Elizabeth, er müsse einige Tage in Jedburgh verbringen und einem Vetter in Verwaltungsangelegenheiten helfen.

Beim Abschied küßte er sie, dann trat er einen Schritt zurück, um sich ihr Bild einzuprägen. Sie trug ein karmesinrotes, weitgeschnittenes Kleid. Das lange blonde Haar war im Nacken zu einem Knoten geschlungen, und um ihre Schultern lag ein bestickter Schal, der sie vor der Kälte des Januars schützte.

»Zum erstenmal seit unserer Hochzeit müssen wir uns trennen. Oh, ich werde dich ganz schrecklich vermissen ...« Tränen schimmerten in ihren Augen. »Warum kann ich dich nicht begleiten?«

»Liebling, du weißt doch, daß du nicht reiten darfst. Denk an das Baby. Wenn irgend etwas passiert ...«

»Und wenn ich dir in einem Wagen folge? Ich würde dem Kutscher sagen, er muß ganz langsam und vorsichtig fahren ...«

Aber Johnnie schüttelte den Kopf und ergriff ihre Hände. »Die Straßenfurchen sind festgefroren. Auch wenn du langsam fährst — du würdest gnadenlos hin und her geschüttelt. In zwei Tagen bin ich wieder da. Spätestens in drei. Und ich schicke dir jeden Tag einen Brief.«

»Verzeih, daß ich mich so an dich klammere . . . Die

Schwangerschaft macht mich wohl ein bißchen sentimental. Du wirst doch gut auf dich aufpassen?«

»Natürlich. Welche Gefahr sollte mir in Jedburgh schon drohen? Jetzt gib mir noch einen letzten Kuß, denn geh wieder hinein. Hier draußen könntest du dich erkälten.«

Auf der Zufahrt wartete ein Dutzend schweigender, schwerbewaffneter Reiter, offenbar die Garde, die ihn nach Jedburgh begleiten sollte.

»Halt mich fest!« flüsterte Elizabeth.

Zärtlich nahm er sie in die Arme. »Du bist mein Leben«, beteuerte er und atmete ihren süßen Duft ein, der ihn an Rosenblüten erinnerte.

»O Johnnie ... Nur zwei Tage? Versprichst du mir das?«

»Ja, ich gebe dir mein Ehrenwort.«

»Ohne dich werde ich nicht schlafen können.«

»Ich auch nicht. Und ich werde die Stunden bis zu unserem Wiedersehen zählen. Gib gut acht auf unser Baby.« Zärtlich küßte er ihr die Tränen von den Wangen, dann riß er sich los und eilte zu seinen Männern. Er schwang sich in den Sattel, winkte ihr noch einmal zu, und der Trupp ritt davon. Am Ende der langen Zufahrt zügelte er sein Pferd und blickte zu der kleinen Gestalt zurück, die vor dem Eingang von Goldiehouse stand.

»Mit Gottes Wille komme ich bald zurück«, flüsterte er.

An diesem Abend versammelte sich das Carre-Heer in Carter Bar, und er schrieb einen Brief an Elizabeth, so wie er es versprochen hatte. »Es gibt viel zu tun, und im Augenblick kann ich Dir nur versichern, daß ich Dich über alles liebe. Bald werde ich Dich wieder in meinen Armen halten. Der Gedanke an Dich beherrscht mein Herz Tag und Nacht. In Liebe, Johnnie.«

Nachdem er den Brief einem Boten übergeben hatte, ritten die Carres durch die Nacht, zum Redesdale Forest. Zwei Stunden vor Tagesanbruch erreichten sie die Festung Graham, umzingelten sie, legten Sturmleitern an die grauen Steinmauern, direkt unterhalb der Zinnen, wo die Wachtposten patrouillierten, die das große Heer der Angreifer nicht bemerkten. Ein kleiner Trupp war zurückgeblieben, um die

Straße zwischen dem Schloß und dem Heimweg zu bewachen und den Rückzug zu sichern.

Im Morgennebel setzte Johnnie seinen gestiefelten Fuß auf die erste Leitersprosse und hob eine Hand. Tausend Mann setzten sich in Bewegung. Lautlos kletterten sie an den Mauern hoch, Schwerter und Dolche in den Händen. Die Kehlen der Wächter wurden durchschnitten. Im Schloß herrschte tiefe Stille. Nur im Hof liefen rastlose Hunde umher, die das Blut rochen. Aber die Angreifer warfen frisches Rindfleisch hinab, und die Tiere waren sofort besänftigt.

In der Festung wurde erst Alarm geschlagen, als der eiserne Rammbock das Tor aufbrach. Trommeln wirbelten und riefen die Grahams zu den Waffen. Gefolgt von seinen Männern, rannte Johnnie ins Haus. Mit klirrenden Waffen fochten sie sich einen Weg die Treppe hinauf. Hier war ihre Überzahl kein Vorteil, denn die Verteidiger kannten jeden Winkel.

Aber Johnnie kämpfte sich beharrlich immer weiter vor, und die Carres mußten ein Dutzend Türen aufbrechen, ehe sie endlich die inneren Räume erreichten, wo die Grahams mit ihren Familien wohnten. In der großen Halle fanden sie nur verängstigte Frauen und Kinder.

Inzwischen waren die Graham-Brüder mit dem Großteil ihrer Gefolgsleute durch unterirdische Gänge ins Sumpfgebiet geflohen, das sich nördlich vom Schloß erstreckte. Seit Jahrhunderten war das Quene Moss eine Zufluchtsstätte, nur den Grahams bekannt. Einer Legende zur Folge war der Morast so dickflüssig, daß zwei aneinandergebundene Speere nicht zum Grund hinabsinken würden. Hier fürchteten die Grahams weder schottische noch englische Mächte.

Johnnie ließ ein paar Wachtposten bei den Frauen und Kindern zurück. Immer wieder mußte er über Leichen hinwegsteigen, als er seine Männer durch die langen Korridore zur Nordmauer führte. Dort lauerte ein Teil seines Heers in einem Hinterhalt, um den Grahams den Fluchtweg zum Sumpf abzuschneiden. Im ersten schwachen Morgenlicht trat der Laird mit seiner Truppe ins Freie. Der Schatten hoher Kiefern und kahler Buchen fiel auf gefangene, tote und verwundete Grahams.

»Vier Brüder sind gefallen, Johnnie«, meldete Adam.

»Und der fünfte?«

»Leider haben wir Matthew verpaßt. Er ist in Carlisle, wenn man seinem Hauptmann glauben darf.«

»Oh, verdammt!« fluchte Johnnie wütend.

»Was hier geschehen ist, müßte ihn veranlassen, noch einmal über seine Anklage gegen dich nachzudenken.«

»Vielleicht, aber ich will sichergehen.« Im Bestreben, seine Frau zu schützen, war er gnadenlos. In einem Zeitalter, wo Aristokraten gefoltert, gehängt, enthauptet und gevierteilt wurden, weil sie den falschen Monarchen unterstützten oder unliebsame politische Gesinnungen vertraten, wo das Leben der Armen nur geringen Wert hatte, abgesehen von ihrer Arbeitskraft, wo Loyalität unverhohlen gekauft oder verkauft werden konnte, wo der persönliche Schutz von ausreichenden Streitkräften abhing, konnte es nicht verwundern, daß er alle Graham-Brüder zur Hölle schicken wollte. »Wir müssen ihn finden.«

»Jetzt?«

Er schüttelte den Kopf. Mit ausdruckslosen Augen betrachtete er die Toten und Verwundeten. »Ich habe Elizabeth versprochen, in zwei Tagen nach Goldiehouse zurückzukehren. Aber ein kleiner Trupp soll sofort nach Carlisle reiten. Wenn Matthew Graham hört, was hier geschehen ist, wird er auf der Hut sein und um Schutz bitten.«

Bald saßen die Carres auf ihren Pferden, die Verwundeten waren vesorgt worden. Glücklicherweise hatte kein einziger Ravensby-Gefolgsmann den Tod gefunden. Nachdem die Anführer der Grahams geflohen waren, hatten ihre Leute kaum Widerstand geleistet. In Carter Bar trennte sich das große Heer, um auf verschiedenen Wegen nach Ravensby zu galoppieren. Kurz nach Einbruch der Dunkelheit traf Johnnie in Goldiehouse ein. Er wusch sich im Stall, ließ seine Jacke und das Schwert zurück, damit beides von Blutflecken gereinigt werden konnte. Im Haus wurde er von Munro begrüßt, den Kinmont bereits auf die Ankunft des Lairds vorbereitet hatte.

»Mrs. Reid soll mir in einer Stunde eine Mahlzeit nach oben schicken«, trug er Dankeil Willie auf. »Vorerst soll Lady

Elizabeth nicht gestört werden. Ich sehe später selber nach ihr.« Dann führte er Munro in sein Arbeitszimmer und schloß die Tür. »Wenn du Einzelheiten hören willst, mußt du dich bis morgen gedulden. Elizabeth erwartet mich, aber ich wollte dir nur noch danken, weil du hier geblieben bist und für sie gesorgt hast. Wie geht es ihr?«

»Jetzt, wo du wieder hier bist, wird sie aufblühen. Du solltest deinen Arm verbinden.«

»Nur ein kleiner Kratzer.« Johnnie warf einen kurzen Blick auf seinen zerschnittenen rechten Hemdsärmel. »Sobald die Graham-Brüder geflüchtet waren, stießen wir nur mehr auf geringe Gegenwehr. Aber Matthew lebt. Eine gottverdammte Schande!«

»Ja, Kinmont hat mir erzählt, der Mann sei in Carlisle.«

»Oder bereits auf dem Rückweg zum Redesdale Forest. Allerdings glaube ich eher, er wird in Carlisle bleiben, da es zu den englischen Garnisonen gehört. Einer meiner Trupps fahndet bereits nach ihm.«

»Natürlich kannst du ihn nicht am Leben lassen.«

»Gewiß nicht.«

»Mußt du ihn selber töten? Kannst du's nicht jemand anderem überlassen?«

Johnnies Lippen verzogen sich zu einem grimmigen Lächeln. »Nein, er gehört mir.«

»Wenn du seinetwegen dein Leben wagst ...«

»Das habe ich nicht vor. Aber ich danke dir für deine Fürsorge.«

»Wann reist du wieder ab?«

»Sobald ich von Adam höre. Vermutlich in drei oder vier Tagen.«

»Nun, dann will ich dich jetzt nicht länger aufhalten. Geh zu Elizabeth. Sie hat sich so nach dir gesehnt.«

»Um zu ihr heimzukehren, würde ich um die ganze Welt reiten.«

»Das mußt du ihr sagen. Sie hat unentwegt geweint.«

»Ja, wegen des Babys ist sie manchmal ein bißchen sentimental.«

»Oder sie hatte Angst um dich. Immerhin mußte sie befürchten, du könntest sterben.«

»Dann wäre ich zurückgekommen, um sie ins Jenseits mitzunehmen.«

Nachdenklich betrachtete Munro seinen Vetter, den die Liebe so erstaunlich verändert hatte.

»Wenn jemand diese dunkle Grenze überqueren kann — dann nur du.«

«Da hast du verdammt recht«, bestätigte Johnnie grinsend. »Und jetzt wollen wir diese morbiden Gedanken vergessen. Ich bin mehr oder weniger unversehrt, und da oben erwartet mich die schönste Frau auf Erden. Bevor ich sie aufsuche, muß ich mich noch schnell umziehen. Adieu! Bis morgen — so gegen Mittag!« Vielsagend zwinkerte er Munro zu, dann verließ er das Arbeitszimmer.

Als er das Zimmer betrat, saß Elizabeth vor dem Kaminfeuer, in einer mitternachtsblauen Samtrobe. Ihr Haar schimmerte golden im Flammenschein. Mit einem Freudenschrei sprang sie auf, eilte ihrem Mann entgegen und warf sich in seine Arme. Beglückt wirbelte er sie herum und lachte wie ein übermütiger kleiner Junge.

»O Johnnie, du warst viel zu lange weg«, klagte sie, nachdem er sie behutsam auf die Füße gestellt hatte.

»Ich will's wiedergutmachen«, versprach er, beide Arme um ihre Taille geschlungen.

»Glaubst du, das wird dir so leicht gelingen?« neckte sie ihn.

Da drückte er sie noch fester an sich. »Ich weiß sehr gut, wie ich dich besänftigen kann.«

»Während unserer Trennung ist mein Verlangen mit jeder Stunde gewachsen.«

»Gibt es für einen Mann etwas Schöneres, als heimzukehren und eine leidenschaftliche Ehefrau anzutreffen? Zeig mir, wie sehr du mich begehrst ...«

Mit beiden Händen umfaßte sie sein Gesicht und küßte ihn voller Hingabe. »Zwei Tage lang keine Erfüllung ...«

Ihre atemlose Stimme steigerte seine eigene Sehnsucht. »Könnte ich dir helfen?« fragte er leise und schlang seine Finger in ihr seidiges Haar.

»Mal sehen ...«

Ihre Hand tastete über seinen Gürtel und die Breeches. »Oh — wie wunderbar ...«

»Freut mich, daß du meine Manneskraft würdigst.« Schwungvoll hob er sie hoch, trug sie zum Bett und ließ sie sanft auf die seidene Decke gleiten.

Während er sich auskleidete, entdeckte sie die Schnittwunde an seinem rechten Oberarm und richtete sich erschrocken auf. »Oh, du bist verletzt!«

»Nur eine kleine Messerstecherei in einer Taverne. Darum kannst du dich später kümmern.«

»Bist du sicher?«

»Natürlich.« Inzwischen war er nackt und setzte sich auf den Bettrand.

Als er Elizabeth von ihrem blauen Samtmantel und dem weißen Nachthemd befreite, stöhnte sie leise. »Werde ich jemals von dir genug bekommen?«

»Nie«, erwiderte er, ohne zu zögern.

»Küß mich ...«

Nur zu gerne erfüllte er diesen Wunsch, streckte sich an ihrer Seite aus und preßte sie an seinen kraftvollen Körper.

»Berühre mich, überall!« flehte sie und kannte nur noch einen einzigen Gedanken — den Trennungsschmerz zu vergessen.

»Damit du endgültig weißt, daß ich wieder hier bin?«

»Um dich für immer an mich zu binden ...«

Und er gab ihr alles, was sie erträumt hatte. Seine Hände glitten über die vollen Brüste, die harten Knospen, ihren Bauch, die wohlgeformten Hüften, zwischen die bebenden Schenkel. Mit seiner Zungenspitze zeichnete er die Konturen ihrer Lippen nach. »So muß das Paradies schmecken.«

»Liebe mich!« drängte sie.

»Das tu ich doch.«

»Aber es genügt nicht«, entgegnete sie und berührte seinen erigierten Penis, der sich an ihren Bauch drückte. »Gib mir *das*!«

Behutsam drehte er sie auf die Seite, und sie spürte seine warme Brust an ihrem Rücken, während er langsam in sie eindrang. Dann umfaßte er ihre Brüste, und sie stöhnte überwältigt. In ihrem ganzen Körper breitete sich ein heißes

Feuer aus, und sie griff zwischen ihre Schenkel, um zu spüren, wie er immer wieder in sie hineinglitt.

Und so erforschten sie das Reich der Liebe, erst sanft und zärtlich, dann in ungezügelter Leidenschaft.

In seiner Abwesenheit hatte sie erkannt, daß sie ohne ihn nur ein halber Mensch war. Und er genoß das Glück, die einzige Frau auf der Welt in den Armen zu halten, die er lieben konnte.

20

Nach drei Tagen galoppierte Adam die Zufahrt herauf. Sein Schreckensschrei wehte über die Winterlandschaft, hallte von den hohen Steinmauern wider und ängstigte die Pfauen auf dem vereisten Rasen. Als er sich von seinem schweißüberströmten Pferd schwang, rannte Dankeil Willie aus dem Haus, gefolgt von zahlreichen Dienstboten.

»Dragoner!« stieß Adam hervor und stürmte die Eingangstreppe hinauf. »In der Taverne von Kelso. Ich muß den Laird holen. Wo ist er?«

»Komm mit mir!« rief Willie und lief hinter ihm her. Jetzt konnte er keine Rücksicht auf Lady Carre nehmen. Sie würde ohnehin bald erfahren, was den Bewohnern von Goldiehouse drohte. Während sie die Halle durchquerten, erteilte er den Lakaien einen Befehl. Mrs. Reid, Munro und Kinmont sollten ihnen zum Frühstückszimmer folgen. »Wieviel Zeit haben wir, Adam?« keuchte er auf dem Weg zum Ostflügel. Nach näheren Erklärungen fragte er nicht. Er wußte, daß Ravensby in dieser schwierigen politischen Situation genug Feinde hatte.

»Nab und Dougie geben ein paar Runden Cognac aus. Hoffentlich können sie die Dragoner noch eine Stunde lang festhalten. Oder vielleicht länger ...«

Laut trommelten die Stiefel der beiden Männer über das Parkett, kostbar eingerichtete Räume glitten vorbei, golden gerahmte Spiegel und Wandbehänge aus karmesinrotem, kobaltblauem und smaragdgrünem Brokat schimmerten,

Messingkandelaber, Ming-Vasen, Ahnenporträts, steife Gestalten in höfischer Tracht ...

Und dann stürzten sie ins sonnige Frühstückszimmer. Johnnie warf nur einen kurzen Blick in ihre Gesichter und sprang auf. »Gleich bin ich wieder da, Liebling«, versprach er seiner erstaunten Frau, die sich halb erhob, und küßte ihre Wange. »Adam hat etwas für mich erledigt.«

»Hör mal, Johnnie, ich bin kein schonungsbedürftiges Kind.« Sie wußte, daß Willie niemals so ungestüm hier eindringen würde, wenn es keine ernsthaften Gründe gab.

»Wenn ich zurückkomme, erzähle ich dir alles. nur fünf Minuten ...« Dann folgte er den beiden Männern in den Korridor und schloß die Tür hinter sich.

»Die Dragoner aus Edinburgh sind in Kelso«, begann Adam ohne Umschweife. »Vor einer knappen halben Stunde sah ich sie in Wat Hardens Taverne.«

»Treiben Sie sich meinetwegen in dieser Gegend herum?«

»Der Major sagte, man würde dich in Edinburgh vor Gericht stellen — wegen Vergewaltigung«, erklärte Adam, der immer noch nach Atem rang.

»Eine Lüge!« fauchte Willie.

Nachdenklich runzelte Johnnie die Stirn. »Aber die einzige Anklage, die nicht unter den Indemnitätsbeschluß fällt, das Gesetz der Straflosigkeit für Parlamentsabgeordnete.«

»Die werden dich mit Gift und Galle überschütten«, warnte Adam.

»Also will man mich verfemen. Wenn man mich verbannt oder aufknüpft, wird mein gesamtes Vermögen konfisziert. Und Godfrey könnte Elizabeth zwingen, gegen mich auszusagen. Dann würde mein Besitz in seine Hände fallen.« Diese subtilen Machenschaften rochen eindeutig nach Queensberry. »Und Matthew Graham?« fragte Johnnie in so ruhigem Ton, daß Adam sich fragte, ob sein Herr das Ausmaß der Gefahr überhaupt erkannte. Wo immer man ihn aufspürte, drohte ihm die Todesstrafe.

»Johnnie, du hast nicht viel Zeit«, erwiderte Adam nervös.

»Jedenfalls müßt ihr Goldiehouse verlassen, alle — oder zumindest diejenigen, die man vielleicht als Zeugen vorladen wird. Es ist wahrlich nicht angenehm, im Tolbooth von

Edinburgh auf eine Gerichtsverhandlung zu warten. Aber erzähl mir erst mal von Matthew Graham, damit ich weiß, welche sonstigen Attacken ich erwarten muß.«

»Der verkriecht sich im Carlisle Castle und schlottert vor Angst. Aber wenn er von der Anklage hört, wird er natürlich auftauchen und wie ein Aasgeier herumschnüffeln.«

In diesem Augenblick kamen Munro, Mrs. Reid und Kinmont angelaufen. Johnnie wandte sich zu ihnen. »Wahrscheinlich habt ihr's schon erfahren. Die Dragoner aus Edinburgh sind hinter mir her, und ich soll vor Gericht gestellt werden.«

»O Gott, die werden dich aufhängen!« jammerte Mrs. Reid. »Du mußt sofort verschwinden.«

»Allerdings. Da ich nicht viel Zeit habe, gebe ich euch meine Anweisungen nur ein einziges Mal. Also hört gut zu.« In knappen Worten erklärte er, die Wertsachen, die man innerhalb einer Stunde wegschaffen konnte, müßten in Sicherheit gebracht, die kostbaren Zuchtpferde vor Queensberry und Godfrey versteckt werden. Das Personal sollte sich bei Freunden einquartieren. Leider konnte man die umfangreiche Bibliothek in so kurzer Zeit nicht wegbringen. »Elizabeth und ich brauchen Vorräte für vierzehn Tage. Darum wird sich Mrs. Reid kümmern. Munro, du mußt nach East Lothian reiten und Robbie verständigen. Da er mein Erbe ist, werden sie versuchen, auch ihn festzunehmen. Sag ihm, ich brauche ein Schiff vor der Küste, so schnell wie möglich. Kinmont, nimm alle Akten mit, die nicht in englische Hände fallen dürfen. Und du, Adam, räumst die Waffenkammer aus und verteilst alles unter den Männern. Elizabeth und ich werden den Ausgang eines Prozesses nicht im Tolbooth abwarten, sondern in einer komfortableren Umgebung.« Wie die Verhandlung enden würde, war vorauszusehen. Ob er vor Gericht erscheinen würde oder nicht — das Urteil stand jetzt schon fest.

»Brauchst du eine Garde?« fragte Munro, als die anderen davongeeilt waren, um die Aufträge auszuführen.

»Nein, sonst würde ich nur Aufsehen erregen. Wir bleiben etwa eine Woche im Dens Cottage, bis sich die ersten Wogen geglättet haben. Und dann reiten wir zur Küste. Das müßte

Robbie genug Zeit geben, ein Schiff ins Margarth Cove zu bringen. Erwarte uns an Bord. Ich werde dich im Ausland brauchen.«

»Kann Elizabeth in ihrem Zustand reiten?«

»Das ist meine größte Sorge«, gestand Johnnie. »Allein würde ich mich mühelos durchschlagen. Aber mit ihr ...«

»Jedenfalls wollen wir unser Bestes tun, um euch den Weg nach Margarth freizuhalten.«

»Danke, mein Lieber. Vom Waldrand sind's nur zwanzig Meilen bis zur Küste. Wenn wir keiner Patrouille begegnen, sehen wir uns in zwei Wochen wieder.«

Die Vettern umarmten sich, vielleicht zum letztenmal in dem Heim, wo sie gemeinsam aufgewachsen waren. Dann kehrte Johnnie ins Frühstückszimmer zurück.

Als Elizabeth die schrecklichen Neuigkeiten hörte, wurde sie blaß. »Oh, es tut mir so leid. Natürlich steckt mein Vater dahinter.« Wie bitter mußte Johnnie nun für seine Liebe zu ihr büßen ...

»Mach dir keine Vorwürfe«, bat er, kniete neben ihr nieder und ergriff ihre Hände. »Es ist nicht nur Godfreys, sondern auch Queensberrys Werk.«

»Und wenn wir nach Edinburgh gehen? Ich könnte bezeugen, daß du mich niemals vergewaltigt hast, und erklären, wie sehr ich dich liebe.«

»Im Grunde geht es nicht um die Vergewaltigung, Liebling. Die ist nur ein Vorwand, denn diese Leute wollen mich zu Fall bringen, so oder so. Deshalb werden wir Schottland für einige Zeit verlassen — bis sich die Dinge geklärt haben.« Jetzt fand er keine Zeit, um seine Partisanen zu organisieren, um Queensberrys Habgier und Godfreys Rachsucht erfolgreich zu bekämpfen. Er stand auf. »In einer Stunde müssen wir abreisen.«

»Manchmal wünschte ich, mein Vater wäre tot«, flüsterte sie, und Johnnie nickte.

»Als sich die Gelegenheit bot, hätte ich ihn erstechen sollen.« Er bemerkte ihren verwirrten Blick. »Damals warst du schon mit Hotchane verheiratet. Und in meiner Naivität ließ ich mich von Godfrey übertölpeln.«

»Aus Schaden wird man klug ...«

»Gewiß. Und nun müssen wir uns beeilen, mein Liebes, sonst landen wir morgen im Tolbooth.«

Vorsichtig half er seiner schwangeren Frau auf die Beine und führte sie zur Tür. »Wir werden ganz langsam reiten, damit du dich nicht überanstrengst. In der Hütte meines Wildhüters warten wir, bis die Patrouillen verschwunden sind.«

Während sie im kleinen Salon neben der Eingangshalle wartete, packte er seine Sachen und traf alle nötigen Vorbereitungen. Er brauchte Geld, seine Pistolen, genug Munition. Ehe er sein Zimmer verließ, steckte er eine Miniatur, die seine Eltern zeigte, in die Jackentasche. Dann beauftragte er Helen, warme Kleidung und gefütterte Stiefel für Ihre Ladyschaft hervorzusuchen.

Rastlos wanderte Elizabeth im Salon umher. Helen hatte ihr bereits ein pelzgefüttertes Cape um die Schultern gelegt und warme Stiefel angezogen.

Als Johnnie seine Frau auf ihre Stute hob, zeigte er ihr eine Steinschloßpistole, die am Sattelknauf hing. »Klein genug für eine Lady. Redmond hat mir erzählt, du seist eine gelehrige Schülerin gewesen.«

Entschlossen bezwang sie ihre Angst und sprach ebenso leichthin wie er. »Sag mir nur, worauf ich schießen soll.«

»Wenn's dazu kommt, werde ich dir sehr genaue Anweisungen geben.«

Mit zwei Packpferden brachen sie auf, wichen allen Dörfern aus und ritten querfeldein, wann immer es möglich war. Ehe sie am frühen Nachmittag im Wald von Dens ankamen, spähte Johnnie immer wieder über die Schulter. Aber kein einziger Verfolger ließ sich blicken. Dichtes Unterholz und hoch aufragende Eschen verbargen die Flüchtlinge.

Sobald sie vor den Dragonern sicher waren, zügelten sie die Pferde, und Johnnie hob seine Frau aus dem Sattel, damit sie sich die Beine vertreten konnte. »Tut dir das weh?« fragte er besorgt. »Es dauert nicht mehr lange, dann sind wir am Ziel.«

»Sehr gut. Ich bin nämlich furchtbar hungrig. Und hör auf, mich wie ein dreijähriges Kind zu behandeln — ich fühle mich großartig und werde sicher nicht zusammenbrechen. Könnte ich schon jetzt was essen?«

»Natürlich.« Er lächelte erleichtert, nahm sein Plaid von der Schulter und breitete es auf braunen Fichtennadeln aus. »Setz dich, Mrs. Reid hat ein Picknick eingepackt, aber ich kann auch Feuer machen ...«

»Nein, danke, ich esse sehr gern was Kaltes — wenn ich nur überhaupt was kriege.« Unterwegs hatte sie angesichts der Gefahr nicht gewagt, ihren Hunger zu erwähnen.

Während der Mahlzeit erzählte er von der Waldhütte, wo er in seiner Kindheit viele Wochen mit Polwarth, dem Wildhüter seines Vaters, verbracht hatte. »Damals lernte ich Jagen, Fischen und Spurenlesen. Wenn du willst, gehe ich mit dir auf die Falkenjagd. Es ist ein wunderbarer Anblick, wenn man einen Wanderfalken aus luftiger Höhe auf die Beute herabstürzen sieht. Aber wenn du einen etwas geruhsameren Zeitvertreib vorziehst — ich habe Bücher für dich eingepackt.«

»O nein, ich möchte die Falken beobachten«, erwiderte sie und stellte sich vor, wie der kleine Johnnie diese Wälder durchstreift hatte. Wenn sie ihm einen Sohn schenkte, würde er vielleicht die Liebe des Vaters zur Falkenjagd teilen.

Bei Einbruch der Dunkelheit erreichten sie die strohgedeckte Hütte, die auf einer kleinen Lichtung stand. Hinter den Fenstern schimmerte Licht, ein kläffender schwarzweißer Collie kam angelaufen, der Johnnie sofort erkannte. Dann trat Polwarth auf die Veranda, eine Pfeife im Mund, und kniff die Augen zusammen, um festzustellen, wer ihn besuchte. Erfreut winkte der große, grauhaarige Mann seinem Laird zu und umarmte ihn.

Jetzt waren sie endgültig in Sicherheit.

»Polwarth, das ist meine Frau Elizabeth«, erklärte Johnnie und hob sie aus dem Sattel.

»Guten Abend, Ma'am.« Etwas ungeschickt, aber höflich verneigte sich der alte Mann. »Also bist du verheiratet, Johnnie. Du siehst richtig glücklich aus.«

»Das bin ich auch.«

»Sicher willst du keinen kurzen Urlaub bei mir machen«, bemerkte Polwarth und musterte die beiden Packpferde. »Führ deine Lady ins Haus, mein Junge. Inzwischen bringe ich die Tiere in den Stall.«

»Wie nett er ist, Johnnie!« meinte Elizabeth, als sie die Hütte betraten. »Hilf ihm jetzt, die Pferde zu versorgen. Ich komme schon allein zurecht.«

»Es dauert nicht lange«, versprach er und schaute sich in dem blitzsauberen Raum um, der als Wohnküche diente. »Setz dich in Polwarths Sessel vors Feuer, da kannst du deine durchfrorenen Glieder wärmen.«

Nachdem er hinausgegangen war, betrachtete sie die schlichte Einrichtung — einen Eichentisch mit vier Stühlen, einen hohen Schrank. Über der Feuerstelle hingen Kupfertöpfe und -pfannen. Der Duft frischgebackener Hafermehlkuchen mischte sich mit dem Geruch von Polwarths Pfeifentabak.

Neben dem Herd standen zwei abgewetzte Sofas, die den Polstersessel des Hausherrn flankierten. Elizabeth befolgte Johnnies Rat, nahm Platz und wärmte sich. Hin und wieder stand sie auf, um nach den Hafermehlkuchen im Ofen zu sehen.

Glücklicherweise kehrten die Männer zurück, bevor sie den Kuchen herausnehmen mußte. Das wäre ihr in ihrem Zustand etwas schwer gefallen. Bald saßen sie alle am Tisch und genossen eine herzhafte Mahlzeit.

Die nächste Woche verlief angenehm und idyllisch, trotz der ungewissen Zukunft. Im Schutz des Dens Forest konnten sie die Gefahren der Außenwelt vergessen.

Manchmal wünschte Johnnie, die Verantwortung des Lairds von Ravensby würde nicht auf seinen Schultern lasten und er könnte für immer mit Elizabeth hierbleiben, im Paradies seiner Kindheit.

Vormittags gingen sie zur Falkenjagd. Elizabeth saß auf einer dicken Wolldecke und schaute den Männern zu, die ihrem Steckenpferd frönten. Entzückt beobachtete sie, wie die majestätischen Vögel hochstiegen, ihre Kreise zogen und reglos in der Luft hingen, um dann blitzschnell herabzustürzen und ihre Beute zu fassen.

Danach half Johnnie seinem alten Freund, die Falken zu füttern, und setzte ihr Gehege instand. Die Weibchen begannen bereits, ihre Nester für die Frühlingsbrut herzurichten. In diesen friedlichen Tagen ließ sich Elizabeth von Polwarth die Grundbegriffe der Kochkunst beibringen. Als sie ihre ersten Hafermehlfladen servierte, das Gesicht rußgeschwärzt und voller Mehl, strahlte sie vor Stolz und erntete lebhaften Beifall. Sie aßen das ofenwarme Brot mit Butter und Pflaumenmarmelade, und die neue Köchin triumphierte, weil alles bis zum letzten Krümel verspeist wurde.

Im Dachgeschoß lagen zwei Schlafkammern. Elizabeth und Johnnie teilten sich ein großes Vierpfostenbett. Eines Morgens, während sie noch unter der warmen Steppdecke lagen, zeigte er ihr die Initialen auf einem Balken über der Tür. »Die habe ich mit acht Jahren eingeritzt. Dafür brauchte ich einen ganzen Tag, weil das Eichenholz so hart ist.«

»Wie warst du denn als kleiner Junge?«

Er zuckte die Achseln. »Wahrscheinlich so wie alle Kinder — furchtbar neugierig. Von morgens bis abends bestürmte ich den armen Polwarth mit Fragen.«

»Kam Robbie auch hierher?«

»Ja, aber nicht so oft. Bei Mamas Tod war er erst vier, und danach gingen wir oft auf Reisen.« Er erwähnte nicht, daß sie im Kindbett gestorben war, ebenso wie das Baby. »Auch Papa trieb Handel auf dem Kontinent, und so verbrachten wir den Großteil unserer Zeit in Europa.«

»Woran ist deine Mutter gestorben?«

»Das weiß ich nicht«, log er, um sie nicht zu erschrecken. »Wie alt warst du, als du deine Mutter verloren hast?«

»Erst zwei. Ich erinnere mich kaum an sie. Später ersetzte mir meine Gouvernante die Mutter.« Nach einer Weile fügte sie lächelnd hinzu: »Aus ihrer Schule hast du mich entführt, an jenem Tag in Harbottle. Als du plötzlich in Priesterkleidung vor mir standest, hielt ich dich für einen Erzengel. Wie konnte ich ahnen, welch ein Schurke mich zur Geisel nehmen würde ... Was für ein Trugbild! Ein Schürzenjäger, der wie ein Engel aussah!«

»Seither habe ich mich gebessert.«

»Dein Glück! Hoffentlich wird dieser Zustand anhalten.«

»Keine Bange. Nachdem ich die Liebe meines Lebens gefunden habe, interessiere ich mich nicht mehr für andere Frauen.«

Zärtlich schlang sie die Arme um seinen Hals. »O Johnnie, wir werden doch immer beisammenbleiben?«

»Natürlich, meine Süße. Nichts kann unseren Himmel auf Erden trüben.«

Aber an diesem Vormittag wurde der Friede gestört. Während der Falkenjagd stellten die beiden Männer fest, daß die Vögel immer wieder rastlos in die Ferne schweiften und kleine Kreise zogen. »Da müssen Leute sein«, bemerkte Polwarth.

»Ruf die Vögel zurück!« befahl Johnnie.

»Womöglich werden sie verfolgt.«

Wenig später kauerten die Falken auf den behandschuhten Händen ihrer Herren, Kapuzen über den Köpfen. So schnell es Elizabeths Zustand erlaubte, kehrten die drei zur Hütte zurück.

Nachdem sie die Falken ins Gehege gebracht hatten, erklärte Johnnie: »Ich gehe mal nachsehen, was da los ist.« Mit seinem Fernglas gerüstet, rannte er in den Wald hinter dem Häuschen und einen Hang hinauf.

Das Fernrohr vor den Augen, ließ er seinen Blick langsam über die Landschaft schweifen. Ein Priester wanderte eine Straße hinab, ein Reiter überquerte ein ungepflügtes Feld. Besonders aufmerksam inspizierte Johnnie das Gebiet, über dem die unruhigen Falken gekreist waren. Und plötzlich stockte sein Atem. Hinter einer Hecke ritt ein Dragoner hervor, gefolgt von anderen.

Achtzehn Soldaten ... Der Offizier, der die Truppe anführte, hob eine Hand, um sie anzuhalten. Dann zeigte er in den Dens Forest, direkt in Johnnies Richtung.

Hastig senkte Johnnie das Fernglas. Wenn sich die Sonne in der Linse spiegelte ... Rasch kehrte er in die Hütte zurück. »Eine Patrouille ist auf dem Weg hierher. Deshalb müssen wir sofort verschwinden.«

»Soll ich euch begleiten?« fragte Polwarth, und Johnnie schüttelte den Kopf.

»Bleib lieber hier. Falls sie die Hütte finden, halt sie auf.« Er nahm seinen Waffengurt von einem Wandhaken neben der Tür. »Und stell eine Flasche Rotwein auf den Tisch. Mir ist noch kein Soldat begegnet, der einen Schluck Wein abgelehnt hätte.« Er schnallte den Gurt um seine Taille. »Eine Stunde oder auch nur eine halbe — dieser Vorsprung würde uns schon helfen.«

»Jetzt könnt ihr nicht nach Osten reiten.«

»In ein paar Tagen versuchen wir's. Erst mal verstecken wir uns in der Schäferhütte hinter Letholm. Die liegt ziemlich abgeschieden.«

Beide Männer wußten, daß Letholm noch weiter von der Küste entfernt lag. Doch das erwähnten sie nicht.

»Ich packe Proviant in die Satteltaschen«, sagte Elizabeth.

»Nur in eine«, erwiderte Johnnie. »Die Packpferde müssen wir leider hierlassen. In den Bergen gibt es nicht genug Weideland.«

»Morgen könnte ich euch noch was zu essen bringen«, schlug Polwarth vor, während er Johnnie half, die Pferde zu satteln.

»Nein. Womöglich würde dir jemand folgen. Wir haben genug Vorräte für ein paar Tage, und dann reiten wir zur Küste.«

Am späten Nachmittag erreichten sie die Schäferhütte in den Ausläufern der Cheviots. In dieser Höhe bedeckte eine dicke Schneeschicht den Boden, und die Pferde waren nur langsam vorangekommen. Fröstelnd betraten die Flüchtlinge das primitive steinerne Gebäude, und Johnnie machte ein Feuer. Draußen wehte ein eisiger Wind, der weiße Wolken aufwirbelte.

Nachdem Johnnie die Pferde hereingeholt hatte, um sie vor der Kälte zu schützen, packte er die spärlichen Vorräte aus.

»Allzulange werden wir nicht hierbleiben. Nur ein oder zwei Tage. Setz dich doch, Elizabeth!« Er zog einen kleinen, dreibeinigen Hocker unter dem Tisch hervor und stellte ihn vors Feuer.

»Wie weit ist es bis Margarth Cove?«

»Von hier aus? Wahrscheinlich zwanzig Meilen.«

»Wäre es nicht besser, nachts zu reiten?«

Er nickte. »Sicher, dann würden wir ein geringeres Risiko

eingehen und weniger Leuten begegnen. Andererseits dürften die Dragoner mißtrauisch werden, wenn sie nach Einbruch der Dunkelheit auf Reiter treffen.«

»In fünf Stunden könnten wir die zwanzig Meilen schaffen, sogar im Schneckentempo.«

Es waren fast fünfundzwanzig Meilen, und die Strecke führte durch unwegsames Gebirge.

»Ja, das ist möglich«, log er. »Jetzt suche ich erst einmal Brennholz. Falls du hungrig bist, auf dem Tisch findest du ein Stück Fleischpastete.«

»Oh, ich fühle mich so nutzlos!« klagte sie. »Außerhalb eines Haushalts mit großer Dienerschaft bringe ich überhaupt nichts zustande.«

»Glaubst du, ich würde von meiner schwangeren Frau erwarten, daß sie Holz hackt?« Lächelnd zerzauste er ihr Haar. »Aber du kannst drum beten, daß der letzte Bewohner dieser Hütte ein bißchen Brennholz zurückgelassen hat. Sonst muß ich einen Baum fällen.«

Obwohl sie müde und hungrig war, versuchte sie sein Lächeln zu erwidern. »O ja, ich bete sehr gern für dich. Da draußen ist es eiskalt. Warum verbrennst du nicht den Tisch?«

»Was für eine erfinderische Frau du bist! Leider würde er uns nicht die ganze Nacht wärmen.« Er verließ die Hütte und kam wenig später zurück, mehrere Eichenzweige unter dem Arm. »Offenbar wurde dein Gebet erhört«, erklärte er und schüttelte Schnee aus seinen Haaren. »Da draußen stapelt sich genug Brennholz.«

»Welch Glück!« Von seiner guten Laune angesteckt, schnitt sie den Schinken in Scheiben, den Polwarth eingepackt hatte.

Nach der Mahlzeit saßen sie vor dem Feuer, und Johnnie nahm sie in die Arme. »Bald sind wir an Bord des Schiffs.«

»Ja«, bestätigte sie trotz ihrer Zweifel. Wie sollten sie zwanzig Meilen zurücklegen, ohne von einer Patrouille entdeckt zu werden?

»Morgen reiten wir nach Osten. Ein Großteil des Weges führt durch Ländereien, die meinen Freunden gehören. Inzwischen müßte Robbie schon in der Bucht auf uns warten.

Du warst noch nie in Holland, nicht wahr? Dort ist es wärmer als hier. Es wird dir gefallen.«

»Ohne mich wärst du längst dort. Was für eine Belastung ich für dich bin ...«

»Sag so was nicht, Elizabeth. Du darfst es nicht einmal denken.« Zärtlich drückte er sie an sich. »Morgen erreichen wir die Küste.«

Tränen brannten in ihren Augen. »Und unser Kind wird in Holland zur Welt kommen.«

»Ja, mein Liebling. Darauf gebe ich dir mein Wort als Ravensby.«

Sie schliefen auf einem Lager aus Farnblättern, mit Johnnies Plaid zugedeckt. Die Wärme des Feuers, in den Steinmauern gestaut, die nächtliche Stille und die leisen Geräusche der Pferde, die ihren Hafer kauten, verscheuchten Elizabeths Angst. In Johnnies Armen fühlte sie sich geborgen. Beide schlummerten tief und fest, als wären sie nicht auf der Flucht, als würde niemand nach ihnen fahnden.

Am Morgen brachten sie die Pferde ins Freie, denn die Sonne begann den Schnee zu schmelzen, und an manchen Stellen kam Weidegras zum Vorschein. Später ergänzten sie den Holzvorrat, und Elizabeth half ihrem Mann. Im hellen Sonnenlicht fühlte sie sich wieder etwas optimistischer. Wie lange konnte es schon dauern, zwanzig Meilen zu reiten? In der nächtlichen Finsternis würden sie den Dragonern sicher entrinnen.

In Gedanken versunken, achtete sie nicht auf ihre Schritte. Plötzlich rutschte sie auf einer Eisplatte aus. Mit einem Schreckensschrei stürzte sie, und die Eichenzweige glitten ihr aus den Armen.

Sofort kniete Johnnie an ihrer Seite und tastete ihren Körper ab. Nachdem er sich vergewissert hatte, daß nichts gebrochen war, hob er sie hoch und trug sie in die Hütte. Dort bettete er sie auf das Lager aus Farnblättern und deckte sie mit seinem Plaid zu.

»In Zukunft wirst du mir nicht mehr helfen«, entschied er. »Das ist ein Befehl.«

»Jawohl, mein Herr«, stimmte sie mit schwacher Stimme zu.

Weil er sie so besorgt musterte, wagte sie nicht, die Krämpfe in ihrem Bauch zu erwähnen.

Aber nach einer Stunde konnte sie die Schmerzen nicht mehr verbergen. Als Johnnie ihr einen Becher mit frischem Quellwasser brachte, stöhnte sie. »Ich glaube, die Wehen haben begonnen.«

»Aber — es ist zu früh«, stammelte er und wurde blaß unter der Sonnenbräune. Ein sieben Monate altes Baby kann nicht am Leben bleiben, dachte er verzweifelt.

»Nun, vielleicht hören die Wehen wieder auf.«

Allmächtiger, hilf mir, betete Elizabeth stumm. Auch sie wußte, daß ihr Baby eine Frühgeburt nicht überstehen würde.

Weil ihm die Stimme nicht gehorchte, nickte er nur.

»Sieh nach, ob ich blute«, bat sie. »Ich bin mir nicht sicher.«

Er hob das Plaid, den Rock aus safrangelber Wolle, die Unterröcke. »Nein, ich glaube nicht«, würgte er hervor.

»Nimm mein Taschentuch ...«

Vorsichtig schob er das Leinentuch zwischen ihre Beine, und als er es wieder hervorzog, lächelte er erleichtert. Dann hielt er ihr das blütenweiße Tuch vor die Augen. »Siehst du? Kein einziger Blutstropfen.«

»Wenigstens jetzt noch nicht ...« wisperte sie und atmete auf. Aber die Schmerzen hatten nicht nachgelassen.

»Bleib ganz still liegen und kommandier mich herum!« Johnnie versuchte zu lachen. »Immerhin bin ich für deinen Zustand verantwortlich, mein Liebling.«

»Ja, es ist deine Schuld. Weil du damals in Goldiehouse zu mir ins Turmzimmer gekommen bist ...«

»Und weil ich dir nicht erlaubt habe, nein zu sagen.«

»Wie hätte ich dir widerstehen können?«

Er kniete nieder und ergriff ihre Hände. »Von jetzt an werden wir enthaltsam leben. So etwas will ich dir nie wieder antun ...«

»Bring mich nicht zum Weinen, Johnnie! Ich bereue doch nicht, daß ich dich liebe. Und ich habe mir dieses Baby gewünscht. Du machst mich so glücklich ...«

Zärtlich küßte er Elizabeths Finger, dann schob er ihre Hand wieder unter das warme Plaid.

»Gleich bin ich wieder da. Ich muß noch etwas Brennholz holen, damit du nicht frierst.«

Nachdem er die Tür hinter ich geschlossen hatte, schaute er zum blauen Himmel auf. »Du kennst mich nicht, lieber Gott«, flüsterte er, »weil ich noch nie zu dir gebetet habe. Aber hör mich bitte an.«

Langsam sank er im Schnee auf die Knie und neigte den Kopf, preßte die Hände zusammen und flehte den Allmächtigen an, Elizabeth und das ungeborene Kind zu retten.

Als er neues Brennholz in die Hütte getragen hatte, schürte er das Feuer. Dann setzte er sich zu Elizabeth und erzählte ihr Geschichten aus seiner Kindheit. Sie schlief ein, aber er sprach weiter, als könnte seine Stimme, die den stillen Raum erfüllte, alles Böse von seiner geliebten Frau abwenden. Aufmerksam beobachtete er, wie sich ihr Gesicht entspannte, und legte eine Hand auf ihren Bauch. Zu seiner maßlosen Erleichterung spürte er keine Krämpfe mehr. Offenbar hatte sie den Sturz unbeschadet überstanden. Am liebsten hätte er vor Freude laut geschrien.

Nun mußte er sein Bestes tun, um sie unversehrt an Bord des Schiffes zu bringen. Unterwegs würde er sich nicht allzuweit von den Dörfern entfernen, falls sie eine Hebamme brauchten.

An diesem Abend ritten sie nicht wie geplant weiter, obwohl Elizabeth beteuerte, sie würde sich viel besser fühlen.

»Warten wir noch einen Tag«, schlug Johnnie vor. »Du solltest dich noch ein wenig erholen, und wir haben genug zu essen. Für Robbie spielt es keine Rolle, ob wir heute oder morgen aufbrechen.«

»Selbst wenn die Wehen anfangen, können wir die Reise fortsetzen«, erklärte Elizabeth. »Mrs. Reid hat mir versichert, beim ersten Baby würde die Geburt sehr lange dauern, manchmal sogar zwei Tage.«

»Um Himmels willen, zwei Tage!« rief er erschrocken.

»Versprich mir, meinetwegen nicht anzuhalten«, beschwor sie ihn. »Durch meine Schuld darfst du nicht in die Hände der Häscher fallen. Ich habe dir schon genug Schwierigkeiten bereitet.«

»Was für ein Unsinn! Die Verantwortung liegt einzig und allein bei mir. Wer sich in aller Öffentlichkeit gegen den englischen Kronrat stellt, muß mit harten Konsequenzen rechnen.«

»Aber mein Vater hat die Vergewaltigungsklage gegen dich eingereicht.«

»Weil *ich* dich verführt habe«, betonte Johnnie lächelnd. »Du hattest doch überhaupt keine Chance.«

Seufzend schüttelte sie den Kopf. »Du bist viel zu ehrenhaft.«

»Eigentlich nicht — wenn's um eine Verführung geht. Aber wenn es dich beruhigt, werde ich dich gnadenlos antreiben, wenn wir morgen abend losreiten.«

21

Am Winterhimmel hing eine dünne Mondsichel, als sie die Hütte in den Ausläufern der Cheviots verließen. Der Ritt ins Tal, über schneebedeckte Hänge, war mühsam und gefährlich. Nach einem Fehltritt ging Johnnies Pferd in die Knie und konnte sich nur aufrichten, weil er sofort aus dem Sattel sprang. Von diesem kleinen Zwischenfall gewarnt, drosselte er das Tempo auf dem holprigem Gebirgspfad, voller Angst, auch die Stute seiner Frau könnte straucheln.

Nicht einmal in der Ebene beschleunigte er den Trab, obwohl Elizabeth ihn zur Eile drängte. Sie kamen an dem Dorf Eccles vorbei, wo nur zwei Hunde bellten. Danach ritten sie querfeldein in die Richtung von Blackadder, dem Landgut eines seiner zahlreichen Vetter. Auf einem hohen Gipfel ragte das dunkle Haus empor und erinnerte Johnnie an unbeschwerte Kindertage.

Nun wurde er von unbarmherzigen Feinden gejagt. Heißer Zorn erfaßte ihn. Sobald er Elizabeth in Sicherheit gebracht hatte, würde er sich an dem habgierigen Queensberry und dessen Marionette Godfrey rächen.

Er schaute zum Mond hinauf. Da der Ritt aus den Bergen in die Ebene viel Zeit gekostet hatte, wußte Johnnie nicht, ob sie die Meeresbucht vor Tagesanbruch erreichen würden.

»Was glaubst du, wie spät es ist?« fragte Elizabeth, die seine Sorge spürte.

»Kurz vor Mitternacht. Möchtest du rasten?« Als sie den Kopf schüttelte, berührte er ihre Hand. »Wie kalt es ist ... Alle Leute bleiben in ihren Häusern.«

»Hoffentlich auch die Patrouillen.«

»Das nehme ich an, der Order deines Vaters oder Queensberrys zum Trotz, denn die Soldaten wissen, daß die beiden jetzt in ihren warmen Betten liegen.«

»Ein warmes Bett — welch ein wunderbarer Gedanke ...«

Auf dem Weg zur Küste ahnten sie nichts von den dramatischen Ereignissen. Westminster hatte ein Gesetz erlassen, demzufolge britische Kreuzer vor der Küste patrouillierten, ›um alle schottischen Schiffe aufzubringen, die mit den Feinden Ihrer Majestät Handel trieben‹. Die British East India Company hatte bereits ein schottisches Schiff auf der Themse gekapert, mit der Begründung, der Kapitän habe ihr Privileg verletzt, in einem englischen Hafen englische Seeleute anzuheuern.

Wütend übte Schottland Vergeltung, indem es im Hafen von Leith die *Worcester* kaperte, die der East India Company gehörte. Der Kapitän und die Besatzung wurden der Piraterie, des Raubes und Mordes angeklagt — lauter Vergehen, die man mit dem Galgentod zu bestrafen pflegte.

Sowohl in England als auch in Schottland schlugen die Wellen der Empörung hoch. Wilde Rachsucht auf beiden Seiten gefährdete Johnnies und Elizabeths Flucht.

Endlich erreichten sie das Margarth Cove. Der Mond begann zu verblassen, als sie am Wiesenrand oberhalb der Meeresklippen die Pferde zügelten.

In der kleinen, geschützten Bucht, wo Robbies Schiff ankern sollte, sahen sie nur graue Wellen. Johnnie fluchte, und Elizabeth brach in Tränen aus, obwohl sie sich selber haßte, weil ihre Nerven versagten. Doch der nächtliche Ritt war ein Alptraum gewesen, und jetzt, wo sich die ersehnte Vision der Freiheit in nichts aufgelöst hatte, konnte sie ihre Gefühle nicht länger beherrschen.

Johnnie lenkte seinen Hengst näher zu Elizabeths Stute und wischte mit dem warmen Leder seines Handschuhs die Tränen von ihren Wangen. »Wahrscheinlich kreuzen da draußen Patrouillenschiffe. Weine nicht, Liebling. Wir müssen eben warten. Sicher wird Robbie bald kommen.«

»Und wenn sie ihn festgenommen haben?«

»Ich glaube, sie wollen ihn erst verhaften, nachdem ich für schuldig befunden wurde. Und Munro wird ihn rechtzeitig warnen. Südlich von Saint Abbs gibt's einen Gasthof, der ziemlich abgeschieden liegt. Bis dahin sind's nur ein paar Meilen. Wirst du's schaffen, so weit zu reiten?«

»Bekommen wir dort was Gutes zu essen?«

Er lächelte. »Jedenfalls was Besseres als die Resultate deiner oder meiner Kochkunst.«

»Das ist allerdings ein Anreiz«, meinte sie und richtete sich entschlossen im Sattel auf. »Führ mich hin!«

Eine Stunde später lag sie in einem weichen Federbett, verspeiste ihr drittes Ei und hatte ein schlechtes Gewissen, weil sie sich trotz der Gefahr, in der sie schwebten, so wohl fühlte. Johnnie saß am Fenster, immer noch angekleidet, hielt einen Krug Ale in der Hand und blickte über die Hekken hinweg zum Meer. Auf dem Tisch neben seinem Ellbogen lagen die Reste seines Frühstücks.

In der letzten Stunde waren zwei britische Kreuzer vorbeigesegelt, ein Hinweis auf die drohende Blockade.

Bei Johnnies und Elizabeths Ankunft hatte Traquir, der rundliche Wirt, aufgeregt von dem neuen Gesetz berichtet und die Kaperung der *Annandale* geschildert. »Zu Dutzenden treiben sich die verdammten Rotröcke da draußen herum. Letzte Woche kamen sie aus Harbottle hierher. Natürlich denken sie nicht dran, für Speisen und Getränke zu bezahlen. Als hätten sie uns nicht schon hinreichend ausgebeutet!«

»Stellt irgend jemand Fragen«, erkundigte sich Johnnie, während sie in der kleinen Eingangshalle warteten und die Dienstmädchen das Zimmer herrichteten.

»Offensichtlich werden ein Laird und seine Lady gesucht, ein dunkelhaariger Gentleman wie Sie, Sir. Und die Lady ist blond.« Die blauen Augen des Wirts funkelten, als er Elizabeth betrachtete, die auf einer Holzbank an der Wand saß. »Aber selbst wenn wir die beiden sehen — kein Schotte würde sie den elenden Rotröcken ausliefern.«

Johnnie lächelte und atmete erleichtert auf. »Vielleicht könnten Sie unsere Pferde nicht in Ihrem Stall, sondern woanders unterbringen.«

»Klar, der alte George Foulis hat genug Platz. Seine Farm liegt auf der anderen Straßenseite, ziemlich weit von hier entfernt.«

»Wunderbar!« hatte Johnnie erwidert und einen prall gefüllten Geldbeutel auf den Tisch geworfen.

Jetzt, wo Elizabeth sich in ihrem bequemen Bett räkelte und die Pferde gut versteckt waren, überlegte er, wie er mit Robbie Verbindung aufnehmen konnte. Oder sollte er ein Schiff mieten? Vorerst waren sie im Abbs Inn sicher. Aber je länger sie hierbleiben, desto größer wurde die Gefahr. Mochte Traquir ein loyaler Schotte sein — einer seiner Angestellten würde sich vielleicht von englischen Guineen verleiten lassen. Im schottischen Parlament hatten schon viele Männer ihre Stimmen für geringe Summen verkauft, und so machte er sich keine Illusionen über bettelarme Schankkellner oder Stallburschen.

Diese Gedanken verschwieg er seiner Frau, denn nach der anstrengenden Flucht brauchte sie ein bißchen Ruhe. Vorerst konnte er nichts unternehmen, erst wenn die Nacht hereinbrach. Er lehnte sich im Sessel zurück, stützte den Krug auf seine Brust und schloß die Augen.

»Kommst du nicht ins Bett?« fragte Elizabeth. Besorgt musterte sie sein müdes Gesicht.

»Gleich«, antwortete er lächelnd. »Kannst du schlafen?«

»Eine Woche lang.«

Nach einer Weile leerte er den Krug und stellte ihn beiseite, stand auf und dehnte seine Glieder. Er vergewisserte sich, daß die Tür und die Fenster geschlossen waren, dann legte er seine Pistolen auf einen Stuhl neben dem Bett. Seinen Dolch hängte er an einen Bettpfosten am Kopfende.

»Was du da tust, inspiriert mich nicht gerade zu einem geruhsamen Schlaf«, seufzte Elizabeth, als er sich zu ihr setzte und seine Stiefel auszog.

»Oh, ich finde geladene Pistolen sehr beruhigend«, entgegnete er und streckte sich neben ihr aus.

»Behältst du deine Jacke an?«

»Vorläufig schon. In Holland kannst du mich noch mal danach fragen.«

»Wo mag Robbie stecken?«

»Allem Anschein nach außerhalb britischer Reichweite. Einen so straffen Kordon habe ich nie zuvor gesehen. Zwei Schiffe in einer knappen Stunde! Entweder kommt Robbie heute nacht an Land, oder wir treffen ihn auf dem Meer. Dann müßten wir vereinbaren, wann und wo.«

»Wie denn?«

»Am Abend reite ich nach Berwick. Weck mich, wenn du irgendwas brauchst ...« Seine Stimme erstarb, und wenig später schlief er ein. Trotzdem fühlte sich Elizabeth in seiner Nähe beschützt und geborgen. Durch das Fenster sah sie das Meer im Sonnenschein funkeln, den Weg in die lokkende Freiheit.

Liebevoll betrachtet sie ihren Mann — das seidige schwarze Haar, das sein Gesicht in weichen Wellen umrahmte, die gerade Nase, die sinnlichen, von dunklen Bartstoppeln umgebenen Lippen. Kein Wunder, daß die Frauen ihn unwiderstehlich fanden ...

Als sie einen Kuß auf seine Wange hauchte, bewegte er sich im Schlaf und zog sie an seine Brust. Die unbewußte Geste eines Mannes, der es gewohnt ist, mit Frauen im Bett zu liegen, dachte sie und flüsterte: »Ich bin's.«

»Das weiß ich«, murmelte er schläfrig und tätschelte ihre Schulter. »Wie gut du dich anfühlst ...«

Nachmittags klopfte es, und sie erwachten. Sofort sprang Johnnie aus dem Bett und richtete beide Pistolen auf die Tür. »Ja?« fragte er und warf einen Blick zum Fenster, um die Tageszeit festzustellen.

»Ich sollte Ihnen Bescheid geben, wenn's fünf Uhr ist.«

Erleichtert seufzte er auf, als er die Stimme des Wirts erkannte. »Danke. In einer halben Stunde würden wir gern essen. Und wir brauchen Badewasser.«

»Ja, Mylord.«

Während sich Traquirs Schritte entfernten, legte Johnnie die Pistolen beiseite. »O Gott, hat mich der Mann erschreckt — fühl mal, wie mein Herz klopft!« Stöhnend ging er zum Bett, ergriff Elizabeths Hand und drückte sie an seine Brust.

»Glaubst du, daß Robbie inzwischen festgenommen wurde?« fragte sie ängstlich.

»Keine Ahnung«, gestand er. »Gerade sehe ich wieder ein britisches Schiff.«

»Können wir im Gasthof bleiben, bis du deinen Bruder findest?«

»Allzulange dürfen wir uns nirgendwo aufhalten. Da wir im Abbs Inn abgestiegen sind, das fünf Meilen von der Hauptstadt entfernt liegt, weiß doch jeder, daß wir keine gewöhnlichen Reisenden sind.«

»Wären wir in Berwick besser aufgehoben? Das ist eine größere Stadt, und wir würden weniger auffallen.«

»Aber da laufen zu viele Engländer herum. Morgen früh werde ich klüger sein.«

»Oh, ich hasse es, hier zu warten — und nicht zu wissen, was du tust. Wenn du mich doch nach Berwick mitnehmen würdest ...«

»Das ist unmöglich.«

»Ja, sicher. Ich kann nicht reiten, nicht laufen, kann mich kaum bewegen und dir nicht helfen. Was für eine Last ich für dich bin!«

»Red keinen Unsinn!« bat er und preßte ihre Hand an seine Wange. »Nur noch ein paar Tage, dann haben wir alles überstanden.«

»Wirklich?«

»Ja, mein Liebling. Vertrau mir.«

Zwei Wannen wurden vor den Kamin gestellt und mit heißem Wasser gefüllt. Dankbar versank Elizabeth in ihrem Bad, nachdem die Dienstmädchen das Zimmer verlassen hatten. »Einfach himmlisch!« seufzte sie zufrieden und schloß die Augen. »Weck mich, wenn das Wasser abkühlt.«

»Bleib drin, so lange du willst«, erwiderte Johnnie und zog sich aus. »Vor der Tür steht noch ein Eimer mit heißem Wasser. Den bringe ich dir, wenn du ihn brauchst.« Er setzte sich in seine Wanne und schrubbte seinen Körper ab. Bald stieg er wieder hinaus und hüllte sich in ein großes Badetuch. Dann sank er in einen Polstersessel und betrachtete seine Frau. Ihr Kopf lag am Wannenrand, über dem Wasser schimmerten ihre weißen Brüste, ihre ruhigen Atemzüge erzeugten kleine Wellen, die das blonde Haar bewegten.

In diesem Augenblick empfand er einen seltsamen inneren Frieden, obwohl sie in ganz Schottland von britischen Truppen gesucht wurden. Es genügte ihm, bei ihr zu sein. Als würde die Außenwelt nicht existieren ...

Nach einer Weile stand er auf, um die Kerzen anzuzünden. Die grauen Schatten der Dämmerung drangen ins Zimmer. Bald wurde das Abendessen heraufgebracht. Das Badetuch um die Hüften geschlungen, öffnete er die Tür und nahm den beiden Dienstmädchen die Tabletts ab, weil er nicht wollte, daß sie ins Zimmer kamen und Elizabeth störten. Ohne das Gekicher und die schmachtenden Blicke wahrzunehmen, bedankte er sich und schloß die Tür.

Aber das Gelächter hatte Elizabeth geweckt. »Überall findest du Bewunderinnen«, meinte sie und musterte seine breite nackte Brust.

»Oh, das ist mir gar nicht aufgefallen. Mich interessiert nur eine einzige Bewunderin — die nasse Nymphe in meinem Schlafzimmer. Willst du in der Wanne essen?«

»O ja, das Wasser ist immer noch angenehm warm, und ich bin wie üblich furchtbar hungrig.«

»Dann würdest du gut in einen Harem passen. Die orientalischen Huris pflegen stundenlang zu essen und zu baden. Dadurch entwickeln sie die üppigen Formen, die ihren Herren so gut gefallen.«

»Und wieso weißt du das?« fragte sie vorwurfsvoll.

Sein Gesicht war ausdruckslos. »Wenn man in der Levante Handel treibt, lernt man die orientalische Kultur kennen.«

»Hoffentlich hast du bei dieser Gelegenheit auch dicke Frauen schätzengelernt. Ich kann meine Zehen gar nicht mehr sehen.«

»Je dicker, desto besser. Möchtest du zuerst ein Dessert haben?«

Nach fünfmonatiger Ehe kannte er ihre Eßgewohnheiten.

Er rückte den Tisch neben ihre Wanne und fütterte sie wie ein Kind. Zuerst verspeisten sie einen Stachelbeerkuchen mit frischer Sahne, dann einen ausgezeichneten Butterkäse. Zwischendurch holte Johnnie den Eimer, der vor der Tür stand, weil das Badewasser erkaltet war.

Während er das Kaminfeuer schürte, betrachtete sie seinen wohlgeformten Körper. Das Handtuch hatte er mittlerweile abgelegt. Sein feuchtes Haar hing auf die Schultern, und sie beobachtete entzückt sein kraftvolles Muskelspiel.

»Johnnie, jetzt brauche ich dringend einen Kuß«, flüsterte sie, und er schaute sie über die Schulter an.

»Gleich bin ich fertig.« Er warf noch ein paar Kohlen in die Flammen, dann kam er zu ihr und neigte sich hinab, um sie zu küssen. Aber als sie zwischen seine Schenkel griff, hielt er inne. »Fangen wir lieber nicht damit an. Du bist erst vor kurzem gestürzt, und ich möchte dir keinen Schaden zufügen.« Sanft befreite er sich von ihren Fingern und trat zurück.

»Oh, ich fühle mich großartig, und du siehst so wundervoll aus«, erwiderte sie und musterte seine wachsende Erektion. »Würdest du mich waschen?«

»Nur wenn du dich anständig benimmst.«

»Ich will es versuchen«, versprach sie, obwohl sie einer atemlosen Sirene glich.

Da gab er sich geschlagen und holte Mrs. Reids Seife aus seiner Satteltasche. Zuerst wusch er Elizabeths Haar, und der süße Duft von Klee erfüllte den Raum. Dann spülte er die seifigen Locken mit frischem Wasser.

»Ach, endlich habe ich wieder sauberes Haar — einfach wundervoll!« Sie strich über ihren nassen Kopf, und als sie die Arme hob, ragten die ganzen Brüste aus dem Wasser.

»Wasch dich lieber selber«, murmelte er und legte die Seife hin.

»Dafür bin ich viel zu müde«, entgegnete sie und rutschte tiefer in die Wanne hinab.

»Dann muß ich's möglichst schnell erledigen.«

Während er ihre Brüste einseifte, zählte er in Gedanken alle Konstellationen am Südhimmel auf, in alphabetischer Reihenfolge. Trotzdem erfüllte ihn ein heißes Verlangen, und es half ihm kein bißchen, daß sich Elisabeths Brustwarzen unter seinen Händen aufrichteten. Und ihre Schenkel fühlten sich so weich an, so verführerisch.

Abrupt hob er sie aus der Wanne, stellte sie auf die Füße, wickelte sie in ein Badetuch und ging davon. Die Hände geballt, blieb er am Fenster stehen und starrte in die Nacht hinaus. Bald hörte er die Schritte seiner Frau, die ihm folgte, aber er drehte sich nicht um.

»Wollen wir einen Kompromiß schließen?« fragte sie und berührte seine Hüfte. »Du mußt mich nicht lieben.«

»Nun, was schlägst du vor?« Er war immer noch fest entschlossen, das Baby zu schonen.

»Damit könnte ich was anfangen«, erklärte sie und strich zärtlich über seinen erigierten, pulsierenden Penis.

Energisch schob er ihre Hand weg. »Ich auch.«

»Aber ich möchte es so gerne.«

»Troztdem werde ich dir widerstehen, weil ich mir Sorgen um dich mache.«

»Das ist überflüssig. Wirklich, ich fühle mich gut, und ich sehne mich so sehr nach dir.«

Zögernd wandte er sich zu ihr. Einerseits wollte er standhaft bleiben, andererseits drängte es ihn, ihre Wünsche zu erfüllen.

»Glaub nicht, ich hätte keine Lust ...«

»Oh, das habe ich auch gar nicht befürchtet«, entgegnete sie lächelnd.

»Vielleicht könnte ich dir auf andere Weise helfen«, meinte er und seufzte gequält.

»Dafür wäre ich dir sehr dankbar.« Ihre Flüsterstimme klang unschuldig und doch verlockend.

Während er ihre Hand nahm und sie zum Bett führte, fragte er sich, ob er tatsächlich zu so selbstlosen Aktivitäten fähig war. Er hob sie hoch, legte sie auf die weißen Laken. Wohlig streckte sie sich. Ihre Haut war sanft gerötet, vom Bad und ihrer wachsenden Begierde.

Unsicher setzte er sich auf den Bettrand und wußte nicht recht, wie er vorgehen sollte. Er begann ihre Brüste zu streicheln, und plötzlich hielt er inne, als sich perlweiße Tropfen aus den Warzen lösten. Eine Zeitlang starrte er sie fasziniert an, dann saugte er an einer rosigen Knospe, und Elizabeth stöhnte leise.

»Schau doch!« flüsterte er und drückte behutsam eine Brust zusammen. »Du hast schon Muttermilch.«

»Oh, wie schön ... Schmeckt sie dir?«

»Ganz köstlich«, erwiderte er und nahm die andere Spitze in den Mund.

»Das tut so gut ...« Glücklich schlang sie die Finger in sein Haar. Um ihre süße Qual zu beenden, schob er eine Hand zwischen ihre Schenkel und liebkoste ihre Klitoris. In langsamer kreisender Bewegung. Ungeduldig bäumte sie sich auf, und es drängte ihn, sich mit ihr zu vereinen.

Aber statt dessen glitt sein Finger in sie hinein, und er beherrschte sich eisern. Sie wollte *ihn,* nicht diese Alternative, so reizvoll sie ihr auch erschien. Als sie seinen Penis zu berühren versuchte, stieß er ihre Hand weg. »Nein, oder ich höre auf.«

Mit einem halberstickten Schluchzen wandte sie den Kopf zur Seite, und er neigte sich hinab, küßte die seidige Haut ihrer Schenkel, dann zog seine Zunge einen heißen Pfad nach oben, zwischen die bebenden Schamlippen, und drang in sie ein. In wilder Lust wand Elizabeth sich umher, während er ihr duftendes Fleisch kostete und den leisen Schrei ihrer Erfüllung hörte.

»Geht's dir jetzt besser?« fragte er, nachdem sie aus ihrem Paradies in die Wirklichkeit zurückgekehrt war.

»Ich glaube, ich werde dich behalten«, erwiderte sie lächelnd. »Du hast alle Prüfungen bestanden.«

»Vielen Dank, Mylady. Natürlich bin ich stets bereit, mein Bestes zu tun.«

»Und mit welch atemberaubenden Ergebnissen ... Vor Schwäche kann ich mich kaum rühren.«

»Vom Liebesgenuß ermattet ...« Sanft strich er über ihren gewölbten Bauch.

»Wann immer du in Stimmung kommst, stehe ich dir gern zur Verfügung.«

»Auch jetzt siehst du verfügbar aus«, bemerkte sie und warf einen Blick auf seinen erigierten Penis.

»Der hat Urlaub, bis das Baby auf der Welt ist.«

»Was für ein rücksichtsvoller Mann ...«

»Für dich und unser Kind verzichte ich gern auf die Freuden, die du mir schenken könntest.«

In ihren Augen glänzten Tränen. »Johnnie Carre, ich liebe dich so sehr, daß ich weinen könnte.«

Als sie die Arme ausbreitete, zog er sie an sich, küßte ihre Stirn, ihre Nase, ihre Lippen und beteuerte, er würde ihre Gefühle mit gleicher Glut erwidern. »Ich liebe dich«, flüsterte er in einem Dutzend verschiedener Sprachen, die er in der Schule und auf seinen Reisen gelernt hatte. Dann lachten sie beide, während Elizabeth versuchte, die Worte zu wiederholen.

Beglückt und zufrieden schmiegten sie sich aneinander, sahen sie die Nacht hereinbrechen, lauschten der Brandung des Meeres, das die baldige Freiheit verhieß.

Etwas später aßen sie frischen Lachs, eine Gemüsesuppe mit Hammelfleisch und Kartoffeln. In vollen Zügen genossen sie die schlichte Mahlzeit und die gemeinsamen Stunden. Als Johnnie kurz nach acht Uhr aufbrach, erwähnten sie die Ungewißheit seiner Rückkehr nicht. »Morgen bin ich wieder da«, versprach er und umarmte Elizabeth. »Du weißt ja, wo das Geld ist.«

»Sag so etwas nicht«, flüsterte sie und weigerte sich, die Möglichkeit, er könnte nicht mehr zu ihr kommen, auch nur zu erwägen.

»Gut, dann sage ich einfach nur auf Wiedersehen.« Nach einem letzten Kuß bat er: »Sperr die Tür hinter mir zu und geh schlafen.«

Abseits von der Hauptstraße nach Berwick-on-Tweed erreichte er kurz vor zehn den Stadtrand und besuchte eine Taverne, wo die Carres dem Wirt seit vielen Jahren französische Weine und Cognac verkauften. Schon Johnnies Vater hatte Charlie Fox als guten Freund betrachtet.

In einem einfachen blauen Mantel und dunklen Breeches, ohne Jacke und sichtbare Waffen außer seinem Schwert, trat Johnnie durch die niedrige Tür und nahm auf einer Bank an der Wand Platz. Aufmerksam schaute er sich in dem verrauchten Raum um, entdeckte aber keine britischen Soldaten. Sein Griff um die Pistole, die in seiner Manteltasche steckte, lockerte sich. Als die junge Kellnerin Meg zu ihm kam, entnahm er ihrer verwirrten Miene, daß die Behörden bereits nach ihm gefragt hatten. »Überrascht Sie mein Anblick, schönes Kind?« murmelte er lächelnd.

»O Johnnie, Sie werden gesucht, von Wick bis London!« flüsterte sie ihm zu. »Verschwinden Sie nach Holland!«

»Das verspreche ich. Haben Sie gehört, wo Robbie steckt?«

»Aye, vor drei Tagen war der süße Junge hier und hat sich nach Ihnen erkundigt. Er wartet weiter draußen auf dem Meer. Im Augenblick kann er sich wegen der britischen Flotte nicht an die Küste heranwagen. Er hat mit Charlie gesprochen. Warten Sie draußen auf ihn, ich gebe ihm Bescheid.«

Nach ein paar Minuten verließ der Wirt die Taverne durch die Hintertür. Johnnie trat aus dem Schatten und klopfte ihm auf die Schulter. »Großer Gott, geh ins Dunkel!« mahnte der stämmige Mann erschrocken und schob ihn in eine Nebengasse. »Die haben beide Dragonerkompanien aus Harbottle abgezogen, um dich suchen zu lassen, und einen Preis auf deinen Kopf ausgesetzt, der sogar einen ehrlichen Kerl in Versuchung führen könnte.«

»Ja, Godfrey ist ganz versessen auf mein Vermögen.«

»Hättest du ihn doch nach dem Tod deines Vaters umgebracht!«

»Das habe ich in meinem jugendlichen Leichtsinn leider versäumt. Eines Tages werde ich's nachholen. Jetzt muß ich erst einmal Verbindung mit meinem Bruder aufnehmen oder ein Schiff mieten, das Lady Carre und mich nach Holland bringt.«

»Die Regierungsbeamten haben mit allen Kapitänen dieser Gegend geredet, also würde ich keinem trauen. Robbie kreuzt weiter draußen und erwartet dich. Wegen der Blokkade kann er nicht in der Bucht ankern.«

»Wenn er das nächste Mal kommt, sag ihm, ich würde jeden Abend am Ufer der Bucht warten. Und wenn er's irgendwie schafft, soll er meine Frau und mich holen.«

»Aye. Verschwinde jetzt! Überall treiben sich die Beamten

herum, und manche geben sich nicht zu erkennen.« Lächelnd schüttelte Charlie Fox die Hand seines Freundes. »Komm in sicheren Zeiten wieder, dann trinken wir zusammen ein Gläschen.«

»Sobald ich Harold Godfrey unschädlich gemacht habe.«

»O ja, wenn die Welt endlich wieder ein schönerer Ort ist ...«

22

Johnnie und Elizabeth verbrachten jede Nacht am Margarth Cove, und morgens kehrten sie enttäuscht in ihr Quartier zurück. Alle paar Tage wechselten sie die Gasthäuser, um keine Aufmerksamkeit zu erregen.

Mit jedem Umzug wuchs die Gefahr, daß sie erkannt wurden. Womöglich würde jemand in eines der Dörfer nahe der Bucht kommen und die Flüchtlinge identifizieren. Die Engländer hatten entlang der Küste Fahndungsbriefe verteilt, und das Geld, das sie auf Johnnies Kopf ausgesetzt hatten, mochte so manchen armen Schotten reizen.

Eines Tages übersiedelten sie in einen Gasthof an der Bucht, und Johnnie schlug seiner Frau vor, im Zimmer zu bleiben, während er draußen Stellung bezog. Falls Robbie auftauchte, würde er sie sofort holen, und sie mußte sich nicht der bitteren Kälte aussetzen.

»Ich bin lieber bei dir«, entgegnete sie, weil sie oft von bösen Träumen heimgesucht wurde, wenn sie allein war. Schon mehrmals hatte sie geträumt, der geliebte Mann würde ihren Armen entrissen.

»Aber du brauchst endlich etwas Ruhe«, meinte er besorgt. »Und hier drinnen hast du's warm. Vielleicht dauert es noch einige Zeit, bis Robbie die Blockade durchbrechen kann. Sollte er eintreffen, komme ich fünf Minuten später ins Gasthaus.«

Natürlich erkannte sie, daß sein Wunsch vernünftig war. Sie kämpfte mit ihren Gefühlen, und schließlich stimmte sie widerstrebend zu. »Am besten schlafe ich in meinem Cape.«

Mühsam zwang sie sich zu einem Lächeln. »Dann könnten wir gleich aufbrechen.«

Aber als er sich verabschiedete, vermochte sie ihre tapfere Fassung nicht länger aufrechtzuerhalten und begann zu schluchzen.

Ihre Verzweiflung krampfte ihm das Herz zusammen, und er nahm sie ganz fest in die Arme. »Erhol dich wenigstens heute nacht vom kalten Wind. Morgen kannst du mich wieder begleiten.«

Nachdem er gegangen war, wanderte sie rastlos umher, trat ans Fenster und starrte in die mondlose Nacht hinaus. Am Nachmittag waren dunkle Wolken über dem Meer herangezogen, und nun kündigten vereinzelte weiße Flocken einen Schneesturm an.

Sie setzte sich vor den Kamin und versuchte zu lesen, aber die flackernden Talgkerzen spendeten nur schwaches Licht.

Schließlich legte sie das Buch beiseite und kehrte zum Fenster zurück. In ihrem Bauch strampelte das Baby, das die Nervosität der Mutter zu spüren schien.

Als es an der Tür pochte, erstarrte sie. Wer mochte so spät am Abend zu ihr kommen? Johnnie würde nicht anklopfen. Angespannt lauschte sie. Eine Zeitlang blieb es still, dann klirrte es metallisch, das Türschloß zitterte, von einem schweren Hammer getroffen. Mühsam unterdrückte Elizabeth einen Schrei und eilte zu ihrem Cape, das sie aufs Bett geworfen hatte. Vielleicht würde die Tür dem Angriff lange genug standhalten, so daß sie durchs Fenster klettern konnte.

Draußen erklangen wütende Männerstimmen, und eine kam ihr bekannt vor, wurde aber von wilden Flüchen und lauten Hammerschlägen übertönt. Nur mühsam ließ sich das rostige Schloß des kleinen Fensters öffnen. Sie schob einen Stuhl davor, kletterte hinauf, und im selben Augenblick flog die Tür krachend gegen die Wand. Ehe Elizabeth aufs Fenstersims steigen konnte, wurde sie von einer groben Hand gepackt und zurückgezerrt. Sie wehrte sich verbissen. Aber der Soldat drückte sie auf den Stuhl und schloß das Fenster.

Von ihrem Kampf geschwächt, fühlte sie sich schwindelig.

Wie durch einen Nebelschleier sah sie mehrere Männer hereinstürmen, und dann stand ihr Vater auf der Schwelle. »Wo ist er?« stieß er hervor.

»Keine Ahnung«, erwiderte sie leise. Sie holte tief Atem, um neue Kräfte zu sammeln. »Und wenn ich es wüßte, würde ich's dir nicht sagen. Vor drei Tagen ist er abgereist.«

»Wie amüsant! Der Wirt ist anderer Meinung.« Gebieterisch starrte er in die neugierigen Gesichter seiner Männer. »Durchsucht den Raum nach Waffen«, befahl er, »und dann wartet unten.«

»Vielleicht hast du dem Wirt nicht genug bezahlt, und deshalb verschweigt er dir die Wahrheit«, spottete Elizabeth.

»Also hat er dich verlassen?« Inzwischen waren die Männer hinausgegangen, und Godfreys Blick streifte den gewölbten Bauch seiner Tochter. »Obwohl du in diesem Zustand bist?«

»Das entspricht wohl seiner Gewohnheit.«

Verächtlich schaute er sich in dem schäbigen, kleinen Zimmer um. »Und du bist an eine luxuriösere Umgebung gewöhnt. Da du diese Unannehmlichkeiten auf dich nimmst, hat er vermutlich dein Herz gewonnen. Du liebst ihn, nicht wahr? Vor der Gerichtsverhandlung müssen wir dich eines Besseren belehren. Nur eine widerwillige Ehefrau kann unseren Zwecken dienen.«

»Steht das Urteil denn noch nicht fest? Ich dachte, Queensberry hätte schon alles arrangiert.«

Darauf ging Harold Godfrey nicht ein. Er hatte Johnnies Wollhemd entdeckt, das am Bettpfosten hing. »Ist das Ravensbys Eigentum?«

»Das hat er für mich hiergelassen. Es ist angenehm warm.«

»Wie ritterlich! Obwohl er derzeit nur über beschränkte Mittel verfügt ... Früher hat er seine willfährigen Gespielinnen viel großzügiger bedacht.«

»Weil er in früheren Zeiten ein reicher Mann war.«

»Aber das Schicksal blieb ihm nicht gewogen ...«

Ein häßliches Lächeln verzerrte seine Lippen. »Wenn du mich jetzt entschuldigst — ich muß einige Maßnahmen treffen, für den Fall, daß Lord Carre sich immer noch in dieser Gegend herumtreibt.«

Nachdem er zwei Soldaten auf der Schwelle postiert hatte, holte er Dienstboten, die den Auftrag erhielten, die aufgebrochene Tür zu reparieren. Dann setzte sich Godfrey vor den Kamin und streckte die Beine aus.

Verzweifelt überlegte Elizabeth, wie sie Johnnie warnen sollte. Konnte er die Soldaten in der Nähe des Gasthofs sehen? Sie trat ans Fenster und hoffte, er würde es seltsam finden, daß sie nicht im Bett lag. Allerdings waren die Kerzen fast herabgebrannt. Wenn er ihre Gestalt in der Finsternis nicht bemerkte ...

»Geh vom Fenster weg!« befahl ihr Vater, aber sie gehorchte nicht. Seufzend schlug er die Beine übereinander. »Glaub mir, es wäre sinnlos, ihn zu warnen. Du kannst ihn nicht von hier fernhalten, du törichtes Mädchen! Trotz der Gefahr würde er zu dir eilen. Dieser Narr hätte dich im Goldiehouse zurücklassen und zur Küste fliehen sollen. Dann wäre er längst gerettet. Aber er wollte sich nicht von dir trennen. Also kannst du am Fenster stehen und lauthals schreien — er wird kommen.«

»Nimm mein Geld!« drängte sie ihn. »Ich überschreibe dir alles, wenn du ihn gehen läßt!«

Es dauerte eine Weile, bis er antwortete. »Jetzt brauche ich dein Geld nicht mehr.«

Seine Stimme klang sanft, fast liebenswürdig. »Nach der Gerichtsverhandlung werde ich ein beträchtliches Vermögen besitzen.«

»Und wenn er sich verteidigen kann? Wenn du den Prozeß verlierst? Mein Geld würdest du schon *jetzt* bekommen, du mußt das Urteil nicht abwarten.«

»Nun, die Geschworenen wurden bereits sorgfältig ausgewählt. Spar dein Geld für die Anwälte.«

Wenigstens wird Johnnie am Leben bleiben, dachte sie und faßte Mut. Solange die Gerichtsverhandlung andauert ...

Doch es war besser, wenn er die Flucht ergriff. Sobald sie seine Schritte im Flur hörte, schrie sie aus voller Kehle: »Lauf weg, Johnnie! Sie sind hier!«

Nur für einen kurzen Augenblick hielten die Schritte inne, dann stürmten sie weiter. Durch einen Tränenschleier beobachtete sie, wie er die Tür aufstieß und ins Zimmer trat. Abrupt blieb er stehen, und das lange Cape schwang um seine Beine. In dem kleinen Raum wirkte er überlebensgroß. Sein schwarzes Haar berührte beinahe einen Deckenbalken.

»Lassen Sie Elizabeth gehen!« forderte er Godfrey auf, der seine Tochter mit einer Pistole bedrohte.

»Unmöglich. Ich brauche sie, weil sie vor Gericht gegen Sie aussagen muß, Ravensby.«

»Dann werden Sie Elizabeth wohl kaum erschießen.«

»Natürlich nicht.«

»Aber ich wünsche nicht, daß Sie ihr auch nur ein Haar krümmen.«

»Was Sie wollen, spielt keine Rolle. Aber wenn Sie sich meinen Wünschen widersetzen, wird Elizabeth vielleicht dafür büßen. Gar nicht zu reden von Ihrem Kind, das bald zur Welt kommen wird. Und legen sie freundlicherweise Ihre Waffen ab. Hauptmann!« rief er, und wenig später drängten sich die Dragoner ins Zimmer. Bald hatten sie Johnnie überwältigt und gefesselt.

Als er aus dem Zimmer gezerrt wurde, schaute er seine Frau an, über die Köpfe der Rotröcke hinweg. »Verlier nicht den Mut!«

In diesem Moment verspürte sie eher Zorn als Verzweiflung, und wäre sie bewaffnet gewesen, hätte sie ihren Vater ohne Zögern getötet. »Dafür wirst du sterben!« zischte sie haßerfüllt.

«Glaubst du vielleicht, du könntest mir Angst machen?« fragte er und blickte nur kurz von Johnnies Sachen auf, die er eifrig durchsuchte. Ehe er das Zimmer verließ, postierte er wieder zwei Soldaten vor der Tür.

Elizabeth kehrte ihnen den Rücken und schmiedete Pläne. Wie konnte sie Redmond in Three Kings verständigen? Die Zeit war knapp, und Johnnies Leben stand auf dem Spiel. Außerdem mußte sie Robbie oder Munro informieren. In Edinburgh würde sie sicher eine Gelegenheit finden, sich mit den Carres und ihren Freunden zu verständigen. Ungeduldig fieberte sie der Abreise entgegen.

Ein paar Stunden später wurde sie aus der Taverne geführt. Zu ihrer Verblüffung wartete eine luxuriöse Kutsche vor dem Ausgang. Ihr Vater stand neben dem Wagenschlag. »Eine besondere Gefälligkeit von deinem Ehemann«, erklärte er. »Dieses noble Vehikel hat er für dich gemietet, trotz der horrenden Summe. Wie heiß und innig muß er dich lieben ...«

Von einer bösen Ahnung erfaßt, folgte sie seinem spöttischen Blick zum Stall, und ihr schriller Schrei schreckte die Möwen am Margarth Cove auf.

Mitten im Stallhof war Johnnie an das große Rade eines Munitionswagens gefesselt. Bewußtlos hin er an blutigen Stricken. Aus seinem zerfetzten nackten Rücken quoll Blut und tropfte in den Schnee. Manche Peitschenhiebe hatten das Fleisch bis zum Knochen aufgerissen. In einem unnatürlichen Winkel lag sein Kopf auf dem linken Arm.

»Um dir eine angenehme Nachtruhe zu gönnen, hat er nicht geschrien«, erklärte ihr Vater in beiläufigem Ton. Mitleidlos betrachtete er ihr leichenblasses Gesicht, und seine Worte drangen wie Messerstiche in ihr Herz. »Laß dir jetzt in den Wagen helfen.«

Ihr Magen drehte sich um, in ihren Ohren vibrierte ein seltsames Rauschen, weiße Punkte explodierten vor ihren Augen. Als ihre Beine nachgaben, sank sie langsam zu Boden.

Lässig schnippte Harold Godfrey mit den Fingern, und zwei Soldaten kamen angelaufen. »Hebt sie in die Kutsche. Wir fahren nach Edinburgh. Bindet den Gefangenen los und schafft ihn da hinten in den offenen Karren.«

23

Als Elizabeth zu sich kam, lag sie auf dem Boden der Kutsche. Eine Zeitlang rührte sie sich nicht, gepeinigt von Schuldgefühlen, von dem gräßlichen Bild, das vor ihrem geistigen Auge erschien.

Nur um seine Frau und das Baby zu schonen, hatte Johnnie die grausame Folter klaglos ertragen. Während der Wagen über festgefrorene Furchen polterte, schwankte sie hin und her, und es dauerte eine ganze Weile, bis sich ihr Lebenswille regte, bis sie neuen Mut faßte. Wenn sie Johnnie retten und Rache an ihrem niederträchtigen Vater üben wollte, mußte sie sich zusammenreißen.

Glücklicherweise befand sich der Großteil ihres Geldes immer noch in Three Kings, von Redmond bewacht. Wenn Harold Godfrey auch plante, das Ravensby-Vermögen in seinen Besitz zu bringen? Als sie sich im Gasthaus erboten hatte, Johnnie freizukaufen, war ihr das kurze Zögern des Vaters nicht entgangen.

Sie erhob sich, sank auf den gepolsterten Sitz und wischte den Schmutz von ihrem Cape. Mit allen Fingern strich sie durch ihr zerzaustes Haar, dann zog sie einen Stiefel aus und hämmerte damit gegen das Wagendach, direkt unterhalb des Kutschbocks. Sie hörte, wie der Mann nervös nach ihrem Vater rief, und öffnete das Fenster. Obwohl ihr ein kalter, beißender Wind ins Gesicht wehte, beugte sie sich hinaus. Wenig später ritt Harold Godfrey an ihre Seite.

»Ich möchte dir einen Vorschlag machen«, begann sie.

»Spar dir die Mühe, er wird nicht freigelassen.«

»Aber ich will dich nicht um seine Freiheit bitten, nur um ärztliche Hilfe, die er dringend braucht. Dafür würde ich dich gut bezahlen. Wenn du zu mir in den Wagen steigst, können wir die Bedingungen aushandeln. Ich bin bereit, dich großzügig zu entlohnen. Sicher weißt du, daß Queensberry viel mehr einheimsen wird, als ihm zusteht. Deshalb solltest du dich an mir schadlos halten und mein Geld nehmen.«

»Also gut, besprechen wir die Einzelheiten.« Er bedeutete dem Fahrer, anzuhalten, übergab sein Pferd einem Reitknecht und setzte sich zu ihr in die Kutsche.

»Falls Johnnie nicht verarztet wird, dürfte er die Reise nach Edinburgh wohl kaum überleben.«

Angesichts seiner eisigen Miene konnte sie ihren Haß nur mühsam verbergen. »Und sogar dir sollte es schwerfallen, eine Leiche verurteilen zu lassen, trotz deiner bestochenen Geschworenen. Jedenfalls beabsichtige ich nicht, dir mit einer falschen Zeugenaussage zu helfen, wenn Johnnie stirbt. Dann hätte ich keinen Grund mehr, dein Wohlwollen zu erkaufen. Außerdem würde man dich für den Mörder deines Schwiegersohnes halten, was dir den erbitterten Zorn der Öffentlichkeit zuziehen müßte. Genauso erbost wird man Queensberry anprangern. Ein Jahr lang hat er sich nicht mehr nach Schottland gewagt, weil er weiß, wie abgrundtief die Bevölkerung ihn haßt. Hingegen ist Ravensby in Edinburgh sehr beliebt. Während der Parlamentssitzung hat man ihm auf den Straßen zugejubelt. Deshalb wäre es durchaus möglich, daß man den Herzog und auch dich umbringen wird, bevor die Gerichtsverhandlung beginnt.«

Weil sie ihn gut genug kannte, ließ sie ihn nicht zu Wort kommen, als er den Mund öffnete. »Mein Baby wird erst in zwei Monaten geboren«, behauptete sie und mogelte ein paar Wochen dazu. »Also kannst du mich nicht zu einer falschen Zeugenaussage zwingen, indem du das Leben meines Kindes bedrohst. Wenn du nach Johnnies Tod zwei Monate lang auf die Niederkunft wartest, wird Robbie inzwischen sein Erbe antreten und dich mit Hilfe seiner einflußreichen Verwandten bekämpfen. Überleg doch, wie ihr dann dastehen würdet, du und Queensberry? Was wollt ihr denn gegen einen Verstorbenen ausrichten, den ihr der Vergewaltigung bezichtigt?«

»Und des Hochverrats.«

»Dann solltest du einen lebenden Schwiegersohn, den du anprangern kannst, erst recht vorziehen. Noch etwas wäre zu bedenken. Robbie interessiert sich nicht für Politik. Sicher würde die Öffentlichkeit einen achtzehnjährigen Laird unterstützen, der seines Erbes beraubt werden soll, obwohl er keine politischen Feinde hat. Von dir natürlich abgesehen«, fügte sie lächelnd hinzu.

»Wieviel?« fragte ihr Vater ohne Umschweife.

»Innerhalb der nächsten Stunde muß Johnnie von einem Arzt behandelt werden. Wenn du's hinauszögerst, senke ich den Preis. Und falls er stirbt, bekommst du gar nichts. Solltest du ihn gut versorgen lassen, bezahle ich dich mit Goldstücken. Schick einen Boten nach Three Kings, mit einer Nachricht an Redmond, die ich entsprechend formulieren werde. Wieviel verlangst du?«

»Zwanzigtausend Guineen.«

»Fünftausend.«
»Fünfzehn.«
»Acht.«
»Zwölf.«
»Zwölf — wenn uns der Arzt bis nach Edinburgh begleitet.«
»Abgemacht. In zehn Minuten erreichen wir Berwick. Dort engagiere ich einen Doktor.«
»Habe ich erwähnt, daß Redmond dich zur Rechenschaft ziehen wird, wenn Johnnie den Tod findet?«
»Wie sollte dein wackerer Hauptmann davon erfahren?«
»Ein Mann in Ravensbys Position stirb nicht unbemerkt, Vater. Übrigens, Redmond ist ein Fachmann. Er weiß sehr gut, wie man sich möglichst effektvoll rächen kann. Mit den Fingern und Zehen fängt er an, und er wird dir ein langsames, sehr schmerzhaftes Ende bereiten.« Voller Genugtuung sah sie ihn erbleichen. »Ich hoffe, du stöberst einen tüchtigen Arzt auf.«

Da Godfrey kein Risiko eingehen wollte, forderte er seine Tochter auf, die Nachricht nach Three Kings abzuschicken, bevor Johnnie aus dem Wagen geholt wurde.
Unter seiner Aufsicht saß sie am Schreibtisch des Doktors und schrieb einen kurzen Brief an den Hauptmann, mit der Anweisung, dem Boten ihres Vaters zwölftausend Guineen auszuhändigen.
»Lady Elizabeth«, lautete die Unterschrift, ein zuvor mit Redmond vereinbartes Zeichen, das er als Hilferuf erkennen würde.
Da einige Carre-Gefolgsmänner nach Three Kings geritten waren, würde Redmond über Johnnies und Elizabeths Flucht informiert sein. Doch er konnte noch nicht wissen, daß es ihnen mißlungen war, Schottland zu verlassen. Sobald er die Nachricht erhielt, würde er die nötigen Schritte gegen den Feind seiner Herrin unternehmen.
Glücklicherweise kam Johnnie nicht zu sich, während der Arzt die grausigen Wunden reinigte, aber er stöhnte trotzdem vor Schmerzen. Elizabeth hielt seine Hand fest, unbewußt erwiderte er den Druck ihrer Finger. Beinahe hätte sie

geweint. Doch sie durfte vor ihrem grausamen Vater keine Schwäche zeigen. Schließlich legte der Doktor Umschläge mit Heilsalbe auf das offene Fleisch. Im Wagen wurde ein bequemes Lager aus Heu und Wolldecken hergerichtet.

»Nun müssen Sie Mohnsaft trinken, Mylord«, erklärte der Arzt, und sein Patient schien die Worte zu verstehen, denn er schluckte die Medizin.

Sobald das Laudanum Johnnies Atemzüge verlangsamte und die Schmerzen linderte, ließ Elizabeth ihn in die Kutsche bringen. Die winterliche Kälte hatte die Blutung zum Stillstand gebracht und würde in den zehn Stunden, ehe sie Edinburgh erreichten, das Fieber senken. Von einem Soldaten bewacht, setzte sie sich neben ihren Mann. Während der langen Fahrt rührte er sich kaum, und als sie in der Stadt ankamen, wurden sie sofort getrennt.

Elizabeths Gefängnis war etwas komfortabler als Johnnies Quartier — ein Verlies im Edinburgh Castle. Nachdem sie ein Zimmer in Queensberrys Haus beim Canongate bezogen hatte, erfuhr sie von ihrer Wärterin — Christiane Dunbar, einer Nichte des Herzogs —, vor ihrer Zeugenaussage dürfe sie mit niemandem Verbindung aufnehmen. Noch strenger wurde das Verlies im alten Schloß bewacht, und es war immer noch zweifelhaft, ob Johnnie bis zum Beginn des Prozesses am Leben bleiben würde.

Am Abend nach der Ankunft wurde Harold Godfrey in Queensberrys Suite bestellt und mußte sich bittere Vorwürfe anhören, weil er seine persönlichen Rachegelüste befriedigt und möglicherweise die Konfiszierung eines der reichsten schottischen Besitztümer vereitelt hatte.

Wütend wanderte der Herzog in seinem getäfelten Arbeitszimmer umher. »Wenn Sie in Zukunft Ihre niedrigen Instinkte ausleben wollen, lassen Sie Ihre Soldaten auspeitschen. Mir ist es egal, wie viele Sie töten. Aber wenn es um bedeutsame Gefangene geht, müssen Sie sich zurückhalten. Sollte Ravensby sterben, bevor er rechtmäßig verurteilt werden kann, müßte ich auf sein Eigentum verzichten. Das würden Sie mir bitter büßen. Wie ich außerdem erfahren habe, wird Ihre Tochter die erforderliche Zeugenaussage verweigern, wenn Lord Carre die Konsequenzen der Folterung nicht überlebt. Sie verdammter Narr! Sicher, vielleicht brauchen wir die Aussage nicht, aber sie würde nicht schaden.«

»Beruhigen Sie sich«, erwiderte der Earl von Brusisson, »es besteht kein Grund zur Sorge. Ravensby wird am Leben bleiben. Immerhin bin ich erfahren genug, um zu wissen, wann ich eine Peitschenstrafe beenden muß.«

»Hoffentlich behalten Sie recht.«

»Bedenken Sie doch, James! Hätte ich ihn so beharrlich verfolgt, läge er jetzt nicht im Verlies.« Harold Godfrey lehnte sich in seinem bequemen Sessel zurück und musterte den Herzog geringschätzig. »Gönnen Sie mir doch ein kleines Vergnügen.«

»Falls unser Angeklagter stirbt, dürfte Sie das wohl kaum amüsieren. Womöglich würde die Öffentlichkeit behaupten, wir hätten ihn getötet. Alles muß mit rechten Dingen zugehen, wenigstens zum Schein. Und ich möchte Ravensbys Besitz unter ganz legalen Umständen übernehmen. Allein schon die Bibliothek wird ein Vermögen einbringen.«

»Die können Sie gern haben. Seine Zuchtpferde interessieren mich viel mehr.«

Ruckartig hob Queensberry den Kopf. Auch er hatte es auf das Gestüt abgesehen. Aber er lächelte, um seine Wünsche zu verbergen. Bis zur Aufteilung des Ravensby-Eigentums — die natürlich in *seinem* Sinn erfolgen sollte — würde noch einige Zeit verstreichen. »Jedenfalls müssen wir den Prozeß nun verschieben. In seinem jetzigen Zustand würde der Angeklagte zuviel Mitleid erregen. Ihr perverses Amüsement kostet uns mindestens vierzehn Tage, Godfrey.«

»Wenn Sie mich mit Vorwürfen überhäufen wollen, tun Sie sich keinen Zwang an, Euer Gnaden. Aber ich wiederhole — *ich* habe den Mann festgenommen. Das ist Ihnen nicht gelungen, obwohl sie zahlreiche Richter und verarmte Aristokraten manipuliert haben. Vorerst brauchen Sie mir nicht zu danken, Mylord«, fügte er ironisch hinzu und stand auf. »Ihre Dankbarkeit können Sie später zeigen, indem Sie mir gewisse Ländereien überschreiben.« Grinsend wandte er sich ab, verließ den Raum, und Queensberry blieb irritiert zurück.

Wenn er sich auch nie die Hände schmutzig machte — am liebsten hätte er den Mann erwürgt, der die raffinierten Pläne so leichtfertig gefährdet hatte.

24

Zwei Tage später, an einem trüben Nachmittag, erschien Roxane Forrestor, die Gräfin Kilmarnock, in Christiane Dunbars Salon und wurde höflich, aber reserviert begrüßt. Anmutig sank sie auf das krokusgelbe Sofa. »Großer Gott, Chrissie, man könnte fast meinen, ich wäre gekommen, um Ihre Gefangene zu entführen. Was sollte ich denn mit Johnnies verdammter Ehefrau anfangen?«

»Wieso sind Sie denn informiert?« rief die kleine, brünette Frau erstaunt. »Der Herzog hatte angeordnet, Elizabeths Festnahme müsse geheim bleiben.«

»Meine Liebe, was für eine alberne Frage! Die Droschkenkutscher wissen sogar, wer gestern abend in Lady Nicky Murrays Schlafzimmer diniert hat.« Natürlich verschwieg Roxane, wie schwierig es gewesen war, Elizabeths Gefängnis auszukundschaften. »Ich wollte eigentlich schon gestern zu Ihnen kommen. Aber ich mußte mir ansehen, welche Fortschritte meine süße Jeannie bei ihrem italienischen Tanzlehrer macht. Und danach war es zu spät für einen Besuch. Oh, bitte, Erzählen Sie mir doch von Ihrem Schützling!«

»Ich darf nicht über Lady Carre reden. In dieser Hinsicht hat mir mein Onkel sehr genaue Anweisungen gegeben.« Christiane Dunbar, die Tochter von Queensberrys Schwester, war nach einer Mesalliance und dem zweckdienlichen Tod ihres nichtswürdigen Gemahls in den Schoß der Familie zurückgekehrt und vom Wohlwollen des Herzogs abhängig.

»Ah, und ich hatte gehofft, ein paar Klatschgeschichten über die Frau zu hören, die mir Johnnie weggenommen hat.« Lächelnd lehnte sich die schöne Gräfin in die gelbe Satinpolsterung zurück, die einen effektvollen Hintergrund für ihr leuchtend rotes Haar und das aquamarinblaue Kleid bot. »Sicher begreifen Sie meine Rachsucht — und meinen Wunsch, mich an ihrer üblen Lage zu weiden.«

»Trotzdem muß ich schweigen«, erwiderte Christiane, obwohl sie sich nur zu gern den Mund über Lady Carre zerrissen hätte.

»Das verstehe ich. Aber während wir den exzellenten Rotwein Ihres Onkels trinken, können Sie mir doch verraten, was Sie von Katie Malcolms Baby halten. Nach meiner Ansicht ist das kein Malcolm.«

Und so verging ein gemütlicher Nachmittag, während sie Bosheiten austauschten. Roxane kannte den unersättlichen Appetit ihrer Gastgeberin auf Mißgeschicke anderer Leute und beglückte sie, indem sie die neuesten Skandale schilderte. Wie sie gehofft hatte, lockerte der Rotwein Christianes Zunge, und nach dem dritten Glas war die aristokratische Gefängniswärterin bereit, das Verbot des Herzogs zu mißachten. »Lady Carre ist sehr schön«, gab sie zu, schnitt eine Grimasse und erweckte den Eindruck, dies wäre ein schmerzliches Geständnis. »Sogar jetzt, im hochschwangeren Zustand. Und sie fürchtet sich kein bißchen«, fuhr sie ärgerlich fort.

»Sprechen Sie oft mit ihr?«

»Sie weigert sich, auch nur ein einziges Wort an mich zu richten.«

»Ist sie so arrogant? In ihrer Situation? Das wundert mich.«

»Oh, Sie hätten hören sollen, wie sie ihren Vater anschrie, als er sie hier zurückließ. Offenbar hat Ihr Liebhaber eine Xanthippe geheiratet.«

»Wahrscheinlich wegen ihres beträchtlichen Vermögens«, meinte Roxane und hob vielsagend die Brauen.

»Wenn's um sechzigtausend Pfund geht, wird wohl jeder Mann schwach.« In Christianes Stimme schwang unverhohlene Bitterkeit mit. Da sie selber völlig mittellos war, mußte sie wohl oder übel auf eine zweite Ehe verzichten.

»Johnnie ist der erste Mann, der mich verlassen hat«, seufzte Roxane.

»Dann verstehe ich nicht, warum Sie sich für Lady Carre interessieren.«

»Nun, das Unglück meiner siegreichen Rivalin erfreut mich.« Lächelnd nippte Roxanne an ihrem Wein. »Da fällt mir ein — neulich entschied sich der Earl von Eglinton für Callanders jüngste Tochter. Welch ein Jammer, wo er Ihnen doch im letzten Monat soviel Aufmerksamkeit widmete!«

»Sie hat blonde Ringellöckchen und einen Großvater, dem sie eine Mitgift von zwanzigtausend Pfund verdankt«, entgegnete Christiane bissig. »Natürlich gab das für Andrew den Ausschlag.«

»Ja, viele Männer bevorzugen Blondinen.«

»Allerdings — Johnnie Carres Gattin ist weizenblond«, zischte Christiane, als würde diese Haarfarbe alle anderen Frauen beleidigen.

»Hat sie auch Ringellöckchen, wie Callanders Tochter?« fragte Roxane und musterte die geröteten Wangen ihrer Gastgeberin.

»Nein — lange, glänzende Wellen.«

»Steckt sie ihr Haar nicht hoch?«

Mit schmalen Augen musterte Christiane die schöne, rothaarige Gräfin. »Kann ich Ihnen trauen?«

»Selbstverständlich«, versicherte Roxane prompt.

»Möchten Sie Lady Carre sehen?«

Nachdem Roxane zwei Stunden lang um ein solches Angebot gebetet und die banale Konversation nur mühsam ertragen hatte, fiel es ihr nicht leicht, ihren Triumph zu verbergen. »Nur aus reiner Neugier«, murmelte sie beiläufig und spielte mit dem Stiel ihres Glases. »Immerhin ist sie die Frau, die mir Johnnie entrissen hat.«

»Aber Sie dürfen es niemandem erzählen.«

»Kein Sterbenswörtchen wird über meine Lippen kommen.«

»Gut, dann begleiten Sie mich.« Etwas unsicher erhob sich Christiane aus ihrem Sessel. Im Gegensatz zu der hochgewachsenen, vollbusigen Roxane vertrug die kleine, zierliche Frau keinen Alkohol.

Roxane ließ ihre perlenbestickte Handtasche auf dem Sofa liegen und folgte der Gastgeberin zu einer schmalen Treppe, die nach oben führte. Als Christiane den Schlüssel im Schloß herumgedreht und die Tür des Gefängnisses geöffnet hatte, blickte Elizabeth verwundert von ihrem Buch auf. Für das Abendessen war es noch zu früh.

»Ich habe eine Besucherin mitgebracht«, erklärte die Wärterin, wobei sie ein wenig lallte, und das entging Elizabeth nicht.

Hinter Queensberrys Nichte tauchte eine rothaarige Frau auf, die warnend einen Finger an die Lippen legte, und Elizabeth erhob sich.

»Nun, was halten Sie von Ihrer Rivalin, Roxane?« fragte Christiane höhnisch.

»Tatsächlich — weizenblond«, erwiderte Roxane lächelnd. »In diesem Jahr muß eine blonde Pest ausgebrochen sein.«

»Ja, verdammt ärgerlich«, meinte Christiane und verzog die Lippen. »Jetzt können Sie sich in aller Ruhe an Lady Carres Mißgeschick weiden.«

»Vielen Dank für Ihr Verständnis, meine Liebe.« Roxane tätschelte den Arm ihrer Gastgeberin und ging zu dem kleinen Tisch, hinter dem Elizabeth stand. »Oh, ich mußte einfach mit eigenen Augen feststellen, wie Johnnie Carres Frau aussieht.«

Die spöttische Stimme paßte ganz und gar nicht zu ihrem freundlichen Blick.

»Dann nutzen Sie die Gelegenheit.« Elizabeth wußte nicht recht, was sie von dieser Lady halten sollte.

»Früher hat Johnnie mir gehört«, fuhr die elegant gekleidete Frau in etwas schärferem Ton fort.

Roxane. Jetzt erinnerte sich Elizabeth. Während ihres ersten Aufenthalts in Goldiehouse hatten die Dienstboten von der Geliebten des Lairds gesprochen, einer rothaarigen Schönheit, die in Edinburgh lebte. Und nun standen sie sich gegenüber.

»Tut mir leid«, sagte Elizabeth, aber es klang nicht wie eine Entschuldigung.

»Als er mich verließ, wußte ich nichts von Ihrem Zustand«, erklärte Roxane kühl, und ihr Blick wanderte zu Elizabeths gewölbtem Bauch hinab.

»Ich muß nicht mit Ihnen reden. Allerdings kann ich Ihnen nicht verbieten, mich so anzustarren.«

»Da sehen Sie, wie arrogant sie ist!« rief Christiane und

trat näher. »Erzählen Sie ihr doch mal, wie lange Ravensby Ihr Liebhaber war!«

»Da habe ich noch eine viel bessere Idee, Chrissie. Ich will's dir zeigen. In meiner Handtasche, die auf dem Sofa liegt, stecken ein paar Liebesbriefe von Johnnie. Wären Sie so freundlich, mein Täschchen zu holen?« Nur zu gut wußte sie, daß Christiane Dunbar dem Reiz einer solchen Szene nicht widerstehen konnte.

»Dann muß ich Sie mit ihr einsperren.«

»Keine Bange, ich werde ihr bestimmt nichts antun.«

Christiane kicherte. »Vielleicht sollte ich Annie Callander die Briefe zeigen, die Eglinton mir im letzten Monat geschrieben hat.«

»O ja, das würde diesem koketten kleinen Ding nur recht geschehen. Und jetzt laufen Sie los! Ich kann's kaum erwarten, Lady Carre die Briefe ihres Gemahls unter die Nase zu halten.« Mit sanfter Gewalt schob Roxane die kleine Frau zur Tür.

Der Schlüssel knirschte im Schloß, und sobald sich die Schritte auf der Treppe entfernt hatten, wandte sich Roxane an Elizabeth.

»Verzeihen Sie mir das Täuschungsmanöver«, flüsterte sie hastig. »Ich mußte die zornige verschmähte Liebhaberin spielen, sonst hätte Chrissie mich nicht zu Ihnen geführt. Eine gräßliche Person! Wie Sie vielleicht schon erraten haben, bin ich Roxane Forrester. Robbie und Munro haben mich hergeschickt.«

»Wie geht es Johnnie?« fragte Elizabeth flehend.

»Er ist immer noch am Leben.«

Kraftlos sank Elizabeth auf ihren Stuhl. »Oh, ich danke Ihnen!« Tränen brannten in ihren Augen.

»Inzwischen hat er erfahren, wo Sie sind.« Roxane berührte Elizabeths Schulter und holte tief Atem, immer noch entsetzt über den Bericht der Anwälte, die Johnnies Zustand beschrieben hatten. »Leider haben wir nicht viel Zeit. Bitte, hören Sie mir gut zu. Robbie und Munro planen Ihre Flucht. Bevor sie versuchen können, Johnnie zu retten, müssen Sie frei sein. Sonst würden Queensberry und Ihr Vater Ihre Gefangenschaft nutzen, um Druck auf Johnnie auszuüben.

Wenn Chrissie ihrem Onkel meinen Besuch verschweigt, wird er Sie nicht in einem anderen Gefängnis einquartieren, Elizabeth. Morgen abend kommen Robbie und Munro hierher. Sobald Sie dieses Haus verlassen haben, wird Johnnie aus dem Edinburgh Castle geholt.«

Im Erdgeschoß fiel eine Tür ins Schloß, und Roxane hob lauschend den Kopf. »Was immer ich sage, wenn Chrissie zurückkommt — eins müssen Sie mir glauben. Niemals hat Johnnie mir gehört, auch keiner anderen Frau, bevor er *Sie* kannte.« Wehmütig lächelte die schöne Lady, der die Männer seit Jahren zu Füßen lagen. »Eines Nachts stieg er aus meinem Bett, ohne eine Erklärung abzugeben, und da wußte ich, er würde nie wiederkommen. Er ging zu Ihnen ...«

»... und schleppte mich vom Traualtar weg«, ergänzte Elizabeth und erwiderte das Lächeln.

»Ja, das hat sich in ganz Schottland herumgesprochen. Wie ich gestehen muß, bin ich ein bißchen eifersüchtig, nachdem Ravensby keine Mühe gescheut hat, um Sie zu erobern. Ausgerechnet dieser Mann, der niemals tiefere Gefühle entwickelt hat!«

»Dann will ich Ihnen auch ein Geständnis machen. Ich beneide Sie um die lange Zeit, die Sie mit Johnnie verbracht haben.«

»Und jetzt wollen wir zusammenarbeiten und ihm zur Flucht verhelfen.«

»Sagen Sie mir, was ich tun muß«, bat Elizabeth und wischte die Tränen von ihren Wangen.

»Wenn ich Ihnen in Chrissies Gegenwart die gefälschten Liebesbriefe zeige, werde ich Sie beleidigen. Dann müssen Sie in Schluchzen ausbrechen, mich anschreien und nach mir schlagen. Natürlich wird diese boshafte Person Ihre Verzweiflung in vollen Zügen genießen, und wenn wir sie amüsieren, lädt sie mich morgen vielleicht wieder ein, um sich an einer weiteren Szene zu delektieren. Dann könnte ich mich vergewissern, daß Sie immer noch hier sind.«

»Oh, ich höre sie kommen«, wisperte Elizabeth.

»Wunderbar! Fangen wir mit unserer Komödie an. Sie widerwärtiges Biest ...«

Während Elizabeth und Roxane die haßerfüllten Rivalinnen mimten, ritt Redmond mit zehn handverlesenen Männern nach Norden. Er wußte nicht, wo seine Herrin steckte oder in welcher Gefahr sie schwebte. Aber der kleine Trupp folgte Harold Godfreys Boten, der seinem Auftraggeber die zwölftausend Guineen überbrachte, in sicherem Abstand und unbemerkt.

Offensichtlich ritt der Mann nach Edinburgh. Als sie sich der Stadt näherten, sprengten zwei von Redmonds Soldaten voraus, und überholten den Mann, um ihn im Auge zu behalten. Auf der Straße, wo dichter Verkehr herrschte, spähten sie immer wieder über die Schulter und vergewisserten sich, daß er hinter ihnen ritt. Die restlichen acht trennten sich. Auf keinen Fall durfte der Eindruck entstehen, sie würden zusammen gehören.

Inzwischen saß der einzige Mann, der Johnnie besuchen durfte, mit Munro und Robbie im Privatzimmer einer Taverne beim Lawnmarket. Seufzend schüttelte er den Kopf. »Im Augenblick ist er noch viel zu schwach, um auch nur eine Hand zu heben. Mal sehen, ob ich einen Arzt zu ihm bringen kann. Dann erfahren Sie wenigstens, in welch einem Zustand er sich derzeit befindet.«

»Je länger das Schiff hier ankert, desto eher könnten wir entdeckt werden — sogar mit norwegischer Flagge«, erklärte Robbie. »Die Zollbeamten werden uns nicht bis in alle Ewigkeit verschonen.«

»Wenn er nicht gehen kann, müssen wir ihn eben tragen«, schlug Munro vor.

Douglas Coutts verdrehte ungeduldig die Augen. »Hören Sie, es ist schon schwer genug, ein paar Männer ins Castle zu lotsen, ohne die ganze Wachmannschaft zu alarmieren. Und einen so großen Mann wie Ravensby die schmalen Treppenfluchten raufzuschleppen ...«

»Aber Johnnie darf nicht da drinnen bleiben, sonst wird er ganz bestimmt sterben.« Robbies Stimme klang heiser und müde.

Seit er aus East Lothian geflohen war, um vor der Küste mit den britischen Kreuzern Verstecken zu spielen, hatte er kaum geschlafen. Als Charlie Fox ihn über Johnnies und Elizabeths Festnahme informiert hatte, war er sofort nach Leith gesegelt.

»Wenn Roxane von ihrem Besuch bei Christiane Dunbar zurückkommt, rede ich mit ihr. Aber wenn sie Elizabeth gesehen hat, müssen wir die beiden morgen nacht rausholen. Irgendein Instinkt drängt mich dazu.« Fragend schaute er seinen Vetter an.

»Queensberry und Godfreys Leute werden wohl kaum erwarten, daß ein sterbenskranker Gefangener aus dem Verlies entführt wird«, meinte Munro. »Einverstanden. Morgen nacht. Falls Roxane beruhigende Informationen hat. Aber wir müssen uns beeilen. Sobald Elizabeth befreit ist, wird Christiane Dubar Alarm schlagen. Danach sollten wir sofort ins Castle eindringen.«

»Also gut, Gentlemen«, stimmte der Anwalt zu. »Die ersten Türen kann ich mit ein paar Goldstücken öffnen. Aber die anderen Schlüssel müssen Sie sich erkämpfen.«

»Elizabeth wird nicht einmal von Soldaten bewacht«, erklärte Roxane, die am frühen Abend mit Munro und Robbie in ihrem Salon saß. »Offensichtlich nimmt man an, sie wäre gut genug versteckt. Meine Freunde, die Droschkenkutscher, haben ja auch einen Tag lang gebraucht, um ihr Gefängnis aufzuspüren.«

»Wenn sie nicht bewacht wird, wird's uns sicher nicht schwerfallen, sie zu befreien«, bemerkte Munro.

»Der Schlüssel hängt an Christianes Kette, oder ihr müßt die Tür aufbrechen.«

»Natürlich wollen wir sie so unauffällig wie möglich aus Queensberrys Haus holen, weil wir fast gleichzeitig in die Festung eindringen.«

Robbie räkelte sich auf einem Sofa, die Stiefel über der Armstütze. »Am besten benutzen wir Christianes Schlüssel, und bevor wir verschwinden, sperren wir sie mitsamt ihrem Personal ein.«

»Falls Johnnie nicht reisefähig ist — oder wenn ihr euch nicht sofort nach Leith wagt, seid ihr mir jederzeit willkommen«, versicherte Roxane.

»Wie optimistisch unsere Gastgeberin ist!«

Munro schenkte Robbie ein schwaches Lächeln.

»Vor einem Jahr ist Cathcart spurlos entwischt«, erinnerte Roxane die beiden Vettern. »Sogar im Edinburgh Castle ist die Freiheit käuflich.«

»Douglas hat uns versprochen, die Türen, die sich oberhalb der Verliese befinden, mit Gold zu öffnen«, berichtete Robbie. »Aber vor den anderen stehen Queensberrys Soldaten.«

»Jedenfalls zu viele.«

»Soll ich mit Gordon reden, dem Kommandanten des Castles? Vielleicht hat auch er seinen Preis.«

»Wäre seine Position nicht von Queensberrys Gunst abhängig, würde ich sagen, das ist eine gute Idee. Aber unglücklicherweise ...« Munros Stimme erstarb.

»Nur keine Bange, Roxane — wir befreien Johnnie«, versprach Robbie. »So oder so.«

»In meinem Dachgeschoß seid ihr nach wie vor sicher«, betonte sie. »Und ich habe einflußreiche Freunde. Niemand würde es wagen, mein Haus zu durchsuchen.«

»Hoffentlich erreichen wir das Schiff«, seufzte Munro.

»Nun, das hängt vom Zustand meines armen Bruders ab«, gab Robbie zu bedenken. »Coutts sagte doch, Johnnie sei übel zugerichtet worden.«

»Wohin wird Elizabeth gebracht?« fragte Roxane.

»Direkt an Bord der *Trondheim.*«

»Morgen abend besuche ich eine Dinnerparty im Haus des Kanzlers. Dort werde ich angstvoll auf Neuigkeiten warten. Wahrscheinlich wird der Kronrat schon vor dem nächsten Morgen von Johnnies Flucht erfahren. Heute abend erwartet mich die Gräfin Pamure. Vielleicht höre ich da irgendwelche Klatschgeschichten über Queensberry. Vor einiger Zeit war er mit ihr liiert.«

»Nach Einbruch der Dunkelheit rudern wir zur *Trondheim* und holen ein paar bewaffnete Männer an Land«, erklärte Robbie. »Einer soll dich zur Gräfin begleiten und sich informieren — falls du interessante Nachrichten für uns hast. Vielleicht könnte er deinen Lakaien mimen.«

Dann fügte er grinsend hinzu: »Um diesen Abend beneide ich dich wirklich nicht. Wahrscheinlich wird Lady Pamure ihre allerneuesten Liebesgedichte vortragen ...«

»Und du bist nicht romantisch veranlagt?« neckte ihn Roxane.

»Einer in der Familie genügt«, erwiderte der junge Master von Garden ironisch. »Obwohl Johnnie Carre vor einem Jahr noch nicht einmal wußte, was das Wort ›Liebe‹ bedeutet.«

Seit ihrer Ankunft in Edinburgh hatten Redmonds Männer Harold Godfreys Haus überwacht. Alle zwei Stunden lösten sie einander ab, um kein Aufsehen zu erregen. Sie hofften, der Earl von Brusisson würde sie zu Elizabeth führen. Aber seit der Bote eingetroffen war, hatte er das Gebäude nicht verlassen.

Am späten Abend hielt eine elegante Kutsche vor dem Eingang, und Harold Godfrey stieg ein, in blauem Samt und schwarzer Spitze. Während der Wagen davonfuhr, huschte eine Gestalt über das Kopfsteinpflaster der Straße und verschwand in einer dunklen Einfahrt. »Er fährt zur Gräfin Pamure. Diese Adresse hat er dem Kutscher genannt.«

Redmond nickte. »Gut, ich schicke einen Mann hierher und gehe zur Gräfin. Mal sehen, was ich herausfinden kann.«

Als Roxanes Wagen vor dem Stadthaus der Gräfin Pamure hielt, stand Redmond mit einigen Fahrern am Straßenrand. Die rothaarige Schönheit kannte er nicht — aber den Lakaien, der ihr aus der blaulackierten Kutsche half. Während sie ihren Reifrock raffte und die Eingangstreppe hinaufstieg, trat er aus dem Schatten, und der Lakai sah ihn im Fackelschein. »Warten Sie hier!« flüsterte der Carre-Clansmann, ehe er Roxane in die Halle folgte.

Wenig später kam er wieder hinaus und führte Redmond die Straße hinab. In sicherer Entfernung von den schwatzenden Kutschern und Lakaien tauschten sie Informationen aus, und Redmond arrangierte ein Treffen mit Robbie in Roxanes Haus, noch in derselben Nacht. Nach wenigen Minuten trennten sich die beiden Männer, und Elizabeths Hauptmann kehrte auf seinen Beobachtungsposten zurück.

25

Roxane war dem Earl von Brusisson noch nie begegnet, aber sie kannte Queensberry. Auf den Mann an der Seite des Herzogs paßte Robbies Beschreibung. Sie wandte sich wieder zu dem jungen Kavalier, der ihr schönes Kleid rühmte und in ihr Dekolleté starrte. »Oh, welch ein reizendes Kompliment, lieber Buchan! Würden Sie mir ein Glas Rotwein holen? Hier drin ist es furchtbar heiß.« Spielerisch klopfte sie mit ihrem Fächer aus Elfenbein und Spitzen auf seine Wange. »Ich wäre Ihnen so dankbar ...«

Nachdem er davongeeilt war, um ihren Wunsch zu erfüllen, blickte sie in einen Spiegel, zupfte die Rüschen an ihrer Abendrobe zurecht und übte ein gewinnendes Lächeln. Zufrieden mit ihren schauspielerischen Fähigkeiten, schlenderte sie zu dem Mann hinüber, der Johnnie Carres Leben ein Ende setzen wollte.

Queensberry entdeckte sie zuerst, nickte ihr erfreut zu und unterbrach sein Gespräch mit dem größeren Earl, der neben ihm stand. Anmutig klappte sie ihren Fächer auseinander und knickste, um beiden Gentlemen einen etwas tieferen Einblick in ihren Ausschnitt zu gewähren. Dann schaute sie mit verführerischen dunklen Augen auf. »O James, wie schön, Sie endlich wieder in der Stadt zu sehen! In Ihrer Abwesenheit verblaßt der Glanz von Edinburgh.«

»Angesichts Ihrer unwandelbaren Schönheit wünschte ich natürlich, ich wäre schon früher zurückgekehrt«, erwiderte der Herzog galant.

»Ihre aalglatte Zunge haben Sie offenbar noch nicht verloren.« Kokett zwinkerte sie ihm zu, und Harold Goldfrey räusperte sich.

»Oh ...« Queensberry schaute ihn kurz an. »Darf ich Ihnen den Earl von Brusisson vorstellen, Roxane? Er ist nach Schottland gekommen, um irgendwelche Ländereien zu besichtigen. Brusisson — die Gräfin Kilmarnock.«

Als sie Godfreys wohlgefälligen Blicke bemerkte, wußte sie, daß ihre Mission erfolgreich verlaufen würde. Sie schenkte ihm ein aufreizendes Lächeln. »Bleiben Sie lange hier, Brusisson?«

»Das habe ich noch nicht entschieden. Wohnen Sie in der Stadt?«

»Fast immer . . .« In seinen Augen lag ein brutaler Ausdruck, der ihr einen Schauer über den Rücken jagte. »Meine Kinder gehen hier zur Schule.«

»Genießt Ihr Ehemann das Stadtleben?«

»Er fand es sehr angenehm.«

Nun mischte sich Queensberry ein. »Unsere Roxane zählt übrigens zu den schönsten Witwen Britanniens. Was hören Sie von Ihrem Bruder, meine Liebe? Ist er immer noch bei Argyll?«

»Zuletzt schrieb er uns aus dem Winterlager in Den Haag.« Wie in so vielen schottischen Familien vertraten die Geschwister nicht denselben politischen Standpunkt. »Und er ist immer noch ein glühender Verehrer des grandiosen Marlborough.«

»So denken viele junge Burschen. Jedenfalls kann der Mann kommandieren.«

»Ja, das versichert mir Colter immer wieder — mit dem typischen Enthusiasmus eines Neunzehnjährigen. Werden Sie dieses Jahr an den Parlamentssitzungen in Edinburgh teilnehmen?«

»Vielleicht.«

»Dann sehen wir uns möglicherweise wieder. Richten Sie Isobel herzliche Grüße aus. Ah, da kommt der liebe Buchan mit meinem Rotwein. Brusisson, es war mir ein Vergnügen, Sie kennenzulernen.«

Graziös ging sie davon, und als die beiden Männer ihr nachschauten, bemerkte Queensberry: »Ravensby war jahrelang ihr Liebhaber.«

»Allzu bedrückt wirkt sie nicht.«

»Nachdem sie zwei Ehemänner begraben hat, sind ihre Gefühle vermutlich etwas abgestumpft. Falls Sie Roxane besuchen wollen, Harold, sie ist meine Freundin.«

»Oh, ich habe keineswegs gesagt, ich würde sie besuchen.«

»Das wissen wir beide besser«, entgegnete Queensberry und lächelte gönnerhaft.

Aber Roxane wollte nichts dem Zufall überlassen. Am späteren Abend sah sie Harold Godfrey allein in einer Ecke stehen, wanderte in seine Richtung, und sobald er sie sah, trat er ihr in den Weg. »Plötzlich erscheint mir Edinburgh viel interessanter.«

»Könnte das mit Cecilias faszinierendem poetischen Vortrag zusammenhängen?« flötete sie und bemerkte den begehrlichen Blick, den er in ihr Dekolleté warf.

»Wohl kaum, da ich die Poesie verabscheue.«

Seine leise, anzügliche Stimme verriet ihr, daß er gewisse Dinge *nicht* verabscheute.

Provozierend lächelte sie ihn an. »Wie schade! Morgen abend erwarte ich einige Gäste, die Edinburghs berühmtestem Sohn lauschen möchten. Ich dachte, seine Verse würden Ihnen gefallen.«

»Wann?«

Durch gesenkte Wimpern musterte sie sein Gesicht. »Kommen Sie später — nach dem Vortrag ...«

»Wann?« Sein Tonfall, alles andere als subtil, beseitigte auch die letzten Zweifel an seinen Wünschen.

»Sagen wir, um halb zehn.«

»Einverstanden.«

Zu der kleinen Gruppe, die sich am späteren Abend in Roxanes Salon versammelte, gehörte auch Remond. In allen Einzelheiten wurden die riskanten Pläne besprochen.

»Ich kann Godfrey etwa anderthalb Stunden warten lassen«, erklärte Roxane. »Wenn die Leute nicht wie erwartet aufbrechen ...«

»Vielleicht sollten zwei unserer Männer als deine Gäste posieren. Nach dem Genuß deines exquisiten Cognacs wollen sie deine bezaubernde Gesellschaft noch etwas länger genießen«, schlug Robbie vor, weil es ihm widerstrebte, Roxane mit Harold Godfrey allein zu lassen.

»Allzulange darf ich ihn nicht auf die Folter spannen, sonst wird er mißtrauisch.«

»Führ ihn bloß nicht in dein Schlafzimmer!« mahnte Robbie. »Er ist gefährlich.«

»Allerdings«, bestätigte Redmond. »Müßte ich Elizabeth

nicht in Sicherheit bringen, würde ich hierbleiben. Im Lauf der Jahre hat er viele grausame Morde begangen. Dieser Mann ist nicht normal.«

»Nur keine Bange, ich werde mich in acht nehmen«, versprach Roxane.

»Also gut, gehen wir den Plan noch einmal durch«, begann Robbie. »Um halb zehn dringen Redmond und seine Männer in Queensberrys Haus ein, um Elizabeth zu befreien ...«

Minutiös wurde festgelegt, was zu welchem Zeitpunkt geschehen mußte, und die Verschwörer berücksichtigten sämtliche Eventualitäten. Kurz vor dem Morgengrauen hatten sich alle verabschiedet, bis auf Robbie, der zu träge war, um das Dachgeschoß aufzusuchen, und sich auf einem Sofa ausstreckte. »Leider wußte Johnnie dich nicht richtig zu würdigen«, bemerkte er leise.

»Da muß ich dir zustimmen.« Sie lächelte schwach. »Aber in jeder anderen Hinsicht war er wundervoll ...«

»Warst du sehr traurig, als er geheiratet hat?«

Nachdenklich runzelte sie die Stirn. »In gewisser Weise freute ich mich für ihn, weil er niemals an die Liebe geglaubt hatte ... Wie konnte ich ihm dieses Glück mißgönnen?«

»Warst du jemals verliebt?«

»Vor langer Zeit. Damals war ich noch sehr jung.«

»Was geschah?«

»Ich heiratete ihn, Jamie Low, meinen ersten Mann. Wäre er nicht in Namur getötet worden, würde ich ihn immer noch lieben.«

»Und Kilmarnock?«

»Nun, meine Eltern meinten, nach Jamies Tod sei ich zu jung gewesen, um Witwe zu bleiben.«

»War Kilmarnock viel älter?«

»Ja.«

Die knappe Antwort bewog ihn, auf weitere Fragen zu verzichten. Offenbar war ihre zweite Ehe nicht erfreulich gewesen. »Und jetzt bist du eine zufriedene Witwe?«

Da kehrte ihr Lächeln zurück. »Zweifellos.«

»Im Sommer müßte ich mit Johnnie und Elizabeth nach

Schottland zurückkehren.« Während des Exils in Holland werde ich Roxane am schmerzlichsten vermissen, dachte er.

»Wie schön ...«

Ohne seinen Kopf auf dem bestickten Kissen zu bewegen, ließ er seinen Blick zu ihr hinüberwandern. »Heirate nicht, bevor ich wieder da bin.«

»Ganz sicher nicht, weil ich meine Freiheit vorziehe.«

»Und ich bin eifersüchtig auf deine Freiheit«, flüsterte er.

»Das erlaube ich dir nicht.«

Lässig zuckte er die Achseln. »Als könntest du mich daran hindern, liebste Roxie ...«

»Jetzt redest du wie dein Bruder.«

»Aber ich bin nicht mein Bruder, denn ich weiß dich zu würdigen.«

»Hör mal, ich bin zehn Jahre älter als du.«

»In jener Sommernacht hatte ich nicht diesen Eindruck.«

»Ich hätte nicht bei dir bleiben dürfen«, seufzte sie.

»Aber die Sterne funkelten so hell«, betonte er grinsend.

Angenehme Erinnerungen erwachten in ihrem Herzen. »Das Meeresrauschen bringt mich immer in so sinnliche Stimmung.«

»Das muß ich mir merken.«

Entschieden schüttelte sie den Kopf. »Liebling, du bist zu jung. Das sagte ich dir schon am nächsten Morgen. Und an meiner Überzeugung hat sich nichts geändert. Bedenk doch, mein ältester Sohn ist nur ein paar Jahre jünger als du. Es ist einfach unmöglich.«

»Wenn ich zurückkomme, werde ich dich umstimmen.«

»O nein.«

»Mal sehen.« Robbie schwang seine Beine über die Sofakante und richtete sich auf. »Wenn ich heute nacht Zeit hätte, würde ich dich schon jetzt eines Besseren belehren.« Langsam ging er zu ihr, umfaßte ihre Schultern und küßte sie — nicht wie ein jugendlicher Freund, sondern wie ein leidenschaftlicher Liebhaber. Gegen ihren Willen mußte sie wieder an jene Sommernacht auf Johnnies Yacht denken. »Versprich mir, nicht zu heiraten«, drängte er. »Weil wir uns bald wiedersehen werden ...«

»Lieber nicht«, protestierte sie, aber in ihrer Stimme schwangen Gefühle mit, die sie nicht verhehlen konnte.

»Doch.« Robbie war ebenso willensstark wie sein Bruder, und ihre geröteten Wangen verrieten ihm alles, was er wissen wollte. Nur widerstrebend ließ er ihre Schultern los, dann trat er zurück. »Falls wir uns vor der Abreise nicht mehr treffen, möchte ich dir noch einmal für alles danken, was du für Johnnie und Elizabeth getan hast. Alle Carres stehen in deiner Schuld. Und nun muß ich dich noch einmal vor Godfrey warnen. Paß auf, daß er dir nicht zu nahe tritt. Gib ihm keine Chance. Versprichst du mir das?«

»Natürlich. Und wenn du in Holland ankommst, schick mir eine Nachricht. Am besten informierst du Coutts.«

»Wirklich, dein Optimismus ist erfrischend.«

»Nun, ich weigere mich ganz einfach, an Mißerfolge zu glauben. Mit dieser wirksamen Methode zwinge ich die Götter, mir ihre Gunst zu schenken.«

Auf solche mythischen Wohltäter wollte Robbie sich nicht verlassen. Er vertraute eher seinen loyalen Clansmännern und erstklassigen Waffen. Aber er nickte ihr lächelnd zu. »Bis zum nächsten Sommer.« Er verneigte sich, dann verließ er den Salon.

In dieser Nacht fand Roxane keinen Schlaf, von widersprüchlichen Gedanken und Gefühlen geplagt. Wenn sie sich auch einredete, sie sei über Robbies jugendlichen Charme erhaben — eine innere Stimme flüsterte ihr das Gegenteil zu. Nein, einfach unvorstellbar — ein achtzehnjähriger Junge ...

26

Um neun Uhr abends saß Roxane im Salon und lauschte dem berühmten Dichter, umgeben von ihren Gästen. Helles Kerzenlicht erfüllte den Raum, Lakaien servierten Wein und Cognac, und aus dem Nebenzimmer drang leise Harfenmusik, die den Vortrag des Poeten untermalte.

Immer wieder schaute Roxane nervös auf die Uhr und

nippte an ihrem Rotwein, um sich für die gefährliche Begegnung mit Harold Goldfrey zu stärken.

Zur gleichen Zeit warteten Redmond und seine Männer in einem finsteren Winkel nahe dem Canongate House des Herzogs, bis es halb zehn war. Der Hauptmann hielt eine Uhr in der Hand und beobachtete im schwachen Licht, das aus einem Fenster auf die Gasse herabfiel, wie der vergoldete Minutenzeiger vorankroch. In der Nebenstraße stand eine Kutsche mit geschlossenen Jalousien, von einem bewaffneten Fahrer bewacht.

Robbie, Munro, Adam und Kinmont saßen in der Nische einer Taverne, nicht weit vom Castle entfernt. Zwischen den Vorhängen, die sie gegen den Schankraum abschirmten, konnten sie den Eingang sehen. Als Redmonds Bote eintrat, gab er ihnen das Zeichen zum Aufbruch.

Auf Elizabeths Tisch lag ein geöffnetes Buch, und sie neigte sich darüber. Aber die Zeilen verschwammen vor ihren Augen, während sie angespannt lauschte. Morgen abend, hatte Roxane erklärt und seither nichts mehr von sich hören lassen. Also heute ...

Elizabeth schaute zur angelehnten Schranktür hinüber, hinter der ihr Cape hing. Zum hundertsten Mal versuchte sie sich auszurechnen, wie viele Stunden verstrichen waren, seit man ihr das Dinner gebracht hatte. In ihrem Gefängnis gab es keine Uhr.

»Jetzt!« flüsterte Redmond und steckte die Uhr in seine Jackentasche. »Laßt euch nicht blicken, bis der Diener die Tür öffnet.«

Während er das Kopfsteinpflaster der Straße überquerte, an der Queensberrys Haus lag, folgten ihm seine Männer wie dunkle Schemen. Doch dann stand er allein vor dem Eingang, in der Kleidung eines städtischen Wachtpostens, mit ruhiger, gefaßter Miene, scheinbar unbewaffnet.

Als er anklopfte, öffnete sich ein kleines Gucklock, und ein Diener fragte ihn, was er zu so später Stunde wünsche.

»Der Herzog hat mich mit einer Nachricht zu Mistress Dunbar geschickt.«

Sobald der knarrende Riegel zurückgeschoben wurde, schlichen die Soldaten der Three Kings-Garde näher heran.

Die Tür schwang auf, Redmond stürmte hindurch und hielt dem alten Pförtner den Mund zu.

Lautlos drangen die Männer in das schmale, fünfstöckige Haus ein. Wenig später war der Pförtner gefesselt und geknebelt. Zwei Männer brachten ihn in seine Schlafkammer, um ihn zu bewachen und den anderen den Rückzug zu dekken. Auf leisen Sohlen stiegen sie die Treppenfluchten hinauf, überwältigten alle Dienstboten, die ihnen begegneten. Wie der Hauptmann von Roxane erfahren hatte, lag Elizabeths Zimmer im dritten Stock.

»Erschrecken Sie nicht, hier ist Redmond!« flüsterte er durch eine Ritze in der Tür. »Ich habe den Schlüssel.« Und dann stand er vor seiner Herrin. »Sind Sie bereit?«

Lächelnd nickte sie, nahm ihr Cape aus dem Schrank und legte es um die Schultern. »Wie weit Sie sich von unserem Heim entfernt haben ...«

»Sie auch, Mylady.«

»Morgen bin ich hoffentlich noch viel weiter weg.«

»Geben Sie mir Ihre Hand. Die Stufen sind ziemlich steil. Wir haben nur fünf Minuten Zeit.«

Drei Minuten später verließen sie das Haus des Herzogs, in dem tiefe Stille herrschte. Nach weiteren zwei Minuten erreichten sie die Kutsche, und Elizabeth fuhr durch das nächtliche Edinburgh nach Leith, wo das Schiff wartete. Redmond und seine Männer ritten zu beiden Seiten des Wagens.

Wie einfach das war, dachte sie und hielt sich an einem Riemen fest, während der Fahrer das Gespann anspornte und die polternde Kutsche durch enge Straßen rollte. Meine Rettung verdanke ich Roxane und meinem treuen Redmond ...

Noch wußte sie nicht, daß Roxane, die in diesem Augenblick Harold Godfrey anlächelte, auch ihrem einstigen Liebhaber zur Flucht verhelfen würde.

»Oh, Sie sind sehr pünktlich, Brusisson!« begrüßte sie Elizabeths Vater im vergoldeten Torbogen ihres Salons. »Verzeihen Sie, meine Gäste sind noch hier. Der Vortrag des Dichters dauert etwas länger als erwartet. Darf ich Ihnen ein Glas Cognac anbieten?«

»Ja«, stimmte er zu, ohne sein Mißfallen zu verbergen, und zählte die Leute, die er demnächst hinauswerfen würde.

»Bald werden sich alle verabschieden«, flüsterte sie ihm zu, umfaßte seinen Ellbogen und führte ihn ins Zimmer. »Die meisten gehen zu einer Versammlung im Blair Close. Haben Sie's eilig?« Ihr sanfter Unterton deutete an, sie würde sich für amouröse Aktivitäten lieber etwas Zeit nehmen.

»Nein, natürlich nicht.« Er war kein Narr, und es lohnte sich, auf eine so verführerische Frau zu warten.

»Wunderbar!« hauchte sie und drückte ihren Busen an seinen Arm. »Und nun will ich Ihnen einen exzellenten Cognac kredenzen.«

Inzwischen schwang das Außentor des Edinburgh Castle auf — dank der Bestechungsgelder, die Coutts großzügig verteilt hatte — und ließ die Carres ein.

Mit Hilfe eines zuvor vereinbarten Klopfzeichens wurden zwei weitere Barrieren überwunden. Geisterhafte Hände schienen Robbie und seinen Gefolgsleuten den Weg zu ebnen. Und dann waren sie auf sich selbst gestellt. Sie rannten durch die Fallgittertür, den Hawk Hill hinauf, zu den Gewölben unterhalb der Grat Hall.

In diesen Räumen herrschte pechschwarzes Dunkel. Zwei Männer entzündeten Fackeln, um die Stufen zu beleuchten, die in feuchtkalte Tiefen hinabführten. Vor den Verliesen im ersten Kerkergeschoß würfelten zwei Wachtposten. Ohne einen Laut von sich zu geben, sanken sie zu Boden, mit durchschnittenen Kehlen.

Auch die Wärter im nächsten Geschoß wurden erstochen. Kein einziger Zeuge durfte am Leben bleiben.

Als sie die letzte Metalltür erreichten, die von innen aufgesperrt werden mußte, trug Robbie ebenso wie seine Begleiter die Uniform eines toten Wachtpostens.

Die Tür öffnete sich. Blitzschnell sprang er hindurch und hob seine beiden Pistolen, um zwei Männer zu erschießen. Aus dieser unterirdischen Hölle drang der Krach nicht nach oben. Er riß einer der Leichen den Schlüssel aus der Hand und steckte ihn ins Schloß der Tür, die so sorgsam bewacht worden war.

Im flackernden Fackelschein sah er einen Mann, der reglos auf einer Strohmatte lag, das Gesicht nach unten gekehrt. Obwohl Coutts ihn gewarnt hatte, entsetzte ihn dieser Anblick. Johnnie trug immer noch seine blutbefleckten Breeches und Stiefel, und der entzündete, vereiterte Rücken sah so grausig aus, daß Robbie sich fragte, ob er zu spät gekommen war. Hastig kniete er neben seinem Bruder nieder und berührte dessen Wange, die sich fieberheiß anfühlte. Wenigstens ein Lebenszeichen ... Er beugte sich zu Johnnies Ohr hinab. »Kannst du mich hören? Ich bin's — Robbie. Jetzt hast du's überstanden. Wir holen dich hier raus.«

Ganz langsam hob Johnnie die Lider, als würde ihn diese Bewegung übermäßig anstrengen.

»Elizabeth«, hauchte er.

»Sei unbesorgt, sie ist in Sicherheit.«

Ein schwaches Lächeln verzog Johnnies Lippen. »Hilf mir auf die Beine.«

»Erst mußt du das schlucken.« Robbie schob ihm eine Pille in den Mund — ein Opiat, das Coutts empfohlen hatte, um Johnnies Schmerzen zu lindern. Dann zog Robbie ein Fläschchen aus der Tasche und flößte seinem Bruder etwas Wasser ein.

Diese geringfügigen Aktivitäten schienen Johnnie völlig zu entkräften, denn er schloß wieder die Augen.

Bedrückt wandte sich Robbie zu den anderen. »Ich glaube, wir müssen ihn tragen.«

»Wie denn?« murmelte Adam und starrte auf den geschundenen Rücken des Lairds.

»Wir haben keine Wahl. Wenn wir ihn nicht rausbringen, wird er in diesem elenden Loch sterben. Du und Kinmont, ihr faßt ihn auf beiden Seiten an, Munro und ich halten euch den Weg frei. Noch irgendwelche Fragen?« Als Robbie keine Antwort bekam, beugte er sich wieder über seinen Bruder. »Leider wird's eine Weile dauern, bis das Opiat zu wirken beginnt. Aber wir können nicht warten. Jetzt heben wir dich hoch. Alles klar?«

Johnnie nickte und wappnete sich gegen die Schmerzen.

Während sie ihn auf die Beine zogen, stöhnte er gequält. Aus allen Poren trat ihm kalter Schweiß. Obwohl er von Adam und Kinmont gestützt wurde, schwankte er. Nur seine Willenskraft hielt ihn aufrecht. Mühsam hob er den Kopf. »Wieviel Zeit haben wir?«

»Nur ein paar Minuten«, erwiderte Robbie und drehte sich zu ihm um. »Alle halbe Stunde unternehmen die Wachtposten einen Rundgang.«

»Dann will ich versuchen, auf eigenen Füßen zu gehen. Gebt mir einen Dolch.« Er grinste schief. »Falls ich Godfrey treffe.«

Robbie steckte seinen Dolch in Johnnies Gürtel. Dann begann der beschwerliche Aufstieg. Munro und Robbie eilten voraus, Johnnie folgte ihnen etwas langsamer, von Adam und Kinmont gestützt. Stumm zählte er die Stufen, als könnten die Zahlen seinem Gehirn helfen, die Beine zu bewegen.

Während Kinmont und Adam seine Oberarme umklammerten, paßten sie sich seinem Tempo an. In Schweiß gebadet, erreichte er die Tür, die aus dem Gewölbe unterhalb der Great Hall führte, und atmete dankbar die frische Winterluft ein, um seinen fieberheißen Körper zu kühlen. Nichts regte sich im Schatten der Schloßmauern, über der Stadt hingen Nebelschwaden.

»Noch zehn Minuten«, flüsterte Robbie und versuchte, im nächtlichen Dunkel den körperlichen Zustand seines Bruders einzuschätzen. »Schaffst du's?«

»Sogar — durch die Hölle würde ich kriechen«, stammelte Johnnie, »wenn ich nur hier rauskomme.«

»Die nächsten paar hundert Schritte könnten gefährlich werden.«

»Trotzdem bin ich bereit.« Nun mußte Johnnie seine allerletzten Kräfte aufbieten. Das Opiat begann sein Gehirn zu lähmen, die Beine bewegten sich wie aus eigenem Antrieb. Langsam stiegen sie den Hawk Hill hinauf, zum Außentor. Auf diesem Hang fanden sie keinen Schutz vor wachsamen Blicken, aber es gab keinen anderen Weg in die Freiheit.

Glücklicherweise verbarg sich der Mond hinter dichten Wolken. Nur ein einziger Soldat kam ihnen entgegen. Aber er war betrunken, und da sie die Uniformen der toten Wächter trugen, schenkte er ihnen keine Beachtung und wankte vorbei.

Jetzt mußten sie noch drei bewachte Tore passieren. Die ersten beiden wurden von bestochenen Männern geöffnet. Aber ehe sie das Pförtnerhäuschen am Außentor erreichten, in dem zwei Wachtposten Karten spielten, traten vier lachende Offiziere ein. Offensichtlich hatten sie sich in einer Taverne amüsiert. Zur Bestürzung der Carres, die im Schatten jenseits der beleuchteten Tür warteten, setzten sich die Heimkehrer zu den Wächtern.

Angespannt spähten die Flüchtlinge durch die halboffene Tür. Die Zeit lief ihnen davon. Bald würde man die Verliese inspizieren. Und Johnnies letzte Kräfte schwanden dahin. Mittlerweile lastete sein ganzes Gewicht auf Kinmont und Adam. »Geht rein und erledigt sie!« flüsterte er.

»Kannst du allein stehen?« fragte Robbie.

»Wenn ihr euch beeilt ...«, erwiderte Johnnie und lehnte sich an die Mauer.

Jeder Augenblick war kostbar, und so stürmten sie ins Pförtnerhaus, die Schwerter gezogen. Sobald das Scharmützel begann, schlüpften die bestochenen Wächter zur Tür hinaus, und die Offiziere mußten sich allein verteidigen. Als einer zusammenbrach, schrie ein anderer um Hilfe, und der Ruf hallte über den Exerzierplatz hinweg bis zum Fallgitter hinauf.

Sofort verstärkten die Carres ihre Bemühungen und drängten ihre Gegner an die Wand neben dem verriegelten Außentor.

An die Hofmauer gelehnt, einer Ohnmacht nahe, beobachtete Johnnie entsetzt, wie sich der gestürzte Soldat erhob, seine Pistole zog und auf Robbies Rücken zielte.

Automatisch riß Johnnie den Dolch aus dem Hosengürtel, verscheuchte den Nebel aus seinem Gehirn, ignorierte die Schmerzen. Während er zur Tür taumelte, sah er den Finger des Mannes, der sich um den Abzug krümmte.

Dieser Augenblick entfesselte neue Energien, und er schleuderte den Dolch ins Pförtnerhaus. Tief bohrte sich die Klinge in den Nacken des Offiziers, und Johnnies Knie gaben nach. Unter seinen Händen spürte er das kalte, feuchte Kopfsteinpflaster, dann versank er im schwarzen Nichts.

Wenig später trugen ihn seine Clansmänner über vier Leichen hinweg. So schnell sie konnten, eilten sie durch schmale, finstere Straßen, in den kleinen Stall hinter Roxanes Garten.

»Wartet hier, ich sehe mal nach, ob Godfrey schon verschwunden ist«, flüsterte Robbie. Zum Glück war sein Bruder immer noch bewußtlos. Unterwegs hatte Johnnies Rücken wieder zu bluten begonnen. Um keine Spuren zu hinterlassen, hatten sie ihre Hemden um seinen Oberkörper geschlungen. Jetzt war der provisorische Verband dunkelrot.

Angstvoll beobachtete Roxane, wie ihre Gäste nach der Dichterlesung den Salon verließen. Würden ihr die beiden Carres, die sich auf eleganten Chintzsofas schlafend stellten, einen ausreichenden Schutz vor Godfrey bieten? Mittlerweile war der vereinbarte Zeitpunkt von Johnnies Befreiung verstrichen.

Der letzte Gast stieg die Stufen hinab, und sie stand neben Harold Godfrey auf dem Treppenabsatz. Nirgends ließ sich ein Dienstbote blicken, was dem Earl von Brusisson nicht entging. Und so nutzte er die Gelegenheit. »Zeigen Sie mir Ihr Schlafzimmer, Roxane!« rief er und nahm sie in die Arme. »Schon den ganzen Abend warte ich auf Ihre Gunst.«

»Also wirklich, Brusisson!« Mit einem sanften Lächeln milderte sie ihren Tadel. »Ein Minimum an Galanterie wäre gewiß angebracht.«

»Wollen Sie mich wie einen dummen Jungen an der Nase herumführen, Madam? Nachdem ich mir nur Ihretwegen diese gräßliche Geschichte anhören mußte?«

»Sir, ich glaube, Sie haben die Einladung mißverstanden.« Nun klang ihre Stimme etwas schärfer, und Roxane versuchte sich loszureißen.

Aber er hielt sie eisern fest. »Oder Sie haben meine Absichten mißdeutet, Madam.«

»Wenn dies so ist, werden Sie mich doch wohl kaum in meinem Haus bedrohen!« rief sie, um die Männer im Salon zu alarmieren.

»Warum sollte ich Ihnen drohen?« Sein Lächeln bildete einen krassen Gegensatz zu seinem eisigen Blick. »Sicher werden Sie so freundlich sein und meine Geduld belohnen.«

»Nun, vielleicht später — wenn ich Sie besser kenne, Brusisson. Sie sind viel zu stürmisch. Würden Sie jetzt bitte gehen?« Endlich gelang es ihr, sich zu befreien, doch er riß sie sofort wieder an seine Brust.

»Nicht so schnell, mein Kätzchen ...«

»Hören Sie lieber auf die Lady«, empfahl eine Männerstimme, und er fuhr herum. Die beiden Gäste schliefen nicht mehr. Nun standen sie auf der Schwelle des Salons.

»Wünschen Sie der Gräfin eine gute Nacht!« befahl er. »Und dann verschwinden Sie!«

»Diese Engländer haben einfach keine Manieren«, seufzte der dunkelhaarige Mann, eine Hand am Schwertgriff.

»Lassen Sie die Lady los, Brusisson!« stieß der andere hervor.

In diesem ungünstigen Augenblick tauchte Robbie aus dem Schatten des Korridors auf, der zum Dienstbotenflügel führte.

Als Roxane ihn entdeckte, fürchtete sie einen erbitterten, blutigen Kampf und drängte Godfrey zur Treppe. »Darf ich Ihnen einen Vorschlag machen, Harold? Kommen Sie ein andermal wieder, wenn wir eine bessere Gelegenheit finden, einander kennenzulernen. Vielleicht morgen ... Dann werden Sie diese jungen Burschen nicht mehr antreffen. Die sind viel zu betrunken, und man kann nicht vernünftig mit ihnen reden. Bitte ...«

Forschend betrachtete er ihr Gesicht und fragte sich, ob sie es ehrlich mit ihm meinte. Wie auch immer, er wollte sich nicht mit zwei starken jungen Schotten messen, mochten sie auch vom Cognac benebelt sein.

»Morgen um fünf werden Sie mich allein antreffen«, versprach Roxane.

Nur zögernd ließ er sie los. »Ihr Diener, Madam. Bis morgen.«

Noch ehe Godfrey den Fuß der Treppe erreicht hatte, rannte Robbie zu Roxane und wollte ihm folgen. Mit aller Kraft hielt sie ihn zurück und wisperte: »Mach keine Dummheiten! Er geht doch ohnehin! Denk an Johnnie!«

Ihre logischen Argumente ließen seinen Widerstand erlahmen, aber er runzelte immer noch rebellisch die Stirn. Als sie ihn in den dunklen Korridor zurückschob, fauchte er: »Dieser Schurke hat dich angefaßt! Den bringe ich um!«

»Unsinn! Jetzt ist er weg. Bitte ...«

Allmählich verrauchte sein Zorn, und er konnte wieder klar denken. »Vielen Dank, daß du Godfrey lange genug aufgehalten hast«, sagte er leise und küßte ihre Hand. »Es war verdammt gefährlich. Aber Johnnie ist gerettet. Wir müssen ihn nur noch vom Stall ins Haus bringen. Kümmert euch darum!« wies er seine Clansmänner an.

Eine Stunde später schlief Johnnie friedlich in einem sauberen, weichen Bett. Seine Wunden waren gereinigt worden, ein starkes Medikament linderte die Schmerzen.

Aber Roxanes Haushälterin schüttelte besorgt den Kopf. »Er leidet an Wundfäulnis, Mylady, und ich weiß nicht, ob die Umschläge ihn retten können.«

Ein Bote wurde an Bord der *Trondheim* geschickt, um Elizabeth über Johnnies Befreiung zu informieren. Während der Nacht hielten Roxane und die Carres an Johnnies Bett Wache.

»Wird Elizabeth hierherkommen, Robbie?« fragte Adam.

»Glaubst du, Redmond kann sie zurückhalten? Natürlich wird er sein Bestes tun. Mittlerweile muß es in ganz Edinburgh von Patrouillen wimmeln.«

»*Ich* würde jedenfalls nicht auf diesem Schiff bleiben, wenn ich wüßte, in welchem Zustand sich mein Mann befindet«, verkündete Roxane.

»Du warst bei Jamie in Namur, nicht wahr?« fragte Robbie.

»Ja«, flüsterte sie. Der Anblick des schwerverletzten Patienten hatte schmerzliche Erinnerungen geweckt.

Um sie zu trösten, setzte sich Robbie zu ihr auf das Sofa und legte einen Arm um ihre Schultern. »Ich wünschte, ich hätte dir damals helfen können«, beteuerte er so leise, daß die anderen nichts hörten, und sie lehnte sich an ihn.

Diplomatisch wechselte Munro das Thema, sprach von

Holland, vom Apotheker, der jeden Augenblick erscheinen mußte, um Arzneien und Salben zu bringen. Wenig später traf der Mann ein.

Während er erklärte, welche Wirkung die einzelnen Medikamente ausübten, erklangen Schritte im Flur. Roxane und die Carres erhoben sich erschrocken.

Aber ehe sie die Tür erreichten, flog sie auf, und Elizabeth stand auf der Schwelle, leichenblaß vor Angst. Sie stellte keine Fragen, starrte den Mann an, der im Bett lag, beobachtete die schwachen Atemzüge, die seinen Rücken bewegten. Erleichtert atmete sie auf. Er lebte ...

Tränen verschleierten ihre Augen. Dann ging sie zu Johnnie. Ganz vorsichtig, um ihn nicht zu wecken, berührte sie seine Hand, als müßte sie sich vergewissern, daß er wirklich und wahrhaftig hier war. Wie schrecklich mußte er gelitten haben ... Niemand wagte zu sprechen, bis sie sich vom Bett abwandte.

»Oh, ich danke euch allen. Ihm zuliebe habt ihr euer Leben gewagt. Und es soll keine vergebliche Liebesmüh gewesen sein. Er wird nicht sterben. Dafür will ich sorgen.«

Zuerst umarmte sie Robbie, dann Roxane und die anderen, sogar die Haushälterin und den Apotheker, die nicht recht wußten, wie sie auf dieses demokratische Verhalten reagieren sollten.

»Sagen Sie mir doch, was ich tun muß«, bat Elizabeth den Apotheker, legte ihren Umhang ab und warf ihn auf einen Stuhl. »Ich will alles lernen, was eine tüchtige Krankenschwester wissen muß.«

Ihr entschlossener, optimistischer Unterton mußte irgendwie in Johnnies Bewußtsein gedrungen sein, denn er öffnete die Augen und bewegte die Lippen. »Liebling ...«

Sofort drehte sie sich zu ihm um und schluchzte halb erstickt: »Hier bin ich.«

Da fielen ihm die Augen wieder zu. »Geh nicht weg!« hauchte er und tastete nach ihr.

»Nein, ganz sicher nicht«, versprach sie und hielt seine Hand fest.

Seine kraftlosen Finger in ihre geschlungen, schlief er wieder ein.

27

Die anderen ließen Elizabeth mit ihrem Mann und einigen hilfreichen Dienstboten allein. Um drei Uhr morgens stieg Roxane mit Robbie die beiden Treppenfluchten hinab, die zu ihrem Schlafzimmer führten. Vor der Tür blieb sie stehen und suchte nach Worten. »Danke, daß du freundlich zu mir warst ... Ich hatte gedacht, jene Erinnerungen wären längst begraben.«

»Sicher waren die Umstände zu ähnlich. So etwas vergißt man nicht so leicht.« Dann sah sie ihn im schwach beleuchteten Flur lächeln. »Wenigstens weckt Elizabeths kompromißloser Optimismus neue Hoffnungen. Hast du ihre hitzige Diskussion mit dem Apotheker gehört — den Streit um die Frage, ob Johnnie mit frischen Umschlägen geweckt werden soll oder nicht?«

Roxane nickte belustigt. »Oh, sie wird sich ganz bestimmt zu einer ausgezeichneten Krankenpflegerin entwickeln. Was für ein wunderbares Paar, Johnnie und Elizabeth — beide so entschlossen und tatendurstig ...«

»Darf ich in dein Zimmer mitkommen?« unterbrach er sie sanft. In diesem Augenblick interessierte er sich nicht mehr für seinen Bruder und die Schwägerin.

»Nein«, erwiderte sie, obwohl die Versuchung fast übermächtig war.

»Also, dann wünsche ich dir eine gute Nacht.« Nur ganz leicht berührten seine Fingerspitzen ihre Hand. Er wagte es nicht, sie zu küssen, denn seine Selbstdisziplin hatte gewisse Grenzen.

»Bis morgen«, flüsterte sie und schloß lautlos die Tür.

Tiefe Stille erfüllte das große Haus, aber sie fand keinen Schlaf. In einem bequemen Sessel vor dem Feuer betrachtete sie ihr Glas und hoffte, der Rotwein würde ihre Nerven beruhigen, den Aufruhr ihrer Gedanken beschwichtigen. Doch dieser Wunsch erfüllte sich nicht.

Schließlich stand sie auf, wandte sich vom Kamin ab und hielt erschrocken den Atem an. Auf ihrem gelben Seidenkleid schimmerte der Widerschein zuckender Flammen.

»Ich mußte einfach zu dir kommen, weil ich die Trennung nicht ertrug«, seufzte Robbie, der an der Tür lehnte, immer noch genauso gekleidet wie bei der Befreiung seines Bruders. Da er sein Hemd benutzt hatte, um Johnnies blutenden Oberkörper zu bandagieren, sah sie seine nackte, muskulöse Brust unter der geöffneten Jacke und schluckte mühsam.

»Wie lange bist du schon hier?« flüsterte sie.

»Nicht allzu lange. Als ich dich verließ, wollte ich deinen Wunsch erfüllen und ging nach oben.«

»Aber dann hast du dich anders besonnen.«

»Ja. Und jetzt kannst du mich nicht mehr wegschicken.«

Entschlossen straffte sie die Schultern. »Dies ist mein Haus.«

»Ja, ich weiß.«

»Du hast dir eine sehr ungünstige Nacht ausgesucht.«

»Auch das weiß ich.«

»Ich könnte einen Diener rufen und dich hinauswerfen lassen.«

»Vielleicht solltest du das tun.« Leise klirrten die geöffneten Schnallen an seiner Lederjacke, und das Geräusch zog Roxane in einen seltsamen Bann, lenkte ihren Blick auf seine nackte Brust, die bronzebraune Haut. Offenbar erriet er ihre Gefühle, denn er ergriff ihre Hand und preßte sie an sich.

»Spürst du, wie ich brenne? Diese Glut hast *du* entfacht.«

Ihr Herz schlug immer schneller. »Aber ich versuche dagegen anzukämpfen ...«

»Genau das wollte ich auch. Ich sagte mir, es sei verwerflich, dich in deiner wehmütigen Stimmung zu bedrängen. Und da bin ich — taktlos, selbstsüchtig, ungeduldig. Und ich lasse mir keine zweite Abfuhr erteilen.«

»Hör mir doch zu ...«

Mühsam unterdrückte er einen Fluch. Bis jetzt hatte er seine Sinnenlust noch nie bezähmen müssen, und es fiel ihm schwer, sich zu beherrschen. »Also gut, reden wir miteinander.« Er nahm ihre Hand, führte sie zu der Sitzgruppe vor dem Kamin und sank in einen Sessel. Aber als sie im zweiten Platz nehmen wollte, zog Robbie sie auf seinen Schoß. »Nun, ich höre. Aber erzähl mir jetzt nicht, daß du achtundzwanzig und die Mutter von fünf Kindern bist. Das ist mir nämlich egal.«

»O Robbie ...«

»Wirklich, ich mein's ernst.«

»Heute nacht bin ich viel zu verletzlich«, gestand sie.

»Sicher wird dir nichts Schlimmes widerfahren. Ich halte dich ganz fest.«

»Morgen werde ich mich selber hassen.«

»O nein, das gedenke ich zu verhindern.«

»Und was werden die Dienstboten sagen?«

Seufzend verdrehte er die Augen. »Das ist keine gute Ausrede.«

»Und wenn ich Kopfweh habe ...«

»Das wird bald vergehen. Falls dir keine weiteren Ausreden einfallen, könnten wir jetzt ...« Er schob einen Arm unter ihre Kniekehlen.

»Warte ...«

»Ja?«

»Es wäre unklug.«

»Das ist nun wirklich die allerdümmste Ausflucht.« Grinsend stand er auf und trug sie zur Tür. »Am besten drehe ich den Schlüssel im Schloß herum, dann werden uns keine neugierigen Dienstboten stören.«

»Oh, ich habe ein furchtbar schlechtes Gewissen«, flüsterte sie an seiner Schulter, während er die Tür versperrte. »Ich bin so unentschlossen — so unsicher ...«

»Gleich wird's dir besser gehen«, versprach er und küßte ihre Nasenspitze.

»Oh, du arroganter Bursche!« schimpfte sie, aber ihre violetten Augen strahlten, und sie schlang ihre Arme fest um seinen Hals.

Jetzt konnte er sich nicht länger bezähmen. Er sank mit ihr aufs Bett, zerrte ihre Röcke nach oben. Wenn er seine Lust nicht sofort stillte, würde er sie womöglich vergewaltigen.

»Deine Stiefel ...«, begann sie.

»Später!« Ein heißer, fordernder Kuß verschloß ihr den Mund, und jetzt erwachte auch in ihr ein unwiderstehliches Verlangen. Nur für einen kurzen Augenblick richtete er sich auf, um seine Hose aufzureißen, und als er mit ihr verschmolz, wußte sie nicht mehr, warum sie sich dieses Glück so lange versagt hatte.

»Daran wolltest du dich nicht erinnern«, flüsterte er sehr viel später und streichelte ihre nackten Brüste, ihre Hüften, ihre Schenkel. »Aber jetzt weißt du wieder, wie es in jener Sommernacht war. Und ich werde dir nie wieder erlauben, das zu vergessen.«

Am nächsten Morgen wurde sie wach geküßt und erkannte, daß sie sich wider ihres besseres Wissen wieder verliebt hatte. »Jetzt mußt du gehen«, wisperte sie, von wachsender Angst erfaßt. Wie sollte sie dieses überwältigende Problem meistern? Seit Kilmarnocks Tod führte sie ein angenehmes, wohlgeordnetes Leben. Diese neue Liebe würde nicht nur ihren eigenen Seelenfrieden erschüttern, sondern auch ihre Kinder bedrohen. Und dann die Schande! Ein Altersunterschied von zehn Jahren — eine solche Kluft konnte man nicht überbrücken.

»Möchtest du Schokolade zum Frühstück?« Robbies Lippen glitten über ihre Wange.

»Aber du kannst nicht bei mir bleiben. Überleg doch, welch ein ...«

»Skandal?«

»Ja.«

»Wenn du willst, ziehe ich mich an und helfe dir bei der Morgentoilette. Aber ich gehe nicht.«

»O Gott ...«

»Seit wir die wunderbare Nacht auf der Yacht verbracht haben, liebe ich dich.«

»Sag das nicht!«

Da nahm er ihr Gesicht in beide Hände. »Schau mich an! Ich gehe nicht weg. Und ich werde nicht aufhören, dich zu lieben. Ich bin hier, und ich bleibe hier, und wenn du's auch bestreitest — du erwiderst meine Gefühle. Das hast du mir letzte Nacht gestanden.« Als sie den Kopf schütteln wollte, hielt er ihn eisern fest, und seine dunklen Augen schienen sie zu durchbohren. »Daran erinnere ich mich ganz genau.«

»Nein!« stöhnte sie verzweifelt.

»Vielleicht wirst du mir diesmal die Geschenke nicht zurückschicken, so wie im vergangenen Sommer«, meinte er lächelnd.

»O Robbie ...« Plötzlich hingen Tränen an ihren Wimpern. »Es geht nicht. Den Spott könnte ich nicht ertragen. Warum genießen wir nicht einfach ...«

»Die Sinnenlust«, unterbrach er sie kühl. Abrupt ließ er sie los, drehte sich auf den Rücken und starrte zum gerüschten Baldachin empor. »Hast du all den Männern erklärt, du würdest sie lieben?«

»Was soll das heißen? All die Männer?«

»Willst du etwa behaupten, nach Kilmarnock habe es nur Johnnie gegeben?«

»Nein, natürlich nicht.«

»Wie viele waren es denn?«

»Darauf gebe ich dir keine Antwort.«

»Dann verrat mir wenigstens, ob du jedem einzelnen deine Liebe gestanden hast?«

»Nein!« fauchte sie. »Bist du jetzt zufrieden? Verdammt noch mal, ich liebe dich! Und du wirst mich ins Unglück stürzen, das Leben meiner Kinder zerstören! Ganz Edinburgh wird mich verhöhnen! Hoffentlich weißt du, was du angerichtet hast, als du letzte Nacht in mein Zimmer gekommen bist. Obwohl ich dich abwehrte — obwohl ich mein Bestes tat, um dir zu widerstehen ... Oh, ich hoffe, du bist glücklich über deinen Erfolg!«

»Schreist du oft so laut?« fragte er grinsend.

»O ja!« bestätigte sie, die Wangen zornrot. »Verschwinde lieber, solange du noch die Chance hast!«

»Oh, ich bin ein sehr toleranter Mann.«

»Ein alberner Junge bist du!«

»Schon lange nicht mehr«, widersprach er gelassen und selbstsicher. Schon mit dreizehn Jahren hatte er die Universität besucht — zunächst in Edinburgh, später in Utrecht und Paris. Schon damals war er ein exzellenter Schwertfechter und Pistolenschütze gewesen. Und er hatte schon in jungen Jahren seine ersten Erfahrungen mit Frauen gesammelt. »Glaub mir, dein Alter interessiert mich nicht. Deine dumme Eitelkeit ist ausschließlich *dein* Problem.«

»Oh, du hast leicht reden! Aber ich weiß nicht, ob ich

tapfer genug bin, all die ironischen Kommentare zu ertragen.«

»Versuch doch mal, die Situation aus einem anderen Blickwinkel zu betrachten. Deine Kinder mögen Johnnie. Sie haben ihn immer wie einen Onkel betrachtet. Und genau das soll er nun werden.«

»Was? Ich kann dich doch nicht *heiraten*!« Roxane hatte bestenfalls eine Liaison erwogen. Aber eine *Ehe* ... »Unmöglich! Alle Welt würde sich den Mund über uns zerreißen!«

»Nimmst du das wirklich so wichtig, Roxane?«

»Oh, du hast ja keine Ahnung!«

»Offensichtlich nicht. Erklär mir's doch.«

»Weißt du noch, wie Lady Keir ihren jungen Vikar geheiratet hat?«

»Nein.«

»Nun, jedenfalls hat sie's getan, und die Leute haben mindestens ein Jahr lang boshafte Witze über ihr Alter, seine Jugend und seine göttlichen Talente gemacht.«

»Wirklich, Liebling, das Thema beginnt mich zu langweilen. Ob du zehn Jahre oder hundert Jahre alt bist, interessiert mich überhaupt nicht, und ich wünschte, du würdest auch so denken. Bis zum Sommer werde ich ohnehin verreisen. Also hast du genug Zeit, dich an dein neues Leben an meiner Seite zu gewöhnen.«

»Und wenn du in der Zwischenzeit herausfindest, daß du mich gar nicht liebst?«

Zärtlich zog er sie an sich, seine Hand glitt zwischen ihre Schenkel. »Wie oft soll ich dir meine unsterbliche Liebe denn noch beweisen?«

Da kapitulierte sie lachend. »Ach, Robbie, ich geb's auf ...«

»Wird auch langsam Zeit.«

28

»Ich kann dich riechen.« Welch ein vertrautes Flüstern ... Elizabeth hatte sich auf Johnnies breitem Bett ausgestreckt. Nun blinzelte sie verwirrt, spähte zu ihm hinüber. Aber seine Augen waren geschlossen, die Atemzüge tief und gleichmäßig. Sie schlief wieder ein, erschöpft nach der langen Nachtwache.

Nach einer Weile hob er die Lider und schaute sich um. Wo mochte sie sein? Ihr süßer Duft stieg ihm in die Nase — unverkennbar. *Da* ...

»Liebste!« Jetzt klang seine Stimme etwas kräftiger. Heiße Freude erfüllt ihn.

Sofort war sie hellwach. Als sie seinem Blick begegnete, stieß sie einen Jubelschrei aus, rückte näher zu ihm und umfaßte seine Hand. Er lag auf dem Rücken. Lächelnd küßte sie ihn, dann schmiegte sie ihre Wange neben seiner ins Kissen. »Du siehst großartig aus.« In ihrer innigen Liebe ignorierte sie seinen elenden Zustand, nahm nur die neuen Lebensgeister wahr, die sich in ihm regten.

»Ich habe dich so vermißt ...«

Wieviel hatte er ihretwegen erlitten ... Bei diesem Gedanken mußte sie mit den Tränen kämpfen. »Von jetzt an lasse ich dich nie wieder aus den Augen.«

»Sind wir in Sicherheit?«

»In Roxanes Haus.«

»Gut«, seufzte er lächelnd. »Küß mich wieder — hundertmal ...«

Nur zu gern tat sie ihm den Gefallen, bis Munro erschien, um nach seinem Vetter zu sehen und die Ereignisse in allen Einzelheiten zu schildern.

Nachdem er seinen Bericht beendet hatte, fragte Johnnie: »Was glaubst du, wie lange die *Trondheim* noch hier ankern kann?«

»Heute morgen ist sie ausgelaufen. Das ganze Land und alle Küstengewässer werden nach dir abgesucht. Da sie eine verderbliche Fracht an Bord hatte, konnte sie nicht länger warten.«

»Und in acht Tagen kehrt sie aus Veere zurück.«

»Oder in zwei Wochen. Das hängt um diese Jahreszeit von den Stürmen ab.«

Johnnie grinste schwach. »Also muß ich heute morgen noch nicht aufstehen.«

»Warte lieber noch einen Tag«, scherzte Munro.

Am nächsten Morgen ließ Johnnie sich in einen Lehnstuhl helfen. Eine Zeitlang saß er auf der Bettkante, das Gesicht schmerzverzerrt, die Zähne zusammengebissen. Schweiß perlte auf seiner Stirn, als er zum Sessel wankte, von zwei Männern gestützt. Dann sank er langsam und vorsichtig in die Polsterung.

Mehrere Minuten verstrichen, ehe etwas Farbe in sein Gesicht zurückkehrte, bis er wieder normal atmen konnte. Lächelnd schaute er in die ängstlichen Gesichter, die ihn umringten. »Nur keine Bange, ich werde schon nicht zusammenbrechen. Wenigstens vorerst nicht. Würde mir mein Pflegepersonal ein Glas Wein gestatten? Das kann meiner Gesundheit sicher nicht schaden, und ich würde es dem Opium vorziehen.«

Sechs Leute eilten davon, und wenig später nippte Johnnie an einem ausgezeichneten Rotwein.

Dank seiner Jugend und kräftigen Konstitution erholte er sich sehr schnell. Rosanes fachkundiger Apotheker war eine große Hilfe. Da er öfter zu hitzköpfigen Burschen gerufen wurde, die ihre Streitigkeiten mit Schwertkämpfen austugen, wußte er genau, welche Kräuter und Salben man verwenden mußte, um schlimme Fleischwunden zu kurieren.

Um keine Aufmerksamkeit auf das Haus zu lenken, setzte Roxane ihre gesellschaftlichen Aktivitäten fort, schränkte sie allerdings etwas ein. Auf einigen Parties traf sie den Earl von Brusisson. Sie entschuldigte sich für das abgesagte Rendezvous und erklärte, sie habe ihn nicht empfangen können, weil ihre Kinder krank geworden seien. Derzeit würde sie keine Einladungen geben.

In der Öffentlichkeit fiel es ihr nicht schwer, Godfreys Avancen abzuwehren. Sogar er mußte sich an die Gepflogenheiten aristokratischer Salons halten. Am Morgen nach Johnnies Ankunft hatte sie ihre Kinder auf einen ihrer Landsitze geschickt. Die älteren verstanden zwar, daß es notwendig war, in gewissen politischen Situationen Stillschweigen zu bewahren. Aber die jüngeren mochten in der Schule etwas ausplaudern und eine Katastrophe heraufbeschwören.

Nicht einmal sich selbst gestand sie ein, daß die Trennung von den Kindern noch einen anderen Grund hatte, die

Sehnsucht nach ihrem ungestümen jungen Liebhaber, dem sie möglichst viel Zeit widmen wollte. Jeden Tag zogen sie sich für mehrere Stunden in ihr Schlafzimmer zurück. Nur zu den Mahlzeiten gingen sie in die Gästesuite der Ravensbys. Wenn sie auch nicht über ihre Gefühle sprachen, ihre Blicke und Gesten verrieten deutlich genug, wie sehr sie einander liebten.

Eines Abends, als Elizabeth bereits eingeschlafen und Roxane ausgegangen war, wartete Robbie ungeduldig auf die Rückkehr seiner Liebsten. Johnnie beobachtete, wie sein Bruder rastlos umherwanderte, und fragte: »Nimmst du Roxie nach Holland mit?«

»Nein.«

»Also ist es nichts Ernstes?« Erstaunt hob Johnnie die Brauen. Sollte er sich getäuscht haben?

Robbie blieb stehen und wandte sich zu seinem Bruder, der vor dem Kamin auf einer Chaiselongue lag. »Oh, doch. Ich sagte ihr, im Sommer würden wir zurückkehren. Wenn die ganze Familie zu uns käme, würden die Kinder zu abrupt aus ihrer gewohnten Umgebung gerissen. Glaub mir, ich meine es ernst. Und erzähl mir bloß nichts von Roxies Alter!«

»Das hatte ich gar nicht vor.« Roxane war auch älter als Johnnie selbst und trotzdem eine zauberhafte Gefährtin gewesen. »Aber vielleicht können wir im Sommer noch nicht nach Schottland reisen. Es dürfte etwas länger dauern, die Angelegenheiten zu regeln.«

»Trotzdem komme ich im Sommer zurück.« Robbie schnitt eine Grimasse und ließ sich in einen Sessel fallen.

»Bist du dir deiner Gefühle für Roxie so sicher?«

»Ausgerechnet du stellst diese Frage — der Mann, der mit Harold Godfreys Tochter verheiratet ist?«

»Natürlich, verzeih mir.«

»Großer Gott, wie lange werden wir denn brauchen, um die Ländereien und das übrige Vermögen wiederzugewinnen?« Seit Jahren gewöhnt, seinen Willen durchzusetzen, war er optimistischer gewesen.

»Queensberry wird vom Hof unterstützt. Hingegen besitzen wir Wechsel von allen reichen schottischen Kaufleuten. Außerdem wickeln wir ihre Geschäfte in Europa ab und verwalten ihre Kredite. Da das Meer von französischen Freibeutern wimmelt, ist der internationale Preis für Wechsel enorm gestiegen ...« Johnnie lächelte. »Mit jedem Tag steigt die Gefahr gewaltiger Pleiten.«[10]

»Ja, es hat gewisse Vorteile, wenn man in Europa schottische Kaufmänner vertritt«, murmelte Robbie. Die Bankverbindungen der Carres reichten von Paris und Bordeaux bis nach London, Edinburgh, Amsterdam, Hamburg, Danzig und Stockholm.

»Vergiß nicht, daß wir auch einen Teil der schottischen Regimenter in Marlboroughs Krieg finanzieren. Coutts ist nach London geritten, um meine Position in allen Einzelheiten zu erläutern. Innerhalb eines Monats soll dem Kronrat ein dringendes Gesuch vorgelegt werden.«

»Aber der Gerichtstermin muß noch festgelegt werden«, seufzte Robbie. »Nur der Teufel weiß, wie lange das dauern mag.«

»Nicht unbedingt. Der Kronrat kann die Verhandlung einfach abblasen. Kein Prozeß, keine Verurteilung — und Quennsberry muß Goldiehouse verlassen. Bleibt nur mehr meine Rache an Godfrey ...«

»Und Elizabeth?«

»Darüber habe ich noch nicht mit ihr gesprochen, und ich will es auch nicht tun. Was immer sie empfinden mag, Godfrey ist eine Gefahr für meine Familie, und deshalb muß er sterben.«

Ereignislos und angenehm verliefen die nächsten Tage. Johnnie genas zusehends, Elizabeths Niederkunft rückte näher, Roxane und Robbie erforschten die neue Wunderwelt ihrer Liebe.

An einem sonnigen Märznachmittag segelte die *Trondheim* in den Hafen von Leith.

Und die Gäste im Kilmarnock House trafen Reisevorbereitungen.

29

Es dauerte einige Zeit, bis der Kapitän der *Trondheim* die Zollformalitäten erledigt hatte und bis die Fracht gelöscht war. Für die Reisenden wurden ein Arzt und eine Hebamme engagiert. Johnnie fühlte sich immer noch schwach, und das Baby würde die Ankunft in Rotterdam vielleicht nicht abwarten.

Nach wie vor nahm Roxane an gesellschaftlichen Veranstaltungen teil, um keinen Verdacht zu erregen. Am Abend, bevor das Schiff auslaufen sollte, besuchte sie eine Dinnerparty, die Gräfin Sutherland gab, um die Verlobung ihrer ältesten Tochter zu feiern. Vor dem Ball, der im Anschluß an das Dinner stattfinden sollte und zu dem noch mehr Gäste erwartet wurden, verabschiedete sich Roxane.

Als sie in der Halle auf ihre Kutsche wartete, kamen Queensberry und Godfrey herein. Sie konnte ihnen unmöglich aus dem Weg gehen, und sie wagte es auch nicht. Seit Johnnies Flucht fahndete man im ganzen Land nach ihm. Deshalb durfte Roxane auf keinen Fall den Argwohn seiner Feinde wecken. Und so lächelte sie liebenswürdig.

»Sind Sie eben erst eingetroffen?« fragte Queensberry und beugte sich über ihre Hand.

»Nein, ich gehe gerade. Meine Kinder sind krank, und ich habe Jean versprochen, mit ihr zu essen.«

»Wie schade ... Plötzlich entdeckte der Herzog einen seiner Adjutanten, der mit mehreren Gästen am Fuß der Treppe stand und ihm eifrig zuwinkte. »Sicher werden wir Ihre reizende Gesellschaft vermissen. Bitte, entschuldigen Sie mich jetzt, Gräfin. Fenton scheint sich über irgend etwas aufzuregen.« Höflich verneigte er sich und ging davon.

Aber Godfrey folgte ihm nicht. Hoch aufgerichtet blieb er vor Roxane stehen, in feuerrotem Damast, der zu seinem glutvollen Blick paßte. »Seit Tagen ist es Ihnen gelungen, mir auszuweichen, Madam.«

»Keineswegs, Godfrey. Da meine Kinder krank sind, empfange ich weder Sie noch andere Besucher.« Instinktiv zog sie ihr Samtcape enger um ihre Schultern, als müßte sie sich schützen.

»Trotzdem gehen Sie gelegentlich aus. Erweisen Sie mir doch in meiner Suite die Ehre.«

»Tut mir leid.« Mit einem ausdruckslosen Lächeln ging sie über die plumpe Aufforderung hinweg. »Im Moment ist meine Zeit sehr begrenzt, und ich nehme nur die Einladungen an, die ich unter keinen Umständen ablehnen kann. Immerhin leiden alle meine fünf Kinder an Pocken.[11] Vielleicht ein andermal ...«

»Hätten Sie vielleicht jetzt ein wenig Zeit für mich, Madam?« Schmerzhaft gruben sich seine Finger in ihren Oberarm.

»Also wirklich, Godfrey, solche Angriffe finde ich äußerst unangenehm. Lassen Sie mich los, oder ich muß um Hilfe rufen.«

Um seine Macht zu demonstrieren, hielt er sie noch eine Weile fest, ehe er ihren Wunsch erfüllte. »Allzulange warte ich nicht mehr, Madam.«

»Sie müssen sich wohl oder übel gedulden, bis es mir angenehm ist!« fauchte sie — unfähig, ihren Zorn zu verhehlen.

»Nun, wir werden sehen.« Seine grauen Augen funkelten eisig.

»Allerdings!« bestätigte sie und eilte an ihm vorbei zum Ausgang, ohne zu bedenken, daß ihre Kutsche womöglich noch nicht vorgefahren war. Oh, dieser verdammte Engländer, dachte sie, der Teufel soll Godfrey und den aalglatten Queensberry holen ... Wie sie diese gewissenlose Bastarde haßte!

Am nächsten Abend schrieb sie gerade einen Brief an ihre Kinder, als Johnnie den Salon betrat. Es überraschte sie, ihn im ersten Stock zu erblicken. Trotz seiner raschen Genesung war er immer noch etwas schwach auf den Beinen. Lächelnd musterte sie ihn über ihren zierlichen Schreibtisch hinweg. »Oh, du hast drei Treppenfluchten geschafft!«

»Wie du siehst.«

»Bist du reisefertig?« fragte sie und betrachtete seinen rostroten Ledermantel, das schimmernde Schwert an seiner Seite.

»Die anderen müssen noch einiges erledigen. Sobald sie zurückkommen, brechen wir auf, und wenn es dunkel wird, segeln wir los.« Er setzte sich ihr gegenüber auf ein Sofa. »Vorher wollte ich dir noch einmal danken.«

»Keine Ursache — es war mir ein Vergnügen, Queensberry und Godfrey eins auszuwischen.«

»Robbie hat mir erzählt, du willst uns nicht nach Holland nachkommen.«

Ehe sie antwortete, legte sie ihren Federkiel beiseite und faltete die Hände auf der intarsierten Tischplatte. »Wegen der Kinder darf ich's wohl kaum in Betracht ziehen — und wenn ich vernünftig wäre, sollte ich nicht einmal einen Gedanken daran verschwenden. Er ist viel zu jung. Und ich habe mich ohnehin schon lächerlich gemacht . . .«

»Vielleicht hätte ich dir vor einem Jahr zugestimmt. Damals kannte ich das Glück, das weit über gelegentliche Sinnenfreuden hinausgeht, noch nicht. Großer Gott, Roxie, gerade wir beide müßten doch wissen, worin der Unterschied zwischen *amour* und Liebe besteht. Das eine haben wir jahrelang praktiziert, dem anderen sind wir geflissentlich ausgewichen.«

»Ein Mann in deinen Kreisen hat's viel leichter. Jederzeit kann er sich eine jüngere Frau nehmen. Aber eine Frau, die einen wesentlich jüngeren Mann heiratet, wird verhöhnt.«

»Darüber müßte die kosmopolitische Gräfin Kilmarnock doch erhaben sein. Aber sei unbesorgt. Sobald wir Queensberry unseren Besitz wieder entrissen haben, werde ich Robbie helfen, dich zu verteidigen, und stopfe allen Spöttern den Mund.«

»Aber die Kinder werden unter dieser Situation leiden.«

»Meinst du die Kinder, die ich kenne? Die in den letzten zehn Jahren die Geduld und Ausdauer zahlloser Gouvernanten und Lehrer auf eine harte Probe stellten? Eigentlich sind sie mir nie besonders empfindsam erschienen.«

»Soll das heißen, du hältst sie für hartgesottene Bälger?« fragte sie lächelnd.

»Genau. Deshalb bin ich immer so gut mit ihnen ausgekommen.«

Ein kurzes Schweigen entstand. Dann beugte sie sich vor

und sagte zögernd: »Robbie möchte mich tatsächlich heiraten.«

»Das weiß ich.« Nur zu gut verstand der Mann, der erst seit kurzem das Wunderland der Liebe erforschte, Roxanes Angst.

»Natürlich versuche ich, ihm das auszureden. Aber er hört nicht auf mich.«

»Weil er dich liebt, bleibt ihm gar nichts anderes übrig, als dich zu heiraten. Und da du seine Gefühle erwiderst, mußt du einwilligen.«

»Hier spricht ein Fachmann.«

»O ja. Gib's doch zu! Seit James' Tod bist zum erstenmal wieder richtig glücklich.«

Sie nickte, und ihre violetten Augen schimmerten im Kerzenlicht. »Aber mein Gewissen plagt mich — denn die Erinnerung an James tut nicht mehr weh ... O Gott, ich bin so verliebt wie damals, mit sechzehn Jahren.«

»Und ich kenne die Liebe erst, seit ich Elizabeth begegnet bin.«

»Vorher ranntest du allen Frauen davon, die Wert auf eine engere Beziehung legten ...«

»Bin ich dir etwa davongerannt?«

»Nein, aber ich habe dich ja auch nicht verfolgt.«

»Deshalb verstanden wir uns so gut.«

»Ja, Johnnie, es war ein amüsantes Spiel.«

»Auch dafür danke ich dir«, erwiderte er leise. »Ich habe deine Freundschaft sehr genossen — ebenso, wie ich dich als Schwägerin schätzen werde. Übrigens, du solltest dich allmählich um dein Brautkleid kümmern. Robbie will sich allerhöchstens bis zum Juni gedulden.«

Ärgerlich runzelte sie die Stirn. »Und ich muß mich natürlich seinen Wünschen fügen, nicht wahr?«

»Mach mir bloß keine Vorwürfe! Ich wiederhole nur die Worte meines Bruders ...« Auf der Straße erklangen Hufschläge, eine Kutsche hielt vor dem Haus. »Erwartest du Gäste, Roxie?«

»Nein. Keine Ahnung, wer das sein könnte. Aber ich habe Samuel angewiesen, niemanden hereinzulassen. Er wird die Leute wegschicken.«

Wenig später erklangen laute Stimmen in der Halle.

»Einer deiner gekränkten Verehrer?« fragte Johnnie grinsend.

»Meines Wissens habe ich niemanden gekränkt ...«

In diesem Augenblick verstummte das Stimmengewirr, und Roxane seufzte erleichtert. »Ah, Samuel hat den unwillkommenen Besucher abgewimmelt.«

Doch das war ein Irrtum. Energische Schritte näherten sich dem Salon, begleitet von Samuels Protest. Dann flog die Tür auf, und Roxane hielt entsetzt den Atem an.

»Endlich treffe ich Sie zu Hause an, Gräfin.«

»Tut mir leid, Mylady ...« Ein zutiefst bestürzter Samuel tauchte hinter Harold Godfrey auf. »Aber er ließ sich einfach nicht zurückhalten.«

»Hinaus mit Ihnen, alter Narr!« befahl Godfrey, versetzte dem Haushofmeister einen kräftigen Stoß und schlug ihm die Tür vor der Nase zu. Blitzschnell drehte er den Schlüssel im Schloß herum und steckte ihn ein. »Und nun werden wir uns ungestört vergnügen, Madam.«

»Möchten Sie sich nicht lieber mit mir amüsieren?« Johnnie erhob sich hinter dem Sofa, dessen hohe Lehne ihn verborgen hatte.

Falls Harold Godfrey verblüfft war, überspielte er das sehr geschickt. »Oh, bin ich in ein Liebesnest eingedrungen?« fragte er ironisch. »Kein Wunder, daß die Gräfin so selten in der Gesellschaft erscheint ... Eine willige Hure — während Ihre Gemahlin der Niederkunft entgegenblickt, Ravensby?«

»Ziehen Sie doch Ihr Schwert, damit ich Sie in die Hölle befördern kann!« Johnnies Hand näherte sich seinem Waffengurt.

»Wie ich sehe, haben Sie stark abgenommen. Fühlen Sie sich einem Duell gewachsen?«

»Finden Sie's doch heraus!« Plötzlich lag der Dolch in Johnnies Hand. »Geh zum Fenster, Roxie, und rühr dich nicht von der Stelle!«

»In der Tat, es wird mir Spaß machen, Sie zu töten, Ravensby ...« Lässig schlüpfte der Earl von Brusisson aus seinem Satinjackett. »Zum Teufel mit Queensberry und seinem Gerichtsprozeß!«

Auch Johnnie zog seinen Mantel aus, ohne Godfrey aus den Augen zu lassen. Er kannte die Tücke seines Feindes. »Versuchen Sie's doch!«

Reglos standen sie einander gegenüber, Godfrey hielt sein Schwert in der Rechten, den Dolch in der Linken. Im Kerzenschein glänzten die ziselierten Silbergriffe. Auf Johnnies deutscher Klinge funkelte das Wolfszeichen von Passau, das einem bösen Auge glich. Wie alle Carres ein Linkshänder, begegnete der Laird dem Dolch seines Widersachers mit dem Schwert.

»Allzulange werden Sie nicht durchhalten, Ravensby«, prophezeite Godfrey.

»Dann muß ich Sie eben so schnell wie möglich töten.«

Mit einem Wutschrei sprang der Earl von Brusisson vor, sein Dolch zielte auf die Kehle seines Gegners.

Johnnie wich zur Seite. »Früher waren Sie viel behender.« Um Haaresbreite glitt die Schneide an seinem Ohr vorbei.

Danach schwiegen sie. Nur das metallische Klirren der blitzenden Waffen und keuchende Atemzüge durchbrachen die Stille.

Auf den ersten Blick erkannte Redmond die blaue Kutsche, die im Laternenlicht vor Kilmarnock House stand. »Die Equipage Ihres Vaters, Mylady!« Hastig zog er Elizabeth um die Ecke des Gebäudes zum Hintereingang. »Offenbar versucht er wieder einmal, Roxane zu besuchen.«

Sie durchquerten die Küche und erreichten die Halle, wo helle Aufregung herrschte.

Verängstigt drängten sich die Dienstmädchen aneinander. Vor der Treppe hielten zwei Lakaien Wache, mit Küchenmessern bewaffnet. Redmond legte das Paket beiseite, das er gemeinsam mit seiner Herrin aus der Apotheke geholt hatte, und ließ sich von Samuel erzählen, was geschehen war. »Bleiben Sie hier unten, Mylady!« mahnte er. »Ich gehe hinauf und versuche, dem Laird zu helfen.«

Aber Elizabeth hatte nicht die Absicht, untätig abzuwarten, während ihr Mann womöglich den Tod fand. Sobald Redmond hinter dem ersten Treppenabsatz verschwunden war, rannte sie ihm nach.

Splitterndes Holz verriet den Kämpfern, daß die Tür aufgebrochen wurde. Aber keiner durfte es wagen, einen Blick hinüberzuwerfen.

Ans Fenstersims gepreßt, beobachtete Roxane verzweifelt, wie Johnnies Kräfte schwanden. Mittlerweile mußte Godfrey sich nicht mehr verteidigen, und so griff er nur noch an. Beide waren verwundet, und der Blutverlust zehrte um so schneller an Johnnies Energiereserven.

Trotzdem parierte er Godfreys Fechthiebe scheinbar mühelos und präzise. Um selber zu attackieren, fühlte er sich zu schwach. Es war nur mehr eine Frage der Zeit, bis er kapitulieren mußte.

Unbarmherzig nutzte Brusisson seinen Vorteil, trieb Ravensby immer wieder in die Enge, wartete ab, bis der Widerstand des Feindes erlahmen, bis er seine Deckung vernachlässigen würde.

Schweiß tränkte Johnnies Hemd, während er die kraftvollen Schwerthiebe abwehrte. Inzwischen kämpfte er nur mehr instinktiv und automatisch. Daß er immer noch auf den Beinen stand, verdankte er einzig und allein seiner jahrelangen Erfahrung, nicht seiner Kampfkraft.

Die Tür zerbarst, und er sah Elizabeth. Dieser Anblick kostete ihm fast das Leben, denn er erstarrte mitten in der Bewegung. Im letzten Moment sprang er nach hinten, um sich vor Godfreys Klinge zu retten. Dieser Gefahr, der er mit Not entronnen war, zwang ihn zu neuer Konzentration.

Geistesgegenwärtig stieß er einen Stuhl um, damit er Atem schöpfen konnte, während Godfrey das Hindernis beiseite schob. Nun mußte Johnnie einen entscheidenden Angriff wagen, ehe die Waffen aus seinen kraftlosen Fingern gleiten würden.

Die Augen zusammengekniffen, richtete Redmond seine Pistole auf Godfrey. Aber im schwachen Kerzenlicht fiel es ihm schwer, sein Ziel anzuvisieren, noch dazu, wo Johnnie wieder in den Schußbereich geriet. Wenn sich die Fechter der Südwand näherten, stellte Roxanes Anwesenheit ein zusätzliches Problem dar.

»Lassen Sie mich das machen, Redmond!« flehte Elizabeth angstvoll und doch entschlossen.

Er zögerte, bis er ihren mörderischen Blick bemerkte. Vielleicht war es ihr gutes Recht, in diesen Kampf einzugreifen. Und so reichte er ihr die Steinschloßpistole.

Die Waffe in der Rechten, stützte sie ihr Handgelenk mit der Linken und nahm ihren Vater ins Visier. Inzwischen zog Redmond sein Jagdmesser aus der Scheide, um seiner Herrin beizustehen, falls die Kugel das Ziel verfehlte.

In diesem Moment attackierte Johnnie, bevor seine Beine nachgaben, bevor seine Hände die letzte Kraft verloren. Verbissen wehrte sich Godfrey, tödliches Stahl funkelte und klirrte. Verzweifelt versuchte jeder Fechter, die Deckung des anderen zu durchbrechen, nur um erneut pariert zu werden.

Als der Dolch aus Johnnies entkräfteter Hand flog, schickte Elizabeth ein Stoßgebet zum Himmel und hoffte verzweifelt, sie könnte endlich einen gezielten Schuß abgeben. Doch die Kontrahenten bewegten sich viel zu schnell. Jetzt, wo Godfrey eindeutig im Vorteil war, attackierte er vehementer denn je. Gnadenlos prallten seine beiden Klingen auf Johnnies Schwert, schneller und immer schneller.

Trotz seiner Schwäche verteidigte sich Johnnie, bis er hoffnungslos in die Enge getrieben wurde. Sein Rücken stieß gegen einen Tisch, zu seiner Rechten spürte er eine Wand. Jetzt gab es nur noch einen einzigen Ausweg — einen riskanten, gefährlichen Trick.

Ohne mit der Wimper zu zucken, wartete er auf Godfreys nächsten Angriff. Je näher er die gegnerische Dolchspitze an seinen Körper heranließ, desto wirksamer würde die Verteidigung ausfallen, desto kürzer wäre der Weg, den seine eigene Waffe zurücklegen mußte. Um dieses Kunststück zu vollbringen, brauchte man eiserne Nerven, volle Konzentration, und man durfte auf keinen Fall zögern.

»Ravensby — Sie — sind tot ...«, keuchte Godfrey und hielt kurz inne, um seinen Triumph auszukosten und Atem zu holen. Und dann sprang er vor.

Johnnies Schwert schnellte empor, während Godfreys Dolch auf sein Herz zielte, strich kreischend an der Klinge entlang und nutzte deren Schwungkraft, um sich blitzschnell in die Brust des Gegners zu bohren.

Gleichzeitig drückte Elizabeth ab, und Redmonds Messer zerschnitt die Luft. Harold Godfrey starb, als die Stahlspitze sein rechtes Auge traf und ins Gehirn drang. Auch die Musketenkugel hätte ihn getötet, die seine Schädeldecke zerschmetterte, oder das Schwert in seinem Herzen. Langsam sank er zu Boden und blieb vor den Füßen seines Feindes liegen.

Mit hängenden Armen stand Johnnie da und rang mühsam nach Luft. »Ein letzter Gruß — von meinem Vater«, flüsterte er. In seiner linken Schulter und am rechten Unterarm bluteten Wunden, rote Tropfen tränkten den Teppich. Sein Blick suchte Elizabeth, und er lächelte trotz seiner Schwäche. Auf unsicheren Beinen ging er zu ihr, nahm die Pistole aus ihrer Hand und reichte sie Redmond. »Ihr beide habt mir — das Leben gerettet.«

»Oh, wir haben Ihnen nur geholfen, Mylord«, erwiderte Redmond lakonisch und musterte den Toten. »Nun will ich nur noch verhindern, daß man ihn in der Nähe von Kilmarnock House findet.«

»Würden Sie sich vorher um Roxane kümmern?« Als der Hauptmann nickte, nahm Johnnie den Arm seiner Frau und führte sie aus dem Salon.

»Du blutest!« schluchzte Elizabeth.

»Nur ein paar Kratzer. Gehen wir nach oben.«

Weil sie am ganzen Körper zitterte, trug er sie die Treppe hinauf. Dazu fand er die Kraft, weil sie ihn brauchte, von den grausigen Ereignissen überwältigt. Im Schlafzimmer sank er mit ihr in einen Sessel, hielt sie auf seinem Schoß fest und ließ sie weinen. Wie gern hätte er sie getröstet ... Aber er suchte vergeblich nach den richtigen Worten. Er selbst empfand nur Genugtuung nach dem Tod Harold Godfreys, der vermutlich den alten Laird von Ravensby ermordet hatte und bereit gewesen war, dessen Erben skrupellos einer fragwürdigen Justiz auszuliefern.

»Um meinen Vater trauere ich nicht«, flüsterte Elizabeth, als ihr die Stimme wieder gehorchte. »Er hat es verdient, zu sterben. Aber wenn ich an die Gefahr denke, in der du geschwebt hast, kann ich meine Tränen nicht zurückhalten.«

»Jetzt ist alles überstanden.«

»Reisen wir sofort ab. In Holland werde ich mich sicher und geborgen fühlen — mit dir. Dein Vermögen, die Ländereien und der Titel interessieren mich nicht. Nur eins wünsche ich mir — ich möchte mich soweit wie möglich von all diesem Lug und Trug entfernen. Und es ist mir egal, ob wir jemals zurückkehren werden.«

»Sobald Robbie hierher zurückkommt, fahren wir zum Hafen«, versprach er und streichelte zärtlich ihre Schulter. »Er hat den Arzt und die Hebamme auf das Schiff begleitet. Nun müßte er jeden Augenblick hier sein.« Johnnie erwähnte seine schottischen Besitztümer nicht. Aber er hatte nicht die Absicht, das Erbe seiner Familie dem verbrecherischen Herzog zu überlassen.

»Wann werden wir die holländische Küste sehen?«

»In zwei Tagen, bei günstigem Wind.«

Als Robbie das Kilmarnock House betrat, waren Johnnies frische Wunden bereits verbunden worden. Roxane hatte im Salon alle Kampfspuren beseitigen lassen. Inzwischen war Godfreys Kutscher zu Queensberrys Haus geschickt worden, mit der Erklärung, er solle dort auf seinen Herrn warten. Redmond hatte die Leiche heimlich in den Garten des Herzogs geschafft. Da sie den Schauplatz des schrecklichen Duells nicht mehr betreten wollten, nahmen sie in Roxanes kleinem Wohnzimmer Abschied.

Tröstlicher Optimismus milderte den Trennungsschmerz. Bald würde den Carres keine Gefahr mehr drohen.

Roxane küßte Johnnie und Elizabeth. »Im Herbst erwarte ich euch zurück.«

»Vielleicht bleiben wir in den Niederlanden«, entgegnete Johnnie, der die innere Unruhe seiner Frau spürte.

Verwundert starrte Robbie ihn an. »Aber Coutts glaubt, man wird unser Gesuch spätestens im Herbst bearbeiten ...«

»Nochmals vielen Dank, Roxane«, fiel Johnnie ihm ins Wort, um das unangenehme Thema zu wechseln. »Richte den Kindern bitte herzliche Grüße von uns aus.«

»Und ihr müßt mich sofort verständigen, wenn das Baby geboren ist.«

»Kapitän Irvine wird dich so schnell wie möglich benachrichtigen.«

»Wenn's soweit ist — könntest du eine Nachricht nach Three Kings schicken, Roxane?« bat Elizabeth. »Dafür wäre ich dir sehr dankbar. Redmond wird mich regelmäßig über die Fortschritte der Bauarbeiten informieren — und vielleicht über seine Hochzeit«, fügte sie mit einem Seitenblick auf ihren Hauptmann hinzu.

»Damit warten wir, bis Sie zurückkommen, Mylady«, verkündete er und wurde feuerrot. »In den nächsten Wochen werde ich alle Hände voll zu tun haben, um Lord Ayton von der Baustelle fernzuhalten.«

Die Uhr schlug und mahnte zum Aufbruch. Nach einer letzten Umarmung verließen Johnnie und Elizabeth das Haus durch die Hintertür und stiegen in die Kutsche.

So schnell konnte sich Robbie nicht von Roxane losreißen. Er drückte sie fest an seine Brust und flüsterte: »Vielleicht sollte ich hierbleiben.«

»Nein, das wäre zu gefährlich! Vor allem jetzt, wo Godfrey tot ist. Queensberry wird befürchten, er könnte der nächste sein, und alle seine Spione alarmieren.« Angstvoll schaute sie zu ihm auf. »Um Himmels willen, du mußt verschwinden, sonst werden sie dich finden und umbringen! Glaubst du, ich will dich verlieren?«

»Und wie soll ich's bis zum Sommer ohne dich aushalten?«

»Bitte, Robbie, du mußt bis zum *Herbst* warten. Coutts sprach von Oktober oder November.«

»Nächsten Monat bin ich wieder da.«

»Nein ...«

Mit einem leidenschaftlichen Kuß erstickte er ihren Schrei. Und als er sie losließ, wiederholte er leise: »Nächsten Monat.«

Atemlos kapitulierte sie. »Coutts soll mir Bescheid geben, und wir treffen uns auf dem Land, weit entfernt von allen Spionen.«

»O Gott, hoffentlich verliere ich nicht schon vor Ablauf eines Monats den Verstand«, stöhnte er an ihren Lippen. »Schau bloß keinen anderen Mann an! Versprichst du mir das?«

»Natürlich.«

Ein letztes Mal umarmten und küßten sie sich, dann

stürmte er aus dem Zimmer, ehe er sich doch noch anders besinnen konnte.

Sobald Robbie an Bord der *Trondheim* gegangen war, wurde der Anker gelichtet, die Segel der Fregatte blähten sich, und ein paar Minuten später fuhr sie aufs offene Meer hinaus. Elizabeth stand mit Johnnie im Heck und beobachtete, wie die Lichter von Leith immer kleiner wurden. »Bist du traurig, daß du abreisen mußt?«

»Nein. Ich möchte dich und das Baby in Sicherheit bringen. Nur darauf kommt es jetzt an.«

»Schwingt in deiner Stimme ein gewisses Zaudern mit?«

»Keineswegs. Wir bleiben in Holland, so lange du willst.«

»Und wenn ich mich für immer in Rotterdam niederlassen möchte?«

»Auch damit wäre ich einverstanden.« Weil er sie liebte, meinte er es ernst. Robbie konnte die schottischen Ländereien ebenso effektiv verwalten wie er selbst.

»O Johnnie, du bist so gut zu mir!« Verlangte sie in ihrer Selbstsucht zuviel von ihm?

Da drehte er sie zu sich herum und betrachtete ihr Gesicht im Mondlicht. »Du bist es, die gut zu mir ist, denn du schenkst mir die Liebe, die ich nie zuvor gekannt habe, ein Kind — und alles Glück, das ich mir nur wünschen kann.«

EPILOG

Zehn Tage nach ihrer Ankunft kam in Den Haag ein kleiner Junge zur Welt — glücklicherweise erst, nachdem sie ein hellgelbes Haus inmitten von Tulpenfeldern bezogen hatten. Zu Ehren seines Großvater väterlicherseits wurde er Thomas Alexander genannt.

Wie sich bald herausstellte, hatte das dunkelhaarige Baby das Lächeln seines Vaters geerbt und wußte es ebenso wirkungsvoll einzusetzen.

Einen Monat später segelte Robbie nach Schottland. Der Kronrat zweifelte bereits, ob die Verfemung des Earls von Graden gerechtfertigt war, denn vielen Ratsherren drohte der finanzielle Ruin, da ihre Wechsel bei Ravensbys Bank in Rotterdam nicht eingelöst werden konnten. Nach dem Zusammenbruch der Bank von Schottland befanden sich auch die schottischen Geschäftsleute in einer schwierigen Lage, solange ihre Wechsel auf Eis lagen. Schließlich schickten sie dem Londoner Kronrat einen Brief, indem sie sich für Ravensbys Ehrlichkeit verbürgten und erklärten, er hege weder rebellische noch verräterische Absichten. Einem Gerücht zufolge sollte die Entscheidung im August fallen.

»Bist du glücklich?« fragte Elizabeth an einem Sommertag, als sie mit ihrer Familie ein Sonnenbad im Garten nahm.

»Unbeschreiblich«, beteuerte Johnnie, neigte sich zu ihr und küßte sie.

Auf einem weißen, im Gras ausgebreiteten Leinentuch lagen die Reste eines Picknicks, und Tommy schlief in seinem Körbchen, im Schatten eines Pflaumenbaums.

»Unter normalen Umständen hätten wir uns vielleicht nie getroffen«, bemerkte Elizabeth.

»Irgendwie hätte ich dich gefunden.«

»Oder ich dich. Glaubst du an die Macht des Schicksals?«

Nein, dachte er, denn er vertrat die Ansicht, jeder Mensch würde sein Schicksal selbst bestimmen. Aber er wußte, was er sagen mußte, um seine Frau zu erfreuen. »Manchmal schon. Du bist mein Leben, die Luft, die ich atme, mein einziges Glück. Möglicherweise ist das ein Werk des Schicksals. So wie mein Vater in Tommy weiterlebt.«

Seine Worte erfüllten sie mit tiefer Dankbarkeit, und plötzlich faßte sie einen Entschluß. »Wenn der Kronrat zu deinen Gunsten entscheidet — und wenn du dann nach Schottland zurückkehren willst, bin ich einverstanden.«

»Wirklich?« fragte er leise, und sie nickte.

»Ich weiß doch, wieviel es dir bedeutet.«

»Mir zuliebe mußt du kein Opfer bringen.«

»Oh, es wäre kein Opfer, denn ich möchte, daß unser Sohn in seiner Heimat aufwächst.«

Lächelnd nahm er sie in die Arme und streckte sich mit ihr im Gras aus. »Mein Liebling, ich danke dir.« Erleichtert atmete er auf, und sie erkannte erst jetzt, daß ihn dieses Problem unentwegt beschäftigt hatte. »Dann kannst du dich wieder um dein Bauprojekt in Three Kings kümmern«, fügte er hinzu.

»Darauf freue ich mich schon. Übrigens, Munro fühlt sich sehr unglücklich hier in Holland.«

»So wie alle meine Männer.«

Verwundert richtete sie sich auf und starrte ihn an. »Und wieso schaffst du es, sie bei der Stange zu halten?«

»Weil sie wissen, daß dieser Zustand bald ein Ende finden wird.«

»Also habt ihr alle geduldig gewartet, bis ich eine Entscheidung treffen würde?«

»Du und der Kronrat«, entgegnete er grinsend.

»Oh, ich wußte gar nicht, welche Macht ich besitze.«

»Nur in manchen Dingen.«

»Da gibt es einen gewissen Bereich, in dem ich meine Macht gern erproben würde«, flüsterte sie und warf einen Blick zu ihrem schlafenden Baby hinüber. »Würdest du mir einen Gefallen tun?«

»Wahrscheinlich.«

»Nur wahrscheinlich?«

»Nun, vielleicht sogar mit dem größten Vergnügen.« Er lachte leise, dann knöpfte er ihr primelgelbes Musselinkleid auf. »Aber wir sollten uns beeilen. Tommy kann jeden Augenblick erwachen. Und dann will er das hier wiederhaben ...« Aufreizend begann er ihre vollen Brüste zu streicheln.

Von heißem Verlangen erfaßt, wisperte sie: »Er kann sie doch mit dir teilen.«

Dann umschlossen seine Lippen eine rosige Knospe. An diesem Tag schmeckte die Liebe besonders süß, vermischt mit unbändiger Freude auf die Heimkehr.

ANMERKUNGEN

1. Alle Carres (Car, Kar, Ker, Kerr) waren Linkshänder. Auch heute werden Linkshänder im schottischen Grenzland ker- oder carhanded genannt.

Während der jahrhundertelangen Grenzkämpfe wurden die Treppenhäuser und Wehrtürme der Carre-Festungen so gebaut, daß sie der Linkshändigkeit ihrer Bewohner entsprachen. Die frühen Wehrtürme, im allgemeinen zwei oder drei Stockwerke hoch, wurden aus Steinen errichtet, mit dicken, massiven Mauern. Separat oder mit den Wohnräumen verbunden, ließen sie sich leicht verteidigen. Der einzige Eingang war eine eichene Doppeltür im Erdgeschoß, außen und innen mit Eisengittern verstärkt. Man benutzte das Erdgeschoß als Lagerraum, eine schmale Wendeltreppe verband es mit den oberen Stockwerken. Normalerweise wand sie sich im Uhrzeigersinn hinauf, so daß ein Verteidiger, der den Rückzug nach oben antreten mußte, mit seiner ungeschützten linken Seite die Wand streifte und der rechte Schwertarm genug Bewegungsfreiheit hatte, während der Angreifer von der Mauer behindert wurde. In den Carre-Festungen wurden die Treppen entgegen dem Uhrzeigersinn gebaut.

2. 1703 berief Königin Anne das schottische Parlament ein, weil England eine Abstimmung über ein Gesetz anstrebte, das Schottland zur finanziellen Unterstützung im Krieg gegen Frankreich verpflichtete. Aber nach Darien und dem Massaker von Glencoe, nach einer hundertjährigen englischen Außenpolitik, die den schottischen Interessen zuwiderlief, weigerten sich die Schotten, den Wunsch des Londoner Hofes zu erfüllen.

Im Sommer 1703 verabschiedete das schottische Parlament zwei wichtige Gesetze, die ihm größere Macht verschaffen sollten. Am wichtigsten war das Sicherheitsgesetz, demzufolge nach dem Tod der Königin und ihrer leiblichen Erben (sie hatte keine) alle zivilen und militärischen Befugnisse, zuvor unter der Kontrolle der Krone, dem schottischen Parlament zuerkannt werden sollten. Da die Verteilung von Regierungsämtern und -pensionen die Basis der politischen Kontrolle war, würde England sich künftig nicht mehr in schottische Angelegenheiten einmischen können.

Zusätzlich wurden zwölf Einschränkungen der königlichen Macht vorgeschlagen, die den Schotten größere Autorität verschaffen sollten. Unter anderem: Man würde alljährlich Wahlen abhalten; das Parlament wollte seinen Vorsitzenden selbst wählen; die Krone würde den Beschlüssen des Parlaments automatisch zustimmen; englische Kriegserklärungen und Friedensverträge würden schottischer Einwilligung bedürfen.

Außerdem sollte das schottische Parlament bei seiner ersten Sitzung nach dem Tod der Königin die Macht erhalten, ihren Nachfolger zu ernennen — vorausgesetzt, diese Person war nicht der englische Kronerbe. Dieser Wortlaut bedeutete, daß der von Engländern gewählte Thronfolger nicht als Schottlands Monarch galt, es sei denn, dem schottischen Parlament wurde die Unabhängigkeit zugesichert.

Das Parlament stellte sich offen gegen den Londoner Hof, pochte entschlossen auf die nationale Unabhängigkeit Schottlands, und als wichtigste Waffe bei diesen Machtkämpfen benutzte es die Weigerung, das englische Heer finanziell zu unterstützen oder der Thronfolge zuzustimmen.

3. Das Weingesetz von 1703 gestattete die Einfuhr aller ausländischen Weine oder anderer Alkoholika und hob das Gesetz von 1700 auf, das den Import französischer Weine verboten hatte. Diese Maßnahme ergriff Queensberry während des Krieges gegen Frankreich, weil England dringend das Geld brauchte, das ihm die Importzölle einbrachten. Zudem sollte das neue Gesetz die schottischen Parlamentarier zufriedenstellen und ihnen lukrative Posten als Zolleinnehmer verschaffen. Um ihre Stellungen zu behalten, würden diese Männer die Interessen der Krone vertreten. Einen zusätzlichen Anreiz bot die Zollfreiheit für die Oberherren der Grafschaften.

Die meisten Schotten billigten das Gesetz als Lockerung des englischen Embargos, das den Handel mit dem Feind untersagte. Zwar war der Schmuggel allgemein üblich und französischer Wein stets verfügbar gewesen, aber der legale Import würde den Profit steigern.

4. Viele Experten vertreten die Ansicht, vor der zweiten Hälfte des achtzehnten Jahrhunderts seien ›Clan‹-Plaids nicht bekannt gewesen. Ehe Stewart of Garth zwischen 1817 und 1822 sein Buch über die Hochländer verfaßte, gab es keine definitiven Beschreibungen von Clan- oder Familien-Plaids im Sinne von Wappen, ausgenommen eines Abschnitts im ›Vestaiarium Scorticum‹, der aber als fragwürdig gilt.

Um die Zeit des Jakobitenaufstands weisen die Barden signifikanterweise nicht auf Plaids hin. Fast alle erwähnen die romantische Kleidung der Hochländer, aber keine Clan-Plaids.

Zum Beispiel zeigen die Ahnenporträts im Castle Grant keine identischen Plaids, und kein einziger gleicht den Karomustern im ›Tartan Book‹. Den Bilddokumenten ist zu entnehmen, daß schottische Gentlemen und Ladies ihre Kleidung ebenso willkürlich oder nach Lust und Laune wählten wie wir heutzutage. Trotzdem kann man vermuten, in manchen Regionen hätten bestimmte Farben und Traditionen vorgeherrscht.

Falls die Jakobiten bei der Schlacht von Culloden Einheitskleidung oder Clan-Plaids trugen, hätte dies in einem der vielen Kriegsberichte erwähnt werden müssen. In einem 1749 veröffentlichten Bericht schreibt James Ray, man habe die Rebellen nur an den weißen Kokarden und die Loyalisten an den roten oder gelben gekreuzten Bändern erkennen können. Fragmente der Plaids Macdonalds von Kingburgh und Macdonalds von Keppoch, beide um 1745 getragen, sind in Stewarts ›Old and Rare Scottish Tartans‹ abgebildet und gleichen in keiner Weise den zahlreichen Macdonald-Plaids, die heute getragen werden.

Offenbar wurden die Plaids nicht als eine Art Familienwappen, sondern als modisches Beiwerk betrachtet. Darauf weist eine Anzeige im ›Caledonian Mercury‹ vom 4. Oktober 1745 hin: ›Gairdner und Taylor verkaufen in ihrem Warehouse at the Sign of the Golden Key, gegenüber dem Forrester's Wynd, weiterhin schottische Wollstoffe in allen Qualitäten, en gros und en detail, zu niedrigsten Preisen ... Große Auswahl an Plaids in neuesten Mustern, Baumwollkaros und Serge aus eigener Herstellung.‹

5. Wenn Schottland ebenso wie andere europäische Länder mit Amerika, Afrika und Asien Handel treiben wollte, brauchte es eine von der Regierung bevollmächtigte Firma. 1693 verabschiedete das Parlament ein Gesetz, das schottischen Geschäftsleuten erlaubte, in allen Teilen der Welt Handelsfirmen zu gründen. Darin sahen die Engländer einen Angriff auf ihre Monopole. Aber König William billigte das Gesetz, um die Aufmerksamkeit von der Rolle abzulenken, die er beim Massaker von Glencoe gespielt hatte. Da es sich nur um ein Ermächtigungsgesetz handelte, vermuteten der König, seine Minister und die englischen Firmen, es würde nicht allzuviel bewirken.

Aber im Mai 1695 erließ das schottische Parlament ein Gesetz, das einer Firma Handelsverbindungen mit Afrika und den East Indies gestattete. Die englischen Kaufleute reagierten prompt. Sowohl das Ober- als auch das Unterhaus präsentierten dem König eine Petition, die ihr Mißfallen bekundete. Und so tat William sein Bestes, um die schottische Firma zu sabotieren. Die englischen Interessenten zogen sich zurück, der Londoner diplomatische Druck verhinderte Investitionen von Amsterdamern und Hamburgern. Ein Rundschreiben warnte Plantagenbesitzer in den Kolonien vor Kontakten mit der schottischen Firma.

Auf Hilfe aus dem eigenen Land angewiesen, wandte sich die Firma an die schottische Bevölkerung, die mit patriotischem Eifer reagierte. Das erforderliche Kapital von 400.000 Pfund wurde aufgebracht, viele Leute investierten ihr gesamtes Vermögen.

Infolge der englischen Feindseligkeit wurde der ursprüngliche Plan erschwert, mit Asien, Afrika und Amerika Handel zu treiben, und man traf die fatale Entscheidung, das ganze

Betriebskapital in die Gründung einer Handelskolonie am Golf von Darien zu stecken. Die Schotten konnten damals aber nicht ahnen, daß William seinen Botschafter veranlassen würde, die Spanier zu einem Angriff auf die Kolonie zu drängen.

Nach vier Jahren, geprägt von Mißwirtschaft, Londoner Schikanen, tropischen Krankheiten und spanischen Attacken, wurde die Kolonie aufgegeben. Der Verlust zahlreicher Menschenleben und Schiffe war zu beklagen. Eine schlimmere Demütigung hätten die Schotten nicht erleiden können.

Nur zu deutlich wies die Katastrophe von Darien auf Schottlands problematische Beziehung zu England hin. Eine konstitutionelle Veränderung war unumgänglich. Darien stürzte das ganze Land in bittere Armut und ruinierte die Investoren, darunter mehrere Parlamentarier. Jetzt waren die Gesetzgeber bestechlicher denn je. Bezeichnenderweise sorgte eine Klausel im Unionsvertrag von 1707 für eine finanzielle Entschädigung der Aktionäre, die ihr Geld in die schottische Firma investiert hatten.

6. Die Post wurde als königliches Unternehmen gegründet und allmählich der Öffentlichkeit zugänglich gemacht. Am Ende des siebzehnten Jahrhunderts hatten die Postmeister in ganz Schottland ihre Zustellerdienste eingerichtet. Im Postgesetz von 1695 wurde der Preis für die Beförderung eines Briefes festgelegt. Persönliche Boten und die Expreßzustellung war neben dem staatlichen Monopol weiterhin erlaubt.

Natürlich war es sehr wichtig, daß die Post schnell und zuverlässig funktionierte. Ein Bericht über eine Londoner Parlamentssitzung, an einem Samstag abgeschickt, mußte Edinburgh am nächsten Donnerstag erreichen. Das Briefgeheimnis wurde regelmäßig verletzt. Wenn ein Brief heikle Informationen enthielt, politischer oder privater Natur, ergriff man Vorsichtsmaßnahmen. Ein vertrauenswürdiger Bote des Absenders überbrachte dem Adressaten einen Geheim-Code, der den nachfolgenden Brief entschlüsseln sollte.

Man benutzte nur selten Kuverts; die Briefbögen wurden einfach zusammengefaltet und versiegelt. Seit dem August 1693 verwendete das Postamt von Edinburgh den Bischofsstempel, zumindest innerhalb des Inselreichs. Er war oval geformt und gab den Tag und den Monat an, aber nicht das Jahr, in dem die Sendung erfolgte. 1689 kostete es fünf Shilling, einen Brief von London nach Edinburgh zu befördern, von Aberdeen nach Edinburgh drei Shilling.

7. Im frühen achtzehnten Jahrhundert bestand Edinburgh, von Stadtmauern umgeben, praktisch aus einer einzigen langen Straße — Canongate und High Street, die sich vom Holyrood Palace bis zum Castle erstreckte. Von dieser Hauptstraße zweigten zahlreiche Seitenstraßen und -gassen ab, von Häusern gesäumt, die bis zu elf Stockwerken hoch waren. Da so viele Leute auf engem Raum zusammenlebten, warf die Beseitigung des Mülls und der Abwässer Probleme auf. Diese Schwierigkeiten meisterte man systematisch, wenn auch nicht hygienisch. Jeden Abend um zehn wurden die Abfälle eines Haushalts gesammelt und aus den Fenstern geschüttet, mit dem Warnruf »Gardy loo« (*Gardez l'eau*). Die Passanten, die nicht schnell genug davonrannten, mußten eine übelriechende Dusche hinnehmen. Zu der gefürchteten Stunde stank die ganze Stadt. Um den Geruch zu bekämpfen, verbrannten die Bürger braunes Pergament. Der Schmutz lag während der ganzen Nacht auf der Straße. Erst um sieben Uhr morgens erschienen Müllmänner mit Schubkarren, um ihn zu entfernen. Die schlimmsten Zustände herrschten an Sonntagen, an denen die Kirche jegliche Art von Arbeit untersagte.

Diese unbefriedigende Methode der Müllbeseitigung beschränkte sich nicht auf Edinburgh. Die Londoner Straßen waren genauso schmutzig.

8. Der Fall der Erbin Jean Home ist ein Beispiel für die damals üblichen Entführungen: Nach dem Tod des Lairds von Ayton wurde seine elfjährige Tochter Jean vom Kronrat in die Obhut ihrer Großmutter, der verwitweten Gräfin Home, und ihres Vetters Charles gegeben. Ein weiterer Verwandter,

John Home von Prendergast, ersuchte den Kronrat gemeinsam mit anderen Angehörigen, das Mädchen von den offiziell ernannten Vormündern zu trennen. Die Großmutter, Charles und Jean wurden vor den Kronrat beordert, um das Gesuch zu billigen oder abzulehnen.

Statt dessen beschlossen Charles und fünf Lairds, die bis auf einen aus verschiedenen Home-Zweigen stammten, die Zukunft der jungen Erbin in die eigenen Hände zu nehmen. Sie brachten Jean über die Grenze und verheirateten sie mit einem siebzehnjährigen Neffen. Diese heimlich geschlossene Ehe wurde vor Gericht angefochten, und das Verfahren dauerte jahrelang. Die Erbin wurde niemals von ihren Ehefesseln befreit, da sie sechs Jahre später starb.

9. Vor 1753 mußte eine Ehe nach englischem Gesetz nicht von einem Geistlichen in einer anglikanischen Kirche geschlossen werden, entsprechend den Riten, die im ›Book of Common Prayer‹ festgelegt sind.

Eine gültige Ehe basierte auf einem mündlichen Vertrag, einem Austausch von Gelübden zwischen Mann und Frau, die das Mündigkeitsalter erreicht haben mußten (vierzehn und zwölf), bezeugt von zwei Personen und in der Gegenwartsform ausgedrückt. Ein Versprechen für die Zukunft war nur bindend, wenn die Brautleute ihre Ehe vollzogen hatten.

Aber eine Ehe, von einem Geistlichen geschlossen, bot gegenüber einer Vertragsehe gewisse Vorteile. Die Anwesenheit eines Kirchenmannes sorgte bei der Zeremonie für eine respektable Atmosphäre. Zweitens wurde die Ehe sowohl vom Kirchen- als auch vom Zivilrecht mit all seinen Eigentumsgesetzen anerkannt. Und drittens konnte man ihre Gültigkeit leichter beweisen, da man die Namen der Zeugen ins Heiratsregister eintrug und oftmals einen schriftlichen Vertrag abschloß.

In Schottland mußten zwischen 1560 und 1834 bei einer Eheschließung zwei Bedingungen erfüllt werden — das Aufgebot und die Trauung, vorgenommen von einem Geistlichen der Nationalen Schottischen Kirche. Gegen ein gewisses Entgelt sanktionierte man auch Ehen, die zu Hause geschlossen wurden. Aufgrund mehrerer Gesetze, im siebzehnten Jahrhundert erlassen, belegte man heimliche oder irreguläre Hochzeiten mit Strafgeldern.

10. Die Macht des Profits übte einen starken Einfluß auf die Politik aus. Andrew Russell, der zweite Sohn eines reichen Kaufmanns aus Stirling, übersiedelte 1668 in die Niederlande, ließ sich mit seiner Familie in Rotterdam nieder und fungierte bis kurz vor seinem Tod im Jahr 1697 als Handelsvertreter für schottische Kaufleute. Damit verdiente er ein Vermögen. Während der dramatischen Ereignisse von 1683 erwies sich die große Bedeutung seiner Geschäfte.

1679 ermordeten presbyterianische Fanatiker den Erzbischof von Saint Andrews in Schottland. Der Kronrat strengte 1683 einen Hochverratsprozeß gegen Russel wegen Mittäterschaft an und beorderte ihn vor das Oberste Gericht von Edinburgh. Am 8. Februar schickte ihm sein Schwager eine Kopie der Klageschrift und warnte ihn. Ein paar Tage zuvor war William Blackwood wegen ›nackter Umtriebe mit Rebellen‹ zum Tode verurteilt worden, obwohl man ihn nur im Gespräch mit ihnen beobachtet hatte. Am 31. März schrieb ein anderer Kaufmann an Russell, berichtete von weiteren Verhaftungen und fügte hinzu! ›Ihre Freunde empfehlen Ihnen, sich hier nicht blicken zu lassen.‹ Unter diesen Umständen war es kein Wunder, daß Russel sich weigerte, vor Gericht zu erscheinen.

Obwohl die schottischen Kaufleute seinen Entschluß erwartet hatten, gerieten sie in Panik. Am 21. März überreichten neun Männer, darunter drei Magistratsmitglieder aus Stirling, Perth und Aberdeen dem Kronrat eine dringende Petition ›zu ihrem eigenen und dem Wohl aller Kaufmänner in den betroffenen Regionen‹. Sie erklärten, der ›beträchtliche Handel mit nationalen Produkten in den meisten niederländischen Provinzen‹ sei ›ohne die Hilfe tüchtiger, erfahrener Vertreter dem Untergang geweiht‹. Dann betonten sie, der Angeklagte Russell würde in den Niederlanden ›die Geschäfte als einziger Vertreter verwalten‹ und sei ›derzeit im Besitz großer Summen und erheblicher Warenmengen‹, die ihm die Kaufleute anvertraut hatten. Da die Exporte auf

Kredit verkauft würden, sei es unmöglich, diese Schulden kurzfristig einzutreiben. Deshalb möge der Prozeß verschoben werden, bis Russell seine Auftraggeber befriedigt habe. Ansonsten könne der ›Handel in diesem Königreich nicht nur entmutigt, sondern in den Ruin getrieben‹ werden. Zunächst schwankte der Kronrat, dann schrieb er an den Handelsminister und bat ihn, festzustellen, ob Andrew Russell eine ›solche Person‹ sei, »wie ihn die hiesigen Kaufleute beschreiben« würden. Der Minister bezeichnete Russell als ›solide, loyale Person‹. Und da ›er den ganzen Handel nicht nur in diese Stadt, sondern in der ganzen Nation‹ verwalte und fördere, wurde das Verfahren eingestellt.

11. Obwohl in jener Zeit unzählige Menschen an den gefürchteten Pocken starben, kannte man die Ansteckungsgefahr nicht. Deshalb sah man in Roxanes Anwesenheit bei gesellschaftlichen Aktivitäten keine Bedrohung.

Zu Beginn des achtzehnten Jahrhunderts schrieb Lord Lovat an seinen Agenten in Edinburgh: ›Mein Haus war in dieser und in der letzten Woche voller Leute, und mein Kind leidet an den Pocken. Deshalb fand ich keine Zeit, um Ihren Geschäftsbrief zu beantworten.‹ Dieses Schreiben existiert immer noch, und das dürfte beweisen, daß der Agent und Lord Lovats Gäste nicht annahmen, die Krankheit könnte sich auf sie übertragen. Wie aus Tagebüchern hervorgeht, besuchten Mütter mit ihren Kindern Verwandte, die an Pocken erkrankt waren, und wußten nicht, welcher Gefahr sie ihre Sprößlinge aussetzten. Andererseits müssen einige Leute die Möglichkeit einer Ansteckung berücksichtigt haben. Als der einzige Sohn des Herzogs von Marlborough 1704 in Cambridge die Pocken bekam, fuhren seine Mutter und die Schwestern in die Stadt, so schnell ihre Pferde die schwere Kutsche ziehen konnten. Marlborough blieb in London und wartete angstvoll auf Neuigkeiten. ›Hoffentlich haben Dr. Haines und Dr. Coladon Dich heute morgen aufgesucht‹, schrieb er seiner Frau. ›Der beklagenswerte Zustand des armen Kindes bereitet mir so große Sorgen, daß ich nicht weiß, was ich tun soll. Ich bete zum Allmächtigen, er möge Dir in dieser schlimmen Zeit beistehen. Wenn ich Dir irgendwie helfen kann oder wenn Du meine Anwesenheit für erforderlich hältst, gib mir Bescheid. Bitte schreibe mir sooft wie möglich. Die Ärzte bringen Medikamente mit. Voller Ungeduld erwarte ich Deine Nachricht.‹

Aber es gab keine Hoffnung. Jack starb am 20. Februar 1704, als sein Vater, von Sarah verständigt, aus London anreiste. Marlborough saß am Totenbett, trotz der Ansteckungsgefahr.

Liebe Leser/innen,

ich hoffe, diese Geschichte aus dem Schottland des frühen achtzehnten Jahrhunderts hat Ihnen gefallen. Für mich war es ein wundervolles Erlebnis, jene Epoche zu erforschen und die schöne schottische Landschaft kennenzulernen. Wie immer erwachten die Romanfiguren während der schriftstellerischen Arbeit zum Leben. Und so betrachtete ich Johnnie Carre und Elizabeth Graham als reale Menschen. Vielleicht brauche ich einen Psychiater ...

Als ich in Schottland zu recherchieren begann, las ich mehrere Geschichtsbücher. Erst die Berichte über die Ereignisse, die zur Union im Jahre 1707 führten, wiesen mich auf die unterschiedlichen Ansichten englischer und schottischer Autoren hin. Von da an überprüfte ich stets die Herkunft der Verfasser und Verleger, da sie eine große Rolle spielt. Wie bei allen politischen Aspekten, nicht wahr?

Diese beträchtlichen Unterschiede fielen mir auch bei meinen weiteren Recherchen in Schottland auf. Mein Mann und ich stiegen in einem schönen alten Edinburgher Hotel ab, wo zwei Monate später eine EG-Konferenz stattfinden sollte. Schon jetzt verhörte die Polizei alle Gäste. Wir wurden von einem elegant gekleideten jungen Beamten mit wunderbarem schottischen Akzent vernommen, und mein Mann fragte, ob die Polizei während der Konferenz einen IRA-Anschlag befürchte. Soeben waren wir aus London gekommen, wo in den letzten drei Wochen mehrere Bombenanschläge stattgefunden hatten.

»Uns tut die IRA nichts zuleide«, erwiderte der Beamte, »da sie mit Englend verfeindet ist.«

Diese Erklärung faszinierte mich. Seit der Union sind fast dreihundert Jahre verstrichen, und Schottland betrachtet sich immer noch als eigenständige Nation, die nicht zu England gehört.

Also war Johnnie Carres Unabhängigkeitsstreben in gewisser Weise erfolgreich.

Susan Johnson